Arena Taschenbuch
Band 50679

Weitere Liebesgeschichten im Arena Taschenbuch:
Susane Colasanti: *Take me there.*
Eine Geschichte zum Verlieben (Band 50287)
Susane Colasanti: *Something like love.*
Wenn dich die Liebe findet (Band 50476)
Susane Colasanti: *Waiting for you.*
Eine Geschichte über die Liebe (Band 50656)
Kerstin Gier: *Jungs sind wie Kaugummi – süß und leicht um den Finger zu wickeln* (Band 50651)
Eva Völler: *Schluss mit der Jungsdiät* (Band 50625)
Eva Völler: *Wenn Mädchen die Sonne sind, sind Jungs das Eis* (Band 50626)
Eva Völler: *Sommerküsse schmecken besser* (Band 50660)

Stacy Kramer und Valerie Thomas
stammen beide aus der Film- und Fernsehwelt und arbeiten erfolgreich als Drehbuchautorinnen und Produzentinnen. Schließlich entdeckten sie auch das gemeinsame Bücherschreiben für sich: »Stupid Crazy Love Story« ist ihr erstes Buch, das auf Deutsch erscheint. Kein Wunder also, dass es sich liest wie ein abenteuerliches Roadmovie.

Stacy Kramer und Valerie Thomas

Stupid Crazy Love Story

Regel Nr. 1: Küssen verboten – Regel Nr. 2: Küss mich!

Aus dem Amerikanischen von Stefanie Lemke

Arena

Für David und Henry ... danke für alles.

1. Auflage als Arena-Taschenbuch 2015
Die Originalausgabe erschien 2012 unter dem Titel *From what I remember*
bei Hyperion, einem Imprint der Disney Book Group.
Für die deutschsprachige Ausgabe:

Bei der vorliegenden Fassung handelt es sich um die
offiziell autorisierte, gekürzte Fassung des Originals.
Aus dem Amerikanischen von Stefanie Lemke
Covergestaltung: Frauke Schneider
Umschlagtypografie: knaus. büro für konzeptionelle
und visuelle identitäten, Würzburg
Gesamtherstellung: Westermann Druck Zwickau GmbH
ISSN 0518-4002
ISBN 978-3-401-50679-1

www.arena-verlag.de
Mitreden unter forum.arena-verlag.de

Tag der Abschlussfeier
Freitag, der 25. Juni

PROLOG

Kylie:

Als ich aufwache, scheint die Sonne gnadenlos ins Zimmer.

Wie spät ist es? Wo bin ich?

Verwirrt blinzle ich mit den Augen. Das Licht ist echt brutal. Ich habe hämmernde Kopfschmerzen, meine Kehle brennt und mein Magen rebelliert. Fühlt sich so ein Kater an?

Keine Ahnung. Ich hatte noch nie einen. Jedenfalls bis heute.

Ich schließe die Augen wieder, hole ein paarmal tief Luft und liege ganz still, während ich versuche, meine Gedanken zu sortieren. Gestern Abend war einer der großartigsten Abende meines Lebens. Glaube ich. Es könnte aber auch genauso gut einer der schlimmsten gewesen sein. Ab einem gewissen Punkt kann ich mich an nicht besonders viel erinnern.

Ich wage einen erneuten Versuch, die Augen zu öffnen. Ganz langsam sehe ich mich um, wobei ich aufpasse, keine ruckartigen Bewegungen zu machen. Mein Blick fällt auf ein mir unbekanntes Schlafzimmer. In einer Ecke steht eine Kommode, auf der ein einziges Durcheinander von Schneekugeln, Stofftieren und Barbiepuppen herrscht. Zwischen zwei Fenstern hängt ein Poster von einem flauschigen weißen Kätzchen mit einer riesigen lila Schleife um den Hals. Der Rollladen des einen Fensters ist halb heruntergelassen, durch das andere knallt erbarmungslos die Sonne herein. Ist es morgens immer so hell?

Ich wende den Blick ab und da sehe ich ihn. Den wunderschönen, halb nackten Jungen, der neben mir liegt. Und schläft.

Oh. Mein. Gott. Max.

Auf einmal fällt mir der gestrige Tag wieder ein und ich bin hellwach.

Ich bin in Ensenada. Mit Max Langston. In Manuels Haus.

Wie ich letzte Nacht hierher und ins Bett gekommen bin, weiß ich leider nicht mehr. Und leider bin ich nicht dort, wo ich eigentlich gerade sein sollte, nämlich in meinem Bett, zu Hause, um mich auf meine Abschlussrede an der Highschool heute Nachmittag vorzubereiten. Das hier ist definitiv alles andere als das ideale Szenarium für den Morgen meiner Abschlussfeier.

Erinnerungsfetzen an die letzte Nacht flackern auf. Einzelne Szenen tanzen vor meinen Augen und verschwinden wieder, kurze Sequenzen, deren Abfolge keinen Sinn ergibt. Als würde ich einen Filmtrailer sehen, nur dass statt Kate Hudson oder Kristen Stewart ich die Hauptdarstellerin bin. Ich, wie ich mit Max im Meer schwimme. Max und ich, wie wir auf dem Pier feiern und trinken (*viel* trinken). Max und ich, wie wir uns küssen (*viel* küssen). Und dann ... wird die Leinwand schwarz.

Beim Versuch, mich aufzusetzen, wird mir schwindelig, also lege ich mich gleich wieder hin. Warum in aller Welt trinken die Leute eigentlich Alkohol, wenn man sich am Morgen danach so elend fühlt?! Vielleicht weil man sich am Abend zuvor einfach verdammt gut gefühlt hat. So viel weiß ich immerhin noch.

Zu behaupten, dass ich mich eher selten in so einer Situation befinde, wäre noch maßlos untertrieben. Ich halte mich eigentlich immer an die Regeln, sogar wenn es gar keine gibt. Ich höre zu. Und ich tue, was von mir erwartet wird. In den vier Jahren auf der Highschool gab es für mich keinen Alkohol, keine Partys und keinen Freund. Und jetzt liege ich hier neben einem Jungen, den ich kaum kenne, in einem Haus, in dem ich gestern zum ersten Mal war, in einer Stadt, in der ich nicht wohne. So etwas kann einfach nicht gut enden. Jedenfalls nicht für Mädchen wie mich.

Was habe ich mir nur dabei gedacht? Wahrscheinlich gar nichts. Zum ersten Mal in meinem Leben habe ich mich einfach total gehen lassen. Ich habe mich abgeschossen. Es war berauschend. Süchtig machend. Aber einen Tag vor der Abschlussfeier vielleicht nicht unbedingt die beste Idee.

Ich sehe auf die Uhr. Kurz vor sieben. Die Abschlussfeier beginnt in fünf Stunden in La Jolla, Kalifornien, also gut zwei Stunden von hier. Und das ohne einen Stau vor der Grenze. Denk nach, sage ich mir. Aber mein Hirn weigert sich zu arbeiten. Mehr als ein tiefes, dumpfes Rauschen bekomme ich nicht. Einen Großteil dieses Schlamassels habe ich mir natürlich selbst zuzuschreiben. Hätte ich doch bloß nicht diesen Typen auf dem Motorrad verfolgt. Und wäre ich doch bloß nicht in diesen Truck gestiegen. Und hätte ich doch bloß nicht Will verloren und so verdammt viel Tequila getrunken ...

Mein Gedankengang wird jäh unterbrochen, als mir Max seinen muskulösen, gebräunten Arm um die Taille legt. Ich kann nicht weiteratmen. Neben mir liegt der gut aussehende, sexy Max Langston, dessen grüne Augen tödliche Waffen sind, dessen schiefes Lächeln unwiderstehlich und dessen Charme legendär ist und mit dem ich in den letzten sechs Schuljahren kaum ein Wort gesprochen habe – bis vor drei Tagen. Selbst wenn ich überhaupt keine Ahnung von Wahrscheinlichkeitsrechnung hätte, würde ich sagen, die Chancen, dass das hier gerade wirklich passiert, sind unfassbar niedrig und trotz allem liegen wir hier nebeneinander, unsere Körper berühren sich und mein Gesicht fühlt sich brennend heiß an.

Max ist nackt bis auf die Boxershorts, die so tief sitzen, dass ich seine unteren Bauchmuskeln sehen kann – die, die aussehen wie die oberen Enden eines V. Er rückt näher an mich heran. Meine Sinne befinden sich in höchster Alarmbereitschaft, während sich unsere Glieder ineinander verschlingen, bis sie wieder in einer bequemen Position zum Liegen kommen. Max' Finger bewegen sich langsam unter mein T-Shirt und streicheln meinen Bauch. Er umkreist meinen Bauchnabel. Seine Berührung ist zärtlich und gleichzeitig absolut elektrisierend. Beinahe nicht auszuhalten. Seine weichen, vollen Lippen streichen über meinen Hals. Er hat so früh am Morgen noch nicht einmal Mundgeruch, wahrscheinlich ganz im Gegensatz zu mir.

»Hey du«, sagt Max und lächelt träge. »Wir haben ganz schön viel getrunken gestern.«

»Ja«, sage ich in der Hoffnung, dass er weiterredet, damit ich eine ungefähre Ahnung davon bekomme, was noch so alles passiert ist, nachdem meine Festplatte den Geist aufgegeben hat.

»Ich hoffe, wir haben nichts Dummes gemacht«, versuche ich, mehr aus ihm herauszukitzeln.

»Oh, ich bin ziemlich sicher, das haben wir.« Max lacht leise, dann schließt er wieder die Augen.

Das ist alles? Mehr verrät er mir nicht?

Ich weiß natürlich nicht, an wie viel er sich noch erinnert. Aber es gefällt mir, dass er anscheinend in keinster Weise unangenehm überrascht ist, neben mir aufzuwachen. Wie kann er nur so früh am Morgen schon so verdammt gut aussehen? Ich weiß nur eins, ich stecke ganz schön tief in der Patsche.

Was ist letzte Nacht passiert? Eine beunruhigende Mischung aus Freude und Panik überkommt mich. Ich fange an zu schwitzen, was eindeutig nicht besonders attraktiv ist. Was verdammt noch mal habe ich getan? Ich habe heute meine Abschlussfeier, im Sommer einen Praktikumsplatz beim San Diego Arts Council, im Herbst einen Platz an der New York University – und Eltern, die total ausrasten werden.

Ich bin seit vierundzwanzig Stunden einfach verschwunden. Ich bin mit Max in Mexiko.

Dabei hatte ich noch nie einen Freund.

Und ich hatte noch nie Sex.

Oder doch?

Oh, Mist. Mist, Mist, Mist.

Sosehr ich mir auch den Kopf zerbreche, all das, an das ich mich nicht erinnern kann, bleibt hinter einem dunklen Vorhang versteckt. Ich gucke wieder zu Max und für einen flüchtigen Moment löst sich meine Angst in Luft auf. Er sieht so schön und zufrieden aus, wie er gerade wieder einschläft, wie seine Brust sich mit jedem Atemzug hebt und senkt. Es ist einfach überwältigend.

Ich wende den Blick ab und die Panik kehrt mit voller Wucht zurück.

Ich brauche einen Plan. Ich setze mich auf und in dem Moment sehe ich Lily Wentworth, die auf dem Flur steht und mich fassungslos anstarrt.

Zwei Tage zuvor
Mittwoch, der 23. Juni

1 Kylie:

Ms Murphy leiert die Liste der Namen herunter, die sie für die Englisch-Hausaufgabe paarweise zusammengestellt hat: »Brendon und Julie, Nadia und Sam, Kylie und Max ...«

Moment, was?! Kylie und Max? Schlechte Idee. Sehr schlechte Idee. Die ganzen sechs Jahre auf der Freiburg Academy habe ich es geschafft, jegliche Interaktion mit Max Langston zu vermeiden. Wir befinden uns an entgegengesetzten Enden des sozialen Spektrums – was wahrscheinlich der Grund dafür ist, dass Ms Murphy uns zusammengetan hat. Sie ist einfach abgrundtief böse.

»Hausaufgaben? Oh nee!«, platzt es aus Lily Wentworth heraus, deren Kopf gerade in einer wahrscheinlich ein paar Hundert Dollar teuren, großen Ledertasche steckt. Sie sieht Leute nie direkt an, sondern schaut immer mit unruhigem Blick an allen vorbei, so als würde sie ständig auf der Suche nach etwas oder jemand Besserem sein.

»Morgen ist doch der letzte Schultag ...«, quengelt sie weiter.

»Eigentlich sollten wir echt keine Hausaufgaben mehr aufbekommen«, fügt Charlie Peters hinzu.

Keiner hält sich mehr an die Regeln. Und es scheint auch niemanden zu wundern, dass die beiden Mistress Murphy widersprechen, wie Will und ich sie zu nennen pflegen (wir sind uns ziemlich sicher, dass sie nachts als Domina arbeitet). Sie lässt sich Jahr für Jahr immer wieder neue Sachen einfallen, wie sie ihre Zöglinge quälen kann.

»Und genau darum gebe ich Ihnen diese Aufgabe, Mr Peters. Ich habe genug von Zwölftklässlern, die das letzte Halbjahr absitzen, als wäre die Schule schon vorbei. Wenn Sie Ihr Gehirn nicht trainieren, verkümmert es. Und ehe Sie sich versehen, sitzen Sie auf der Straße und betteln. Und ich werde Ihnen dann ganz bestimmt nichts geben«, sagt Mistress Murphy.

Heftig.

Ein Lächeln huscht über Ms Murphys scharfkantiges, verkniffenes Gesicht. Ihr macht das hier anscheinend Spaß. Sie ist ganz eindeutig in der SM-Szene unterwegs. Ich kann mir regelrecht vorstellen, wie sie ganz in Leder gekleidet die nietenbesetzte Reitgerte hält, während ein armer Kerl zu ihren Füßen um Gnade bettelt. Alle um mich herum seufzen. Doch im Gegensatz zu den anderen macht mir ein letzter Aufsatz nichts aus. Wenn ich eine oscarprämierte Drehbuchautorin werden will, kann ich auch gut noch etwas an meinen Schreibkünsten feilen. Ich habe allerdings ein Problem damit, mit Max zusammenzuarbeiten. Und es ist offensichtlich, dass auch er nicht besonders scharf darauf ist.

»Scheiße, nicht Kylie Flores. Die macht das nachher noch wirklich!«, sagt Max laut genug, damit alle um ihn herum es hören können, inklusive mir. Was für ein Arsch.

Ein paar Leute lachen. Haha. Witzig. Max ist vielleicht perfekt, was sein Äußeres angeht, aber wie es in seinem Kopf aussieht, ist mal eine ganz andere Sache. Wenn er auch nur einen einzigen Gedanken darin hätte, würde der vor Einsamkeit eingehen. Wie alle auf der Freiburg ist Max ein verwöhnter, reicher Snob, der auf einem öden Meer von Privilegien treibt und sich in vollkommener und seliger Unwissenheit darüber befindet, wie der Rest der Welt lebt.

Alle auf der Freiburg bis auf Will. Gott sei Dank habe ich Will. Ohne ihn hätte ich hier niemals überlebt.

Nur noch zwei Tage, dann liegt die Freiburg Academy hinter mir. Ich werde in dem Wissen, dass das Schlimmste vorbei ist und das Beste noch vor mir liegt, nach New York fliegen, um dort auf die NYU zu gehen. Die Welt wird mich mit offenen Armen empfangen – mich und meinen beißenden Sarkasmus (der auf der Freiburg leider so gut wie nie verstanden wird), mein hitziges Temperament (das ich vielmehr als Zeichen ausgeprägter Leidenschaft denn als mangelnde Selbstkontrolle verstehe) und mein unkonventionelles Erscheinungsbild (ich bin halb Mexikanerin, halb Jüdin, was zwar auf dem Papier toll aussieht, aber nicht im grellen Tageslicht von La Jolla). Der Abschlussjahrgang der Freiburg kann mir den Buckel runterrutschen. Ich werde endlich frei sein von den gesellschaftlichen Fesseln, die mich hier binden.

Okay, das war jetzt vielleicht ein bisschen übertrieben. Nicht gerade das Beste, was ich jemals geschrieben habe. Hört sich eher an wie der Spruch auf einem Aufkleber oder in einem Glückskeks als wie eine tatsächliche Erkenntnis, aber besser kann ich es gerade nicht ausdrücken, und ich glaube, was ich sagen wollte, ist rübergekommen. Die Freiburg Academy kotzt mich an. Schlicht und ergreifend.

»Ihr werdet euch gegenseitig interviewen und einen Aufsatz von tausend Wörtern darüber schreiben, welche beiden Bücher euch während eurer Zeit auf der Freiburg am meisten beeindruckt haben. Abgabetermin ist morgen, am letzten Schultag. Wer nichts abgibt, bekommt eine Sechs, die in die Abschlussnote für dieses Halbjahr eingehen und somit Einfluss auf euren Gesamtnotendurchschnitt haben wird. Das College eurer Wahl würde darüber sicherlich nicht besonders erfreut sein«, verkündet Mistress Murphy.

Allen anderen ist das wahrscheinlich herzlich egal, aber bei mir trifft ihre Drohung einen empfindlichen Nerv. Ich *muss* diesen Aufsatz schreiben. Bisher bin ich diejenige mit dem besten Notendurchschnitt, was ein lang gehegtes Ziel von mir war. Eine Sechs könnte das schlagartig ändern und mich auf Platz zwei zurückfallen lassen. Auf einer Privatschule wie der Freiburg, auf der es hauptsächlich um Wettbewerb geht, ist die Spitze ein begehrter Platz und sie erfordert ständige Wachsamkeit.

Max' Lieblingsbuch ist garantiert so etwas dermaßen Offensichtliches, dass es einem im Kopf wehtut. Der *Fänger im Roggen* wahrscheinlich oder, schlimmer noch, *Das Guinness-Buch der Rekorde*.

Nach der Stunde gehe ich direkt zu Max, der mit Lily (der Super-Freundin) und seinem besten Freund Charlie Peters vor seinem Spind steht. Max und Lily sind seit Anfang des Schuljahrs zusammen. Es war nur eine Frage der Zeit, bis der hübscheste Junge und das bestaussehendste Mädchen der Schule ein Paar werden würden. Wären die beiden nicht zusammengekommen, wäre die Welt wahrscheinlich aus den Fugen geraten. Alle tun so, als würden die beiden irgendeiner königlichen Familie oder so angehören. Es war absolut vorhersehbar und gerade deshalb ist es gleichzeitig so was von bescheuert, dass ich mir am liebsten die Augen auskratzen würde. Als ich näher komme, höre ich, wie sie sich gerade über die Abschlussparty dieses Wochenende bei Charlie unterhalten, zu der ich natürlich nicht eingeladen bin. Über den DJ, die Musik, das Essen. Wenn ich es nicht besser wüsste, würde ich denken, dass sie einen Flug zum Mond planen, so aufgeregt, wie sie sind.

Natürlich bin ich wie alle zur offiziellen Abschlussfeier der Freiburg Academy eingeladen, aber dahin gehen nur diejenigen, die nicht zur inoffiziellen und daher angesagten Abschlussparty bei Charlie eingeladen sind. So sind nun mal die gesellschaftlichen Regeln auf der Freiburg. Und somit werden auf der offiziellen Feier nur Loser sein. Vielen Dank auch, da bleibe ich lieber zu Hause.

Ich werde zusammen mit Will meine eigene Party feiern. Wir machen einen John-Woo-Filmabend mit In-N-Out-Burgern. Das ist unser jährliches Ritual zum Ende des Schuljahrs. Bei dem Gedanken daran fange ich jetzt schon fast an zu heulen. Das Ende einer Ära. Ich werde Will so was von vermissen. Ob es einen Will auf der NYU für mich geben wird? Unwahrscheinlich. So leicht tue ich mich nicht damit, neue Freundschaften zu schließen.

»Ich bin für 'ne gute Mischung an Old-School-Songs. Prince und Parliament und so«, sagt Max.

»Prince? Ist das dein Ernst?«, nörgelt Lily. »Maxie, du hast einen Musikgeschmack wie mein Dad.«

»Es können eben nicht alle so hip sein wie du«, antwortet Max. Er sagt es mit einem Lächeln auf den Lippen, aber ich habe ganz sicher eine Spur von Verärgerung in seiner Stimme gehört, was mich irgendwie überrascht. Max und Lily scheinen sonst immer derart verliebt zu sein, dass mir regelmäßig schlecht davon wird. Wahrscheinlich bilde ich mir seine Gereiztheit bloß ein.

»Nein, Schatz, das können wohl wirklich nicht alle«, erwidert sie bissig. Und dann legt sie die Hände auf Max' Gesicht und küsst ihn, mehr als ausgiebig. Charlie steht einfach daneben. Er hat den einsamen Auftrag des loyalen Freunds, der gleichzeitig das fünfte Rad am Wagen ist. Wahrscheinlich ist das hier gerade ein wichtiger Bestandteil des öffentlichen Zurschaustellens ihrer Liebe. Ich sehe weg, weil ich mich sonst wahrscheinlich übergeben müsste.

Ich räuspere mich. Bloß schnell meinen Text sagen und dann nichts wie weg hier.

Max, Charlie und Lily sehen mich belustigt an.

»Lass mich raten, du willst über den Aufsatz für Ms Murphy reden«, sagt Max und lacht.

»Äh, ja. Stimmt«, antworte ich. So schnell lasse ich mich nicht unterkriegen.

»Mann, du hattest ja so recht«, sagt Max zu Charlie.

»Vergiss es, Kylie. Noten sind jetzt egal«, meint Charlie.

»Mir nicht. Ich will keine Sechs in Englisch. Ich mache die Aufgabe, und da ich einen Partner dafür brauche«, sage ich und wende mich an Max, »wirst du sie mit mir zusammen machen müssen.«

Was ich nicht erwähne, ist, dass ich meine Position als Jahrgangsbeste nicht verlieren will. Zufälligerweise weiß ich nämlich, dass Sheldon Roth nur 0,02 Punkte hinter mir liegt und mir damit ganz dicht auf den Fersen ist, gefolgt von Patrick Bains und ... Lily. (So gerne ich sie auch als Idiotin abschreiben würde, sie ist leider keine. Sie hat den Jackpot geknackt: Sie ist reich, hübsch *und* intelligent.) Ich stehe vielleicht schon als Abschlussrednerin auf den Programmen der Abschlussfeier, aber das hat nichts zu sagen. Mit einem einzigen schlechten Aufsatz in Englisch kann ich von Sheldon überholt werden. Das hier ist ein knallharter Wettbewerb und ich habe vor, ihn zu gewinnen.

»Machst du Witze?«, fragt Max. »Die Murphy kann zur Hölle fahren.«

»Tut mir leid, aber ich hab ein Stipendium für die NYU und ich muss auf meinen Schnitt achten ...« Wenn ich mich doch nur nicht dauernd entschuldigen würde. Ich wünschte, ich könnte stattdessen mit einer genialen Retourkutsche aufwarten, die sie alle verstummen lässt. Doch leider nein. Meine Schlagfertigkeit verdünnisiert sich vor diesen Leuten. Dabei gebe ich nicht mal viel darauf, was sie von mir denken. Sie sind nur offenbar von einem anderen Stern und ich habe keine Ahnung, wie ich mit ihnen kommunizieren soll. Die beliebten Leute sind vom Mars. Der Rest ist aus einer fernen Galaxie, von der noch niemand gehört hat.

Lily verdreht die Augen. »Oh Gott. Du bist ja so eine Streberin, Kylie. Nimm das doch nicht so ernst. Ein einziger blöder Aufsatz für die Murphy zählt überhaupt nichts. Sie versucht doch nur, uns Angst einzujagen, weil es ihre letzte Gelegenheit ist, uns eins reinzuwürgen.«

Sie hat recht. Mistress Murphys Worte sind eine leere

Drohung und entbehren jeder Grundlage. Mein Stipendium bleibt davon unberührt und ich werde immer noch die Jahrgangsbeste sein. Aber ich kann Hausaufgaben nicht einfach ignorieren. Die Zusage von drei Elite-Unis (Brown, Pennsylvania und Princeton, die ich – sehr zum Verdruss meiner Eltern – alle zugunsten der NYU und ihres Filminstituts, das regelmäßig neue Stars hervorbringt, ausgeschlagen habe) habe ich bestimmt nicht bekommen, weil ich das hier nicht ernst nehme. Ich habe noch nie etwas *nicht* ernst genommen. Und ich werde garantiert nicht jetzt damit anfangen.

»Mal im Ernst, Kylie. Kein Mensch macht die Hausaufgabe«, fügt Max grinsend hinzu und lässt seine perlweißen Zähne aufblitzen. Ich blicke schnell auf den Boden, aus Angst, dass mich der Mut verlässt, wenn ich ihn nur eine Sekunde länger ansehe. Er ist wirklich unglaublich sexy. So sexy, dass es in den Augen wehtut.

»Nach der sechsten Stunde hab ich Zeit, dann können wir uns treffen. Sollte ja nicht besonders lange dauern. Ich, äh ... ich kann deinen Aufsatz auch schreiben, wenn du willst.« Ich werde das hier hinbekommen. Egal, wie tief ich sinken muss. Und, mal ehrlich, mit dem Angebot, Max' Aufsatz zu schreiben, bin ich schon ganz unten angekommen. Auf der NYU wird es hoffentlich mehr um Leistung gehen und weniger um Geld und gutes Aussehen. »Zehn Minuten, mehr brauche ich nicht. Und die Aufsätze kann ich heute Abend zu Hause schreiben«, sage ich.

»Okay, cool, dann schreib halt meinen Aufsatz«, sagt Max.

Scheiß drauf. Ich werde diese Leute hier nie wiedersehen. Ich habe vor, als Jahrgangsbeste abzuschließen und danach das Weite zu suchen.

»Bis später«, sagt Max. Dann legt er den Arm um Lily, zieht sie zu sich heran und die beiden fangen wieder an zu knutschen. Mit Zunge und allem. Vielen Dank auch. Einmal war einfach nicht genug.

Noch zwei Tage. Ich zähle die Stunden ...

2 Will:

Kylie sieht mich noch nicht einmal, so schnell läuft sie den Gang hinunter. Sie starrt auf den Boden und trägt ihre übliche Uniform: graue Jeans, weißes T-Shirt und diesen arschlangweiligen, schäbigen Schal, den ihr ihre Großmutter vor tausend Jahren oder so gestrickt hat. Meine beste Freundin braucht eindeutig ein neues Styling. Und ich wäre der perfekte Style-Berater, wenn Kylie dem Thema Mode gegenüber nur ein bisschen aufgeschlossener wäre. Aber all die schönen Klamotten, die ich ihr über die Jahre geschenkt habe, hängen noch mit den Schildern dran in ihrem Schrank und warten darauf, irgendwann wieder zurück in die Zivilisation zu entkommen.

Wenigstens trägt sie nicht mehr diese komischen Ugg-Boots, die aussehen wie riesige Fußtumore aus Wildleder. Als ich das letzte Mal bei ihr war, habe ich die Dinger einfach weggeschmissen. Kylie vor sich selbst zu bewahren, ist ein Fulltime-Job, das ist mal klar. Und ich bin wie dafür geboren. Wirklich schade, dass ich das nicht zu meinem Beruf machen kann.

»Hey, du da! Du kommst also aus Afrika. Und wieso bist du weiß?« rufe ich ihr zu.

»Oh mein Gott, Karen, man fragt Menschen nicht, wieso sie weiß sind«, antwortet sie prompt.

Girls Club. Wir können das Drehbuch auswendig. Von diesem Film und ungefähr noch tausend anderen. Die Anzahl an Stunden, die wir filmguckenderweise zusammen verbracht haben, ist beängstigend. Manchmal haben wir denselben Film viermal hintereinander gesehen, ohne Pause. An manchen Wochenenden sind wir kaum an die frische Luft gekommen. Ich könnte behaupten, das liegt daran, dass wir leidenschaftliche Filmliebhaber sind, aber ich weiß, dass mehr dahintersteckt. Wir ziehen beide, aus unterschiedlichen Gründen, das Leben auf dem Bildschirm dem in der realen Highschool-Welt vor. Das behauptet jedenfalls meine Psychotherapeutin. Kylie wird einmal Drehbuchautorin und ich ... wer weiß? Ich habe jede Menge Zeit und Geld, weswegen ich mir darüber im Gegensatz zu Kylie keine großen Sorgen mache.

Kylie läuft weiter. Ich muss mich beeilen, sie einzuholen. Ein paar vereinzelte Locken aus ihrem Pferdeschwanz haben sich selbstständig gemacht. Kylie trägt ihre umwerfende Mähne immer so streng zurückgekämmt, dass es aussieht, als würde sie einen Helm tragen. Sie sollte ihre sexy Latina-Locken wirklich mehr zur Geltung bringen. Wenn sie wollte, könnte sie mit ihrer bronzefarbenen Haut, den goldenen Augen und diesen unglaublich langen schwarzen Wimpern wie ein Filmstar aussehen. Die Sista ist einfach wahnsinnig sexy, sogar in einem Aufzug, in dem Marilyn Monroe wie ein Neutrum wirken würde. Leider ist sie sich dessen überhaupt nicht bewusst. Sie denkt ernsthaft, sie wäre hässlich. Das macht mich echt fertig.

»Du hast dich mal wieder selbst übertroffen«, sagt Kylie, nachdem sie kurz mein Outfit gemustert hat. »Willst du Alvarez zum Äußersten bringen?«

»Insgeheim steht er doch drauf.«

Ich mache unseren Direktor wahnsinnig. Die Freiburg ist eine derart spießige Hetero-Schule in einer derart spießigen Hetero-Stadt, dass meine Röcke und Kleider unseren Rektor, Mr Alvarez, nicht besonders erfreuen. Letztes Jahr hat er deswegen noch meine Eltern in die Schule bestellt, aber inzwischen hat er es wohl aufgegeben. Genau wie meine Eltern.

»Sehe ich nicht scharf aus?«, frage ich Kylie und drehe mich auf den schwarzen, mörderisch hohen Plateauschuhen (bei ebay gekauft). Dazu trage ich eine hautenge limettengrüne Jeans und ein wahnsinnig toll geschnittenes schwarzes Kleid von Marc Jacobs, das ich mir – ohne Erlaubnis – von meiner Schwester geborgt habe. Ich weiß. Mein Schwulsein schreit einen direkt an. Ich bin sozusagen schon »out« zur Welt gekommen. Und von Jahr zu Jahr wurde mein unstillbares Bedürfnis, diesen konservativen Verein hier vor den Kopf zu stoßen, immer größer. Dieses Jahr habe ich es sozusagen auf die Spitze getrieben. Ich breche mit allen Kleidungs-Codes. Ich werde mich aus dieser Stadt verabschieden, und zwar mit Stil.

»Oh ja. Du siehst hammer aus. Sogar in diesem grässlichen Neonlicht«, sagt Kylie. Kylie ist die Einzige, die mich schon immer so akzeptiert hat, wie ich bin.

»Tja, ich weiß nun mal, wie es geht. Apropos, ich habe da noch eine kleine Überraschung für Charlie Peters. Ein Abschlussgeschenk sozusagen. Du musst mir nur helfen, ihn in die Jungstoilette zu bekommen.«

Kylie und ich sagen immer Charlie Peters zu Charlie Peters. Wir könnten ihn auch einfach Charlie nennen, aber das ist eine von den Sachen, die unsere Freundschaft ausmachen.

»Ach, hör schon auf. Charlie Peters ist definitiv nicht schwul«, sagt Kylie. »Du denkst doch, alle Welt ist schwul.«

»Die meisten sind es ja auch. Sie wissen es nur noch nicht.«

»Okay, wie auch immer. Pass auf, Will, ich hab's eilig. Ich muss in die Bibliothek.«

Offensichtlich ist sie gerade nicht zu Scherzen aufgelegt.

»Die Bibliothek? Die Schule ist vorbei, Süße. Finito.«

Kylie ist so eine krasse Streberin, dass ich mir echt Sorgen um sie mache. Wer soll sich denn bitte an der NYU darum kümmern, dass sie mal ausspannt und *Modern Family* und

Fringe guckt? Wahrscheinlich werde ich extra aus Berkeley einfliegen müssen, um sie zum Chillen zu zwingen.

»Wir haben noch eine letzte Hausaufgabe von Mistress Murphy bekommen.«

»Jetzt sag bitte nicht, dass du sie machen willst. Es wird sich nicht negativ auf deinen Charakter auswirken, wenn du sie *nicht* machst. Im Gegenteil. Das verspreche ich dir.«

»Ich werde sie machen. Und auch die von Max Langston. Wir sind nämlich in einem Team.«

»Kylie, Kylie, Kylie.«

»Er macht sonst nicht mit. Und ich kann die Hausaufgabe nicht einfach nicht machen. Ich kann einfach nicht. Auf der NYU wird es besser. Bestimmt«, versucht Kylie, mich zu besänftigen.

»Wohl kaum.« Aber wer weiß, vielleicht hält New York ja die Antwort für sie bereit. San Diego, genauer gesagt, La Jolla, wirft wahrhaftig nur Fragen auf.

»Wahrscheinlich hast du recht.«

»Na ja, immerhin bekommen wir jetzt den schönen Max Langston zu sehen.« Normalsterbliche wie wir haben üblicherweise nämlich keinen Kontakt mit den Max Langstons dieser Welt.

»Wir?«, fragt Kylie, wobei sie mir einen warnenden Blick zuwirft.

»Ich komme mit.« Vom Nebentisch in der Bibliothek werde ich einen ausgezeichneten Blick auf Max haben.

»Will, hast du nichts Besseres zu tun?«

»Leider nein.«

»Das macht das Ganze nicht gerade einfacher.«

»Ihr werdet mich kaum bemerken.«

»Du bist unmöglich.« Kylie streckt mir die Zunge raus.

Und ich strecke ihr die Zunge raus. So kommunizieren wir ungefähr siebenhundertmal am Tag. Ich liebe sie. Ich würde ihr einen Lungenflügel und ein Bein spenden. Ich hoffe nur, dass es niemals dazu kommt.

Wir setzen uns also an einen Tisch in der Bibliothek und warten auf Max. Dann ziehe ich ein paar lange goldene Chandelier-Ohrringe aus der Tasche und halte sie Kylie hin.

»Die *musst* du zur Abschlussfeier tragen. Du brauchst etwas Auffälliges für die Bühne. Damit wirst du großartig aussehen, mit offenen Haaren und ...«

»Will, du hast doch versprochen, nichts mehr von deiner Schwester zu klauen.«

»Aber du bist Jahrgangsbeste, Schätzchen. Du brauchst etwas Besonderes. Und Annie wird gar nicht merken, dass sie fehlen. Sie hat Tonnen davon.«

»Das ist lieb gemeint, ich weiß es wirklich zu schätzen, aber ich werde nichts von deinen geklauten Sachen annehmen. Sorry.«

Manchmal verfluche ich Kylie und diesen Moral-Kompass, den sie um den Hals trägt. Meine Schwestern haben so viel Zeugs, das ist schon fast abartig. Ich will doch nur ihre Schätze mit Kylie teilen.

»Dann lass mich wenigstens ein Kleid für die Abschlussfeier für dich kaufen.«

»Will, ich meine es ernst. Hör auf.«

Also lasse ich das Thema erst einmal fallen, aber ich schwöre mir, es vor Freitag wieder aufzunehmen. Kylie verdient einfach ein umwerfendes Kleid für ihren großen Auftritt, wenn sie die Abschlussrede hält und uns allen der Mund offen stehen bleiben wird. Unter ihrem Talar und Hut wird es zwar nicht zu sehen sein, aber es geht ums Prinzip.

Kylie und ich sind eigentlich ganz schön verschieden. Auf einer Schule mit Sprösslingen der wohlhabendsten Familien La Jollas bin ich eins der reichsten Kids, während Kylie eine der fünf Stipendiaten ist. Wir sind uns am ersten Tag der siebten Klasse begegnet, im abgelegensten Winkel der Cafeteria, denn im Zentrum von Reich & Schön wollte man uns nicht haben. Kylie war neu auf der Schule und ich war, tja, ich. So sind wir am gleichen leeren Tisch gelandet, an dem außer uns nur noch Justin Wang saß, der wie in Trance mit seinem Nintendo kommunizierte.

Ungefähr zehn Minuten lang sagte keiner von uns ein Wort. Als ich es nicht mehr länger aushielt, fragte ich Kylie schließlich: »Ist dir klar, dass es ohne Trigonometrie überhaupt keine Technik gibt?«

Ohne auch nur eine Sekunde zu zögern, antwortete Kylie: »Und ohne Lampen würde es kein Licht geben.« Wobei sie noch nicht einmal von ihrem Pizza-Bagel aufsah.

»Das gibt's nicht«, sagte ich. Wie groß war die Wahrscheinlichkeit, dass die Neue aus *Breakfast Club* zitieren konnte?

»Wieso nicht?«, fragte Kylie. Und dann sah sie auf und lächelte mich an. Die Kleine hat ein umwerfendes Lächeln. Ihr ganzes Gesicht strahlt, wenn sie lächelt. »*Breakfast Club* ist einer meiner absoluten Lieblingsfilme.«

»Es ist ein Meisterwerk«, pflichtete ich ihr bei. Und seitdem sind wir beste Freunde.

Kylie zwirbelt eine Haarsträhne um ihren Finger und starrt auf die Uhr. Sie ist angepisst. Wir warten bereits seit dreißig Minuten und von Max ist weit und breit nichts zu sehen. Was nicht besonders überraschend ist. Da springt Kylie auf und rennt zur Tür. Und weg ist sie. Oh-oh.

Mit Kylies Temperament ist nicht zu spaßen. Sie sah aus, als würde sie gleich ausflippen. Ich liebe ihre Ausraster. Und da wir der Abschlussfeier inzwischen gefährlich nahe sind, könnte dies tatsächlich Kylies letzter Auftritt sein. Ich laufe ihr hinterher, was in diesen verrückten Plateauschuhen kein leichtes Unterfangen ist. Vielleicht sollte ich mir mal ein Paar Turnschuhe zulegen.

3 Kylie:

Ich hasse es, wenn Leute unpünktlich sind. Unpünktlichkeit steht ganz oben auf der Liste meiner persönlichen Lieblingsärgernisse. Egoismus, Narzissmus und Dummheit folgen kurz darauf. Kaum zu glauben, aber Max scheint all diese Eigenschaften in sich zu vereinen.

Doch damit wird er mir nicht davonkommen. Es ist mir vollkommen egal, wie gut aussehend oder beliebt er ist. Auf einmal werde ich von einer unkontrollierbaren Wut gepackt, und ehe ich es mich versehe, laufe ich zum Sportzentrum. Für jeden anderen Menschen wäre dies sozialer Selbstmord, aber ich war schon tot, als ich vor Jahren hier angefangen habe.

Ich bin mir ziemlich sicher, Max auf dem Squash-Court zu finden, und renne über den Schulhof zum Sportzentrum. Will torkelt und hüpft auf seinen lächerlichen Plateauschuhen hinter mir her. Ich hoffe, dass er auf der Berkeley weniger das Bedürfnis verspürt, seine Sexualität wie ein Verdienstabzeichen zur Schau stellen zu müssen. Zufälligerweise weiß ich nämlich, dass Will seine maßgeschneiderten Anzüge und ausgewaschenen Levi's viel lieber mag. Eines Tages wird er sich vielleicht wohl genug in seiner Haut fühlen, um unauffälligere Klamotten zu tragen. Oder wenigstens bequemere Schuhe zu wählen.

Ich reiße die Tür zu den Sporthallen auf und marschiere die Treppe zum Squash-Court hinunter. Will ist mir dicht auf den Fersen, doch dann knickt er um und fällt die letzten Stufen herunter, bis er schließlich neben der Zuschauerbank zum Liegen kommt.

Lily sieht kichernd auf Will herab. »Deswegen tragen Männer wahrscheinlich keine Absätze, William.« Lilys Busenfreundinnen Stokely Eagleton und Jemma Pembolt, die neben ihr sitzen, gackern wie auf Kommando.

Wenn das hier ein Actionfilm wäre, mit mir als Hauptdarstellerin, würde ich jetzt den Bleistiftrock hochreißen, weit mit dem Bein ausholen und alle drei mit einem schwungvollen Tritt gegen ihre Köpfe außer Gefecht setzen. Dann würde ich mir über den Rock streichen, den Lippenstift nachziehen, einen Fussel vom Ärmel zupfen und mit einem Lächeln auf den Lippen davonschlendern. Nur sind wir hier leider nicht im Film. Das hier ist mein jämmerliches Leben. Und ich bin nun mal keine Actionheldin.

Also werfe ich Lily und Begleitung bloß einen bösen Blick zu, dann beuge ich mich zu Will hinunter und frage: »Alles okay?« Nicht gerade oscarreif.

»Mir ging's noch nie besser.«

Ich helfe Will auf die Bank. Er beißt sich auf die Unterlippe und reibt sich das Bein.

»Sicher?«, frage ich.

»Wird schon gehen. Brich meinetwegen bitte nicht die Show ab. Du weißt doch, wie sehr ich die Pause nach dem Höhepunkt der ersten Hälfte liebe«, sagt Will.

Also lasse ich Will auf der Bank zurück und marschiere auf den Squash-Court, wo Max gerade mitten in einem hitzigen Match mit Charlie ist. Ich weiß, dass das keine gute Idee ist, aber es ist mir so was von egal. Max Langston und seine Leute machen, was sie wollen, wann immer sie wollen, mit wem es ihnen gefällt. Ich hab eindeutig genug davon.

Ich bin so auf meinen Kampf um Gerechtigkeit fixiert, dass ich den Squash-Ball erst wahrnehme, als er mich am Hintern trifft.

Lily und ihre Hyänen lachen hysterisch.

»Kylie, verdammt, mach dich vom Acker«, ruft Charlie. Max und er dreschen weiter auf den Ball ein, als wäre ich gar nicht da.

Zum zweiten Mal heute sieht Max mich an und verdreht die Augen. Ich fühle mich nackt und lächerlich, wie ich da so mitten auf dem Squash-Court stehe und der Ball mir um die Ohren fliegt.

»Max und ich waren vor vierzig Minuten verabredet«, erkläre ich. Noch während ich versuche, mich in dieser Angelegenheit nicht unterkriegen zu lassen, begreife ich, dass das hier meine wohl schlechteste Idee seit Langem ist.

»Ups, meine Schuld. Das Spiel hat länger gedauert. Und ganz offensichtlich werden wir unsere Verabredung jetzt nicht nachholen. Würdest du also bitte vom Court gehen?«, erwidert Max.

»Nein, werde ich nicht. Du bist so unglaublich unverschämt, das ist echt hammer. Ich meine, bist du in einem Stall aufgewachsen oder was?« Es ist mir durchaus bewusst, was für ein schräger Kommentar das ist, aber ich bin gegenüber Leuten wie Max Langston leider immer noch nicht besonders schlagfertig.

»Wohl kaum. Aber ein Stall wäre immerhin noch besser gewesen als ein Wohnwagen. Oder werden die Dinger heutzutage Mobilheime genannt?«, fragt Charlie.

Damit will Charlie offenbar darauf anspielen, dass ich in Logan Heights wohne, nicht gerade dem vornehmsten Teil San Diegos. Von dort sind es gerade mal zwanzig Kilometer nach La Jolla, aber es fühlt sich an, als läge ein ganzes Universum dazwischen. Unser schäbiges, kleines Mietshaus würde in Charlies Gästeklo passen. Schätze ich zumindest, denn ich habe sein Zuhause noch nie zu sehen bekommen und daran wird sich auch so schnell nichts ändern.

Charlies Bemerkung lässt mich augenblicklich an die Decke gehen. Ich merke noch, wie meine Wut hochkocht und auf den Squash-Court überläuft, und im nächsten Moment habe ich auch schon das dringende Bedürfnis, Charlie zu verprügeln. Ich trete ihm mit voller Wucht gegen das Schienbein. Von den Zuschauerplätzen höre ich Will nach Luft schnappen. Charlie jault vor Schmerz auf und geht in die Knie. Was für ein Schauspieler. So schlimm war das ja wohl nicht, oder? Es ist mir zwar etwas unangenehm, Gewalt gebrauchen zu müssen, aber wenigstens habe ich jetzt ihre Aufmerksamkeit.

»Sag mal, spinnst du?«, keucht Charlie.

»Was hast du eigentlich für ein verdammtes Problem, Kylie?«, fragt Max.

»*Du* bist mein Problem, Max.«

Ein paar andere Leute sind herübergekommen, um sich die Show anzusehen. Ich werde knallrot. Aber ich ziehe nicht den Schwanz ein. Ich darf jetzt keinen Rückzieher machen. Ich bin schon zu weit gegangen, also kann ich die Sache auch durchziehen. Recht geht vor Macht. Denke ich. Hoffe ich.

»Ich finde, das hier ist der perfekte Zeitpunkt für unser Interview«, sage ich und hole mein Notizbuch hervor. Ich verharre mit dem Stift über der aufgeschlagenen Seite. »Du bist da. Ich bin da. Besser geht's nicht, oder?«

Alle sehen mich an, als wäre ich gerade einem Horrorfilm entstiegen.

»Also, was ist dein Lieblingsbuch?«, frage ich Max.

»Kylie, lass uns das später machen. Ich bin hier in einer halben Stunde fertig.« Max klingt beinahe versöhnlich.

»Scheiß auf dich, Max! Du hast heute schon genug von meiner Zeit verschwendet. Ich habe keine Lust, noch länger auf dich zu warten. Wir machen es jetzt.«

Himmel, wer sagt denn so was im wirklichen Leben? Ich, offensichtlich. Ich lasse alles raus. Ich bin vollkommen neben der Spur. Wenn ich damit nur bis nach meiner Abschlussrede gewartet hätte. Jetzt wird die ganze Schule über mich lachen, wenn ich auf der Bühne stehe. Wird mir überhaupt jemand zuhören, während ich die Rede halte, an der ich seit Monaten gearbeitet habe? Aber jetzt ist es zu spät, mir darüber Gedanken zu machen.

Max' Gesichtsausdruck wechselt von beschwichtigend zu angepisst. »Weißt du, was, Kylie? Scheiß auf *dich.* Und scheiß auf unseren Deal. Du bist doch eh die einzige, die so bescheuert ist und diese Hausaufgabe machen will. Ich wollte nur nett sein, aber Scheiße, vergiss es. Außerdem bin ich mitten in einem Match. Also sieh zu, dass du vom Court verschwindest.«

Und damit wirft Max den Ball an die Wand und verfehlt meinen Kopf nur um wenige Zentimeter. Er ist ein sehr guter Spieler, also muss ich davon ausgehen, dass er das mit Absicht gemacht hat. Ich habe diesen Kampf *und* den Krieg verloren. Ich schleiche mich vom Court. Ich bin immer noch geladen, aber jetzt mischt sich meine Wut mit dem bitteren Nachgeschmack der Erniedrigung. Mit gesenktem Kopf eile ich zum Ausgang, ohne dem Publikum auf den billigen Plätzen Beachtung zu schenken.

Draußen holt Will mich ein und hakt sich bei mir unter. »Du hast mich schon mit ›Scheiß auf dich, Max‹ restlos überzeugt. Du warst einfach großartig!«

Ich sage nichts. Ich bin zu sehr damit beschäftigt, mich selbst fertigzumachen. Warum kann ich nicht einfach mal fünfe gerade sein lassen und Mistress Murphys blöde Hausaufgabe knicken? Will weiß ganz genau, dass ich gerade innerlich mit mir selbst im Ring stehe. Er hat mir schon öfter bei solchen Boxkämpfen zugesehen.

»Sein Hintern ist auch nicht mehr das, was er mal war. In der Siebten hatte er echt noch einen süßen, knackigen Hintern. Aber langsam kriegt er einen Hängearsch. Das ist kein gutes Vorzeichen für sein mittleres Lebensalter«, versucht Will, mich aufzuheitern.

»Du weißt ganz genau, dass das nicht wahr ist.«

»Ich weiß. Er hat einen unglaublichen Arsch, ganz zu schweigen von seinem Waschbrettbauch und diesem Bizeps …«

»Will, halt die Klappe.«

»Sorry, tut mir leid.«

»Ich hasse diese Schule.«

»Ich auch. Aber wart's nur ab. Du wirst die NYU rocken!«

Ich bin Will wirklich dankbar für seine Unterstützung. Trotzdem befürchte ich, dass ich weder auf der NYU noch sonst irgendwo großartig anders sein werde. Vielleicht liegt es ja gar nicht an der Freiburg, sondern an mir? Vielleicht passe ich einfach nirgendwo rein, so wie mein Bruder Jake? Versteht mich nicht falsch, die Freiburg ist definitiv beschissen und schuld an den meisten meiner gesellschaftlichen Defizite. Außer Will hatte ich hier nicht besonders viele Freunde. Aber trotzdem frage ich mich, ob das nicht zum Teil vielleicht auch meine Schuld war.

»Na ja, warten wir mal ab …«, sage ich zu Will, während mir die Unsicherheit wie ein fieser Ausschlag über die Haut kriecht.

»Hör auf. Du bist etwas ganz Besonderes. Lass dir von denen bloß nichts anderes einreden. Du bist ein wunderbarer Mensch. Vergiss das nicht.« Will lässt sich nicht davon abbringen.

»Ich weiß nicht. Ich kann es einfach nicht fassen, dass ich so ausgerastet bin. Das war voll peinlich.«

»Es war Ehrfurcht gebietend. Du bist meine Heldin.« Will zieht mich zu sich und umarmt mich. »Wie wär's mit einem Frozen Yoghurt bei Pink Berry? Ich lad dich ein.«

»Ich kann nicht. Ich muss auf Jake aufpassen.« Ich löse mich aus seiner Umarmung und mache mich auf den Weg.

»Du Loser.«

»Leck mich.«

»Rufst du nachher an?«, beendet Will das Zitat aus *Eiskalte Engel.* Dann winkt er und verschwindet auf dem Schulhof.

Ich muss nach Hause. Ich bin schon viel zu spät dran.

4 Max:

»Was für ein Scheiß, Alter«, sagt Charlie.

»Sie ist eben ein totaler Freak«, sage ich. Was ich nicht sage, ist, dass Kylie recht hat. Ich kann manchmal ein ganz schönes Arschloch sein. In der Rolle fühle ich mich eigentlich ziemlich wohl. Kurz gesagt, die Leute lassen mir eine Menge Mist durchgehen.

Die Sache ist, ständig will irgendjemand was von mir. Würde ich immer Rücksicht auf die Gefühle anderer nehmen, würde ich überhaupt nichts geregelt kriegen. Ich kann mich nicht den ganzen Tag um den Kram anderer Leute kümmern. Und Ms Murphys Hausaufgabe ist ganz klar nicht mein Problem, sondern Kylies.

Ich sollte das alles einfach vergessen. Normalerweise würde ich das auch. Aber als mein Dad zum zweiten Mal im Krankenhaus gelandet ist, habe ich mir geschworen, nicht mehr so ein egoistisches Schwein zu sein, denn damit wird man nicht wirklich glücklich im Leben. Jedenfalls hat es bei meinem Dad nicht funktioniert.

»Sie hat mich getreten. Volle Kanne. Die Frau hat ernsthafte Probleme«, sagt Charlie.

»Absolut«, sage ich. Aber trotzdem tut sie mir irgendwie leid. Kylie nimmt immer alles so verdammt ernst. Und niemand außer dem durchgeknallten Will Bixby will sich mit ihr abgeben. Aber wie kann man sich wegen so etwas nur derartig aufregen? Ich kann mich nicht daran erinnern, mir jemals wegen Hausaufgaben so einen Kopf gemacht zu haben.

»Konzentrier dich aufs Spiel«, sagt Charlie. Er führt. Es steht acht zu sieben. Kylie hat mich total durcheinandergebracht.

»Ich geb mir Mühe.« Aber das ist einfacher gesagt als getan. Charlie schlägt auf und ich haue daneben. Zweimal hintereinander. Dabei war es noch nicht mal ein guter Aufschlag. Der Ball prallt an der Stirnwand ab und bleibt auf guter Höhe, sodass ich ihn ganz leicht hätte erwischen können. Stattdessen verschwende ich meine Gedanken an Kylie.

Ich springe ein paarmal. Schüttle den Kopf. Okay. Weiter geht's.

Charlie schlägt auf. Ich laufe zum Ball und schlage ihn mit voller Wucht zurück. Charlie macht einen Satz, aber verfehlt den Ball. Mein Aufschlag. Ich spiele den Ball. Er trifft auf die Stirnwand, dann die Seite, bevor er über den Boden kullert. Punkt für mich. Charlie bleibt nichts anderes übrig, als meine Vorherrschaft auf dem Court anzuerkennen. Ich bin wieder voll da. Und Kylie Flores ist weg.

5 Kylie:

»Oktober 1972«, rufe ich Jake zu, als ich nach Hause komme. Jake sitzt auf dem kastanienbraunen Sessel neben dem Sofa, eine Schüssel mit Karotten auf dem Schoß, und wartet auf mich. Ich hänge meinen Rucksack an die Garderobe und steige über einen riesigen Haufen Wäsche vor der Treppe. Keine Ahnung, ob die gewaschen ist oder dreckig.

Jake lächelt mich an, als hätten wir uns seit zehn Jahren nicht gesehen. Irgendwie ist es schon nett, jeden Tag so enthusiastisch begrüßt zu werden. Auch wenn Jakes Gehirn durch das Asperger-Syndrom irgendwie anders funktioniert, ist es schön, von jemandem so gemocht zu werden. Es gibt nicht gerade besonders viele Menschen, von denen ich das behaupten könnte.

»Hurrikan Dimitri«, ruft er triumphierend. »In Galvaston in Texas sind sieben Menschen gestorben und innerhalb von zwei Tagen fielen dreißig Zentimeter Niederschlag.« Jakes Augen leuchten vor Aufregung.

»Okay ... Dezember 1956.«

»Hurrikan Meredith. Jamaika hatte sechs Tage lang keinen Strom. Windgeschwindigkeiten von bis zu 235 Kilometern pro Stunde.« Jake springt auf und die Möhrchen fallen auf den Boden. Mit dreizehn ist Jake schon genauso groß wie ich, und er steht immer unter Strom. Nach diesem unglaublich miesen Schultag geht er mir damit gehörig auf die Nerven, aber ich versuche, mir nichts anmerken zu lassen.

»Jakie, heb die Möhren wieder auf«, sage ich.

Jake guckt mich mürrisch an. »Nein.«

Ich schlage einen sanfteren Ton an. »Bitte heb die Möhren auf. Und dann spielen wir weiter.« Ich schlinge die Arme um ihn. »Hattest du einen schönen Tag?«

»Ja. Wir haben heute über Plastikmüll in den Ozeanen gesprochen«, antwortet Jake, begierig, mir mehr zu erzählen. Ich lächle. Egal, wie ätzend mein Tag war, Jake bringt mich immer zum Lächeln. Seine Leidenschaft für Details aller Art ist ansteckend. Bis sie nervt.

»Hattest du auch einen schönen Tag, Kylie?«, fragt Jake. Er lernt in der Schule auch Umgangsformen und wie man sich in andere hineinversetzt – etwas, was ihm nicht gerade zufliegt. Aber so langsam scheint der Unterricht Wirkung zu zeigen. Sonst ist Jake meistens so mit seiner eigenen Welt beschäftigt, dass er vergisst zu fragen, wie es mir geht. Nicht dass mir das etwas ausmachen würde. Es ist ganz erholsam, mal einige Zeit in einer anderen Realität zu verbringen.

»Mein Tag war großartig«, lüge ich. Die Wahrheit würde ihn bloß verwirren und deprimieren, genau wie mich. Jake hat nur ein begrenztes Verständnis von komplizierten sozialen Beziehungen, wovon mein Leben leider randvoll ist.

»Meiner auch.« Jake lächelt und freut sich. »Ich mag es, wenn wir beide einen schönen Tag hatten.«

Ich zeige auf die Möhren auf dem Boden. »Was ist mit den Möhrchen?«

Jake geht widerwillig auf alle viere und sammelt ein paar Karotten auf. Zum Spaß schnipst er eine unters Sofa und dann beobachtet er mich, um zu sehen, wie ich reagiere. Aber ich tue so, als hätte ich nichts bemerkt. Ich bin einfach viel zu fertig.

Jake steht auf und sieht mich erwartungsvoll an.

»Okay, der Nächste geht andersrum. Hurrikan Dana«, sage ich.

»Ah. Das weiß ich!« Vor Aufregung fängt Jake an zu zittern.

Jake ist schlau. Erschreckend schlau. Die Leute halten ihn für dumm, weil er eine Behinderung hat, aber da täuschen sie sich. Wenn überhaupt ist er durch sein Superhirn behindert. Die Möhren liegen schon wieder auf dem Boden.

Da kommt Mom die Treppe heruntergelaufen, ihr Schwesternkittel steht offen, die viel zu vollgestopfte Handtasche baumelt an ihrem Arm. »Kannst du heute das Abendessen machen?«

Sie kniet sich hin und fängt an, die Möhren aufzusammeln.

»Mom, bitte lass das. Jake kann das allein. Nicht wahr, Jake?«

Jake sagt nichts.

Mom sammelt weiter die Karotten auf, während sie sich mit nur einer Hand den Kittel zuknöpft. »Ach Kylie. Es sind doch nur ein paar Möhrchen. Sei nicht so streng mit ihm.«

Jake sieht mich an und wir denken wahrscheinlich gerade das Gleiche: Er ist mal wieder davongekommen, wie immer.

»Hier, Süße.« Mom reicht mir einen Zettel mit einem komplizierten Schaubild darauf. »Er muss davon drei Übungen mit je fünfzehn Wiederholungen machen, okay? Und außerdem diese Hüpfübung mit ausgestreckten Armen, die uns die Ärztin neulich gezeigt hat. Um den Gleichgewichtssinn zu trainieren. Und vergiss die Tabletten nicht. Im Kühlschrank ist noch Salat, aber du kannst auch Nudeln oder so machen. Dad müsste in einer halben Stunde zu Hause sein. Er ist einen Tag früher zurückgekommen.«

Mom arbeitet an vier Abenden die Woche als Pflegerin in einem Altenheim. An diesen Abenden bin ich alleine für Jake zuständig. Und für Dad, wenn er denn da ist. Ich frage mich, wie das gehen soll, wenn ich nicht mehr hier wohne. Dad kümmert sich ja um nichts anderes als um sich. Okay, er mäht den Rasen und bringt den Müll raus, so typische Dad-Sachen eben. Wenn es nicht so traurig wäre, könnte man glatt darüber lachen.

»Und kannst du dich um die Wäsche kümmern, Kyles?«

»Ist das da gewaschen oder dreckig?«, frage ich und zeige auf den Berg von Klamotten auf dem Fußboden.

Mom sieht den Haufen verwirrt an, dann sagt sie: »Ich weiß es nicht mehr. Kannst du das rausfinden?«

»Klar«, antworte ich. Was bleibt mir auch anderes übrig?

Mom gibt Jake einen Kuss auf die Wange, rauscht zur Tür hinaus und winkt uns noch einmal zu. »Tschüss, ihr zwei. Ich hab euch lieb.«

Ich sehe auf die Uhr. Mom wird mal wieder zwanzig Minuten zu spät zur Arbeit kommen. Wie so oft.

»Ich weiß die Antwort. Kann ich sie dir sagen? Kann ich sie dir sagen?« Jake hat die ganze Zeit geduldig abgewartet und jetzt will er mir unbedingt die Frage beantworten, die ich schon längst vergessen habe. Er hat auf seiner neuen Schule enorme Fortschritte gemacht. Es ist wirklich beeindruckend, was er kann, wenn er nur will. Noch vor einem Jahr hätte er niemals so lange warten können.

»September 1987. In Grenada kam es zu schlimmen Überschwemmungen. In Grenada kam es zu schlimmen Überschwemmungen!!«

»Du bist toll, Jake«, sage ich. Und ich meine es auch so.

Jake könnte die nächsten zehn Stunden so weitermachen. Für den Rest seines Lebens wird er so weitermachen. Außerdem kann er jeden der sechsunddreißig Busfahrpläne des Großraums von San Diego auswendig.

Ich wühle mich durch den Berg von Klamotten. Zum Glück sind die Sachen sauber. Eine Aufgabe weniger zu erledigen. Ich klaube die Wäsche vom Boden auf und mache mich auf den Weg in mein Zimmer. »Jake, ich gehe ein bisschen hoch, willst du fernsehen? Oder dein Buch lesen?«

»Ich will dir vom Plastikmüll in den Ozeanen erzählen«, jammert Jake. »Du musst dir das vom Plastikmüll anhören. Du musst ...«

Ich merke, wie ich abschalte. Ich will jetzt einfach nur meine Rede noch einmal durchgehen, ein letztes Mal, und mich dann meinem Drehbuch widmen. Aber dann sehe ich, dass Jakes Hände zittern. Er ist kurz vor einem Wutanfall. Ich sehe in sein liebes, offenes Gesicht, er bettelt förmlich nach mehr Aufmerksamkeit.

»Okay, erzähl mir vom Plastikmüll, Jakie«, sage ich.

Ich fange an, die Wäsche zusammenzulegen, und Jake macht es sich auf dem Boden bequem.

»Es gibt eine Ansammlung von Plastikmüll, die ist zweimal so groß wie Texas und befindet sich in der Mitte des Pazifischen Ozeans. Sie besteht aus Plastik und anderen Formen von Abfall, wie zum Beispiel Fischernetzen. Müll von überall auf der Welt wird von einem Meereswirbel angesogen, der ein riesiges System von rotierenden Strömungen ist.« Ich höre ihm zu, doch ich höre weniger die Worte als vielmehr seinen Tonfall. Jake redet mit leidenschaftlicher Hingabe.

»Es dauert fünf Jahre, bis ein Stück Abfall von der Westküste Nordamerikas in den Wirbel gelangt. Wenn ich mich also morgen auf ein Floß legen würde, würde ich erst 2017 dort ankommen. Niemand weiß, wie lange es diese Ansammlung von Müll schon gibt, aber sie wird jeden Tag größer. Irgendwann füllt sie vielleicht den ganzen Ozean aus und dann wären wir die Insel und der Müll das Land. Ich verstehe nicht, warum nicht einfach jemand den ganzen Müll wegräumt.«

Da ist was dran.

Während Jake so weiter vor sich hin redet, driften meine Gedanken wieder zurück in meinen eigenen Sorgen-Strom und sofort bin ich wieder in dem Strudel gefangen. Wie soll Jake nur ohne mich zurechtkommen? Wer hilft ihm, wenn er sein blaues Sweatshirt nicht findet, was ungefähr zweimal die Woche passiert? Was ist, wenn Jake wieder mal seine Lehrerin anspuckt und Mom nicht von der Arbeit wegkann und Dad gerade auf Geschäftsreise ist? So war es nämlich letztes Jahr, als ich meine Matheklausur schwänzen musste, um Jake abzuholen.

Ich wollte schon immer auf die NYU. Als ich endlich die Zusage für das Stipendium bekam, mit Verpflegung und allem Drum und Dran, waren meine Eltern nicht im Geringsten erfreut. Besonders, da in derselben Woche die Zulassungen für Brown, Princeton und die University of Pennsylvania kamen. Mom und Dad waren absolut gegen die NYU, was eigentlich ziemlich lustig ist, denn sie wissen überhaupt nichts über die Uni. Anders als die Eltern der anderen Freiburg-Schülerinnen und -Schüler haben sie sich nämlich nicht sonderlich mit meinen College-Bewerbungen beschäftigt. Trotzdem waren sie informiert genug, um sich darüber aufzuregen, dass ich die Zulassung zu einer Ivy-League-Uni ausgeschlagen habe. Sie haben mich angefleht, auf die Brown zu gehen, denn dort hätte ich noch zusätzlich eine beträchtliche Summe an Geld bekommen. Für die Princeton und die UPenn haben sie sich nicht so ins Zeug gelegt, denn die hätten wir uns schlicht und ergreifend nicht leisten können. Und New York jagt ihnen als Stadt einfach eine Heidenangst ein, obwohl sie beide noch nie da waren.

»Studier Medizin. Oder Jura. Mach etwas Praktisches«, hat Mom mich gebeten.

Sie kann nicht nachvollziehen, warum ich Drehbücher schreiben will. Sie würde es zwar nie so direkt sagen, aber sie glaubt nicht daran, dass ich damit auch nur die geringste Aussicht auf Erfolg habe. In den Augen meiner Eltern könnte ich wahrscheinlich genauso gut im Zirkus Zuckerwatte verkaufen. Aber ich bin eben so hartnäckig wie ein Hund, der sich in einem Knochen verbeißt. Schließlich hat meine Hartnäckigkeit über die letztendliche Erschöpfung meiner Eltern gesiegt.

Die Haustür geht auf und Dad kommt herein. Er trägt eine riesige Kiste.

»Hi Dad«, sage ich.

»Hi, ihr zwei. Kylie, hilfst du mir mal?« Ich stehe auf und nehme ihm die Kiste ab. Dad versucht seit einiger Zeit, medizinische Geräte zu verkaufen. Ich sage bewusst »versucht«, denn es läuft nicht besonders gut. Es gibt zwar genug kranke Leute, aber keiner will haben, was Dad verkauft, wie zum Beispiel dieses neue Ultraschallgerät, das doppelt so teuer, aber auch zehnmal so genau ist wie andere Geräte.

»Und, wie ist es gelaufen?«, frage ich.

»Nicht gerade toll. Ich hoffe, dass ich nächste Woche mehr Glück habe.« Dad lächelt schwach.

Dad hat früher mal Elektrosachen bei Circuit City verkauft, bis das Unternehmen pleitegegangen ist. (Was irgendwie seltsam ist, wenn man bedenkt, dass alle an meiner Schule in riesigen Häusern wohnen, die mit dem neuesten, tollsten und hochglanzpoliertesten Elektrokram vollgestopft sind.)

»Daddy, Daddy, ich hab Sergeant Pepper auf der Gitarre gelernt. Willst du mal hören?« Jake hat sich bereits die Gitarre geschnappt und fuchtelt damit wild in der Luft herum.

»Oh, sei vorsichtig, Kumpel. Stell sie lieber wieder hin. Wir wollen nicht, dass sie kaputtgeht.«

Aber Jake hört gar nicht auf ihn, sondern fängt an, die Gitarrensaiten zu schlagen. Es hört sich nicht wirklich an wie Musik, aber immerhin. Ich bin stolz auf Jake, weil er sich solche Mühe gibt. Wen stört es schon, dass er nicht die richtigen Akkorde trifft.

»Okay, pass auf«, sagt Dad und bereitet seinen Abgang vor. »Lass mich mal kurz entspannen und dann geben wir ein Konzert, okay?«

Jake spielt unbeeindruckt weiter, aber Dad ist bereits auf dem Weg zur Garage, um an einem seiner geliebten Motorräder herumzuschrauben, von denen er kein einziges fährt. Irgendwie interessiert er sich weit mehr für seine alten Maschinen als für seine Kinder. Er wird erst wieder ins Haus kommen, um das von meiner Wenigkeit zubereitete Abendessen zu sich zu nehmen – das ich natürlich servieren und auch wieder abräumen darf –, und dann wird er sich mit einem Sixpack Bier aufs Sofa pflanzen und sich vom Fernseher einlullen lassen.

Ich verstehe ja, dass ihn sein Leben ankotzt (wenn einem jeden Tag ständig die Türen vor der Nase zugeschlagen werden, kann man ja nur depressiv werden). Und ich kann mir auch vorstellen, dass medizinische Geräte zu verkaufen sicher nicht sein Lebenstraum war (wobei ich auch nicht weiß, was er stattdessen lieber täte, denn er redet nie über sich oder seine Vergangenheit). Aber trotzdem hätte ich sehr viel mehr Mitgefühl mit ihm, wenn er zu den seltenen Gelegenheiten, bei denen er zu Hause ist, etwas freundlicher wäre. Und wenn er sich die Zeit nähme, mit mir oder Jake über *irgendetwas* zu reden.

Ich folge Dad zur Hintertür hinaus.

»Dad, Jake kriegt doch mit, dass du dich immer in der Garage versteckst. Du könntest ruhig ab und zu ein bisschen Zeit mit ihm verbringen.«

»Kylie, ich habe jetzt wirklich keine Lust, darüber zu reden. Ich hatte einen langen Tag.«

»Du meidest ihn. Was meinst du, wie sich das für ihn anfühlt?«

Dad dreht sich um und sieht mich an.

Ich glaube, Dad macht Jake für seine Unzufriedenheit verantwortlich. Wenn er den perfekten Sohn hätte, mit dem er Football spielen und Fahrrad fahren könnte, würde er sich vielleicht nicht immer in der Garage verschanzen. Oder vielleicht doch. Vielleicht ist Dad einfach nur ein ziemlicher Idiot. Ich bin mir da nicht so sicher.

»Ich komme in einer halben Stunde wieder. Und dann höre ich Jake beim Gitarrespielen zu. Sagst du ihm das, bitte?« Dad sieht mich ernst an, als wäre er gerne ein besserer Mensch. Ich glaube, er versucht nur, seine Schuldgefühle zu überdecken.

»Okay, alles klar«, sage ich. Aber ich glaube es erst, wenn ich es gesehen habe. Was nie passieren wird.

Ich habe Dad nur selten anders erlebt, und das war, als seine Mutter noch am Leben war. Sie ist jeden Sonntag zum

Abendessen gekommen und Dad liebte sie abgöttisch. Er war warm und herzlich im Umgang mit Nana. So ist er nie zu Jake oder mir.

Ich kehre ins Wohnzimmer zurück, wo Jake jetzt fernsieht. Ich setze mich wieder aufs Sofa und lege die restliche Wäsche zusammen. Auf einmal fängt mein Handy an zu zirpen wie eine Zikade.

»Hallo?«

»Kylie? Hi, hier ist Max.«

Max? Im Ernst? Wie skurril ist das denn?! Ich verdrehe die Augen, aber sage nichts.

»Kylie?«

»Was?«

»Pass auf, wegen heute. Du hast recht. Ich, äh, ich hätte dich nicht versetzen sollen.«

Ich bin ja gerne mal das zynische, unterkühlte Miststück, aber als mir klar wird, dass Max sich bei mir entschuldigt, durchfährt mich eine plötzliche Wärmewelle und mein erster Impuls ist, ihm sofort zu vergeben. Jämmerlich.

»Kylie? Hörst du mich?«

»Ähm, ja. Tut mir auch leid, dass ich euer Squash-Spiel unterbrochen und Charlie getreten habe. Ich bin wohl ein bisschen zu weit gegangen.« Womit ich mal wieder keine Rekorde breche, was Redegewandtheit und Schlagfertigkeit angeht. Ich falle zusammen wie ein Kartenhaus.

»Ja«, lacht Max. »Du warst ganz schön krass drauf. Aber wenn dir der Aufsatz so viel bedeutet, dann mache ich mit. Oder ich geb dir zumindest die Infos, die du brauchst, damit du den Aufsatz für mich schreiben kannst.«

Okay, es tut Max also leid, aber nicht genug, um mein bescheuertes Angebot auszuschlagen, beide Aufsätze zu schreiben. Tja, mein Fehler. Einige Sekunden unangenehmen Schweigens vergehen.

Schließlich bringe ich ein schwaches »Okay, wie du meinst« hervor. Himmel, geht es noch armseliger?

»Wie wär's, wenn wir uns morgen früh bei Roland's Coffee Shop unten am Pier treffen?«

»Ähm, ich weiß nicht, wo das ist. Können wir uns nicht bei Starbucks in der Randle Street treffen, halb acht?«

»Klar, ich lad dich ein.«

»Ich kann meinen Kaffee durchaus selbst bezahlen«, fahre ich ihn an. Ich bin es so leid, ständig von allen daran erinnert zu werden, dass ich die Stipendiatin bin. »Es wäre nur nett, wenn du auch tatsächlich kommst. Wir waren schon mal verabredet und da bist du einfach nicht aufgetaucht.«

»Ich werde da sein. Und wenn nicht, kannst du mich später im Mathekurs bei Shuman vermöbeln.«

»Okay, wie du meinst.« Ich muss unbedingt aufhören, ständig diesen bescheuerten Satz zu sagen.

»Dann bis morgen«, sagt Max und legt auf.

Der nächste Tag
Donnerstag, der 24. Juni

6 Max:

Es ist jetzt fünf vor acht und sie ist immer noch nicht da. Ich habe schon zwei Espressos intus und einen Koffeinflash. Wahrscheinlich will sie mir das von gestern heimzahlen.

Ich sehe mich im Starbucks um und ärgere mich. Hätten wir uns doch im Roland's verabredet. Ich hätte ihr einfach erklären sollen, wo das ist. Starbucks kotzt mich an. Ich weiß, es ist total klischeehaft, Starbucks nicht zu mögen, und ich will mich nicht klischeemäßig verhalten, aber ich kann nicht anders. Starbucks zerstört alles, was einmal toll war in dieser Stadt. All die schönen alten Gebäude werden abgerissen und durch große braune Kästen ersetzt.

Charlies Vater hat gesagt, sogar in China gibt es inzwischen Starbucks. Die ganzen alten chinesischen Frauen, die sonst immer teetrinkend vor ihren Häusern gehockt haben, gehen jetzt zu Starbucks und bestellen sich Milchkaffee. Echt deprimierend. Die ganze Welt ist ein einziges großes Einkaufszentrum, das nur durch große Wasserflächen unterbrochen wird. Was gibt es denn noch zu entdecken, wenn alles gleich aussieht? Gap, Starbucks, Subway. Überall die gleichen Läden. Wenigstens habe ich so nicht das Gefühl, irgendetwas zu verpassen, wenn ich nie aus La Jolla rauskomme. Aber bin ich durch diese Einstellung nicht Teil des Problems?

Ich gebe Kylie noch zwei Minuten, wenn sie bis dahin nicht auftaucht, bin ich weg. Heute ist der letzte Schultag und ich sitze bei Starbucks und warte auf Kylie Flores. Ich sollte jetzt mit Charlie und Lily auf dem Schulhof rumhängen. Ich sollte meinen Namen in die Palme auf dem Pausenhof ritzen, was eines von diesen bescheuerten Ritualen ist, die es seit achtzig Jahren oder was auf der Freiburg gibt. Ich habe zwar geschworen, bei diesem rührseligen Quatsch nicht mitzumachen, aber irgendwie werde ich jetzt doch etwas sentimental. Ich will mich wie alle anderen auf dem Baumstamm verewigen.

Okay, wo zum Teufel bleibt sie? Ich habe keine Lust mehr, den netten Typen zu mimen. Die netten Typen sind immer die Verlierer.

Schließlich stehe ich auf und gehe zur Tür, als Kylie plötzlich in mich hineinläuft. Sie lässt ihren Rucksack fallen, der mit voller Wucht auf meinen Fuß knallt.

»Aua! Was hast du denn da drin?«

»Nichts ... das Übliche. Tut mir leid. Und tut mir leid, dass ich zu spät bin. Ich musste meinen Bruder zur Schule bringen und, äh, es hat länger gedauert als sonst.«

»Kein Problem«, sage ich. Meine es aber nicht so. Ich hab die Schnauze voll. Sie ist zu spät. Sie hat mir ihren Rucksack auf den Fuß geknallt. Es wäre so viel einfacher, ein Arsch zu sein. Aber nein. »Willst du dir 'nen Kaffee holen?«, frage ich in der Hoffnung, dass sie Nein sagt und wir das hier schnell hinter uns bringen können.

Doch Kylie antwortet: »Ja. Bin gleich wieder da.«

Während sie sich anstellt und ich mich wieder hinsetze, kommen Lacey Garson und Sonia Smithson auf mich zu. Sie sind beide komplett in Grün und Blau gekleidet, den Freiburg-Farben. Noch so ein Ritual des letzten Schultags. Doch dafür hab ich echt gar nichts übrig.

»Hi Max. Können wir uns zu dir setzen?«, fragt Lacey.

»Ähm, ich bin nicht alleine hier«, sage ich und fühle mich irgendwie komisch dabei, weil ich mit Kylie hier bin.

»Ah, klar, Lily ...« Sonia lächelt mich an. »Wir lassen euch eure Privatsphäre.«

»Ich bin mit Kylie Flores hier«, sage ich schnell. »Wir machen die Hausaufgaben für die Murphy.«

»Das ist nicht dein Ernst«, sagt Lacey und fällt in Sonias Lachen ein.

»Ja, ich weiß. Kylie hat nicht lockergelassen, bis ich zugesagt habe. Sie schreibt beide Aufsätze.«

»Sie will garantiert nur Zeit mit dir verbringen«, sagt Lacey und zwinkert mir zu. Was total bescheuert aussieht. Mehr wie ein Tick als auch nur im Entferntesten sexy.

Als Kylie mit ihrem Kaffee an den Tisch kommt, ziehen Lacey und Sonia weiter, ohne sie zu beachten. Sie flüstern miteinander und kichern, während sie sich anstellen und immer wieder zu uns herübergucken. Es ist offensichtlich, dass sie über Kylie lästern. Mädchen können echt grausam sein.

Kylie scheint sich unwohl zu fühlen. Sie lebt irgendwo in der siebten gesellschaftlichen Vorhölle oder so. Muss ganz schön hart sein.

»Weißt du, was ich an Lacey und Sonia nicht verstehe?«, fragt Kylie.

»Was?«

»Lacey verbringt doch bestimmt mehr Zeit mit Schönheitspflege als jedes andere Mädchen auf der Freiburg. Sie blondiert sich ständig die Haare, sobald sie auch nur einen Millimeter nachgewachsen sind. Ihr Make-up ist so dick aufgetragen, dass sie es wahrscheinlich mit einem Eispickel runterschlagen muss. Da sollte man doch meinen, dass sie Sonia mal dieses Tierfell zwischen den Augen auszupft.«

Ich lache laut los. Kylie hat den Nagel auf den Kopf getroffen. Sonia hat wirklich krasse Augenbrauen.

»Okay, dann lass uns mal anfangen«, sagt Kylie geschäftsmäßig.

Sie holt Stift und Notizbuch hervor. Ich nichts. Das hier ist ihre Sache.

»Also, welches Buch hat dich am meisten beeindruckt?«, fragt Kylie. Ich kann ihr ansehen, dass sie nicht besonders viel von mir erwartet.

»Hm, vielleicht *Der Fänger im Roggen*«, sage ich, ohne nachzudenken. Es ist das Erste, was mir einfällt.

Kylie lächelt und beißt sich auf die Unterlippe, so als müsste sie ein Lachen unterdrücken.

»Was?«, frage ich.

»Ich hatte mir schon gedacht, dass du so etwas in der Art sagen würdest.«

Das Grinsen auf ihrem Gesicht gefällt mir gar nicht, genauso wenig wie der herablassende Ton, mit dem sie das sagt. Sie glaubt, mich zu kennen. Dabei hat sie überhaupt keine Ahnung.

»Und ich dachte mir auch schon, dass du so etwas in der Art sagen würdest«, antworte ich und sehe ihr dabei in die Augen. »Es stimmt eigentlich auch gar nicht. Ich habe es nur gesagt, damit wir hier schnell fertig sind. Es war das erste, was mir in den Sinn gekommen ist.«

»Wenn wir diese Hausaufgabe machen, dann bitte auch richtig. Ich meine, schließlich sind wir ja schon mal hier.«

Sie hat recht. Warum verstecke ich mich? Weil ich nicht über Bücher rede. Das tue ich nie. Ich rede über Sport und so. Das ist es, was mich ausmacht. Was die Leute von mir erwarten. Es interessiert doch niemanden, wie ich T. S. Eliot finde. Obwohl ich ihn in Wirklichkeit sehr mag. Ich rede eben nur nicht gern darüber.

»Nenn mir ein anderes Buch«, sagt Kylie. »Versuch, mich zu beeindrucken«, fügt sie hinzu.

Ts. Soll sie doch versuchen, *mich* zu beeindrucken. Als wenn ich ihr irgendetwas beweisen müsste. Und doch sitze ich hier und denke darüber nach, was ich sagen könnte. Okay, gut. Spielen wir also dieses Spiel.

»›Der Tod bleibt immer gleich, doch jeder Mensch stirbt seinen eigenen Tod.‹ Von wem ist das?«, sage ich. »Na los, versuch doch mal, mich zu beeindrucken.«

Kylie sagt für ungefähr eine Minute überhaupt nichts. Ich habe sie vollkommen aus dem Konzept gebracht. Sie sieht so schockiert aus, dass ich lachen muss.

»Was ist?«, fragt sie.

»Du hast absolut keinen blassen Schimmer und das ist irgendwie witzig.«

»Was ist daran witzig?«

»Keine Ahnung. Du weißt in Englisch doch sonst immer auf alles die Antwort und ich hätte gedacht, dass du das Zitat kennst.«

»Tja, tue ich aber nicht.«

Kylie ist es anscheinend nicht gewohnt, so überrumpelt zu werden. Sie ist es vielmehr gewohnt, die intelligenteste Person im Raum zu sein. Und sie findet das gerade ganz offensichtlich überhaupt nicht lustig.

»Vielleicht bin ich ja doch nicht so vorhersehbar, wie du dachtest«, sage ich.

»Okay, das war blöd, was ich gesagt hab«, gibt sie zu.

»Ja, ein bisschen.«

»Also, was war das für ein Zitat?«

»Es ist aus *Uhr ohne Zeiger* von Carson McCullers.«

»Wow, da hab ich mich echt durchgekämpft. Ich fand das Buch ziemlich deprimierend.«

»Mir hat es gefallen. Ich fand, es ist ... irgendwie voller Zuversicht. Auf eine seltsame Weise.«

»Echt? Warum?«

»Ich weiß nicht ... Ich glaube, weil es darum geht, wie man die dunklen Seiten des Lebens bewältigen kann. Weil es um die Dinge geht, über die niemand gern spricht. Die Lügen, die wir uns selbst erzählen, um über die Runden zu kommen.« Damit kenne ich mich aus. Aber das werde ich Kylie nicht erzählen. Sie muss ja nicht alles über mich wissen. Also füge ich stattdessen einfach nur hinzu: »Ja. Wahrscheinlich hast du recht, es ist deprimierend. Aber weißt du, was? Wir werden mit unserem Leben klarkommen müssen. Denn keiner von uns kommt da lebendig wieder raus.«

»Das ist ja ausgesprochen tiefgründig. Hast du das von Taylor Lautner geklaut?«

»Um ehrlich zu sein, von Clint Eastwood. Du traust mir aber auch gar nichts zu. Taylor Lautner?«

Kylie lacht. »Du hast recht. Das wäre *zu* tiefgründig für Taylor Lautner. Aber ich kapiere es immer noch nicht. Wo steckt da die Zuversicht?«

»In der Vorstellung, dass es auch im Tod noch Würde geben kann. Dass, wenn du dein Leben richtig lebst, das Sterben vielleicht gar nicht so schlimm ist. Ich finde das irgendwie beruhigend. Es hat mir ein bisschen die Angst vorm Tod genommen.«

»Interessant. Ich hätte niemals gedacht, dass du ein Fan von Carson McCullers bist«, sagt Kylie.

»Warum? Weil ich ein hirnloser Sportler bin?«

»Ich sage doch gar nicht, dass du ein hirnloser Sportler bist. Ich kenne dich ja nicht mal. Du sagst nur nie besonders viel in Englisch. Ich dachte, du liest nicht gerne. Aber anscheinend hast du das Buch besser verstanden als ich. Ich meine, ich habe davon nichts begriffen.« Kylie grinst. Zum ersten Mal fällt mir auf, wie sexy ihr Lächeln mit diesen großen, vollen Lippen ist. Aber ich glaube, ich habe sie in der Schule auch noch nie lächeln sehen. »Es ist nur überhaupt nicht das, was ich von dir erwartet hätte. Ganz und gar nicht.«

Die Leute sind selten so, wie sie scheinen, Süße.

»Das ist super. Ich dachte schon, ich müsste die ganze Arbeit machen, aber du hast mir richtig was geliefert. Das Einzige, was ich noch über Carson McCullers weiß, ist, dass Truman Capote ihr bester Freund war, was ja wohl so was von cool ist. Der Typ hatte so viel Stil und Verstand, wie niemand sonst jemals haben wird«, sagt Kylie.

Ich habe sogar mal was von Truman Capote gelesen. *Kaltblütig* hat mir sehr gut gefallen. Aber das werde ich jetzt nicht erwähnen. Das ufert hier sonst noch aus. Kylie scheint etwas zu sehr davon besessen, sich über Bücher zu unterhalten. Und wir müssen ja nicht gleich beste Freunde werden. Ich will das hier nur möglichst schnell hinter mich bringen.

»Okay, noch ein Buch«, sagt Kylie. »Und dann musst du nie wieder ein Wort mit mir wechseln.«

»Versprochen?«, scherze ich.

»Vertrau mir, ich bin von dieser Sache hier genauso begeistert wie du.«

»Unendlicher Spaß«, sage ich, ohne zu zögern.

»Okay. Warum? Das habe ich nicht gelesen.«

»Es geht um Abhängigkeit, Tennis und darum, dem Leben zu entfliehen. Keine Ahnung. Ich konnte mich damit identifizieren.«

»Warum sollte jemand wie du dem Leben entfliehen wollen?«, fragt Kylie.

»Kein Leben ist perfekt«, sage ich. Ich würde es gerne dabei belassen, aber Kylie sieht mich an, als würde sie mir gerne noch mehr Fragen stellen. »Ich habe auch mein Päckchen zu tragen. Wie auch immer, das sind meine beiden Bücher. Ich habe meine Pflicht erfüllt. Willst du immer noch beide Aufsätze schreiben?«

»Äh, ja. Klar ... mache ich nachher in der Freistunde. Bis zum Englischkurs müsste ich beide schaffen. Glaube ich ...« Kylie scheint nicht mehr ganz so begeistert davon zu sein, aber schließlich war es ihre Idee. Ich werde ganz bestimmt keinen Aufsatz schreiben. Ich habe schon mehr getan, als ich wollte. Zeit, den letzten Schultag zu zelebrieren.

Als ich aufstehe, guckt Kylie mich mit großen Hundeaugen an. »Willst du gar nicht wissen, welches Buch *mich* am meisten beeindruckt hat?«, fragt sie.

Nicht wirklich. Ich dachte, wir wären damit fertig. In Gedanken war ich schon zur Tür hinaus. »Äh, doch, klar.« Ich setze mich wieder hin, denn ich will kein totales Arschloch sein.

»Tja, wenn ich mir eins aussuchen müsste ...« Kylie scheint eine längere Rede halten zu wollen. Ich frage mich, was Charlie und Lily gerade machen. Mit Donuts und Kaffee auf der Eingangstreppe sitzen? Frisbee spielen?

»Keine einfache Wahl, aber ich denke, *Der Fremde* von Camus, weil es sich für mich so zutreffend angefühlt hat. Es geht darum, dass niemand sich um irgendetwas schert, aber sobald du das erst einmal akzeptiert hast, kannst du dich weiterentwickeln und glücklich werden.«

»Das ist deprimierend.«

»Genauso wie dein Buch.«

Da hat sie recht. Anscheinend stehen wir beide auf so trostlosen Kram. Wer hätte gedacht, dass ich irgendwelche Gemeinsamkeiten mit Kylie Flores habe?

»Und dann hat mir *Schande* von diesem südafrikanischen Autor namens Coetzee sehr gut gefallen. Das habe ich letztes Jahr gelesen. Ich finde, es ist das perfekteste Buch, das jemals geschrieben wurde. Jedes einzelne Wort darin steht an der richtigen Stelle. Es ist so ehrlich. Und wahrhaftig. Es geht unter anderem um die Folgen der Rassentrennung, die wir wahrscheinlich nie ganz überwinden werden.«

Ich kann es nicht fassen, dass wir uns immer noch über Bücher unterhalten. Außerhalb des Unterrichts habe ich noch nie mit jemanden über Bücher geredet. Schon seltsam. Ich weiß nicht, was ich sagen soll. Ich habe eigentlich weder Zeit noch Lust, mich in ein langes Gespräch über Literatur zu vertiefen. Ich hab noch was vor. Ich will meine Freunde treffen.

»Brauchst du noch irgendwas von mir?«, frage ich.

»Ich denke, ich habe genug«, sagt Kylie.

Ich stehe zum zweiten Mal auf, um zu gehen. »Okay, dann können wir ja los.« Ich will schon zur Tür hinaus, als Kylie sich panisch umsieht. Oh, nein. Was denn jetzt noch?

»Was ist los?«, frage ich.

»Mein Rucksack ist weg ...« Kylie springt auf und rennt zum Ausgang, wobei sie beinahe zwei alte Frauen umreißt.

Ich laufe ihr hinterher, weil ... na ja, ich weiß auch nicht genau, warum. Dann ist Kylie auch schon zur Tür hinaus und rennt die Straße hinunter. Ich bleibe direkt hinter ihr.

»Wo willst du hin?«

»Der Kerl da hat meinen Rucksack geklaut.« Kylie zeigt auf einen Typen in schwarzer Lederjacke, der ein paar Meter vor uns den Bürgersteig entlangrennt.

»Lass ihn laufen«, keuche ich, während ich versuche, mit Kylie Schritt zu halten. »Der Typ ist kriminell. Warum rufen wir nicht die Bullen?«

»Dafür haben wir keine Zeit. Ich brauche meinen Computer ... Mein Leben steckt da drin.« Und damit ist Kylie auch schon um die Ecke verschwunden, einem Verbrecher hinterher, der höchstwahrscheinlich bewaffnet ist. Ich bleibe stehen und blicke ihr nach. Der Tod mag ja Teil des Lebens sein, aber er hat im Moment eindeutig noch keinen Platz in meinem.

7 **Kylie:**

Ich renne um mein Leben. Denn das ist es, was sich auf meinem Computer befindet. Mein Drehbuch, meine Abschlussrede, mein Tagebuch – mein Leben. Und von nichts habe ich ein Back-up. Was soll ich sagen? Ich weiß, das ist absolut unentschuldbar, und trotzdem ... ich habe das alles einfach nicht gesichert. Eigentlich wäre es fast schon lustig, wenn es nicht so tragisch wäre, wie so vieles in meinem Leben.

Der Dieb ist drahtig und schnell. Er wirkt jünger als ich. Wie kommt es, dass er bei Starbucks Rucksäcke klaut? Er sollte um diese Zeit in der Schule sein.

Ich laufe, so schnell ich kann. Ich hole auf. Nur noch ein paar Meter und ich werde ihn zu fassen kriegen. Ich komme näher. Ich greife nach meinem Rucksack, der wie ein Affe an der Schulter von dem Kerl hängt. Ich verfehle ihn knapp und versuche es noch einmal. Dieses Mal bekomme ich den Riemen zu fassen. Aber der Typ zieht am Rucksack, sodass er mir wieder aus den Händen rutscht. Ich strecke meine Hand erneut aus, aber dann verliere ich das Gleichgewicht und knalle hin. Ich habe ein derartiges Tempo drauf, dass ich mich ein paar Mal überschlage, bis ich schließlich liegen bleibe. Ich rapple mich auf und blicke an mir hinab. Meine Jeans ist total zerfetzt und meine Ellenbogen und Handgelenke sind aufgeschürft.

Hilflos muss ich mit ansehen, wie der Typ auf ein am Straßenrand geparktes Geländemotorrad springt und sich aus dem Staub macht. Ich gebe mich geschlagen und sinke auf dem Gehweg zusammen. Tränen brennen in meinen Augen und laufen mir über die Wangen. Ich bin so was von am Arsch.

Da ruft jemand: »Hey, steig ein!«

Als ich den Kopf hebe, hält ein Auto neben mir. Es ist ein nagelneuer, glänzender BMW. Vom Fahrersitz blickt mich Max an. Zuerst reagiere ich nicht, so baff bin ich, dass Max tatsächlich hier ist.

»Na los, Kylie. Ich nehm dich mit zur Schule.«

»Nein! Ich brauche meinen Rechner ...« Und dann fange ich an zu heulen. Wie peinlich.

»Okay. Gut.«

»Gut?«

Max steigt aus und hilft mir hoch.

»Scheiße, du blutest ja.«

»Ist nur ein Kratzer.« Ich atme tief durch und versuche, mich zusammenzureißen.

Dann legt Max einen Arm um meine Hüfte und hilft mir ins Auto. Mir tut alles weh. Mein Gefühlsausbruch ist mir extrem peinlich und doch kann ich gerade an nichts anderes denken als an Max' Nähe. Er ist wahnsinnig nah. Nah genug, dass ich rot werde. Seine Berührung ist irgendwie beruhigend, liebevoll und bestimmt. Er riecht nach Kokos-Shampoo und Kaugummi. Mir schießt das Blut in den Kopf. Das hier ist wirklich zu merkwürdig. Max Langston hat den Arm um mich gelegt. Und noch merkwürdiger: Max Langston hat vor, mir zu helfen.

»Nur um es festzuhalten: Ich halte das hier für eine ganz schlechte Idee«, sagt Max, als er ins Auto steigt.

Ich sage nichts, denn er hat recht. Trotzdem brauche ich dringend meinen Laptop wieder. Da gibt es keine Alternative. Max startet den Motor und rast los. Ich bin froh, dass er einen BMW fährt, denn mit einer Kiste wie dem alten Honda meiner Mutter hätten wir wohl kaum eine Chance. »Danke. Ich weiß das zu schätzen«, sage ich.

»Falls wir hier lebend rauskommen, kannst du mir ja einen ausgeben.«

Der Wagen liegt gut auf der Straße, die wir nur so entlangfliegen. Es dauert nicht lange und wir entdecken den Typen auf dem Motorrad, der sich gekonnt durch den Verkehr schlängelt. Max hat ihn innerhalb von ein paar Minuten eingeholt, trotzdem müssen wir aufpassen, ihn nicht jede Sekunde wieder aus den Augen zu verlieren. Ständig verschwindet er aus unserem Blickfeld, während er zwischen den Ampeln immer wieder geschickt um Autos herumkurvt. Ganz offensichtlich macht er das hier nicht zum ersten Mal. Max wechselt wie ein Verrückter die Spuren, um an ihm dranzubleiben.

»Was ist eigentlich so Wichtiges auf dem Computer?«

»Zum einen meine Abschlussrede für Samstag ...«

»Aber du hast doch bestimmt eine Sicherungskopie davon, oder?«

»Nein. Ich habe kein Back-up. Mir schwirren ständig tausend andere Dinge im Kopf rum. Ich hab's vergeigt, okay?« Ich schreie ihn an, dabei hilft er mir doch. Was ist nur los mit mir? Max sagt nichts. »Tut mir leid. Ich wollte dich nicht anschnauzen«, sage ich. »Ich hab nur seit fünf Monaten an dieser Rede gearbeitet und dann ist da noch dieses Drehbuch, an dem ich seit zwei Jahren schreibe, und das ... es ist mir einfach verdammt wichtig ...«

»Das hast du wahrscheinlich genauso wenig gesichert, nehme ich an.« Max lächelt. Er hat ein echt umwerfendes Lächeln. Perfekte weiße Zähne und Grübchen. Kein Wunder, dass alle Mädchen auf der Schule total auf ihn abfahren.

Da biegt der Typ mit seinem Motorrad plötzlich auf die Kearney Villa Road ab, wobei er durch drei Reihen von Fahrzeugen manövriert.

»Schnell, er biegt ab«, rufe ich.

Es gibt eine Menge Gehupe, als Max fünf Fahrspuren wechselt und dabei fast mehrere Wagen schrammt. An einem Punkt schließe ich die Augen, weil ich nicht mit ansehen kann, was ich angerichtet habe. Aber dann haben wir es, wie durch ein Wunder, geschafft.

»Nicht schlecht«, sage ich.

»Ja, ich kann verdammt gut Auto fahren. Dafür hab ich keinen blassen Schimmer von Amerikanischer Geschichte.«

Leider sind wir trotzdem dreißig Sekunden zu spät dran.

Gerade als wir in die Kearney Villa Road einbiegen, kommt das Motorrad neben einem weißen Laster zum Stehen. Zwei Typen springen heraus und steuern auf den Motorradfahrer zu. Mit denen sollte man sich besser nicht anlegen. Aufgepumpt, glatzköpfig, knallhart. Sie sehen fast aus wie Zwillinge, nur dass einer von beiden wahnsinnig groß ist, vielleicht sogar über eins neunzig, wohingegen der andere mindestens einen Kopf kleiner ist. So eine Art Mini-Me, wie bei Austin Powers. Wenn sie nicht so unheimlich aussehen würden, könnte ich es glatt für eine Comedy-Einlage halten.

Der Motorradfahrer holt jede Menge Zeugs aus einem scheinbar bodenlosen Rucksack und händigt es den beiden Typen aus. Darunter sind iPods und andere Kleinelektro-Sachen. Zuletzt hält er ihnen noch meinen Rucksack mit meinem Laptop hin. Einer der beiden Männer überreicht dem Motorradfahrer ein Bündel Scheine. Und dann ist das Ganze, so schnell wie es anfing, auch schon wieder vorbei und der Typ knattert mit seinem Motorrad über die verlassene Straße.

Uns bleibt nichts anderes übrig, als rechts ranzufahren und dumm aus der Wäsche zu gucken.

»Die ziehen ja mal ’ne ganz schöne Scheiße ab«, sagt Max.

»Krass, ich komme mir vor wie im Film.«

»Willkommen im wahren Leben.«

»Glaub mir, ich kenne das wahre Leben, aber so was habe ich noch nie erlebt.«

Wir beobachten, wie die beiden Männer ihre Beute im Lkw verstauen, in die Fahrerkabine springen und losfahren. Wie in einem schlechten Actionfilm auf TNT. Nur dass das hier echt ist. Und mir passiert. Was mich echt ankotzt.

Max startet den Motor und wendet. »Was soll das? Wo willst du hin?«, frage ich.

»Zur Freiburg. Die Sache ist gelaufen. Das ist nicht mehr nur irgendein Halbwüchsiger auf einem Motorrad. Der arbeitet mit wahrscheinlich ziemlich gefährlichen Leuten zusammen, mit denen wir besser nichts zu tun haben sollten. Außerdem ist heute unser letzter Schultag. Der eine Tag im Jahr, den ich ausnahmsweise nicht verpassen will.«

»Halt an. Ich will raus.«

»Spinnst du?«

»Vielleicht hast du es nicht mitbekommen, aber meine Abschlussrede ist auf dem Rechner.«

»Na und? Schreib 'ne neue.«

»Ah, na klar, ich rotze heute Nachmittag mal eben schnell eine hin.«

»Sag doch einfach, was dir gerade einfällt. Es wird garantiert gut.«

»Oh ja, vielen Dank für den tollen Tipp, aber so funktioniert das leider nicht. Wenn du auch nur die geringste Ahnung vom Schreiben hättest, wüsstest du, dass es Wochen, wenn nicht Monate dauert, etwas richtig zu formulieren.«

»Wenn du das sagst«, antwortet Max, der mir ganz offensichtlich nicht richtig zuhört, weil es ihm egal ist. Max, du bist wirklich ein Arschloch.

Max ist drauf und dran, auf die Schnellstraße zu fahren, als ich aus dem fahrenden Auto springe. Was nicht besonders schlau ist. Besonders, weil mir von meinem Sturz vorhin sowieso schon alles wehtut. Max legt eine Vollbremsung hin und fährt das Fenster runter.

»Hast du sie noch alle? Ich kaufe dir einen neuen Rechner. Und eine externe Festplatte, okay? Jetzt steig bitte wieder ein«, ruft Max.

Doch ich antworte nicht. Ich drehe mich um und laufe die Straße in die andere Richtung. An einer roten Ampel sehe ich den Lkw stehen. Max springt aus dem Auto und läuft mir hinterher, bis er mich eingeholt hat.

»Ernsthaft, Kylie, was hast du denn vor? Ich weiß, das mit deinem Laptop ist beschissen. Aber du kannst leider nichts mehr machen.« Mir ist klar, dass er nur versucht, nett zu sein, obwohl er mich am liebsten einfach mitten auf der Straße stehen lassen würde. Er wäre garantiert gerade überall lieber als hier. Und ich wäre das ehrlich gesagt auch gerne.

Aber ich renne weiter. Und Max folgt mir.

»Lass uns die Polizei rufen«, sagt er.

»Dafür ist keine Zeit. Die werden sich vorher aus dem Staub machen.«

Ich sehe zurück zum BMW. Die Fahrertür steht sperrangelweit offen und anscheinend hat Max den Schlüssel stecken gelassen. In dem Augenblick treffe ich eine Entscheidung, von der ich weiß, dass ich sie später bereuen werde. Aber ich kann nicht anders.

Ich mache kehrt, laufe zum Auto und springe auf den Fahrersitz. Max kapiert eine Sekunde zu spät, was ich vorhabe. Ich starte bereits den Motor.

»Kommst du?«, frage ich ihn.

»Kylie, du bist echt krass drauf«, sagt Max. Erstaunlicherweise klingt er überhaupt nicht verärgert. Mehr überrascht. Er protestiert nicht im Geringsten, als er sich auf den Beifahrersitz fallen lässt und mich ansieht. »Also, was nu, Scooby Doo?«

Trotz meiner Verzweiflung muss ich lachen. »Ich werde sie mit einigem Abstand verfolgen. Ich will wissen, wo sie hinfahren. Wenn es gefährlich wird, verschwinden wir. Versprochen.«

Max sieht auf die Uhr. »Ich gebe dir dreißig Minuten.«

8 Max:

Die Zeit ist rum.

Bisher ist nicht gerade viel passiert. Wir sind dem Truck jetzt eine halbe Stunde Richtung Süden gefolgt. Die Typen scheinen es nicht besonders eilig zu haben. Es sieht eher danach aus, als würden sie eine gemütliche Spazierfahrt machen. Wir folgen ihnen in einiger Entfernung.

»Willst du umdrehen?«, fragt Kylie nach einem Blick auf die Uhr.

»Noch nicht.«

Kylie scheint erleichtert zu sein. Ich gebe ihr noch etwas Zeit. Warum, weiß ich nicht genau. Ich schätze, mir gefällt unser kleines Abenteuer. Normalerweise mache ich bei so einem Schwachsinn nicht mit, aber von dem Moment an, als Kylie auf den Fahrersitz gesprungen ist, hat es mir irgendwie gefallen.

Ich habe sie immer für eine totale Spinnerin gehalten. In den sechs Jahren auf der Freiburg hat sie mit kaum jemandem außer Will geredet, aber auf einmal ist sie total abgebrüht. Ziemlich cool, wie sie plötzlich die Kontrolle übernommen hat. Das würde Lily nie tun. Ich weiß, ich sollte Kylie sagen, dass sie umdrehen soll. Das hier führt eh zu nichts, aber ich bringe es einfach nicht über die Lippen. In letzter Zeit war alles so stressig mit Dad, den Bewerbungen fürs College, den ganzen Squash-Turnieren und Abschlussprüfungen. Jetzt verfolge ich zur Abwechslung mal ein paar Gangster und spiele den Actionhelden. Ich bin froh, dem richtigen Leben für eine Weile zu entkommen. Es ist der letzte Schultag, na und? Ist ja nicht so, dass wir großartig was verpassen würden. Alle reden nur noch über die Abschlusspartys und bis die steigen, werde ich schon rechtzeitig zurück sein.

Wir fahren durch Stadtteile, in denen ich vorher noch nie war: National, Chula Vista. Auf Nebenstraßen nach Süden,

Richtung Grenze. Vielleicht wollen die Typen ja dahin. Über die Grenze nach Mexiko. Wo man problemlos geklaute Ware verticken kann. Und wo ich auf gar keinen Fall hinwill.

»Willst du fahren?«, fragt Kylie.

»Schon okay. Fahr ruhig weiter.«

»Cool. Danke.«

Beste Manieren. Sie weiß ganz genau, dass ich das Ganze jeden Moment beenden könnte. Ich weiß nicht, warum, aber irgendwie will ich Kylie nicht hängen lassen. Zumindest jetzt noch nicht.

»Wie kommt es eigentlich, dass du in der Schule nie so bist?«, frage ich.

»Was meinst du damit? Warum ich da nicht als Autodiebin unterwegs bin und Räuber und Gendarm spiele?«

»Nein, ich meine nur ... Ich weiß nicht, du bist irgendwie lässiger als sonst, weniger verkrampft. In der Schule guckst du immer nur auf den Boden und meidest alle. Außer du tickst aus und gehst auf jemanden auf dem Squash-Court los.«

Plötzlich grinst Kylie. Vielleicht nimmt sie sich doch nicht ganz so ernst, wie ich immer dachte. Sie strahlt mich mit ihren großen goldenen Augen durch ihre wirren Locken hindurch an. Ihr üblicherweise recht braver Pferdeschwanz ist total durcheinander. Sie sieht gut aus. Gar nicht mehr strebermäßig.

»Also, was jetzt? Hast du einen Plan? Glaubst du immer noch, dass du deinen Computer zurückbekommst? Diese Typen haben ziemlich übel ausgesehen. Und wir haben keine Pistolen oder Messer. Im Kofferraum liegt vielleicht ein Frisbee, aber das ist auch alles ...«

»Enthauptung durch ein Frisbee. Das gefällt mir.«

Ich lache. Sie hat mehr Humor, als ich dachte.

»Keine Ahnung. Aber mir fällt bestimmt jeden Moment etwas total Geniales ein.«

»Gut. Ich hab nämlich nicht den blassesten Schimmer. Vielleicht kannst du die Typen ja überreden, dir deinen Rechner wiederzugeben. So wie du mich überredet hast, die Murphy-Hausaufgabe zu machen.«

»Ja genau, das hat uns auch wirklich weit gebracht«, sagt sie und streicht sich ein paar Locken aus dem Gesicht.

Sie hat ein Muttermal über dem Mund und die längsten Wimpern, die ich je gesehen habe. Sie ist eigentlich ziemlich attraktiv. Nicht wie Lily. Irgendwie anders. Das ist mir vorher noch nie aufgefallen.

Dann wird der Truck langsamer und kommt vor einem 7-Eleven zum Stehen. Kylie hält ein paar Autos vom Truck entfernt an. Die zwei Typen steigen aus. Von hinten sehen sich beide ziemlich ähnlich. Nur dass der eine viel größer ist als der andere. Sie sind extrem tätowiert, sogar auf ihren kahlen Schädeln prangen Tattoos. Mit denen will ich wirklich nicht aneinandergeraten. Ich beobachte, wie sie im 7-Eleven verschwinden, und denke nur: Das war's, ich bin raus aus der Nummer.

Doch bevor ich etwas sagen kann, steigt Kylie aus und steuert den Truck an. Und ich folge ihr, weil ich echt gerne wüsste, was in ihrem Kopf vorgeht.

»Was hast du vor?«, frage ich.

»Du hast mich nach meinem Plan gefragt – hier ist er: Ich steige in diesen Truck und hole mir meinen Computer zurück.«

»Das ist kein guter Plan, Kylie. Wir sollten abhauen, und zwar sofort.«

Doch Kylie hört nicht auf mich. Sie geht um den Truck herum zur Hecktür. Zieht daran. Abgeschlossen. Dann geht sie zur Fahrertür. Ebenfalls abgeschlossen. Tja, Leute, die gestohlene Elektroniksachen in der Gegend herumkutschieren, schließen eben ihre Fahrzeuge ab. Bei der Beifahrertür hat Kylie dann aber doch Erfolg.

»Kylie, komm mit zurück zum Auto. Wirklich. Wir müssen hier weg ...«

Doch ich rede praktisch mit mir selbst. Kylie ignoriert mich einfach und verschwindet im Truck.

So langsam ist das hier wirklich kein Spaß mehr. Und auch überhaupt nicht mehr cool. Es gefällt mir nicht. Es macht mir sogar ein bisschen Angst. Kylie ist noch viel verrückter, als ich dachte. Sie bringt sich in ernsthafte Gefahr. Und mich auch. Ein paar Minuten vergehen und sie ist immer noch im Truck. Ich kann mich nicht entscheiden, ob ich einfach ohne sie abhauen oder sie da rausholen soll. Letztendlich siegt meine Dummheit über den gesunden Menschenverstand und ich klettere in die Fahrerkabine. Kylie muss von dort in das Hintere des Trucks gestiegen sein.

»Kylie, hast du sie noch alle? Die Typen werden uns umbringen!«

»Ich hab meinen Rechner gefunden. Ich muss ihn nur hier rausbekommen. Aber der verdammte Rucksack steckt fest. Hilf mir doch mal!«, ruft Kylie.

Ich sehe durch das Fenster in den Laderaum, aber kann sie zwischen dem ganzen geklauten Zeugs nicht entdecken. Da sind Sachen im Wert von bestimmt einer Million Dollar. Plasma-Fernseher, DVD-Player, Kameras, iPads, Lautsprecher, Drucker ... Es sieht aus wie die Lagerhalle eines Elektroladens. Ich will so schnell wie möglich hier weg. Das ist doch alles ganz große Scheiße.

»Bitte, Max!«, bettelt Kylie, denn ich habe mich nicht einen Zentimeter bewegt.

Die Verzweiflung in ihrer Stimme lässt mich weich werden. Obwohl mir vollkommen bewusst ist, gerade den größten Fehler meines Lebens zu machen, krabble ich durch die Öffnung und knalle auf einen riesigen Flachbild-Fernseher. Ich bahne mir meinen Weg durch die Unmengen an Elektroartikeln zu Kylie, die verzweifelt versucht, ihren Rucksack unter einem iMac hervorzuziehen. Uns bleibt bestimmt nicht mehr viel Zeit. Diese Typen sind sicher längst wieder auf dem Weg zurück zum Truck. Ich meine, wie lange kann es schon dauern, pinkeln zu gehen und sich eine Cola zu kaufen? Ich hebe den iMac ein Stück an und Kylie zieht ihren Rucksack darunter heraus. In dem Moment hören wir, wie die Fahrerhaustüren des Trucks geöffnet werden.

Die beiden Typen steigen wieder ein, schlagen die Türen zu und starten den Motor.

FUCK!

Langsam setzt der Truck zurück. Mit uns im Gepäck. Hinter all dem Kram sind wir fürs Erste zwar gut versteckt, aber das hilft uns auch nicht weiter. Wir sind gefangen.

Kylie und ich starren uns an. Sie sieht genauso aus, wie ich mich fühle – zu Tode erschrocken. Wahrscheinlich gucke ich genauso aus der Wäsche. Ich habe noch nie in meinem Leben so viel Schiss gehabt. Leise schleiche ich mich zur Hecktür und versuche fieberhaft, sie zu öffnen, doch sie ist natürlich abgeschlossen. Wir sitzen wirklich in der Klemme. Ich greife Kylie am Arm und ziehe sie mit in eine Ecke. Irgendwie sieht sie jetzt gar nicht mehr so tapfer aus. Wir kauern uns hinter einen großen Stapel Lautsprecher und der Truck nimmt Fahrt auf.

9 **Kylie:**

Mir ist kotzübel. Ich hab ja schon eine Menge schlimme Sachen durchgemacht: Jakes Anfälle, ein Raubüberfall mit vorgehaltenem Messer auf der Crosby Street, Nanas Herzinfarkt ... Aber all das kommt mir jetzt vergleichsweise harmlos vor. Wir werden sterben.

Ich versuche, positiv zu denken. Ich werde nicht sterben. Alles wird gut, auch wenn die Chancen erbärmlich schlecht stehen. Ich habe mal gehört, dass positives Denken einem das Leben retten kann. Eigentlich glaube ich ja nicht daran, aber ich kann es auch genauso gut einfach ausprobieren. Ich versuche, mich damit zu beruhigen, dass ich super Material für mein nächstes Drehbuch haben werde – vorausgesetzt wir kommen hier lebend raus. Leider funktioniert es nicht. Und ich bin wieder kurz davor durchzudrehen.

Im Truck ist es, bis auf das wenige Licht, das durch die Fugen der Hecktür dringt, ziemlich dunkel. Über uns ragt ein riesiger Fernseher gefährlich aus einem Turm gestapelter Sachen. Falls der Truck einen plötzlichen Schlenker machen oder abrupt anhalten sollte, könnte uns dieses Ding möglicherweise erschlagen. Was aber immer noch besser wäre, als von den Typen zu Brei geschlagen zu werden.

Verdammt, ich bin so was von blöd. Und leichtsinnig. Und egoistisch. Was ist mit der Abschlussfeier? Und der NYU? Und Jake? Und Mom? Mein Leben fängt doch gerade erst an, und das soll es jetzt gewesen sein? Wie konnte ich nur in diesen Truck steigen? Max hatte recht. Das war definitiv keine gute Idee. Es war eine schlechte, beschissene, idiotische Idee, die ich kein bisschen durchdacht habe. Wie immer. Jetzt habe ich zwar meinen Computer wieder, aber werde dafür mit meinem Leben bezahlen. Was zur Hölle ist nur los mit mir?

Max sitzt mit angezogenen Beinen, das Kinn auf den Knien, neben mir. Und weil ich merke, dass er meinem Blick ausweicht, fühle ich mich noch schlechter. Übelkeit und Tränen steigen in mir auf. Ich habe das Gefühl, gleich zu explodieren, dann würden meine rohen, hässlichen Gefühle sich über den gesamten Laderaum verteilen. Wir sind so was von am Arsch und das ist alles meine Schuld.

Wenn das hier mein Film wäre, hätte ich mir nie im Leben eine so miese Szene ausgedacht. Ich würde meine Hauptdarstellerin niemals ohne einen Plan in einen Truck voller gefährlicher Gangster springen lassen. Ich hätte meiner Heldin wenigstens eine Pistole oder ein im Stiefel verstecktes Messer verpasst. Doch das Einzige, was ich habe, ist mein Rechner. Und der ist noch nicht mal an. Ich bin wirklich eine erbärmliche Actionheldin.

Ich werde immer verzweifelter. Die ganze Zeit schon spiele ich verschiedene Möglichkeiten in meinem Kopf durch, wie das Ganze doch noch gut ausgehen könnte, aber mir will einfach nichts einfallen. Denn wenn wir hier irgendwie unbemerkt rauskommen wollen, müssen wir höchstwahrscheinlich aus einem fahrenden Lkw auf eine Straße mit rasendem Verkehr springen. Und selbst wenn wir das überleben, was ja an sich schon mal ziemlich fraglich ist, finden wir uns vermutlich in San Ysidro wieder, einer Grenzstadt mit Drogenschmugglern, in der Massaker an der Tagesordnung sind. Und das war es dann mit dem Happy End.

Bei dem Gedanken schießen mir noch mehr Negativ-Szenarios durch den Kopf. Wir werden von den fiesen Typen entdeckt, in eine verlassene Gegend verschleppt, erschossen, aufgeschlitzt oder erdrosselt und den Geiern zum Fraß vorgeworfen. Die Vorstellung, wie Max und ich von Kugeln durchlöchert im Graben liegen, gibt mir den Rest. Ich fange an zu zittern. Die grausamen Bilder lassen mich nicht mehr los. Ich schüttle den Kopf, um den Sturz in den gedanklichen Abgrund zu beenden. So viel zum Thema positives Denken.

In der Hoffnung auf etwas Aufmunterung sehe ich zu Max. Doch der sieht sogar noch verängstigter aus als ich, was mich umso mehr beunruhigt. Angst steht ihm nicht.

»Was machen wir denn jetzt?«, flüstere ich.

Aber Max antwortet nicht. Er starrt weiter geradeaus. Das macht mich fertig. Ich wünschte, er würde mich anschreien. Oder boxen. Irgendetwas. Hauptsache etwas. Ich brauche ihn jetzt hier. Er ist das Einzige, was ich habe. Ich will gerade noch etwas zu ihm sagen, da legt er mir eine Hand über den Mund. Seine Handfläche ist schweißnass.

Dann holt er sein iPhone hervor und fängt an zu tippen. Mein Handy vibriert in der Tasche. Er hat mir geschrieben.

MAX: WTF hast du dir dabei gedacht?

KYLIE: kA. Wohl nichts. Sorry. Sorry, sorry, sorry.

MAX: Das kannst du dir sparen. Hilft mir auch nichts, wenn ich tot bin.

KYLIE: Ich weiß. Ich hab's verbockt.

MAX: Aber richtig.

KYLIE: Schon kapiert. Du hasst mich. Ich bin eine Idiotin. Du musst trotzdem nicht so ein Arsch sein.

MAX: Ich werde deinetwegen sterben. Wie soll ich denn sonst sein?

KYLIE: Netter?

MAX: Bist du eigentlich lebensmüde?

KYLIE: Nein! Ich wollte nur meinen Rechner. Und du bist von selbst hier eingestiegen. Ich hab dich nicht drum gebeten.

MAX: Ich wollte dir helfen. Großer Fehler!

KYLIE: Sorry. Tut mir echt leid. Wirklich.

MAX: Was hast du jetzt vor?

KYLIE: kA. Irgendwelche Ideen?

MAX: Das hier war deine Idee. Überleg du dir was.

KYLIE: Würde ich ja gerne. Aber wie? Was?

MAX: Vielleicht hättest du da vorher drüber nachdenken sollen.

Ich werfe Max einen verzweifelten Blick zu. Seine Kommentare sind wirklich nicht besonders hilfreich. Er benimmt sich wie ein bockiges Kind. Den Kopf in den Sand zu stecken, trägt nicht gerade zur Problemlösung bei. Max meidet meinen Blick. Er ist zu sauer auf mich, was ich ihm allerdings nicht verübeln kann. Ich habe es verdient. Wenn ich nicht wäre, würde er sich jetzt in der Schule im Rampenlicht sonnen, den letzten Unterrichtstag feiern und in aller Öffentlichkeit demonstrativ seine Zuneigung zu Lily bekunden. Trotzdem, wenn wir schon die letzten Stunden auf Erden zusammen verbringen müssen, wäre es doch vielleicht angenehmer, wenn wir uns wenigstens etwas besser verstehen würden. Oder zumindest zusammenarbeiten könnten.

KYLIE: Ich weiß, ich hab's echt verkackt, aber du musst mir hier raushelfen.

MAX: Und wie???? Ich wäre schon längst hier raus, wenn ich könnte. Die Tür ist abgeschlossen. Wir kommen hier nicht raus. So eine Scheiße!

KYLIE: Sollen wir die Polizei rufen?

MAX: Nein! Viel zu riskant. Wenn sie die Bullen sehen, ticken sie nachher noch aus. Und erschießen uns vielleicht.

KYLIE: Was dann?

MAX: Abwarten. Vielleicht halten sie noch mal an. Dann laufen wir.

In dem Moment biegt der Truck scharf links ab. Die Zentrifugalkraft schleudert uns gegen die Wand, der Fernseher kracht zu Boden und landet mit einer Ecke auf meinem Knie. Es tut höllisch weh.

Auf einmal scheint Max fast die Nerven zu verlieren. Er schnappt nach Luft, als wäre er kurz vorm Ersticken. Seine Augen sind glasig, die Kiefermuskulatur ist angespannt. Mit den Händen krallt er sich an seinen Hosenbeinen fest. Er erinnert mich an Jake. Wenn mein Bruder eine Schlange sieht, kann er sich vor Schreck weder bewegen noch etwas sagen.

»Max? Was ist los?«, flüstere ich.

Keine Antwort. Er dreht sich weg und starrt auf den Boden. Ich weiß nicht, was ich machen soll. Ich würde ihn gerne berühren. Keine Ahnung, wie. Ich kenne ihn ja kaum. Trotz dieses Albtraums und obwohl eine Stimme in meinem Kopf laut Nein schreit, fühle ich mich irgendwie zu ihm hingezogen. Ich kann nichts dagegen tun. Er wirkt so verwundbar. Bisher dachte ich immer, er sei aus Stein.

10 Max:

Seit ungefähr zehn Minuten haben wir ein ziemliches Tempo drauf. Ich versuche, meine Angst durch Tiefenatmung unter Kontrolle zu halten. Kylie guckt ständig zu mir herüber. Sie soll mich einfach in Ruhe lassen. Mal ernsthaft, was haben wir uns jetzt noch zu sagen? Es fällt mir so schon schwer genug, mich zusammenzureißen.

Einer der beiden Typen vorne schreit auf Spanisch etwas in sein Handy. Ich verstehe kein Wort außer »Tijuana«.

Tijuana? Oh Gott. Ich weiß, dass Kylie Spanisch spricht. Ich schreibe ihr eine SMS.

MAX: Fahren wir nach Tijuana?

KYLIE: Ja.

MAX: Was hat er noch gesagt?

KYLIE: Nur eine Adresse. Ich glaube, sie laden da Sachen ab. Weiß nicht genau.

Mexiko?! Ich lese die Zeitung. Ich weiß, was in diesen Grenzstädten in Mexiko los ist. Leute werden abgeschlachtet, ganze Polizeieinheiten schmeißen hin und Journalisten werden ermordet, einfach nur, weil sie ihren Job machen.

Auf einmal wird mir schwindelig und ich sehe nur noch verschwommen. Ich habe eine Panikattacke. Nicht zum ersten Mal. Ich kenne das schon. Mein Brustkorb zieht sich zusammen. Mein Herz schlägt unkontrolliert. Rote, heiße Angst strömt durch meine Adern. Ich muss atmen. Langsam bis zehn zählen. Mich auf etwas konzentrieren. Ich schaffe das. Schließlich habe ich es schon oft geschafft. Ich wünschte nur, Kylie würde mich nicht die ganze Zeit so anstarren. Damit macht sie das Ganze nur noch schlimmer.

Normalerweise bin ich ziemlich locker. Okay, beim Squash kann ich ganz schön hitzig werden, aber das ist was anderes. So etwas wie jetzt habe ich bis vor einem Jahr nicht gekannt. Damals wusste ich überhaupt nicht, was mit mir los war. Ich dachte schon, ich hätte einen Herzinfarkt. Zum Glück war ich zu dem Zeitpunkt zufällig im Krankenhaus. Meine Mom und ich hatten seit Stunden im Wartezimmer gesessen. Sie war durch irgendwelche Medikamente total neben der Spur und blätterte sich durch einen Stapel von Klatschmagazinen. Ich las *Unterwegs* von Jack Kerouac. Wir schenkten uns gegenseitig nicht besonders viel Beachtung. Um die unangenehme Stille zu unterbrechen, fragte Mom mich ab und zu nach der Schule oder Squash. Über Dad redeten wir nicht. Nur über dummes Zeug. Wir taten so, als sei alles okay. So läuft das bei uns. Wir kehren all unseren Dreck beiseite, in irgendeine dunkle Ecke, und setzen unsere glücklichen Masken auf.

Dr. Stein hatte immer noch seinen Kittel an, als er aus dem OP kam. Ich konnte ihm ansehen, dass er keine guten Nachrichten für uns hatte. Ich wollte auf der Stelle verschwinden. Einfach in den Fahrstuhl springen und hinauslaufen, raus, in die Sonne, und so lange rennen, bis ich nicht mehr konnte. Aber ich blieb sitzen, neben Mom, während Dr. Stein uns mehr über Dads Zustand erzählte, als ich wissen wollte.

Und dann hatte ich meinen ersten Anfall. Ich hatte das Gefühl, ich würde ersticken. Als würden meine Organe versagen. Ich dachte, ich würde einfach nur dasitzen und still vor mich hin leiden, aber es muss doch ziemlich offensichtlich gewesen sein, denn plötzlich packte mich Dr. Stein unter den Armen und zog mich hoch.

»Atme, Max«, sagte er. »Atme tief durch die Nase ein und langsam durch den Mund wieder aus. Such dir einen Punkt im Stationszimmer und konzentrier dich darauf. Denk an nichts anderes. Du hast eine Panikattacke. Die ist gleich wieder vorbei. Atme nur einfach ruhig mit mir weiter. Ein und aus.«

Dr. Stein hatte recht. Ungefähr zehn Minuten später war es schon wieder vorbei. Aber noch Wochen danach hatte ich das Gefühl, dass es jeden Moment wieder passieren könnte. Bloß wann und wo? In irgendeiner superpeinlichen Situation? In der Schule zum Beispiel? Oder beim Squash? Die Angst davor machte mich verrückt. Aber dann ist gar nichts weiter passiert. Und ich hatte die ganze Sache schon wieder vergessen. Bis sechs Monate später die nächste Attacke kam, aus dem Nichts. Ich saß mit Lily im Kino und wir sahen irgendeinen Horrorfilm. Und auf einmal dachte ich, die Wände würden auf mich einstürzen. Ich hatte dieses seltsame Gefühl, mich außerhalb meines Körpers zu befinden. Die Gewalt, das ganze blutige Gemetzel in dem Film machten mich total fertig. Was wirklich merkwürdig war, denn normalerweise macht mir so etwas überhaupt nichts aus. Ich liebe Horrorfilme. Doch zu dem Zeitpunkt musste ich aufstehen und rausgehen. Ich sagte Lily, dass ich gleich wieder zurückkommen würde.

Ich ging auf die Toilette, setzte mich auf den Klodeckel und steckte den Kopf zwischen die Beine. So blieb ich ungefähr eine Viertelstunde sitzen, bis der Anfall vorbei war. Als ich wieder in den Kinosaal kam, lief schon der Abspann. Lily hatte sich Sorgen gemacht. Ich log und erzählte ihr irgendetwas von einer Lebensmittelunverträglichkeit. Ich konnte ihr einfach nicht die Wahrheit sagen. Dabei wäre sie sicherlich total mitfühlend und alles gewesen. Ich war nur einfach noch nicht bereit, darüber zu reden. Und irgendwie hoffte ich auch, es ihr nie erzählen zu müssen. Ich meine, wer hat schon gerne einen Typen zum Freund, der sich so gehen lässt? Außerdem kann Lily manchmal ganz schön hysterisch reagieren. Und ich wollte nicht, dass sie ausflippt, weil ich ausgeflippt bin. Ich dachte, ich könnte es einfach auf sich beruhen lassen. Ich hoffte nur, es würde nicht noch mal passieren. Und wenn doch, konnte ich mir ja immer noch Gedanken darüber machen, es ihr zu erzählen.

Es ist alles gut gegangen. Bis jetzt. Ich wünschte, ich hätte welche von diesen Xanax dabei.

Da fällt mir plötzlich auf, dass Kylie mir den Nacken massiert. Wie lange macht sie das schon? Ich war so in Gedanken, dass ich gar nicht mitbekommen habe, wie sie damit angefangen hat. Es fühlt sich gut an, beruhigend. Es holt mich wieder runter, auf den Boden. Seltsam. Ich kenne sie kaum, aber irgendwie hat sie es geschafft, dass ich wieder ruhiger werde. Meine Atmung verlangsamt sich. Mein Herz hört auf zu flattern. Ich fühle mich schon besser.

Und dann hält der Truck auf einmal an. Ich höre Stimmen. Der Fahrer spricht auf Englisch mit jemandem außerhalb des Fahrzeugs. Wir sind bestimmt an der Grenze, wahrscheinlich am Zoll. Wenn wir fliehen oder gerettet werden wollen, müssen wir jetzt schnell reagieren. Aber ich bin wie gelähmt. Was sollen wir bloß tun? Ich meine, es ist ja nicht gerade so, als wäre ich vorher schon mal in so einer Situation gewesen.

»Wir sind an der Grenze«, flüstert Kylie.

»Was machen wir jetzt?«

»Vielleicht schreien oder gegen die Tür hämmern«, schlägt Kylie vor.

Ich weiß nicht, ob das so eine gute Idee ist. Die Angst durchfährt mich. Ich bin absolut nicht in der Lage, irgendwelche blitzschnellen Entscheidungen zu treffen. Ich weiß, das ist unsere Gelegenheit. Vielleicht unsere letzte. Was sollen wir tun? Was sollen wir nur tun?

Okay. Ich mache es. Ich will gerade aus vollem Hals losbrüllen, als sich der Truck wieder in Bewegung setzt. Und zwar ziemlich schnell. Soll das ein Witz sein?

Wir nehmen an Fahrt auf. Entfernen uns vom Zoll. Von den Leuten, die uns hätten retten können! Scheiße. Scheiße. Scheiße. Wir haben unsere Chance verpasst. Wir sind so was von am Arsch, wie man überhaupt nur sein kann.

Kylie schnappt sich ihr Handy und hämmert darauf ein.

KYLIE: Nicht gut.

MAX: Findest du? Kann mir nicht vorstellen, wie es noch schlimmer kommen könnte.

KYLIE: Sie könnten uns umbringen.

MAX: Ja, das wäre schlimmer. Danke, dass du mich daran erinnerst.

Inzwischen ist unsere Lage derart beschissen, dass ich absurderweise grinsen muss. Kylie grinst auch. Das nennt man wohl Galgenhumor. Uns bleibt auch gerade nichts anderes übrig.

KYLIE: Sie werden bald wieder anhalten. Dann springen wir raus.

MAX: In Tijuana? Super. Da wollte ich schon immer mal hin.

KYLIE: Habe gehört, zu dieser Jahreszeit soll es da besonders schön sein.

Ich weiß nicht, woher auf einmal dieser Stimmungswandel gekommen ist, aber es geht mir auf jeden Fall besser als noch vor ein paar Minuten. Wenn wir schon sterben müssen, dann wenigstens mit Humor.

Kylie schreibt mir wieder eine Nachricht und tippt wie besessen. Als bei mir nichts ankommt, blicke ich sie fragend an. Verwirrt versucht sie es noch einmal. Immer noch nichts.

Sie lehnt sich zu mir herüber und flüstert: »Ich glaube, wir haben kein Netz mehr.«

Ich antworte nicht. Was soll ich auch sagen?

»Man muss seinem Netzbetreiber Bescheid geben, bevor man ins Ausland reist, sonst hat man keinen Empfang«, flüstert Kylie, als wäre sie eine Mobilfunk-Vertreterin oder so. Soll die Information jetzt etwa hilfreich sein? Sie sieht mich erwartungsvoll an, als ob ich jeden Moment meinen »Netzbetreiber« kontaktieren könnte, um den Auslandsservice zu beantragen. Genialer Plan, Süße.

Schweigend sitzen wir da. Das Lachen ist mir vergangen.

Schon bald werden wir unter Kakteen begraben liegen oder die Kojoten werden sich in der Wüste über unsere verwesenden Leichen hermachen. Meine Angst schlägt in Wut um. Auf einmal wird mir wieder bewusst, wie angepisst ich wegen Kylie bin. Ich kann es einfach nicht fassen, dass sie uns in diese Situation gebracht hat. Ich würde sie unglaublich gerne anschreien. Ihr sagen, was ich davon halte, dass sie mich überredet hat, Ms Murphys Hausaufgabe zu machen, sie bei Starbucks zu treffen, den Motorradfahrer zu verfolgen und dann auch noch in diesen blöden Truck zu klettern. Dafür, dass sie so ein intelligentes Mädchen ist, ist sie GANZ SCHÖN BESCHEUERT. Aber andererseits bin ich freiwillig in den Truck gestiegen, also wo liegt eigentlich mein Problem? Ich lasse einen stummen Schrei los. Es hilft nicht.

Da zieht Kylie mich am Ärmel. Ich schüttle sie ab. Soll sie doch alleine klarkommen. Ich hab genug mit mir selbst zu tun. Und auch wenn sie die letzte Person ist, die ich vor meinem Tod zu sehen bekomme, habe ich gerade wirklich keinen Bock auf eine Unterhaltung.

»Sie haben gesagt, dass sie bald anhalten werden«, flüstert Kylie. »Wir können versuchen wegzulaufen«, sagt sie, als wäre das gerade ein genialer Geistesblitz von ihr gewesen. Ist das echt das Beste, was ihr einfällt? »Mach doch, was du willst«, sage ich und verdrehe die Augen. So ein Dreck. Ich werde jedenfalls nicht so nett sein und ihr das Gefühl geben, wir würden das hier zusammen durchziehen. Ab jetzt kämpft jeder für sich alleine. Nicht im Traum würde ich daran denken, sie irgendwie aufzubauen. Oder sie als Heldin zu feiern. Was Kylie macht, ist ihre Sache. Ich kümmere mich jetzt allein um mich.

»Ich weiß, das ist alles meine Schuld«, flüstert Kylie, »aber wir müssen zusammenhalten, wenn wir hier lebend rauskommen wollen. Ich kann jetzt nicht sterben. Ich darf einfach nicht. Wenn ich sterbe, bricht meine ganze Familie auseinander.«

Ach, was du nicht sagst. »Meine Familie wird bestimmt auch nicht gerade begeistert sein«, fahre ich sie an.

Und dann fängt sie an zu weinen, ganz leise, mit bebenden Schultern.

Auch das noch. Was soll ich denn jetzt machen? Ich fühle mich mies. Und sofort rudere ich zurück.

»Wir werden das schon hinkriegen«, sage ich. Ich weiß nicht genau, warum, aber ich greife nach ihrer Hand und drücke sie fest. Wahrscheinlich weil ich mich nicht wie ein komplettes Arschloch fühlen will, falls dies meine letzte Handlung auf Erden sein sollte. »Wir werden hier lebend rauskommen. Das verspreche ich dir.«

Ich versuche selbst, so gut es geht, daran zu glauben, aber es ist ein ziemlich leeres Versprechen. Eigentlich bin ich nicht im Geringsten davon überzeugt, aber Kylie scheint es trotzdem zu helfen. Sie hört auf zu weinen und wischt sich die Tränen aus dem Gesicht.

Dann hält der Truck. Die Fahrerhaustüren werden geöffnet und gleich darauf wieder geschlossen. Die beiden Typen sind vorerst weg. Wir hören sie miteinander reden, während sie sich vom Truck entfernen.

Kylie rappelt sich auf und springt auf die Beine. »Okay, es ist so weit. Das könnte unsere letzte Chance sein«, sagt sie. Scheiße. Was hat sie dieses Mal vor?

Sie setzt ihren Rucksack auf und krabbelt nach vorne zu dem Fenster, das den hinteren Teil des Trucks mit dem vorderen verbindet. Sie schaut ins Fahrerhaus, windet sich dann ohne Vorwarnung hindurch und landet auf dem Vordersitz. Ich hab keine Ahnung, ob ich ihr folgen soll oder besser bleibe, wo ich bin. Ich meine, die Typen könnten direkt draußen stehen. Mit Pistolen bewaffnet.

Wieder packt mich die Angst. Ich bewege mich kein Stück. Ich kann es nicht fassen, dass Kylie mehr Eier in der Hose hat als ich.

»Die Luft ist rein. Wir hauen ab. Los, komm schon!«, befiehlt Kylie.

Ihre Stimme hat etwas Entschiedenes und gleichzeitig Beruhigendes. Sie spornt mich an. Kylie ist jetzt wieder knallhart drauf, so wie vorhin. Das Mädel ist total manisch-depressiv, aber immerhin schafft sie es, mich anzutreiben. Ich eise mich von dem Elektro-Haufen los, auf dem ich die letzte Stunde verbracht habe, und schiebe mich ebenfalls durch das Fenster nach vorne.

Kylie und ich hocken jetzt auf der Sitzbank und sehen vorsichtig aus dem Fenster. Der Truck ist auf einer kleinen Nebenstraße geparkt, wahrscheinlich irgendwo in Tijuana. Alle Schilder sind auf Spanisch. Auf der anderen Straßenseite ist zwischen lauter Wohnhäusern ein Laden, in dem Telefonkarten verkauft werden; ich kann die Worte *Lagos, Nigeria* und *No limite* ausmachen. Dann blicke ich hoch und sehe blauen Himmel über uns.

Bis auf ein Kind und zwei zottelige Hunde liegt die Straße verlassen vor uns. Die beiden Typen sind nirgendwo zu sehen. Vielleicht können wir jetzt tatsächlich mal aufatmen.

»Wir werden in den Laden da laufen«, sagt Kylie, als hätte sie das Ganze schon von langer Hand geplant. Sie ist absolut selbstsicher und entschlossen.

Kylie öffnet die Fahrertür und springt hinaus. Ich folge ihr, ohne zu zögern. Wir rennen zum Laden hinüber. Fast sind wir da, haben es beinahe geschafft. Doch dann entdecke ich die beiden. Mit ihren glänzenden Köpfen und den vielen Tattoos sind sie auch schwer zu übersehen. Sie stehen mit einem ziemlich mager aussehenden Typen mit Vollbart und Basecap in einem Hauseingang und starren uns an ...

11 Lily:

Welchen Teil von »Wir treffen uns um zwölf auf der Wiese« hat Max eigentlich nicht verstanden? Wir waren verabredet. Wir hatten abgemacht, die dritte Stunde zu schwänzen, um unsere Initialen in die Palme zu ritzen, zum Essen in die Mall zu gehen und nach einem kurzen Einkaufsbummel zur Versammlung der Seniors wieder zurück zu sein. Aber irgendwie scheine ich die Einzige zu sein, die sich daran erinnert. Denn von Max fehlt weit und breit jede Spur. So hatte ich mir das nicht vorgestellt.

Es ist noch nicht einmal annähernd das, was ich mir für unseren grandiosen letzten Schultag vorgestellt hatte. Ich rufe Max zum fünften Mal innerhalb von zwei Minuten an, aber wieder geht sofort seine Mailbox ran. Garantiert spielt er wieder mit Charlie Squash und hat unsere Verabredung vollkommen vergessen, was schon so oft vorgekommen ist, dass ich aufgehört habe mitzuzählen.

Max und ich sind jetzt schon seit über einem Jahr zusammen. Leute, die wir selbst noch nicht mal kennen, erzählen Mom und Dad, wie toll wir doch zusammenpassen. Es ist komisch, seinen Seelenverwandten schon in der Highschool zu treffen. Aber es ist passiert. Wir sind füreinander bestimmt. Und das werde ich garantiert nicht aufgeben. Vor allem jetzt nicht, wo bei mir zu Hause gerade alles den Bach runtergeht. Dabei kenne ich noch nicht mal das ganze Ausmaß der bevorstehenden Katastrophe.

Als ich gestern um Mitternacht nach Hause kam, waren Moms Augen total rot und verquollen. Ich dachte schon, sie würde mir erzählen, dass sie und Dad sich scheiden lassen. Ich wünschte fast, das hätte sie gesagt. Sie hat geredet und geredet. Es waren irgendwie viel zu viele Informationen für mich. Irgendwann konnte ich einfach nicht mehr zuhören. Wie kann es sein, dass sich alles, was ich in meinem Leben hatte, von einem auf den anderen Tag in Luft aufgelöst hat?

»Gegen deinen Vater wird ermittelt. Es wird eine Gerichtsverhandlung geben.«

Das waren ihre Worte. Mit einem Schlag hatte sich mein bisheriges Traumleben in die reinste Hölle verwandelt. Wenn Dad kriminell ist und wir pleite sind, wie zum Teufel sollen wir uns dann Stanford leisten? Ich weiß, ich sollte mir mehr Sorgen um Dad machen, aber ganz ehrlich, Stanford war das Erste, was mir einfiel. Es ist so was von ungerecht. Ich habe mir den Arsch aufgerissen, um aufgenommen zu werden, und jetzt wird mir diese Chance direkt vor der Nase wieder weggeschnappt.

Ich habe bei den Zulassungstests fast perfekte Ergebnisse abgeliefert. Ich wurde in Stanford, Swarthmore, Pomona, Michigan und Williams angenommen. Ich habe mehr Uni-Vorbereitungskurse belegt als irgendjemand vor mir in der Geschichte der Freiburg-Highschool. Ich war Kapitänin vom Tennisteam und habe zwei Sommer hintereinander Kids aus der Innenstadt Nachhilfe gegeben. Und wozu das alles? Damit ich das San-Diego-Community-College besuchen kann, um mich auf meine Position als Managerin bei Burger King vorzubereiten? Wie kann Dad mir das nur antun? Wie kann er *uns* das antun?

Er hat, glaube ich, mit Aktien gehandelt. Manchmal war er den ganzen Tag und die ganze Nacht weg. Eine Weile schien auch alles noch ganz normal zu sein. Mom und ich sind weiter shoppen gegangen, Janice hat wie eh und je für uns geputzt und gekocht und in den letzten Ferien sind wir sogar noch nach Mexiko gefahren, um in Cabo San Lucas Urlaub zu machen.

Doch im Nachhinein betrachtet hätten mich Moms Neuigkeiten gar nicht überraschen müssen. Ich hätte mir ja schon denken können, was los ist, als Dad vor ein paar Wochen total durchgedreht ist. Er hat mir meine Kreditkarten weggenommen, alle Blumenlieferungen abbestellt, die Haushälterin gefeuert, seinen Porsche Cabrio durch einen Ford Escort (einen Ford Escort!) ersetzt und die Jacht verkauft. Aber es ist schwer, sich das Schlimmste vorzustellen, bis die Wahrheit einen mit voller Wucht trifft. Einfach zum Kotzen. Dad wird ja wohl nicht wirklich in den Knast wandern, oder? Ich will daran glauben, dass er unschuldig ist. Schließlich ist er mein Dad.

Zum wiederholten Male verfluche ich Max dafür, dass er mich warten lässt. Ich will heute nicht alleine sein. Ich will nicht nachdenken, grübeln, mir Sorgen machen müssen. Ich brauche Ablenkung. Erneut versuche ich, ihn anzurufen. Überraschung. Wieder die Mailbox. Scheiß drauf. Dann gehe ich eben mit Stokely zur Mall. Die wird mich nicht hängen lassen.

12 Will:

Es ist die vierte Stunde und ich stehe umgeben von einem Haufen Klamotten in der Umkleide von Forever 21. Ich musste den Feierlichkeiten auf der Freiburg einfach entfliehen. Es ist ja normalerweise schon nicht auszuhalten, aber der letzte Schultag ist wirklich unerträglich. Die Bibliothek wird mit Klopapier beworfen und alle tragen Grün und Blau – die Schulfarben – und singen die Schulhymne – wie koreanische Soldaten, die man einer Gehirnwäsche unterzogen hat.

Ich ziehe ein hautenges schwarzes Minikleid aus Elasthan an. Das ist inzwischen schon das sechste Kleid, das ich anprobiere. Mache ich hier eigentlich irgendwelche Fortschritte? Und würde Kylie in diesem Kleid überhaupt so toll aussehen wie ich? Es wäre unglaublich hilfreich gewesen, sie dabeizuhaben. Mit oder ohne Kylies Segen, ich habe einen Auftrag: das perfekte Kleid für die Abschlussfeier für sie zu finden.

Seltsam, dass Kylie nicht zur ersten Stunde gekommen ist. Und auch nicht zur zweiten oder dritten. Ich kann mich gar nicht mehr daran erinnern, wann meine kleine Chica das letzte Mal in der Schule gefehlt hat. Was Anwesenheitspflicht angeht, ist sie eigentlich ziemlich penibel. Ich hoffe nur, dass sie sich nicht in ihrem Zimmer eingeschlossen hat, um zum dreißigsten Mal ihre Rede zu überarbeiten. Sie hat an dem Ding derart geschuftet, als wäre es ihre Antrittsrede als Präsidentin der Vereinigten Staaten. Dabei wäre es gar nicht so verkehrt, wenn sie die Abschlussfeier nicht ganz so ernst nehmen würde – was ich ihr schon oft genug gesagt habe. Vielleicht würden dann endlich mal alle kapieren, was ich längst weiß: dass meine Freundin nicht nur ein Superhirn und umwerfend schön ist, sondern außerdem rockt! Sie könnte nämlich eine hammergeile Rede halten mit null Vorbereitung, wenn sie sich nur mal auf ihr Gefühl verlassen würde. Aber Kylie macht eben nichts einfach mal eben so. Sie muss alles immer perfekt planen und vorbereiten. Und ich befürchte, wenn sie ihre Rede einfach nur abliest, geht die Seele der Rede total verloren. Und Kylie ist voller Seele. Ich will, dass das endlich alle mitkriegen.

Wie vorherzusehen war, hat sie auf keine meiner fünfzig SMS geantwortet, in denen ich sie gebeten habe, mich bei Forever 21 zu treffen. Ich starre auf mein Spiegelbild und mir wird klar, dass Kylie dieses schwarze Teil niemals tragen wird. Es ist einfach zu eng, zu sexy, zu ... Ich würde das Kleid ja gerne selbst zur Abschlussfeier anziehen, einfach nur um die Gesichter der anderen zu sehen. Eigentlich stehe ich gar nicht so sehr auf Frauenkleider, aber ich mag es, das Weltbild dieser spießigen Kleinstadt ein bisschen durcheinanderzubringen.

Ich befürchte schon, den Laden verlassen zu müssen, ohne etwas für Kylie gefunden zu haben, als mein Blick an einem roten Kleid hängen bleibt. Ich habe sofort das Gefühl, das richtige gefunden zu haben. Es sieht eigentlich ziemlich brav aus, abgesehen von der Tatsache, dass es aus schreiend roten Pailletten besteht. Aber es ist weder zu tief ausgeschnitten noch zu kurz. Kylies Rundungen würden damit betont, ohne sie einzuzwängen. Es ist Liebe auf den ersten Blick. Das Kleid ist der perfekte Look fürs Rednerpult. Es sagt: »Ich bin intelligent, ich bin todschick und ich trau mich was.«

Das einzige Problem ist, dass Kylie niemals rote Pailletten tragen würde. Oder Kleider. Und deswegen bin ich auch wieder froh, dass sie gerade nicht hier ist und mir die Ohren volljammern kann. Vielleicht sollte ich das Kleid für sie *und* für mich kaufen. Das wäre einfach genial, wenn wir beide im gleichen roten Paillettenkleid zur Abschlussfeier kommen. Daran würden sich die Leute noch lange erinnern.

Ich verschwinde mit dem Kleid in der Umkleide, hänge mir eine lange schwarze Kette um, ziemlich Achtziger, und ziehe spitze schwarze Plateauschuhe dazu an.

Dann trete ich aus der Umkleide, um meinen neuen Look von allen Seiten zu bewundern, wobei ich die abschätzigen Blicke der jungen Dinger mit ihren Müttern ignoriere.

Eines weiß ich sicher: Kylie muss dieses Kleid tragen. Dieses Kleid rockt.

»Will Bixby, was zur Hölle machst du da?«

Als ich mich umdrehe, starrt Lily Wentworth mich an. Sie trägt das gleiche Kleid wie ich. Hinter ihr steht Stokely Eagleton, aufmerksam wie ein Luchs.

Lily Wentworth? Was macht die in einem Billigladen wie Forever 21?! Sie ist doch sonst so eine Markentussi.

»Was ist nur los mit dir? Du siehst so was von schwul aus«, sagt Lily.

»Ich bin ja auch so was von schwul, Lily. Ich kaufe das Kleid für Kylie.«

»Oh, das glaube ich nicht. Denn ich kaufe mir dieses Kleid für die Abschlussfeier, du kannst deins also gleich wieder ausziehen.« Lily lässt mal wieder die Chefin raushängen.

Stokely nickt in feierlicher Zustimmung, als hätte Lily gerade das Wort Gottes gesprochen.

»Kylie wird es zur Abschlussfeier tragen. Damit wirst du wohl klarkommen müssen.« Ich grinse Lily an und zeige ihr dabei möglichst viele Zähne, einfach nur weil ich weiß, dass ich damit noch mehr Salz in die Wunde streue. »Ich an deiner Stelle würde vielleicht etwas aussuchen, was dir mehr ... schmeichelt. Vielleicht solltest du es mal bei den Übergrößen probieren.«

Lily sagt nichts. Sie starrt mich nur an. Ich drehe mich um und stolziere wie ein Model auf dem Laufsteg zurück in meine Umkleide.

»Stokes, sehe ich in dem Kleid fett aus?«, höre ich Lily fragen.

»Überhaupt nicht. Du hast doch Größe S. Das Kleid sieht toll aus. Er ist bloß neidisch. Und er weiß, dass du Kylie die Show stehlen wirst, wenn ihr beide das gleiche Kleid tragt. Ich meine, hallo, Kylie Flores? Ich bitte dich«, sagt Stokely.

»Du hast recht. Außerdem, wen interessiert schon, was dieser komische Will Bixby zu sagen hat?«

»Eben«, pflichtet ihr Stokely bei.

Oh Mann, wie ich Lily Wentworth hasse – sie und ihre Scheißsticheleien. Kaum zu glauben, dass wir im Kindergarten mal beste Freunde waren. Was habe ich mir damals nur gedacht? Das rote Kleid fest im Griff komme ich wieder aus der Umkleide und marschiere auf Lily zu. Inzwischen habe ich mich total hineingesteigert. Ich habe es echt satt, ständig als Loser bezeichnet zu werden.

»Hey Lily, warum bist du eigentlich nicht bei Dolce oder Prada?« Lily zuckt merklich zusammen. Offenbar habe ich einen wunden Punkt getroffen. »Ich meine, willst du ernsthaft ein Kleid von Forever 21 anziehen? Ist alles okay bei dir zu Hause?«

Mom und Ms Wentworth kennen sich vom Casino, einem schrecklichen Tennis-, Golf- und Schwimmklub, den ich seit der sechsten Klasse nicht mehr zu betreten gewagt habe. Die beiden spielen jede Woche zusammen Tennis. Letzte Woche beim Abendessen ist Mom gegenüber Dad eine pikante Klatschgeschichte herausgerutscht. Angeblich haben die Wentworths schon seit Monaten ihren Klubbeitrag nicht mehr bezahlt. Da hat wohl jemand finanzielle Schwierigkeiten. Wie entsetzlich.

»Verpiss dich, Will«, sagt Lily. Bingo! Bei den Wentworths ist ganz klar was im Busch. Ist Daddy etwa pleitegegangen?

Winkend und lächelnd stolziere ich davon. Auftrag ausgeführt.

13 Kylie:

Wir werden sterben.

Für den Bruchteil einer Sekunde starren wir vier uns einfach nur an. Die beiden Typen fragen sich bestimmt gerade, was zum Teufel wir in ihrem Truck zu suchen hatten. Max und ich wechseln einen kurzen Blick. Wir brauchen einen Plan B. Wir haben keine Ahnung, wo wir sind und was wir tun sollen. Und es gibt niemanden, der uns jetzt helfen könnte. Außerdem haben wir gar keine Zeit, uns großartig Gedanken darüber zu machen, und so ist es weniger ein Plan als vielmehr purer Überlebenswille, der uns beide gleichzeitig umdrehen und zurück auf die Straße schießen lässt. Wir rennen um unser Leben. Die beiden Typen hinter uns her. Große Chancen haben wir sowieso nicht. Wir geben eine ideale Zielscheibe ab.

Max sieht mich an und für einen winzigen Augenblick spüre ich eine Verbindung. Das ist natürlich gerade absolut unpassend und schräg, aber trotzdem muss ich daran denken, dass ich mich zum allerersten Mal – abgesehen von Will – irgendjemandem von meiner Schule verbunden fühle. Manchmal komme ich auf seltsame Gedanken. Und anscheinend auf besonders seltsame, wenn mein eigener Tod unmittelbar bevorsteht.

Ich blicke mich nach den Männern um – sie kommen näher. Und dann fällt mir etwas ein. Der Schlüssel steckt noch. Der Schlüssel steckt noch! Das gibt's doch nicht! Ein kleines Wunder. Ich habe sonst nie besonders viel Glück und ich glaube auch nicht an Schicksal oder daran, dass Gott auf mich aufpasst oder so. Aber vielleicht sollte ich das doch noch mal überdenken. Denn dort, am Armaturenbrett, hat irgendjemand ein Geschenk für mich hinterlassen. Ich stürze auf den Truck zu.

Schon zum zweiten Mal heute hat jemand seinen Schlüssel

stecken lassen und ich bin drauf und dran, ein Fahrzeug zu klauen. Aber ich habe jetzt keine Zeit, mir einen Kopf darüber zu machen, was das bedeuten könnte. Vielleicht bedeutet es ja einfach nur, dass manche Leute Idioten sind. Oder mir eine glänzende Zukunft als Autodiebin bevorsteht.

Doch Max kapiert es nicht. Als ob ihm jemand sein Radar abgestellt hätte und er keine Signale mehr aufnehmen könnte. Ich packe ihn am Arm und ziehe ihn hinter mir her. Er bewegt sich irgendwie mechanisch, wie in Trance, als wäre mir zu folgen der letzte Ausweg. Es beruhigt ihn wahrscheinlich nicht im Geringsten, dass ich wieder das Kommando übernommen habe.

Ich bin panisch. Und trotzdem arbeiten meine Synapsen auf Hochtouren. Ich weiß genau, was zu tun ist. Selbst wenn ich noch nie vorher in so einer Situation war, kommt sie mir irgendwie bekannt vor. Ich habe schließlich lange genug hierauf hingearbeitet – die Tatsache, dass ich den Großteil meines Lebens wie besessen Actionfilme gesehen und Drehbücher für ebensolche geschrieben habe, könnte heute tatsächlich mein Leben retten. Und das von Max.

Ich springe in den Truck und drehe den Zündschlüssel. Max wirft sich auf den Beifahrersitz. Als der Motor aufheult, stürmen die Typen wie ein Hurrikan auf uns los. Wir schlagen die Türen zu und ich lege den Rückwärtsgang ein. Wir machen einen Satz zurück. Scheiße! Wie fährt man so ein Ding?

Der kleinere von den beiden Typen krallt sich an Max' Tür und versucht, sie aufzureißen. Er brüllt etwas auf Spanisch. Doch Max hat die Tür schon verriegelt und hält sie zusätzlich von innen fest.

»Vorwärts! Fahr vorwärts«, schreit Max, als ob ich das nicht selbst wüsste.

»Versuche ich ja«, rufe ich.

Verdammt! Der Gang klemmt. Während ich noch mit dem Schalthebel kämpfe, greift der große Kerl durch das offene Fenster und zerrt meine Hand vom Lenkrad. Irgendwo tief aus meiner Kehle dringt ein animalischer Schrei, der sich seltsam fremd anhört. Und dann, ohne großartig darüber nachzudenken, mache ich eine Faust und schlage dem Typen mitten ins Gesicht. Genau wie Jet Li in einem dieser Martial-Arts-Filme. Der Kerl taumelt zurück und fasst sich an die Nase. Blut strömt ihm übers Gesicht. Und wir haben ein paar wertvolle Sekunden gewonnen.

Auf einmal liegt Max' Hand über meiner auf dem Schaltknüppel und zusammen bekommen wir den ersten Gang rein. Ich trete aufs Gas. Als wir ruckartig vorwärtsschießen, muss die Stoßstange des Wagens vor uns dran glauben. An ein paar geparkten Autos schlingern wir nur haarscharf vorbei. Ich habe noch nie in meinem Leben jemanden geschlagen. Klar, ich habe Leute angeschrien, wenn ich mal wieder einen meiner Wutanfälle hatte. Aber so etwas habe ich noch nie getan. Die Rage, mit der ich dem Typen eben eine verpasst habe, kannte ich bisher selbst nicht von mir. Ich bin gleichermaßen schockiert und begeistert von meinen ungeahnten Kräften. Wenn meine Hand nicht vor Schmerzen pochen würde, würde ich mich fast wie eine Superheldin fühlen.

Aus dem Augenwinkel sehe ich, wie Max mich anstarrt. Offensichtlich ist er genauso verblüfft wie ich. Keiner von uns beiden sagt ein Wort. Zum Reden ist jetzt keine Zeit. Ich trete das Gaspedal weiter bis zum Anschlag durch, während wir die Straße entlangrasen. Im Rückspiegel sehe ich, wie die beiden Kerle hinter uns herlaufen, aber immer kleiner werden. Zu Fuß werden sie es niemals schaffen. Wie durch ein Wunder haben wir überlebt. Unglaublich.

Wir haben immer noch ein ziemliches Tempo drauf, als die Straße mit einem Mal einen scharfen Knick macht. Ich erwische beinah einen alten Mann, der mit einem Einkaufswagen in der Kurve steht und offenbar Lebensmittel verkauft. In letzter Sekunde reiße ich das Lenkrad nach rechts. Wir legen uns in die Kurve, der Truck neigt sich gefährlich nach links und droht zu kippen. Max fällt gegen mich. Ich bremse leicht ab und der Truck stabilisiert sich wieder.

»Fahr weiter«, ruft Max.

»Was denkst du denn? Glaubst du, ich halte an, um Enchiladas zu essen?«

»Keine Ahnung. Bei dir kann man ja nie wissen.« Ein Lächeln huscht über sein Gesicht.

Max ist gar nicht mal so übel. Und wie sich herausgestellt hat, bin ich das auch nicht. Ich habe nämlich gerade unser beider Leben gerettet.

»Das war einfach unglaublich! Ich kann es nicht fassen, dass ich diesem Typen eins auf die Nase gegeben habe. Und wie!«, platze ich heraus. Und dann kann ich mich nicht mehr zurückhalten und lasse einen kurzen Schrei los, wobei ich mit der Hand aufs Lenkrad schlage. »Ich bin wie Nikita. Jason Bourne ...«

»Äh, nun übertreib mal nicht.«

»Angelina Jolie in *Salt?«*

»Warum nicht gleich Tina Fey in *Date Night – Gangster für eine Nacht?«*

»Sehr witzig! Denk dran, ich hab grad deinen weißen Arsch gerettet.«

Max fängt an zu lachen und ich lache mit ihm. Die Anspannung lässt etwas nach.

»Das hast du, allerdings. Hat mich an die Verfolgungsjagd in *Brennpunkt Brooklyn* erinnert.«

»Hab ich noch nicht gesehen«, sage ich.

»Was? Du hast *Brennpunkt Brooklyn* noch nicht gesehen? Du bist doch hier die Filmexpertin.«

»Tja, wir haben wohl alle unsere kleinen Bildungslücken. Aber ich kann es nicht glauben, dass du ihn gesehen hast.«

»Anscheinend bin ich doch nicht der Kulturbanause, für den du mich hältst.«

»Anscheinend nicht. Und ich bin auch nicht die sozial Zurückgebliebene, für die du mich hältst.«

Max und ich lächeln uns kurz an, bevor wir schweigend verdauen, was eben passiert ist. Wir sind zwar – fürs Erste – in Sicherheit und ich habe Fantastisches geleistet, wenn ich das so sagen darf, aber das Ganze war doch ziemlich nervenaufreibend und beängstigend. Ich glaube, dass uns beiden immer noch etwas schwindlig davon ist.

Die dunstigen Straßen Tijuanas sind brechend voll. Die Bürgersteige quellen von Menschen und Waren nur so über. Meine Stimmung hellt sich langsam wieder auf. Zwar tut meine Hand immer noch höllisch weh, aber ich bin auf einmal ziemlich aus dem Häuschen. Ich fühle mich, als hätte ich soeben die Welt gerettet. Ausnahmsweise ist meine Uni-Laufbahn mal das Letzte, woran ich gerade denke.

»Also, was jetzt?«, fragt Max.

»Weiß nicht. Wir versuchen, hier irgendwie wieder rauszufinden, würde ich sagen.«

»Was für eine Scheiße. Wir haben kein Navi, keinen Handyempfang, keine Pässe und keinen Plan. Stattdessen gurken wir mit einem Laster voller geklautem Elektrokram herum und zwei Kerle sind verdammt sauer auf uns«, ruft Max mir wieder ins Gedächtnis. Als wenn er mich daran erinnern müsste.

»Ja, wahrscheinlich nicht unbedingt die beste Art, durch Mexiko zu reisen.«

Plötzlich fällt mir wieder ein, wann ich schon mal hier war: Als ich vier oder fünf war, bin ich mit meinem Vater nach Tijuana gefahren. Wir haben meine Großmutter besucht und sind einkaufen gegangen. Als wir durch die bunten, verwinkelten Gassen schlenderten, hat mein Vater mir einen winzigen weißen Tonesel, Kastagnetten und eine hübsche Holzpuppe gekauft. Das war einer der schönsten Tage, die ich je mit meinem Vater verbracht habe. Er schien sich in Mexiko wohlzufühlen und wirkte ziemlich entspannt, ganz anders als in San Diego. Ich weiß noch, dass ich mich gefragt habe, warum wir nicht öfter hierherkommen. Aber kurz darauf ist meine Großmutter nach San Diego gezogen und wir sind nie wieder nach Mexiko gefahren. Tijuana ist für mich immer ein magischer Ort gewesen. Wunderschön, energiegeladen und temperamentvoll. Ganz anders als die laute, überfüllte, dreckige und chaotische Stadt, in der wir jetzt gerade umherirren.

Okay. So langsam werde ich frustriert. Ich biege mal nach links, mal nach rechts ab und habe nicht die geringste Ahnung, wo uns das hinführt. Ich habe das Gefühl, die ganze Zeit im Kreis zu fahren. So viel zum Thema »die Situation im Griff haben«. Der kurze Augenblick der Kontrolle ist mir nur allzu schnell wieder entglitten. Ich finde keinen Weg aus diesem Labyrinth.

»Wohin fährst du eigentlich?«, fragt Max in anklagendem Tonfall. Als ob ich das wüsste. Als ob ich ihm etwas verheimlichen würde. Und schon ist die Stimmung wieder im Eimer.

»Ich suche nach einer Straße oder einem Schild oder irgendetwas, woran wir uns orientieren können. Du kannst gerne deinen Beitrag dazu leisten, falls du irgendwelche Ideen hast.«

»Hab ich nicht. Aber ich hab uns das hier auch nicht eingebrockt«, sagt Max.

Oh nein. Nicht schon wieder. Wir hatten doch gerade erst damit aufgehört, uns gegenseitig den Schwarzen Peter zuzuschieben, aber Max will offenbar schon wieder damit anfangen.

»Ich kann mich nicht daran erinnern, dass du dich dafür bedankt hättest, dass ich dein Leben gerettet habe. Hast du vielleicht jemandem ins Gesicht geschlagen oder dich hinter das Steuer von diesem Truck gesetzt?« Verärgert wende ich mich ab. Mal im Ernst. Wenn ich nicht gehandelt hätte, würden wir jetzt aufgeschlitzt oder von Kugeln durchlöchert in irgendeinem Straßengraben liegen.

»Mich bedanken? Dafür, dass ich hier in Mexiko fast umgebracht werde? Und dafür, dass du mich auf diesen Psychotrip mitgenommen hast?« Max starrt mich ungläubig an.

Womit die Verbindung wohl offiziell aufgelöst wäre.

»Nein, dafür, dass du noch am Leben bist«, keife ich ihn an.

»Das glaub ich ja wohl nicht, Kylie. Nur deinetwegen stecke ich überhaupt in dieser ganzen Scheiße! Eigentlich sollte ich jetzt gerade mit Lily shoppen gehen. Ich bin echt angepisst!«

»Oh Gott. Es tut mir ja so leid, dass ich deine Shoppingpläne mit Lily zerstört habe. Wirst du mir jemals verzeihen können?«

»Wenn du in deinem Leben schon mal irgendeinen Plan gehabt hättest, könntest du das vielleicht nachvollziehen.«

»Halt einfach die Klappe, Max«, fahre ich ihn an.

»Halt doch selber die Klappe!«

Ich spare mir den Kommentar, dass das nicht gerade die originellste Antwort ist. Soll er doch das letzte Wort haben. Ich bin zu erschöpft, dieses Spiel weiter mitzuspielen. Sowohl geistig als auch körperlich. Max könnte wahrscheinlich noch ein paar Runden so weitermachen, aber ich bin kein Boxsack. Klar ist das Ganze meine Schuld, aber ernsthaft, müssen wir das jetzt noch mal in allen Einzelheiten durchkauen? Wir sollten uns besser darauf konzentrieren, hier rauszukommen.

Es gibt keine Leitlinien auf den Straßen. Keine Schilder. Soweit ich es beurteilen kann, hält sich niemand an irgendwelche Regeln. Die Leute laufen einfach über die Straße, egal ob gerade ein Auto kommt oder nicht. Es erfordert höchste Konzentration, nicht mit den diversen Menschen, die auf mich zukommen, zusammenzustoßen – Fahrradfahrer, Trauben von Schulkindern mit blauen Uniformen und kleinen Rucksäcken sowie mit Einkaufstüten beladene alte Frauen. Aus einem Fenster im dritten Stock schüttet ein Mann einen Eimer schmutziges Wasser auf den Bürgersteig. Dass er dabei eine Menge Leute übergießt, scheint ihn kein bisschen zu kümmern.

Kurz darauf biege ich wie durch eine seltsame Eingebung nach links auf einen großen, von Bäumen gesäumten Boulevard ab, an dessen Ende sich das Wirrwarr von Tijuana auflöst. Und auf einmal befinden wir uns auf einer Art Stadtautobahnring und sind Gott weiß wohin unterwegs.

»Warum fahren wir denn jetzt hier lang?«, will Max von mir wissen.

»Sieht nicht so aus, als hätten wir eine andere Wahl.«

Was für eine blöde Frage. Er denkt anscheinend, ich hätte vor, einen verrückten Road Trip durch Mexiko zu machen – mit ihm als meine Geisel. Achtung, Eilmeldung: Ich hab die Schnauze voll von diesem Land. Und dir. Ich fühle mich wie ein verkohltes Steak, das man vergessen hat, vom Grill zu nehmen. Ich will kein einziges Wort mehr mit Max reden. Können wir es nicht wieder so machen wie die letzten sechs Jahre?

»Zur Grenze geht's aber in die andere Richtung«, sagt Max ganz aufgeregt.

Er hat recht. Als ich nach links sehe, fällt mir auf, dass wir in die falsche Richtung fahren, weiter nach Mexiko hinein, weg von den Staaten. Aber es gibt keine Abfahrt. Diese Straße scheint nur in eine Richtung zu gehen.

»Tja, das ist im Moment leider unsere einzige Möglichkeit. Außerdem halte ich es auch für keine gute Idee, die Grenze mit einem gestohlenen Truck voller geklauter Elektrosachen zu überqueren. Könnte schwierig werden, das der Grenzpolizei zu erklären. Wir müssen einen Bus oder so finden, den wir zurück nehmen können. Es kommt bestimmt bald irgendein Schild und dann sehen wir weiter. Im Moment ist es einfach nur wichtig, dass wir so weit wie möglich von diesen Typen wegkommen.« Ich bin stolz auf mich, weil ich so gefasst bin. Schon komisch, wie klar ich in diesem ganzen Schlamassel denken kann.

»Du hast recht«, räumt Max ein. »Es ist nur ... Das ist einfach alles so unglaublich verrückt.«

»Ich weiß.«

Er hat recht. Es ist wirklich verrückt. Das lässt sich nicht bestreiten.

»Wenn wir das hier überleben«, sagt Max, »gehen wir in San Diego einen trinken und werden uns darüber totlachen, dass wir dachten, in Mexiko sterben zu müssen.«

Max macht mir anscheinend ein Friedensangebot.

»Und wenn wir tatsächlich sterben, geb *ich* einen aus.«

Max lächelt. Die Wolken teilen sich wieder und lassen ein bisschen Sonne durch.

Nach ein paar Minuten des Schweigens kommt ein Schild in Sicht: *Ensenada 83 km*. Das Schild fliegt nur so vorbei, aber ich bin mir ziemlich sicher, dass ich es richtig gelesen habe.

»Wir sollten nach Ensenada fahren«, sage ich und zeige auf das Schild hinter uns.

»Ensenada? Was sollen wir denn da?«

»Mein Vater ist in Ensenada aufgewachsen. Wir müssten in weniger als einer Stunde da sein. Dort gibt es auf jeden Fall einen Bus nach San Diego. Den hat meine Großmutter immer genommen. Und den Truck lassen wir einfach stehen.«

Ich habe tatsächlich mal einen richtigen Plan und bin deswegen aufgedreht. Max sieht mich einfach nur verblüfft an.

14 Max:

Ich wache auf. Ein Blick auf die Uhr verrät mir, dass ich wohl nur zwanzig Minuten gedöst habe. Ziemlich cool von Kylie, mich schlafen zu lassen. Zum ersten Mal seit ungefähr zwei Stunden fühlt sich mein Körper einigermaßen entspannt an. Vielleicht ist Kylies aktueller Plan ausnahmsweise mal besser als die davor.

Sie starrt stur geradeaus, als ich zu ihr hinübersehe. Ich komme mir irgendwie mies vor. Ich sollte nicht so gemein zu ihr sein. Immerhin hat sie uns den Arsch gerettet. Sonst würden wir jetzt wahrscheinlich in einer Mülltonne irgendwo in Tijuana liegen. Aber ich sage nichts. Ich bin zu stolz, mich bei ihr zu entschuldigen. Das ist eine meiner weniger attraktiven Eigenschaften. Außerdem hat sie mich überhaupt erst in diese Lage gebracht. Trotzdem ist es mir peinlich, dass ich im entscheidenden Moment den Schwanz eingezogen habe, während sie die Situation gemeistert hat. Das ist mein schmutziges, kleines Geheimnis – nach außen gebe ich mich absolut cool, aber in Wirklichkeit bin ich das totale Weichei.

Ich sehe aus dem Fenster und lasse die Landschaft auf mich wirken. Kann sein, dass ich hier nicht noch mal entlangkomme, also kann ich genauso gut versuchen, die Fahrt zu genießen. Der Highway zieht sich hin wie ein langsamer schwarzer Strom. In der Ferne flimmert der heiße Asphalt – eine typische Wüstenlandschaft. Hier und da taucht ein heruntergekommenes Gebäude am Straßenrand auf – ein Taco-Stand, ein Souvenirshop oder ein abgewirtschaftetes Motel. Ein Roadrunner rennt ein Stück neben uns her, seine Beine bewegen sich so schnell, dass sie verschwimmen. Auf einem handgemalten Schild steht *Gasolina*.

Ich recke den Kopf, um auf die Tankanzeige zu sehen. Es wäre echt scheiße, wenn der Tank auf einmal leer wäre. Gott sei Dank ist er noch halb voll. Bis Ensenada sollte es reichen und dann fahren wir mit dem Bus zurück nach San Diego. Ich habe mich noch nie so auf die Schule gefreut.

Als Kylie das Radio einschaltet, plärrt uns schnelle mexikanische Musik entgegen. Sofort drückt sie auf einen Knopf, woraufhin eine traurige spanische Ballade ertönt. Seltsame Musik, aber Kylie scheint sie zu gefallen, auf einmal fängt sie sogar an mitzusingen.

»Du kennst das Lied?«, frage ich.

»Das war eins der Lieblingslieder meiner Großmutter. Es geht um einen Kerl, dem sein bester Freund die Frau ausspannt. Er kommt einfach nicht darüber hinweg.«

»Ganz schön deprimierend.«

»Tja, wir Latinas lieben eben das Melodrama. Hast du mal 'ne Telenovela gesehen?«

»Nee, aber ich hab davon gehört.«

»Meine Großmutter hat die immer geguckt. Man kapiert die gesamte Handlung schon nach den ersten drei Minuten. Es gibt immer eine Frau, die ihren Mann betrügt, einen sitzen gelassenen Liebhaber und eine trauernde Witwe mit megagroßen Brüsten. Telenovelas sind einfach super. Da können die *Desperate Housewives* nicht mithalten.«

»Hätte gar nicht gedacht, dass kitschige Romanzen so dein Ding sind.«

»Ich mag alles Mögliche«, verteidigt sich Kylie. »Ich stecke voller Überraschungen.«

»Oh ja, das stimmt.«

Ich meinte das eigentlich positiv, aber ich weiß nicht, ob Kylie das richtig verstanden hat.

»Und wer ist der Sänger von diesem Lied?«, frage ich sie.

»Luis Miguel.« Sie sieht mich erwartungsvoll an, so als müsste ich ihn kennen.

Ich starre zurück. *»No comprendo, chica.«*

»Ahh, hable Espagnol amigo?«

»Leider nein. Ich hab Chinesisch bei Bernstein. Das war so ziemlich alles, was ich auf Spanisch kann.«

»Chinesisch? Wirklich? Du und Sheila Nollins.«

»Die Chinesen erobern die ganze Welt. Sagt mein Dad jedenfalls.«

Was ich nicht erwähne, ist, dass das mit Chinesisch seine Idee war. Und dass bei uns zu Hause das gemacht wird, was er für richtig hält.

»Okay. Wie auch immer. Ich finde es trotzdem unglaublich, dass du Luis Miguel nicht kennst«, sagt Kylie.

»Ich bin halt ein Gringo, was erwartest du? Oder ist dir das noch nicht aufgefallen?«

»Oh, doch.« Kylie lächelt. Sie meint es nicht böse. Da bin ich mir ziemlich sicher.

»Dieser Luis ... ist gar nicht schlecht«, sage ich.

»Luis Miguel. Er ist einer der berühmtesten lateinamerikanischen Sänger überhaupt. Hat ungefähr eine Million Grammys gewonnen. Was hörst du denn so?«

»Ach, ganz verschiedene Sachen. Alles Mögliche. Ich mag Johnny Cash, Jack's Mannequin, Vampire Weekend, Thirty Seconds to Mars, Radiohead, PiL, Fleet Foxes, Led Zeppelin ...«

Kylie guckt, als würde sie versuchen, sich einen Reim darauf zu machen. Mein Musikgeschmack ist anscheinend nicht ganz so eindimensional, wie sie angenommen hat. Im Grunde höre ich ziemlich viel Musik. Auch lateinamerikanische. Mit Musik und alten Filmen kann ich wunderbar den Mist um mich herum vergessen. Wenn auch nur für eine Weile. Aber es gibt nichts anderes, womit ich so gut abschalten kann.

»Und du?«, frage ich Kylie. Nicht um höflich zu sein, wie bei Starbucks, sondern weil es mich tatsächlich interessiert. Das Mädel ist mir ein absolutes Rätsel.

»Mir gefällt eigentlich alles, was du aufgezählt hast, bis auf Radiohead. Die raffe ich einfach nicht. Und es nervt mich, wie die Jungs von Vampire Weekend gehypt werden, aber die Musik mag ich trotzdem.«

»Ganz deiner Meinung.«

»Und es ist natürlich superpeinlich, aber insgeheim stehe ich auf Shakira und Enrique Iglesias. Und ... Gloria Estefan. Ist so 'ne Latino-Sache«, sagt Kylie dann.

»Ja, das muss es wohl sein«, antworte ich.

Ich lache, denn es ist wirklich peinlich. Und niemand, den ich kenne, würde jemals so etwas zugeben, es sei denn, man hält ihm eine Knarre an den Kopf.

»You know my hips don't lie. And I'm starting to feel you boy ...«, singe ich und wackle dabei mit den Hüften, so gut das auf einem Lkw-Sitz eben geht. Okay, jetzt ist es offensichtlich. Kylie ist nicht die Einzige im Wagen, die auf Shakira steht.

»Der Junge kennt seine Shakira in- und auswendig.« Jetzt lächelt Kylie übers ganze Gesicht.

»Shakira ist einfach heiß. Also, ich hätte jedenfalls nichts gegen ein Privatkonzert.«

»Du denkst aber auch nur an das eine, Langston. Ich rede von ihrer Musik. Ich hab eine totale Schwäche für Latino-Pop. Ist wohl eine genetische Veranlagung.«

ZACK. Eine Möwe knallt gegen die Windschutzscheibe, berappelt sich wieder und fliegt weiter. Es ist so surreal und überraschend, dass wir beide lachen müssen. Wir können überhaupt nicht mehr aufhören. Es ist befreiend. Es fühlt sich gut an. Nein. Es fühlt sich großartig an. Schließlich können wir wieder durchatmen und entspannen uns.

»Wow. Total schön«, sagt Kylie und zeigt aus dem Fenster.

Wir haben uns so intensiv unterhalten, dass mir die fantastische Küstenlinie, die sich schier endlos entlang der Straße erstreckt, gar nicht aufgefallen ist.

»Die Wellen sind einfach unglaublich«, staune ich.

In der Ferne kann ich Surfer erkennen. Sofort habe ich Lust, mich auch mit einem Board in die Wellen zu stürzen. Es wäre bestimmt cool, hier Urlaub zu machen, also freiwillig und nicht als Entführungsopfer.

»Was steht eigentlich in dieser grandiosen Rede, dass wir beinah dafür draufgehen?«, frage ich Kylie.

»Na ja, eben lauter brillante Erkenntnisse und weise Ratschläge, die dein Leben verändern werden.«

»So genau wollte ich es nun auch wieder nicht wissen.«

»Ich kann doch nicht jetzt schon alles verraten. Es soll eine Überraschung sein.«

»Dann verrate mir nur einen Teil.«

»Okay, also, ich zitiere eine Menge Leute. Zum Beispiel Winston Churchill, Bill Clinton, Desmond Tutu ... Und eins meiner Lieblingszitate ist von Golda Meir. Es heißt: ›Vertraue dir selbst. Erschaffe die Art von Selbst, mit dem du dein ganzes Leben glücklich leben wirst. Mach das Beste aus dir, indem du die winzigen, inneren Funken der Möglichkeiten entfachst und in Flammen des Erfolgs verwandelst.‹ Das benutze ich sozusagen als Ausgangspunkt.«

»Hört sich interessant an.« Das ist alles, was ich von mir gebe, und wahrscheinlich nicht gerade das, was Kylie hören will.

Aber um die Wahrheit zu sagen: Ihr Gerede hat mich nicht besonders beeindruckt. Ich meine, interessiert es irgendwen, was Golda Meir gesagt hat? Weiß überhaupt irgendwer, wer sie war? Außerdem hört sich das Zitat nach dem üblichen Gelaber bei Abschlussreden auf Abschlussfeiern an.

»Gefällt es dir etwa nicht?«

»Doch. Es ist gut. Es ist nur ... Es wird bestimmt toll. Wirklich.« Ich hätte das Thema einfach nicht anschneiden sollen. Mein Gott, sie ist aber auch empfindlich. Wir sind mit unserer Unterhaltung mal wieder an einem toten Punkt angelangt. Zum Glück ist es nicht mehr weit. Ensenada war gerade ausgeschildert. Wir fahren vom Highway ab.

Kylie hält, winkt einen Typen heran, der gerade die Straße überquert, und fragt ihn in beeindruckend flüssigem Spanisch nach dem Weg zum Busbahnhof. Dann folgen wir etwa anderthalb Kilometer dem Straßenverlauf, bis wir ins Stadtzentrum gelangen, wo wir den Truck an einer großen Plaza parken. Kylie wirft die Schlüssel auf den Sitz.

»Ich hab so die Schnauze voll von diesem Truck.«

»Frag mal mich.«

»Jetzt müssen wir nur noch den Busbahnhof finden und dann kann es losgehen.«

»Wenn du das sagst.« Es wäre wirklich zu schön, um wahr zu sein, nach allem, was wir heute schon erlebt haben.

»Hoffen wir nur, dass der Bus nicht entführt wird.«

»Das sollte doch kein Problem mehr für dich sein. Du machst es einfach wie Keanu Reeves und übernimmst den Bus.«

»Stehst du etwa auf Actionfilme wie *Speed?*«

»Nicht wirklich. Aber ich kenne ein paar, ja.«

Und dabei belassen wir es.

Auf dem Weg zum Busbahnhof blicke ich mich ständig um, aus Angst, diese Kerle könnten jeden Augenblick wieder auftauchen und uns doch noch erschießen. Aber nichts dergleichen passiert und wir kommen wohlbehalten beim Busbahnhof an.

Ich bin wirklich erleichtert, als die Frau am Schalter zwei Tickets für den Drei-Uhr-Bus nach San Diego unter der Glastrennwand hindurchschiebt. Geschafft. Alles kommt wieder in Ordnung. Noch vor einer Stunde war ich total verzweifelt und nass geschwitzt vor Angst, weil ich überzeugt war, jeden Moment zu sterben. Und jetzt muss ich nur noch ein paar Stunden in Ensenada totschlagen.

Könnte schlimmer sein.

Da beugt sich die Ticketverkäuferin vor und sagt etwas auf Spanisch. Kylies Lächeln ist auf einmal wie weggewischt. Sie schiebt die Tickets wieder zurück und sieht mich besorgt an. Oh nein. Ich glaube nicht, dass ich heute noch ein Problem verkraften kann. Meine Energie nähert sich dem Nullpunkt.

»Was ist los?«, frage ich. Ich hasse es, nichts zu verstehen. Hätte ich doch nur Spanisch gelernt, statt auf Dad zu hören. Immerhin lebe ich an der Grenze zu Mexiko. Und ich kann gerade mal zehn Wörter auf Spanisch – eins davon ist ausgerechnet wichsen. Erbärmlich.

»Sie hat gefragt, ob wir unsere Pässe oder Geburtsurkunden dabeihaben«, sagt Kylie. »Ohne kommen wir nicht über die Grenze.« Kylie schnappt nach Luft und scheint gar nicht mehr auszuatmen.

Mir ist auf einmal schwindlig, der Boden dreht sich unter meinen Füßen. Dieser Tag macht mich echt fertig.

Kylie bedankt sich bei der Ticketverkäuferin und lässt sich ein Stück weiter auf eine Bank fallen. Ich setze mich neben sie. Im selben Moment merke ich, wie ich wieder panisch werde. Herumzuhocken macht es nur noch schlimmer. Also stehe ich wieder auf und verlasse die Bahnhofshalle. Kylie lasse ich einfach sitzen. Ich will sie nicht ansehen. Ich will nicht mit ihr reden. Inzwischen bin ich wieder ganz schön angepisst, weil sie uns diese Scheiße eingebrockt hat. Ich kann einfach nicht anders. Ich will nicht hier sein. Aber es sieht langsam so aus, als gäbe es keinen Ausweg.

»Ich weiß, das hier ist alles ziemlich beschissen. Es tut mir echt leid. Ich hätte dich niemals da mit reinziehen dürfen«, sagt Kylie, als sie auf einmal neben mir auftaucht. Sie ist irgendwie unheimlich ruhig. Und es scheint ihr aufrichtig leidzutun.

»Es ist nicht allein deine Schuld. Ich meine, ich bin ein großer Junge. Ich hätte auch einfach verschwinden können«, sage ich.

Ich meine es so und irgendwie auch wieder nicht. Aber schließlich hat sie das hier genauso wenig gewollt. Und wenigstens jammert sie deswegen nicht so rum wie ich.

»Was machen wir denn jetzt?«, frage ich. Denn ich habe absolut keinen Plan.

»Mein Pass ist zu Hause. Aber ich kann meine Eltern unmöglich anrufen. Sie würden austicken.«

»Ja. Geht mir genauso.«

»Kannst du deinen Eltern nicht erzählen, dass du auf einer Art Schulstreich oder so in Mexiko bist und sie uns mit unseren Pässen an der Grenze abholen sollen?«

»Auf gar keinen Fall. Pass auf, ich kann ihnen absolut nichts von dem hier erzählen. Es ist ... eine lange Geschichte. Vertrau mir. Das wäre eine wirklich ganz schlechte Idee.«

Ich sehe ihr direkt in die Augen. Ich will, dass sie versteht, dass ich es ernst meine.

»Verdammt.« Das ist alles, was Kylie sagt. Dann geht sie über die Straße in einen kleinen Park, in dem ungefähr eine Million Tauben herumflattern und ein paar alte Kerle Domino spielen. Kylie setzt sich auf einen grasbewachsenen Hügel und starrt zum Hafen hinüber. Ich lege mich neben sie und schaue in den Himmel. Es ist ein wolkenloser Tag, ideal zum Surfen, Fahrradfahren, Laufen. Stattdessen hänge ich an einem dreckigen Busbahnhof fest und warte darauf, dass ein Wunder geschieht.

»Zu Hause hängt grad irgendwie alles an einem seidenen Faden. Ich glaube, das hier würde meiner Mutter den Rest geben«, sagt Kylie, während sie sich neben mich legt. Sie dreht sich auf die Seite und sieht mich an.

»Was meinst du mit ›alles hängt an einem seidenen Faden‹?«

Kylie seufzt. »Mein Bruder Jake ist Autist. Er hat das Asperger-Syndrom und braucht verdammt viel Aufmerksamkeit. Ich meine, er geht zwar zur Schule und so, aber es ist alles ziemlich schwierig für ihn. Es ist praktisch der Job meiner Mutter, sich rund um die Uhr um ihn zu kümmern, nur dass sie auch noch eine Vollzeitstelle als Altenpflegerin hat. Und mein Dad ist ständig weg. Er arbeitet außerhalb der Stadt.«

Kylie macht eine Pause, um sicherzugehen, dass ich ihr noch zuhöre. Was ich tue.

»Ich bin sozusagen der Klebstoff, der alles zusammenhält. Weil Mom sich die ganze Zeit um Jake kümmert, hat sie keine Zeit zum Kochen oder Wäschewaschen. Oder zu irgendetwas anderem. Die ganze Hausarbeit bleibt also an mir hängen. Ich hab keine Ahnung, wie sie das heute Abend auf die Reihe kriegt, wenn ich nicht rechtzeitig nach Hause komme.«

»Wow. Das ist ganz schön heftig.« Kein Wunder, dass Kylie nie lächelt. Krass. »Tut mir leid. Das hört sich echt ganz schön mies an. Ich geb dir eine 89 auf der Das-Leben-ist-scheiße-Skala«, sage ich.

»Ich hab noch nicht mal die 90 geknackt? Kannst du nicht aufrunden?«

»Okay. Du bekommst eine Eins minus für ein beschissenes Leben in allen Bereichen.«

»Cool. Jetzt fühle ich mich echt besser. Okay, du bist dran.«

»Mein Dad hat Krebs.« Ich platze einfach so damit heraus. Ich weiß noch nicht einmal, warum. Vielleicht weil wir uns so gut wie überhaupt nicht kennen. Und uns höchstwahrscheinlich nie wiedersehen werden. Das macht es einfacher, ehrlich zu sein.

Kylie sieht bestürzt aus. So reagieren die meisten Leute, wenn man ihnen von Krebs erzählt.

»Meine Mom ist eine zwanghafte Perfektionistin und leugnet es. Sie redet nie darüber. Mein älterer Bruder wurde verstoßen, weil er sich geweigert hat, Jura zu studieren und in die Kanzlei meines Vaters einzusteigen. Stattdessen spielt er in irgendeiner miesen Band Gitarre und tourt durch Kellerbars rund um Seattle. Ich bin der letzte Funken Hoffnung, so in der Art wie du, schätze ich. Ich soll Jura an der UCLA studieren und dann der Kanzlei beitreten. Wenn ich wie mein Bruder einfach das machen würde, worauf ich gerade Bock hätte, würde das meinem Dad den Rest geben.«

»Puh. Das ist echt hart.«

Für die nächste Minute oder so sagt keiner von uns beiden ein Wort.

»Glückwunsch. Du hast gewonnen, Max Langston. Krebs übertrumpft den behinderten Bruder. Krebs übertrumpft alles. Ich würde sagen, das ist eine 97 auf der Das-Leben-ist-scheiße-Skala.« Und damit hat Kylie meine Laune augenblicklich wieder etwas verbessert. Ich bin ihr wirklich dankbar dafür, denn ich hätte nicht gewusst, wie ich das hätte anstellen sollen.

»Genial. Ich stehe drauf zu gewinnen.«

Es macht mir nichts aus, mit Kylie zu reden. Es gefällt mir sogar. Wenn das hier irgendein stinknormaler Tag wäre, würde ich sagen, lass uns irgendwo was zu essen besorgen und zusammen abhängen. Aber es ist kein stinknormaler Tag. Es ist der letzte Schultag, der Tag vor der Abschlussfeier, und wir hängen irgendwo in Mexiko fest.

15 Kylie:

»Ich könnte Will fragen, ob er uns abholen kommt«, sage ich. »Das macht er garantiert. Er muss vorher nur unsere Pässe holen. Wir haben einen Schlüssel unterm Abtreter liegen. Kommt er bei dir zu Hause auch irgendwie rein?«

»Auf jeden Fall. Unsere Haushälterin ist immer da.«

»Er kann bestimmt in ein paar Stunden schon hier sein«, sagt Kylie.

»Wär ziemlich cool, wenn er das macht.« Max klingt überrascht.

»Wofür hat man beste Freunde ... Charlie würde es doch auch tun, oder?«

»Klar. Auf jeden Fall. Soll ich ihn anrufen?«

»Nein. Will wäre beleidigt, wenn ich ihn nicht anrufe. Er würde alles für mich tun. Außerdem liebt er solche Geschichten. Die kann er dann noch jahrelang zum Besten geben.«

»Okay, dann geb ich zu Hause Bescheid, dass ein Kumpel vorbeikommt, um was abzuholen. Unsere Haushälterin wird sich nur wegen der Mädchenklamotten wundern. Kann Will sich vielleicht ausnahmsweise mal 'ne Jeans und ein T-Shirt anziehen?«

»Keine Chance.«

»Mann, ich raff das nicht. Was soll diese ganze Cross-Dressing-Sache eigentlich? Er macht es sich damit ja nicht gerade leichter.«

»Er zieht halt gerne eine Show ab.« Mehr sage ich nicht dazu, denn Max Langston Will Bixby zu erklären, wäre wie Jessica Simpson Quantentheorie beibringen zu wollen.

Ich laufe zurück in den Busbahnhof, um eine Telefonkarte zu kaufen. Max folgt mir. Dann schlüpfe ich in eine kleine Telefonzelle mit altmodischem Telefon – ein dreckverkrustetes Überbleibsel aus dem Jahre 1985.

Max lehnt sich von außen an die Glaswand. Gott, ist er sexy. Leider bin ich mir ziemlich sicher, dass er das von mir nicht denkt. Jungs nehmen mich immer nur als Neutrum wahr. Als Frau bin ich für sie uninteressant, unsichtbar. Ich bin wie die Schweiz. Die Mädels, auf die Max steht, sind Brasilianerinnen. Trotzdem kann ich nicht ignorieren, dass ich erstens mit ihm in Ensenada gestrandet bin, er zweitens nicht das Arschloch ist, für das ich ihn gehalten habe, und er drittens unbestreitbar attraktiv ist. Doch ich verbanne den Gedanken gleich wieder aus meinem Kopf. Was soll das schon bringen? Er hat eine Freundin. Uns trennen Welten. Und eigentlich mag ich ihn ja noch nicht mal.

Ich rufe Will auf dem Handy an. Er geht sofort ran. Wie erwartet, ist er total begeistert von seiner Mission und davon, dass ich mit Max in Mexiko festsitze. Er tut beinahe so, als hätte ich den Nobelpreis gewonnen, und kann gar nicht damit aufhören, mir zu erzählen, wie stolz er auf mich ist. Das ist so typisch Will, dass ich lachen muss. Ich erkläre ihm, wo er den Schlüssel und Max' Pass findet, und noch ehe ich Tschüss sagen kann, hat er auch schon aufgelegt. Für meinen Geschmack hat er sich ein bisschen zu sehr darüber gefreut, Max' Zimmer durchwühlen zu dürfen. Ich hoffe nur, dass er dabei diskret vorgeht. Ich werfe einen Blick auf die Uhr. Kurz nach eins. Bis sechs sollte er eigentlich hier sein, spätestens.

Sobald ich die Telefonzelle verlassen habe, drängt Max sich hinein. Es sieht lustig aus, wie sein breiter Körper in die winzige Zelle gequetscht ist. Er ruft die Haushälterin an und die Sache wäre damit geritzt.

»Unglaublich, mein neuer Held ist ein Kerl, der Frauenkleider und Kampfstiefel trägt«, sagt Max, als er wieder herauskommt.

»Da hast du vollkommen recht. Will ist wirklich ein Superheld.«

Ich schlüpfe noch einmal in die Telefonzelle.

»Wen rufst du jetzt an?«

»Meine Mom. Ich muss ihr sagen, dass ich heute nicht auf Jake aufpassen kann.«

Ich hab richtig Schiss vor diesem Anruf. Dad wird für mich einspringen müssen. Na ja, wenigstens ist dann jemand zu Hause. Ich wähle Moms Handynummer.

»Ich komm heut etwas später nach Hause«, sage ich.

»Wie viel später?« Mom klingt irritiert. Gereizt.

War sie etwa nie jung? Ich meine, mal im Ernst, heute ist der letzte Schultag. Ich sollte das Recht haben, später nach Hause zu kommen. Wenn ich auch nur das kleinste bisschen normal wäre, würde ich auf Millionen Partys gehen und bestimmt nicht nur heute zu spät aufkreuzen. Aber natürlich halte ich den Mund. Wie immer.

Das Gespräch dauert zum Glück nicht besonders lange. Dagegen, dass ich mich noch mit den anderen, die auch eine Rede halten, treffen muss, kann sie ja schlecht was sagen. Wir legen auf und ich trete aus der Telefonzelle.

»Und, alles klar?«, fragt Max, als wir den Busbahnhof hinter uns lassen und in Richtung Stadtzentrum gehen.

»Ja, mein Dad wird auf meinen Bruder aufpassen.«

Ob Mom sich Sorgen um mich machen würde, wenn sie die Wahrheit wüsste? Oder interessiert es sie bloß, wann ich heute Abend zu Hause aufschlage? Manchmal habe ich das Gefühl, ich bin nicht ihre Tochter, sondern eine Hausangestellte. Sie vertraut mir und meinen Fähigkeiten absolut, und da ich mich nie beklage, geht sie anscheinend davon aus, dass alles in Ordnung ist. Tja, das ist es aber nicht. Doch darüber kann ich leider unmöglich mit ihr reden, denn das würde sie total stressen. In ihren Augen bin ich unabhängig, stark und glücklich. Die Beschwerdeabteilung hat geschlossen und ich muss eben zusehen, wie ich zurechtkomme.

»Wunderbar. Dann wäre das Problem ja gelöst«, sagt Max.

»Na ja, Jake wird bestimmt ausrasten. Er kann es überhaupt nicht leiden, wenn sein Tagesablauf auch nur geringfügig geändert wird. Er kriegt dann immer gleich einen Anfall.«

»Dein Dad wird sich schon darum kümmern.«

»Aber wahrscheinlich nicht besonders gut. Mein Dad kümmert sich allgemein um ziemlich wenig. Vor allem nicht um Jake. Ich glaube, Jake macht ihm Angst. Dad hätte lieber ein Kind, mit dem er im Garten Fußball spielen kann. Aber so ein Kind ist mein Bruder nun mal nicht.«

Ich halte inne. Ich bin kurz davor, unser ganzes Familiendrama auszukotzen, was eine ziemliche Sauerei werden könnte. Eigentlich habe ich schon zu viel gesagt. Max muss von alldem nichts wissen. Warum erzähle ich ihm überhaupt davon? Außer Will weiß niemand über mich Bescheid. Und das ist auch besser so. Max und ich unterhalten uns vielleicht gerade ganz gut, aber es ist bloß eine Illusion. Wir sind nicht befreundet.

»Willst du deine Mom gar nicht anrufen?«, frage ich, um das Thema zu wechseln. »Weil du heute nicht nach Hause kommst?«

»Nee, das wird ihr gar nicht auffallen.«

Er läuft jedenfalls nicht Gefahr, mir zu viel von sich zu verraten.

16 Will:

Klar, Kylie wäre nicht damit einverstanden, dass ich in Max' Zimmer herumschnüffle, aber was sie nicht weiß … Diese Gelegenheit ist einfach zu verlockend. Ich habe schon den

Schrank, die Kommode und das Badezimmer durch, aber noch nichts Spannendes entdecken können. Nur jede Menge Squash-Scheiß, lauter Elektrozeugs (wie alte iPods und PSPs) und einen Haufen Pokale. Nichts Skandalöses, Anzügliches oder auch nur im Geringsten Interessantes. Keine Pornos, Sextoys, Drogen, nichts, womit ich böse Gerüchte im Internet streuen könnte. Verdammt. Max Langston ist blitzblanksauber. Ein Buch mit sieben Siegeln.

Na dann mal los. Nur noch den Pass und dann *vamos a Mexico*.

Ich finde den Pass auf Anhieb in der obersten Schreibtischschublade. Als ich sie gerade wieder schließen will, bleibt mein Blick an einem Stapel Fotos hängen. Und zwar richtig coolen Fotos. Abgefahrene Landschaften. Krasse Porträts, bei denen nur ein Auge zu sehen ist, nur das halbe Gesicht oder nur der Mund. Auch in den anderen Schubladen entdecke ich haufenweise solcher Bilder, Hunderte davon. Es gibt eine ganze Serie mit Füßen. Müll an einem Strand. Ein paar Hunde. Und alle sind wirklich unglaublich gut. Auf einmal fühle ich mich irgendwie ganz klein. Max Langston sieht nicht nur umwerfend gut aus, er hat auch Talent. Der Typ hat ein künstlerisches Auge und wahrscheinlich auch noch Tiefgang. Und ich bin in dem Glauben hierhergekommen, ihn lächerlich machen zu können. Doch wie sich herausstellt, hat Max ein viel beeindruckenderes Innenleben als ich. Ich habe allerdings nicht vor, irgendjemandem davon zu erzählen. Max hat wirklich nicht noch mehr Selbstbestätigung nötig.

Mein Auftrag hier ist erledigt. Na ja, fast. Nur noch eine klitzekleine Kleinigkeit ... Ich gehe noch einmal ins Bad und nehme den roten Lippenstift, den ich aus der überfüllten Schminktasche meiner Schwester geklaut habe (sie ist gerade mal dreizehn, aber malt sich an wie ein Profi). Wozu sonst wäre ein Besuch beim großen Max Langston gut, wenn ich diese Chance nicht nutzen würde, um meine Spur zu hinterlassen? Da ich schon nichts Pikantes finden konnte, will ich wenigstens selbst für ein bisschen Aufregung sorgen. Also kritzle ich etwas mit rotem Lippenstift auf seinen Badezimmerspiegel.

»Danke für den Blowjob, Alter. Du bist der Beste. Ich bin dir was schuldig. XOXO Charlie.«

Vielleicht wird die Haushälterin über mein kleines Kunstwerk stolpern. Vielleicht auch seine Mom oder sein Dad. Es wird sicherlich ein dankbares Publikum finden.

17 Kylie:

Wir beobachten das quirlige Treiben in der Innenstadt von Ensenada. Leute schlendern umher, betreten Geschäfte, kommen wieder heraus, essen draußen auf Bänken ... Kein schlechter Ort, um gestrandet zu sein. Zu schade, dass Dad nie mit uns hergekommen ist, als Nana noch in Ensenada gewohnt hat. Dann würde ich mich hier jetzt auskennen. Mal abgesehen davon, dass es auch ganz nett gewesen wäre, die Heimatstadt meines Vaters zu besuchen. Aber wie so vieles aus Dads Leben ist auch diese Stadt mir fremd geblieben und so bin ich nichts weiter als eine Touristin, die hier ein paar Stunden totschlagen muss.

»Okay, worauf hast du Lust?«, fragt Max. »Mexikanisch, mexikanisch oder ... mexikanisch?«

»Mexikanisch hört sich gut an.«

»Perfekt. Dann sind wir uns ja einig. Komm, lass uns da lang gehen. Das sieht irgendwie cool aus.«

Max legt mir die Hand auf den Rücken und schiebt mich durch eine schmale Gasse.

Es gefällt mir, wie er mich berührt und die Führung übernimmt. Max scheint sich wohlzufühlen in dieser Rolle. So muss es sich anfühlen, Lily Wentworth zu sein, seine berühmte andere Hälfte. Max nimmt meinen Arm und steuert mich um einen riesigen Müllhaufen herum, den ich beinah übersehen hätte. Er ist nicht nur kein Arschloch, er scheint richtig nett zu sein. Sogar sehr nett. Oder vielleicht mimt er hier in Mexiko auch einfach nur den netten Typen. Jahrelang war ich mir sicher, dass er ein totaler Idiot ist. Doch vielleicht liege ich mit meinen vorschnellen Urteilen auch nicht immer richtig. Am Ende sagen sie noch mehr über mich aus als über die anderen.

Max deutet auf eine altmodische Taqueria – kein richtiges Restaurant, sondern eine Mischung aus Straßenverkauf und Ladenlokal. Wahrscheinlich eine gute Wahl. Meine Großmutter hat immer gesagt, die besten Tacos gibt es auf der Straße.

Wir gehen hinein. Drinnen gibt es zwei Tische und einen Deckenventilator, an der Wand hängt ein Poster von einem Motorradrennen. Keine besonders einladende Atmosphäre. Die Frau hinterm Tresen scheint auch nicht gerade begeistert, dass wir in ihr Revier eingedrungen sind.

»*Que quieran ustedes?*«, sagt sie in angriffslustigem Ton.

Max sieht mich fragend an.

»Sie will wissen, was wir wollen«, sage ich.

»Was gibt es denn?«, fragt Max.

Und in dem Moment beschließe ich, ein bisschen mit Max zu spielen. Ich weiß nicht genau, warum, aber irgendwie habe ich Lust darauf. Ich denke, dass es ihm auch Spaß macht. Vielleicht gehört das zu den Dingen, die normale Leute tun? Vielleicht auch nicht. Das ist alles so neu für mich, ich bin noch nie mit jemandem wie Max Langston essen gegangen. Ich steuere durch ein vollkommen fremdes Universum und mache mich gerade erst mit dieser Galaxie vertraut. Hoffentlich werde ich das Raumschiff nicht gleich zertrümmern.

Ich bestelle zwei Tacos und die Frau verschwindet in der Küche.

»Hast du für mich mitbestellt?«, fragt Max.

»Ja.«

»Cool. Ich mag es, wenn Mädchen die Initiative ergreifen.«

»Tja, ich steh nun mal nicht drauf, mich unterzuordnen. Ich sage lieber, wo es langgeht. Also gewöhn dich besser dran.«

»Ist notiert. Flores übernimmt das Kommando. Ich werde versuchen, mich anzupassen.«

»Das solltest du auch, Langston. Sonst könntest du nämlich ganz schönen Ärger mit mir bekommen.«

Was sage ich da? Bin *ich* das? Es ist meine Stimme, aber es hört sich überhaupt nicht nach mir an. Es hört sich vielmehr so an, als würde ich flirten. Dabei weiß ich gar nicht, warum oder ob ich es überhaupt richtig mache. Vielleicht mache ich mich auch gerade einfach nur lächerlich. Ich sollte besser den Mund halten.

»Und, was hast du bestellt?«

»Das ist eine Überraschung.«

Wir setzen uns an einen der wackeligen Tische. In der rot-weiß karierten Plastiktischdecke sind Brandlöcher von Zigaretten. Dieser Laden hat eindeutig schon bessere Zeiten gesehen.

»Nett hier. Erinnert mich irgendwie ganz schön an *When in Rome«*, sagt Max.

»Ja, nur zu schade, dass wir nicht in Rom sind.«

»Ensenada ist doch auch nicht schlecht. Jetzt, wo das mit unserer Heimfahrt klargeht, gefällt es mir hier richtig gut.«

Es gefällt Max? Auf einmal werde ich nervös, ich fühle mich unter Druck gesetzt. Kann ich dem standhalten? Das Selbstbewusstsein, das ich vor fünf Minuten noch hatte, ist wie weggeblasen. All meine Sorgen sind mit einem Schlag wieder da. Hält Max mich für eine Spinnerin, die krampfhaft versucht, cool zu sein? Aber was kümmert es mich überhaupt, was er denkt? Es sollte mir wirklich egal sein. Er macht sich garantiert keine Gedanken darüber, was ich von ihm halte.

Da kommt die Kellnerin mit unserem Essen. Soft Tacos mit Fleisch, Gemüse und ein bisschen Soße. Sieht eigentlich ziemlich harmlos aus. Aber genau das ist ja die Überraschung. Ob das so eine gute Idee war? Ich hätte ihm besser etwas ganz Normales bestellen sollen. Zu spät.

»Also, was ist das?«

»Du musst erst probieren und mir dann sagen, wie es dir schmeckt.«

Wenn ich es ihm vorher verrate, wird er es garantiert nicht anrühren. Aber wenn er erst einmal einen Bissen davon gegessen hat, wird es ihm schmecken, da bin ich mir ziemlich sicher. Meine Großmutter hat es mit mir damals genauso gemacht. Ich hoffe nur, er hält mich nicht für einen Freak, weil ich ihm so etwas auftische.

»Warte«, sage ich und spritze ihm etwas Limettensaft über die Tacos. »Okay, hau rein.«

Max beißt in seinen Taco. Ich warte gespannt auf seine Reaktion.

»Wow, Wahnsinn. Du kannst gerne öfter für mich bestellen.«

Innerhalb von ein paar Sekunden hat Max den gesamten Taco verputzt.

»Okay, jetzt sag endlich. Was war das? Kakerlake? Pudel?«

»Nee.«

»Nun sag schon.«

»Kutteln.« Ich mache eine Kunstpause. Max sieht mich fragend an.

»Das ist der Vormagen vom Rind.«

Max wischt sich mit der Serviette über den Mund. »Willst du mich verarschen?«

Oh nein. Kotzt er gleich in die Serviette? Ist er sauer?

Doch dann fängt er an zu lachen. »Cool. Ich mag Rindermagen. Wer hätte das gedacht?«

»Du hättest es nie gegessen, wenn ich es dir vorher gesagt hätte.«

»Ganz bestimmt nicht.« Max gibt der Kellnerin ein Zeichen. *»Por favor, una mas.«*

»Respekt. Ich dachte, du kannst kein Spanisch.«

»Das hab ich in einer Bar in San Diego aufgeschnappt. Sonst hätte ich nie ein zweites Bier bekommen. *Una mas Tecate*. Und, was hast du sonst noch so für Essens-Fetische?«

»Ich würde es nicht unbedingt einen Fetisch nennen. Eher Aufgeschlossenheit gegenüber Neuem.«

»Nicht schlecht. Bei mir zu Hause gibt es meistens Brathähnchen mit Gemüse. Und auf der Freiburg essen alle immer nur Pizza, genau wie ich.«

»Außer heute.«

»Ja. Außer heute. Dank dir.«

Max lächelt mich an und für einen kurzen Moment treffen sich unsere Blicke. Ich fühle mich wie unter Strom. Ich muss wegsehen, bevor ich rot werde. Es fühlt sich einfach zu intensiv an.

Wir bekommen zwei weitere Tacos serviert, die Max sofort mit seinem iPhone fotografiert. Ich beuge mich zu ihm, um mir das Bild anzusehen. Dann mache ich mich über meinen Taco her, und gerade als ich es am wenigsten erwarte, macht er ein Foto von mir.

»Oh Gott. Lösch das. Ich sehe bestimmt furchtbar aus.« Ich hasse es, fotografiert zu werden.

Max schaut sich das Bild an. »Überhaupt nicht. Das werde ich auf jeden Fall behalten. Du siehst bezaubernd aus.«

Bezaubernd? Ich glaube, so hat mich noch nie jemand genannt. Ich wurde schon als interessant, ansprechend und ein paar Mal sogar als hübsch bezeichnet. Letzteres zählt allerdings nicht wirklich, weil es entweder von Bauarbeitern oder den *cholos* bei uns die Straße runter kam. Die bezeichnen jedes Mädchen mit Pulsschlag und Brüsten als hübsch. Die meisten Leute halten mich für zu kratzbürstig, um bezaubernd zu sein. Eher so bezaubernd wie ein Stachelschwein.

»Lass mal sehen.«

Ich strecke die Hand aus und Max gibt mir sein Handy. Er hat recht. Das Bild ist gar nicht mal so schlecht. Ich sehe gut aus. Hübsch. Und glücklich.

Max steht auf und legt einen Zwanzig-Dollar-Schein auf den Tisch, eigentlich viel zu viel für ein paar Tacos, aber das ist eben das Leben auf der gegenüberliegenden Seite meiner Welt.

»Komm, lass uns gehen. Wir müssen unbedingt noch etwas erledigen, bevor wir hier wieder wegfahren.«

»Und das wäre?«

»Das ist eine Überraschung. Sozusagen meine Revanche für die Kutteln.«

Ich stehe auf und folge ihm zur Tür hinaus, ganz wild darauf herauszufinden, wo er mich hinführt. Ironie des Schicksals. Bis zum heutigen Tag konnte ich Max Langston kein bisschen ausstehen. Im Grunde weiß ich immer noch nicht genau, was ich von ihm halten soll, aber mit Nicht-ausstehen-Können hat es definitiv nichts mehr zu tun.

Nachdem wir die Taqueria verlassen haben, gehen wir zurück auf eine der Hauptstraßen. Erst jetzt bekomme ich meinen ersten richtigen Eindruck von der Stadt. Als ich mit dem Truck hineingefahren bin, war ich immer noch so nervös, dass ich kaum etwas registriert habe. Die Stadt ist um einen Hafen herum angelegt, in dem sich riesige Kreuzfahrtschiffe, Segelboote und wackelige Fischerkähne drängen. Zerklüftete Felsen ragen aus dem in der Nachmittagssonne dunkelgrün schimmerden Wasser. Straßenstände werden mit Girlanden und Luftballons dekoriert, als ob eine Art Fest bevorstünde. Max läuft zielstrebig. Er scheint ganz genau zu wissen, wo er hinwill. Es muss sich toll anfühlen, immer so selbstsicher durchs Leben zu gehen. Nach ein paar Minuten bleibt Max vor einer Kneipe stehen und grinst mich an.

»Ich habe großartige Neuigkeiten. Ich bin endlich erwachsen. In Mexiko darf man nämlich schon mit achtzehn Alkohol trinken. Darauf müssen wir anstoßen.«

Max zieht mich hinein und wir finden uns in einem ehemaligen Lagerraum mit riesigen Holzbalken an der Decke wieder. Ich war noch nie in einer Kneipe. Ich trinke so gut wie gar nicht. Klar, ich habe bei Will schon mal ein Glas Wein oder ein Bier getrunken, aber es hat mir nicht besonders geschmeckt. Meine Zeit mit Alkohol zu verschwenden, kam mir schon immer ziemlich sinnlos vor.

»Ich trinke eigentlich nicht«, sage ich, wobei mir bewusst ist, wie langweilig das klingen muss. Aber soll ich ihn anlügen? Soll ich sagen, dass ich total auf Martini pur abfahre? Das bin ich einfach nicht. Das wäre einfach nur lächerlich.

»Kylie, du musst keinen Alkohol trinken. Bestell einfach, was du willst. Zum Beispiel 'ne Cola. Ich betrink mich auch nicht ständig, aber wenn ich schon mal in Mexiko bin, will ich eine Margarita. Du weißt schon, *When in Rome ...*«

Max lässt sich auf einen Hocker fallen. Ich setze mich neben ihn. Es wird mich schon nicht umbringen, einen Nachmittag in einer Kneipe zu verbringen.

Irgendwie scheint hier niemand zu arbeiten.

»Hallo?«, ruft Max.

Da hören wir jemanden von hinten antworten: *»Hola*. Ich bin gleich da.«

Kurz darauf taucht ein ziemlich wuchtiger Mann hinter dem Tresen auf. Ich schätze ihn auf fünfzig. Mit seinen roten Wangen, dem Rauschebart und dem kleinen schwarzen Hut sieht er aus wie eine Mischung aus mexikanischem Weihnachtsmann und alterndem Hipster.

»Tut mir leid, mein Hund ist weggelaufen, einfach aus der Küche entwischt. *Bastardo*. Na ja, wenn er Hunger hat, wird er schon wiederkommen. Ich hoffe nur, er verschlingt in der Zwischenzeit kein Kind oder so.« Er lacht. »Ich bin Manuel«, sagt er dann und streckt Max und mir eine kräftige Hand entgegen.

»Seid ihr aus den Staaten?«

Wir nicken.

»Willkommen, willkommen. Das ist ein wundervoller Tag, um in Ensenada zu sein. Ich hoffe, ihr amüsiert euch gut in unserer bescheidenen kleinen Stadt.«

»Oh ja«, antwortet Max.

Manuel grinst. Ich kann ihm ansehen, dass er gerne und viel lächelt.

»In Ensenada kann man sich gut die Zeit vertreiben.«

Der Mann ist mir auf Anhieb sympathisch. Er sprüht nur so vor guter Laune.

»Ich bin Kylie«, sage ich.

»Und ich bin Max.«

»Was treibt ihr beide denn hier? Die Schule ist in den Staaten doch noch gar nicht aus. Vor nächster Woche habe ich eigentlich mit keinen Besuchern gerechnet.«

»Wir sind durchgebrannt«, antwortet Max.

Ungläubig sehe ich ihn an. Max erwidert meinen Blick und lächelt verschmitzt.

»Wir wollten eigentlich eine große Hochzeit feiern«,

fährt er fort, »mit weißem Kleid, Smoking, Torte und allem, was dazugehört, aber dann haben wir uns überlegt, dass es viel romantischer wäre, in Mexiko am Strand zu heiraten.«

Okay. Jetzt will ich auch mitspielen. Flirtet er? Oder ist das etwas ganz anderes? Egal, es gefällt mir. Es ist eine Herausforderung, die Spaß macht, weil ich aufpassen muss, mich nicht zu verplappern. Solche Spiele hätte ich Max Langston überhaupt nicht zugetraut. Ich dachte, er wäre viel zu cool für so etwas. Im Gegensatz zu mir.

Ich falle ihm ins Wort. »Na ja und jetzt, wo ich schwanger bin, hatte ich auch keine Lust mehr auf eine so große Feier.« Ich kenne diese Person nicht, die da gerade spricht. Aber eines Tages will ich so sein wie sie.

Manuels Grinsen geht bis zu den Falten in seinen Augenwinkeln. »Bis zu der Sache mit der Schwangerschaft hatte ich es euch noch abgenommen.«

Max und ich lachen los.

»Soll ich euch was sagen? Ich werde euch die besten Margaritas machen, die ihr jemals getrunken habt. Und ihr feiert, was immer ihr wollt. Hochzeit oder nicht. Schwanger oder nicht.«

»Danke, Mann. Hört sich gut an. Aber sie trinkt keinen Alkohol«, erklärt Max und zeigt auf mich.

»Dann bist du wirklich schwanger?«, fragt Manuel.

»Nein. Sie trinkt nur einfach nicht ...«

»Ähm, eigentlich hätte ich schon gerne eine Margarita. Mit Salz. Ohne Eis«, verkünde ich. Höchste Zeit, dass ich mal eine probiere.

18 Lily:

»Oh Gott! Sieh dir das an!«, schreit Stokely, als wir uns der Schule nähern.

Und da sehe ich es auch: Jason Simon und Billy Stafford, die über den Hof flitzen. Splitterfasernackt. Was haben die denn geraucht? Ach ja, der letzte Schultag ...

Und alle Welt hat sich auf der Wiese versammelt und guckt zu.

Ich mache mich auf den Weg, um meinen Spind auszuleeren. Im fünften Stock sind die Leute am Feiern, als ob es kein Morgen gäbe. Justin Brandt und Lola Kellogg machen im Treppenhaus rum. Aus Minilautsprechern, die an einen iPod angeschlossen sind, ertönt Eminem. Shirah Lang, Ella Bing und Nicole Collins singen lauthals mit, während Charlie und seine Leute einen Football durch die Gegend werfen. Alle drehen komplett durch.

»Wollen wir unsere Namen auf dem Klo in die Wand ritzen?«, fragt mich Celia Higgins, als ich die Sachen aus meinem Spind in einen Müllsack befördere. Es ist mir vollkommen egal, was für Zeugs das ist. Es kann alles weg. Ich bin nicht in der Stimmung für Sentimentalitäten.

»Hab ich letzte Woche schon gemacht«, antworte ich. Typisch Celia – immer einen Tag zu spät und einen Dollar zu wenig in der Tasche. Sie wird es nie über die mittlere Führungsebene hinaus bringen. Aber ich sollte den Mund besser nicht zu vollnehmen. Vielleicht können wir uns ja einen Job bei McDonald's teilen. Oh Gott, es ist echt so deprimierend. Dad muss sich wirklich was einfallen lassen.

Trotzdem werde ich mein Bestes geben, um auch nur das kleinste bisschen Spaß an der ganzen Abschlussfeierei zu haben, aber ich glaube ehrlich gesagt nicht daran, dass das passieren wird. Mein Leben ist ein einziger Scherbenhaufen. Meine Zukunft steht in den Sternen. Und der morgige Tag wird der totale Reinfall, das ist jetzt schon klar. Sicher, ich bin eine der Jahrgangsbesten, eine von neun, aber Kylie ist *die* Beste und *sie* wird die Abschlussrede halten. Tja, Pech gehabt. Was für ein Scheißtag und es ist noch nicht mal zwei. Wo zur Hölle ist Max überhaupt? Er ist wie vom Erdboden verschluckt. Seit gestern Abend habe ich nichts mehr von ihm gehört.

»Alles okay mit dir, Lil?«, erkundigt sich Charlie, als er sich neben mich setzt.

»Ja ... ich bin nur ein bisschen müde.«

»Geht mir ähnlich. Die Party gestern bei Joe war ganz schön krass.«

»Ich weiß nicht, ob ich das den Rest der Woche so durchhalte.«

»Ist 'ne gute Vorbereitung aufs College. Pass auf, nachher bist du auf der Stanford diejenige, die am meisten verträgt.«

»Da werden meine Eltern aber stolz auf mich sein.« Charlie hat ja keine Ahnung. Aber er versucht wenigstens, mich aufzubauen. Für Charlie ist das Glas immer halb voll und in Momenten wie diesem kann ich das verdammt gut gebrauchen.

»Hast du Max irgendwo gesehen?«, frage ich.

»Er hat mir heute Morgen 'ne SMS geschickt. War bei Starbucks. Aber gesehen hab ich ihn noch nicht.«

»Ich hab heute noch gar nichts von ihm gehört. Und er ist nicht in der Schule.«

»Du kennst doch Max. Manchmal verschwindet er eben einfach. Vielleicht braucht er grad ein bisschen Zeit für sich.«

Ich würde mir ja Sorgen machen, wenn ich nicht ganz genau wüsste, dass Charlie recht hat. Max hat sich höchstwahrscheinlich verdrückt, weil ihm grad alles zu viel ist mit mir und dem letzten Schultag. Er hat keine Lust auf die ganzen Rituale. Das ist mal wieder typisch für ihn. Ich werde schon sauer, wenn ich nur daran denke. Gestern auf Joes Party wollte ich mit ihm über das nächste Jahr reden – wie es mit uns weitergehen soll, wenn ich auf der Stanford bin und er auf der UCLA, ob wir uns treu sein werden und wie oft wir uns sehen und so. Wir müssen diese Dinge besprechen, aber Max will nichts davon wissen. Er meint, es wird schon irgendwie klappen, wie immer.

Max zieht sich einfach aus der Affäre, wenn es ihm zu anstrengend wird – vor allem, wenn ich über »die Beziehung« reden will. Dann versucht er sich mit einem Notfall in der Familie, einem Squash-Spiel oder Hausaufgaben rauszureden, aber ich weiß ganz genau, was dahintersteckt. Er hat Angst vor Gefühlen. Wenn es nach ihm ginge, hätte ich überhaupt keine Gefühle, sondern einfach nur Lust auf Sex. Max' Traumfrau redet nicht. Ich wünschte, das wäre anders, denn ich muss wirklich dringend einiges loswerden ... so ungefähr alles. Ich hab keinen Schimmer, wie er es aufnehmen wird. Daher werde ich es wohl langsam angehen müssen. Richtig langsam. Auf gar keinen Fall darf er jetzt mit mir Schluss machen. Ich brauche einen Freund, und zwar einen reichen. Ich weiß, das hört sich furchtbar an, aber ich kämpfe um mein Leben, und wenn es sein muss, mit harten Bandagen.

»Luca Sonneban schmeißt nachher 'ne Party im neuen Haus seiner Eltern«, reißt Charlie mich aus den Gedanken. »Voll ausgestattete Bar. Keiner zu Hause. Direkt am Strand. Max kommt bestimmt auch.«

»Hört sich gut an.«

Vielleicht ist Alkohol die Antwort. Allerdings wäre es hilfreich, wenn ich wüsste, worauf.

19 Kylie:

Ich schlürfe den letzten Rest meiner Margarita und muss derart über etwas lachen, was Max gerade gesagt hat, dass ich mir beinah in die Hose pinkle. Als mir auffällt, dass ich noch nicht einmal mehr weiß, was er überhaupt gesagt hat, muss ich sogar noch mehr lachen. Max sieht mich bloß an und bricht ebenfalls in Gelächter aus.

»Komm wieder runter, Flores«, sagt er schließlich.

Mir geht es ziemlich gut. Fantastisch sogar. Ich bin angenehm entspannt. Jetzt verstehe ich auch, was die Leute an Alkohol so toll finden und warum so viele sich das ganze Wochenende damit zuschütten. Ich könnte ewig hier in dieser Kneipe sitzen. Es ist der schönste Ort, an dem ich jemals war.

»Egal. Wir sind in Mexiko. Lass dich gehen«, sagt Max grinsend. »Also, was sagst du?«

»Was sage ich wozu?« Ich beiße mir auf die Lippe, um nicht gleich wieder loszulachen. Ich finde gerade alles komisch.

»Hast du mir überhaupt zugehört?«

»Nicht wirklich. Ich musste die ganze Zeit daran denken, wie du im Kindergarten die blaue Knete gegessen hast und deine Mutter einen halben Herzinfarkt bekommen hat, als sie ins Klo geguckt hat.«

»Ja, das war ziemlich witzig. Schwer zu toppen.«

»Ich versuche es gar nicht erst.«

»Okay, ich hab dich gefragt, ob du die Schule vermissen wirst.«

»Oh Gott, nein. Ich hasse die Freiburg.«

Max sieht überrascht aus. »Echt? Das tut mir leid.«

»Kein Ding. Ich hab mich dran gewöhnt.«

»Aber Will wirst du doch vermissen, oder?«

»Ich werde weiter mit Will befreundet sein, von daher brauche ich mir darüber nicht den Kopf zu zerbrechen.«

»Ja, aber es wird trotzdem was anderes sein, wenn die Schule vorbei ist. Schließlich können wir nicht mehr so viel Zeit mit unseren Freunden verbringen wie bisher. Ich meine, Charlie und ich werden zum ersten Mal seit fünfzehn Jahren getrennte Wege gehen. Das ist echt krass. Ich werde ihn vermissen. Er ist so etwas wie meine bessere Hälfte.«

»Deine bessere Hälfte? Das kann ich irgendwie nicht glauben.«

»Doch, er ist ein feiner Kerl. Hast du was gegen ihn?«

»Eigentlich nicht.«

»Du hältst ihn für einen dummen, verwöhnten Sportjunkie, genau wie mich, oder?«

Ich antworte nicht. Was soll ich auch sagen?

»Das ist unfair. Bei mir magst du damit ja recht haben, aber Charlie ist nicht so oberflächlich, wie du denkst. Er ist immer da, wenn ich ihn brauche – was er von mir wohl nicht behaupten kann.«

»Okay, um das mal festzuhalten: Ich halte dich nicht für einen dummen Sportjunkie. Und Charlie ist bestimmt ein toller Kerl, wenn man ihn erst mal besser kennenlernt.«

Eigentlich ist mir das auch egal. Wie sind wir überhaupt darauf gekommen, über Charlie Peters zu reden? Die Sache mit der blauen Knete war viel lustiger.

»Weißt du, was? Ich glaube, wir brauchen beide noch eine Margarita«, erkläre ich und deute auf unsere leeren Gläser. Ich will diese Party wieder ins Rollen bringen. Irgendwie sind wir vom Kurs abgekommen.

»Ich dachte, du trinkst nicht.«

»Tja, ich bin eben voller Widersprüche.«

»Allerdings.«

Ich frage mich, wie er das meint. Ist das etwas Gutes?

»Also, was sagst du ... Noch eine Margarita? Ich zahle«, erkläre ich. Ab jetzt halte ich mich an keine Vorschriften mehr. Ich genieße meinen Rausch und ich will nicht, dass er aufhört. Die Sorgen, die sonst immer in meinem Hirn Achterbahn fahren, haben endlich aufgehört. Ich denke ausnahmsweise mal nicht an Jake oder Mom oder Dad oder die Schule oder ... irgendetwas. Ich bin einfach nur da, ohne mir über irgendetwas Gedanken zu machen. Ist das für andere vielleicht Normalzustand?

»Ich glaube, wir sollten erst mal 'ne kleine Pause einlegen.« Max legt mir eine Hand auf den Arm, als ob mich das irgendwie runterbringen würde. Was es nicht tut. Es heizt mich erst recht an. Mein ganzer Körper scheint durch seine Berührung verrückt zu spielen. Ich will nicht, dass er seine Hand jemals wieder wegnimmt.

Gleichzeitig versuche ich, ihn zu ignorieren. »Ich nehme noch eine«, sage ich zu Manuel.

Doch Max unterbricht mich. »Können wir erst etwas Wasser bekommen? Und vielleicht ein paar Chips?«

»Wasser und Chips, schon unterwegs«, erklärt Manuel.

»Und noch eine Margarita«, erinnere ich ihn.

Manuel sieht mich aus dem Augenwinkel an. »Ich hab nur zwei Hände, Darling. Eins nach dem anderen.«

Manuel beobachtet uns schon die ganze Zeit, wir sind ja auch die einzigen Gäste. Wahrscheinlich hat er Angst, dass ich ihm den Laden vollkotze.

Kurz darauf stellt er zwei Gläser mit Wasser vor uns und dreht die Musikanlage auf. Mit der Margarita lässt er sich absichtlich Zeit. Egal. Ich werde meine zweite Margarita schon noch bekommen. Und bestimmt auch noch eine dritte, wenn Will nicht allzu früh hier aufkreuzt und uns den Spaß verdirbt.

Aus den Lautsprechern ertönt mexikanischer Hardcore-Rap. Ein ohrenbetäubender Lärm, aber vielleicht kommt das auch nur vom Alkohol.

»Was sagt ihr zu der Musik?«, will Manuel wissen. »Das ist die Band von meinem Neffen. Ich hab ihm versprochen, es zu spielen. Auch wenn ich fürchte, dass es mir die Kundschaft vertreibt.«

»Mir gefällt's«, behauptet Max.

»Mir nicht«, entgegne ich. »Können wir nicht was anderes hören?«

»Immer raus damit. Sag ihm, was du wirklich denkst, Kylie«, lacht Max.

Manuel lacht zum Glück auch. »Schon okay. Ich höre lieber die Wahrheit als irgendeinen Bullshit.«

»Tut mir leid«, entschuldige ich mich.

»Sie kann auch, ohne Alkohol getrunken zu haben, ganz schön brutal sein«, witzelt Max und drückt mir sanft die Schulter.

Wahrscheinlich will er mich nur ärgern. Aber mir fällt auf, dass er mich jetzt schon zum zweiten Mal innerhalb von fünf Minuten berührt hat. Doch wer zählt da schon so genau mit?

Manuel sucht nach anderer Musik und kurz darauf schallt diese unglaubliche Gitarrenmusik aus den Lautsprechern, so eine Mischung aus klassischer Musik und Gypsy und Jimi Hendrix. Das gefällt mir. Viel besser als die Band von Manuels Neffen.

»Sind das nicht Rodrigo y Gabriela?«, fragt Max. »Die sind der Wahnsinn.«

»Absolut«, pflichtet Manuel ihm bei.

»Mein Bruder hat die immer gehört. Er hat mich in San Diego mal zu einem Konzert mitgenommen. Die waren einfach genial«, sagt Max.

Die Musik ist wirklich toll. Erotisch, schnell und mit einem super Rhythmus. Der perfekte Soundtrack, um in einer Kneipe in Ensenada, mit einem Jungen, den ich kaum kenne, den Nachmittag zu verbringen. Im Film wäre das die Musik bei Szenen, in denen die Leute unerwartete Dinge tun, wie Fallschirmspringen, Bungee-Jumping oder sich verlieben. Der Soundtrack zu der Art von Filmen, die ich gerne anschaue. Über die Art von Leben, das ich nicht führe.

Und doch sitze ich hier. In dieser Kneipe. Mit diesem Jungen. Und höre die Musik. Keine Ahnung, was das zu bedeuten hat.

20 Max:

Ich werde einfach nicht schlau aus Kylie. Sie ist vollkommen anders, als ich dachte. Und sie ist vollkommen anders, als sie noch vor einer Stunde war. Sie ist überhaupt vollkommen anders als alle, die ich kenne. Sie ist absolut unberechenbar, unglaublich klug, witzig, verrückt und viel entspannter als in der Schule. Anders auf eine gute Art. Und irgendwie total großartig.

»Wo kommt ihr zwei denn her?«, fragt uns Manuel.

»La Jolla«, antworte ich.

»Na ja, ich bin aus San Diego«, korrigiert mich Kylie.

»Und was ist mit Ihnen?«, gebe ich die Frage zurück.

»Ich bin hier in Ensenada geboren und aufgewachsen. Dann bin ich für ein Jahr nach New York gezogen, aber das war nichts für mich. Ich habe Mexiko zu sehr vermisst. Also bin ich wieder zurückgekommen und habe diese Kneipe aufgemacht. Und seitdem bin ich hier.«

Manuel hat uns immer noch nicht die zweite Runde Margaritas gebracht. Offensichtlich wartet er, bis das Wasser bei Kylie seine Wirkung zeigt. Sie hatte sich vor Lachen gar nicht mehr halten können, aber jetzt scheint sie schon wieder etwas runtergekommen zu sein.

»Seid ihr zum ersten Mal in Ensenada?«, fragt Manuel.

»Ich ja, aber Kylie bestimmt nicht. Ihre Großmutter hat früher hier gelebt. Und ihr Dad ist hier aufgewachsen«, sage ich und sehe dabei zu Kylie.

»Äh, nein. Ich war auch noch nie hier.« Kylie macht irgendwie den Eindruck, als wolle sie nicht darüber reden.

»Wie heißt denn dein Dad?«, fragt Manuel.

»Javier. Javier Flores«, antwortet Kylie leise.

Plötzlich leuchten Manuels Augen auf wie ein Weihnachtsbaum. »Der *Maestro?*«

Kylie sieht ihn verständnislos an. »Der *Maestro?* Wieso der *Maestro?* Ich glaube, wir reden von zwei verschiedenen Personen.«

»Heißt deine Großmutter Lola?«, fragt Manuel.

»Ja«, sagt Kylie zögerlich.

»Dann reden wir vom gleichen Javier Flores. Dein Vater ist der *Maestro*. Ich habe ihn einmal sehr gut gekannt. Er war einer meiner besten Freunde. Wir sind zusammen aufgewachsen. Du bist praktisch Teil meiner Familie. Ich kann es nicht fassen, dass wir uns erst jetzt kennenlernen!«

»Tja, mein Dad erzählt nicht besonders viel von Ensenada«, sagt Kylie.

Ich habe irgendwie das Gefühl, dass ihr das Thema unangenehm ist. Ihre Körpersprache ist auf einmal eine ganz andere. Sie bewegt sich steif und ungeschickt, so wie die Kylie, die ich aus der Schule kenne.

»Wie schade«, sagt Manuel.

»Tja, so ist mein Dad nun mal.«

»Dein Dad ist kein einfacher Mann.«

Wie der Vater, so die Tochter, denke ich. Verdammt, ich hätte nichts sagen sollen. Dabei wollte ich doch nur freundlich sein. Jetzt habe ich die Stimmung ruiniert. Ich wünschte, wir könnten die Zeit um fünfzehn Minuten zurückdrehen, bis zu dem Punkt, kurz bevor ich Kylies Dad erwähnt habe.

»Ich habe deinen Vater schon Jahre nicht mehr gesehen. Er war nur wenige Male hier, seit er in die Staaten gezogen ist. Wie geht es ihm?«

»Ähm, gut, glaube ich. Warum haben Sie ihn den *Maestro* genannt?«

»Das war sein Spitzname beim Fußball.«

»Fußball?«

»Weil er so meisterhaft gespielt hat«, erklärt Manuel, als wolle er Kylies Gedächtnis auf die Sprünge helfen.

»Mein Dad spielt keinen Fußball.«

»Willst du mich auf den Arm nehmen? Dein Dad war einer der besten Fußballspieler, die Ensenada jemals hervorgebracht hat.« Manuel glaubt Kylie offensichtlich kein Wort. Er denkt, sie verarscht ihn. Aber ich bin mir ziemlich sicher, dass sie das nicht tut.

»Du weißt wirklich nichts davon?«, fragt Manuel. Seine Fassungslosigkeit macht mich irgendwie verlegen.

»Nein. Davon hat er nie etwas erzählt. Und meine Mutter auch nicht«, sagt Kylie erschüttert.

»Wow. Okay ...« Manuel ist sprachlos. Ich bin es auch. »Er war damals ein richtiger Fußballprofi. Er hat 1982 bei der Weltmeisterschaft mitgespielt. Hat sogar ein paar Tore geschossen. Mexiko hat zwar nicht gewonnen, aber er wurde damals als einer der besten Spieler der WM ausgezeichnet.«

Die Weltmeisterschaft? Als bester Spieler ausgezeichnet? Das sind keine Kleinigkeiten, die man einfach so unter den Tisch fallen lässt. Eigentlich hätten wir heute nicht noch eine Überraschung gebraucht. Aber dieser Tag scheint seine eigenen Pläne mit uns zu haben. Manuel stellt eine Schale mit Chips und Salsa vor uns hin. Für eine Weile sagt keiner ein Wort. Manuel sieht Kylie aus den Augenwinkeln an und auch ich beobachte sie verstohlen. Ich kann mir absolut nicht vorstellen, was gerade in ihr vorgeht. Ich würde so gerne daran teilhaben, aber ich weiß nicht, wie. Ich habe eher den Eindruck, als würde sie sich total zurückziehen.

In dem Moment, als Manuel gerade wieder etwas sagen will, klingelt sein Handy. Er geht ran und verschwindet, wahrscheinlich um ungestört reden zu können.

»Geht's dir gut?«, frage ich Kylie.

»Ich kann es nicht fassen, dass ich davon nichts wusste.«

»Mir könnten garantiert auch wildfremde Leute in irgendeiner Kneipe Sachen über meinen Dad erzählen, die mich ziemlich von den Socken hauen.«

Kylie ringt sich ein Lächeln ab. »Aber das ist schon eine ziemlich krasse Nummer«, sagt sie. »Ich meine, hallo, ein Fußballstar? Ich habe ihn noch nie mit einem Ball in der Hand gesehen. Was verheimlicht er denn noch alles?«

»Er hat sicherlich seine Gründe. Du kannst ihn danach fragen, wenn du wieder zu Hause bist.«

»Ich glaube nicht, dass ich eine Antwort bekomme. Das ist einfach seine Art.«

Manuel ist wieder zurück. »Hör zu, es tut mir leid, wenn ich dich vor den Kopf gestoßen habe. Ich hab gedacht, dass du das mit deinem Dad weißt.«

»Ja, eigentlich sollte man so etwas über seinen Vater auch wissen.«

»Passt auf, wie wäre es, wenn ihr mit zu mir nach Hause kommt? Wir geben heute eine Grillparty zum Johannisfest. Wahrscheinlich geht es gerade in diesem Augenblick los. Ich nehme euch mit rüber und dann zeigen wir euch, wie hier in Ensenada gefeiert wird. Vielleicht finde ich auch noch ein paar Fotos aus den glorreichen Zeiten deines Vaters.«

»Wir fahren heute noch zurück nach Hause und werden bestimmt bald abgeholt«, werfe ich ein, um Kylie aus der Klemme zu helfen. Ich kann mir gut vorstellen, dass sie auf eine Grillparty absolut keine Lust hat.

Doch Kylie sieht Manuel an und sagt: »Danke. Wir kommen gerne.«

Und dann fragt sie mich: »Ein bisschen Zeit haben wir doch noch, oder? Will wird frühestens in zwei oder drei Stunden hier sein.«

»Ja, klar.«

Das Mädel ist mir wirklich ein Rätsel.

21 Kylie:

»Das waren wilde Zeiten damals, als dein Dad und ich so alt waren wie ihr. Wir wurden *Los Borrasosas* genannt.«

»Die Unruhestifter?«, frage ich.

»Ja, so ungefähr«, erwidert Manuel lachend.

Wir lassen den Hafen und das Stadtzentrum hinter uns. Die Straßen werden enger und ruhiger. Die Luft fühlt sich leichter an, frischer. Irgendwie kommt mir jetzt alles mexikanischer vor, weniger touristisch. Hier gibt es keine kitschigen Souvenirläden mehr, keine Kneipen. Kinder spielen auf den Straßen Fußball und vor den Häusern sitzen Leute auf Gartenstühlen und unterhalten sich mit ihren Nachbarn. Die Häuser stehen ziemlich dicht gedrängt, meist ist nur ein dünner Streifen Rasen dazwischen. Durch die leuchtenden Farben und die klotzartige Bauweise sehen sie aus wie die Legohäuser, die Jake so gerne baut.

»Wir sind abends immer aus dem Fenster geklettert und nach Tijuana gefahren, wo wir uns in den Klubs die Nächte um die Ohren geschlagen haben. Kurz bevor unsere Eltern aufgestanden sind, haben wir uns wieder zu Hause reingeschlichen. Einmal sind wir bei einem Hurrikan am Killers surfen gegangen. Und am Abend unseres letzten Schultages sind wir sogar aus einem Flugzeug gesprungen. Verrückte Zeiten damals. Wir waren wirklich schlimm. Probiert das bloß nicht zu Hause aus. Ich sollte euch das wohl besser alles gar nicht erzählen. Aber es ist schon so lange her und ich dachte, es ist vielleicht ganz unterhaltsam.«

Es ist viel mehr als einfach nur unterhaltsam. Es ist schockierend. Während ich Manuel so zuhöre, frage ich mich die ganze Zeit, wer dieser Kerl ist, von dem er da redet, denn es hört sich einfach nicht nach meinem Vater an. Nicht das kleinste bisschen.

»Von Aufregung am letzten Schultag können wir ein Lied singen, stimmt's, Kylie?«, fragt Max und spielt damit ganz offensichtlich auf unsere wilde Verfolgungsjagd und die abenteuerliche Fahrt mit dem Truck an.

Aber ich bin zu sehr von Manuels Erzählungen abgelenkt, um darauf einzusteigen. Was zum Teufel war der Grund dafür, dass Dad sich von allem abgeschottet hat? Jake, der Tod seiner Mutter oder irgendetwas anderes? Ich meine, hallo, mein Dad soll früher mal Spaß gehabt haben, gesurft sein und Profifußball gespielt haben. Das ist alles ziemlich schwer zu verstehen.

»Ich glaube, das letzte Mal, dass ich ihn getroffen habe, war 97. Davor hatte ich ihn ganze zehn Jahre lang nicht gesehen, praktisch seit er aus Ensenada abgehauen ist. Kurz nachdem deine Großmutter in die Staaten gezogen war, ist er dann gekommen, um ihr Haus aufzulösen. Wir haben ein Bier zusammen getrunken und er hat mir von seinem neugeborenen Sohn erzählt, von San Diego und deiner Mutter. Da warst du wahrscheinlich gerade vier oder fünf ...«

Max und ich folgen Manuel die Stufen zu einem Haus im Bungalowstil hinauf. Es ist leuchtend gelb gestrichen. Aus einem offenen Fenster dringt Musik und es riecht nach Essen. Das Haus liegt auf einem kleinen Hügel mit Blick auf die Bucht. Manuel öffnet die Tür und geht hinein.

Ich will ihm schon hinterher, als Max mich zurückhält und fragt: »Geht's dir gut?«

»Ja, ich glaub schon. Tut mir nur leid, dass ich dich da mit reingezogen habe. Ich weiß auch nicht, wie ich es ständig schaffe, in solche verrückten Situationen zu geraten.«

»Du scheinst eine Begabung dafür zu haben, Flores.«

»Es tut mir wirklich leid.«

»Das muss es nicht. Ich bin gerne hier.«

»Okay. Danke. Es ist nur ... Es ist nur irgendwie seltsam, dass *du* mit mir hier bist.«

»Ich weiß. Aber ich bin froh darüber. Manuel ist total super. Und ich finde es echt cool, hier ein paar Stunden abzuhängen. Ich ... ich will nur sichergehen, dass es dir gut geht. Das ist bestimmt alles ganz schön viel für dich.« Max legt mir eine Hand auf die Schulter. »Wenn du gehen willst, sag es einfach, okay?«

»Ja, okay ... Und danke noch mal, Max.« Ganz schön komisch, mich zum zweiten Mal innerhalb von dreißig Sekunden bei Max Langston für etwas zu bedanken.

Wir gehen hinein und sind sofort von unglaublich vielen Menschen umgeben. Junge Menschen, alte Menschen, da ist sogar ein Typ im Rollstuhl und ein winziges Baby in einem Körbchen. Anscheinend ist die ganze Stadt hier, von der Wiege bis zur Bahre.

»Kylie Flores. Javiers Tochter. *Dios mio,* was bist du schön! Wie ein Filmstar!«, begrüßt mich eine große, schlanke Frau.

Mein Gesicht nimmt nacheinander die Farbe von ungefähr sechzehn verschiedenen Rottönen an. Max verdreht innerlich sicher gerade derart die Augen, dass er rückwärtsgucken könnte. Ein Filmstar? Ich? Eigentlich ist sie diejenige, die aussieht wie ein Filmstar, mit dieser unglaublichen Mähne aus kohlrabenschwarzem glattem Haar, das ihr perfekt geschnittenes Gesicht umrahmt. Ich würde eine Niere dafür hergeben, solche Haare zu haben. Manuel hat seinen Arm um ihre Taille gelegt.

»Darf ich vorstellen? Carmela, meine Frau. Sie kannte Javier damals auch. Wir sind alle zusammen zur Schule gegangen«, erzählt er.

»Wir vermissen deinen Vater wirklich sehr. Du musst ihm ausrichten, dass er uns bald mal besuchen kommen soll«, erklärt Carmela.

Kurz darauf drückt Carmela mich an sich. Ich bin etwas irritiert, denn so viel Aufmerksamkeit bin ich sonst nicht gewohnt.

»Il Maestros Tochter. Was für eine Ehre«, sagt ein Mann im blauen Anzug.

»Ganz die Augen des Vaters«, stellt eine ältere Frau mit Haut wie Baumrinde fest. »Ich hoffe nur, du hast nicht auch seinen Hang zum Unfugtreiben geerbt.«

»Keine Sorge. Kylie ist ein braves Mädchen«, springt Max ein.

Über Max' Kommentar werde ich wahrscheinlich noch tagelang nachdenken, denn ich bin die neurotischste Person auf Erden. Wie hat er das bloß gemeint? Negativ oder positiv?

»Und wie heißt dein Freund?«, fragt Carmela.

»Oh nein. Er ist nicht ...«

»Ich bin Max.« Max schüttelt Carmela die Hand. »Vielen Dank für die Einladung.«

Ich bin froh, dass wenigstens einer von uns beiden sich noch an seine Manieren erinnert, denn ich habe gerade ernsthafte Probleme, ganze Sätze zu formulieren. Da tauchen drei absolut süße Kinder auf, zwei kleine Jungen und ein Mädchen, die sich alle auf einmal auf mich stürzen.

»Spielst du mit uns Ball?«, fragt einer der Jungen, der aussieht wie eine Miniaturversion von Manuel.

»Nein. Kylie spielt bestimmt lieber mit mir Puppen«, erklärt das Mädchen.

»Du bist ja schon eine richtige Berühmtheit«, flüstert Max mir zu. Seine Lippen berühren dabei ganz sanft mein Ohr. Ich bin wie elektrisiert. Gleichzeitig fange ich an zu kichern, einerseits aus Nervosität, andererseits wegen der Absurdität der Situation. Ich habe gerade den attraktivsten Jungen der Schule zu einer Grillparty in Ensenada entführt, um die alten Freunde meines Vaters kennenzulernen. Und das auch noch an unserem letzten Schultag. Eigentlich hatte Max vollkommen andere Pläne für den Abend.

»Wir fühlen uns geehrt, dass ihr beide unsere Gäste seid«, verkündet Carmela. »Geht doch alle mal ein Stück zur Seite. Lasst ihnen doch etwas Platz zum Atmen. *Ay yi yi.*«

Carmela führt uns durch den Bungalow mit Weidenmöbeln und jeder Menge Familienfotos an den Wänden in einen Garten voller üppiger Blumen, Topfpflanzen und Bougainvilleen. Von hier aus hat man einen direkten Blick aufs Meer. Mehrere Picknicktische mit bunten Tischdecken sind voll beladen mit Essen. Zwischen den Bäumen hängen Laternen. Es ist wunderschön. Ich hätte nichts dagegen, hier ein bisschen länger auszuspannen.

Manuel gießt aus einem Krug dunkelroten Saft in Gläser, die er und Carmela unter den Leuten verteilen. Jetzt, da ich langsam einen besseren Überblick über die Menge bekomme, fühlt sie sich gar nicht mehr so erdrückend an. Es sind nur dreißig Leute oder so.

Dann erhebt Manuel sein Glas zu einem Toast und alle folgen seinem Beispiel.

»Auf Kylie und Max«, ruft Manuel, woraufhin alle trinken.

Ich nehme einen großen Schluck und sofort schießen mir

die Tränen in die Augen. Ich spüre, wie mir das Zeug warm die Kehle hinunterrinnt. Was auch immer es ist, es ist eindeutig kein Saft.

»Carmela macht die beste Sangria weit und breit. Aber seid vorsichtig, die haut ganz schön rein«, erklärt Manuel.

Meine Rede. Da ist bestimmt in jedem einzelnen Glas eine ganze Flasche Tequila drin. Der kleine Schwips von vorhin ist so gut wie weg. Ich hätte nichts dagegen, wenn er wiederkommt.

»Hey, trink nicht so schnell. Der Abend kann noch lang werden«, sagt Max. »Apropos, wir sollten Will anrufen und ihm sagen, wo wir stecken.«

Also leihe ich mir Manuels Telefon und verdrücke mich kurz ins Haus. Ich würde Will nur allzu gerne von meinem momentanen surrealen Bewusstseinszustand berichten. Doch leider geht er nicht ran. Vielleicht steckt er gerade in einem Funkloch auf der Interstate 405. Also schicke ich ihm eine SMS mit Manuels Adresse und beeile mich, wieder rauszukommen, um Max nicht zu lange allein zu lassen. Doch um ihn hätte ich mir gar keine Sorgen machen müssen. Er fühlt sich offenbar schon ganz zu Hause. Mit einem riesigen Teller Fisch-Tacos in der Hand lässt er sich von dem alten Mann im Rollstuhl eine Geschichte erzählen. Max schafft es irgendwie, gleichzeitig zu essen, zuzuhören und nebenbei auch noch einem kleinen Jungen einen Baseball zuzuwerfen.

»Hey Kylie, komm mal her.« Max winkt mich heran. »Du musst mal was übersetzen. Ich glaube, er will mir ernsthaft erzählen, dass er früher mal Stierkämpfer war.«

Max schlägt dem alten Mann freundschaftlich auf den Rücken, als ob sie sich schon ewig kennen würden. Fällt Max eigentlich alles im Leben so leicht? Kann er sich immer sofort reibungslos an neue Situationen anpassen? So langsam glaube ich, ein Muster zu erkennen – in ernsthaften

Gefahrensituationen sackt er in sich zusammen, aber sobald man ihn in einen Raum voller wildfremder Menschen packt, blüht er auf. Ich bin genau das Gegenteil, aber heute Abend werde ich versuchen, anders zu sein – so wie Max. Meine Fertigkeiten beschränken sich leider auf den Bereich des Filmeschreibens. Im wirklichen Leben kann man damit nicht wirklich viel anfangen.

Ich frage den Mann im Rollstuhl auf Spanisch, ob es stimmt, dass er Stierkämpfer war.

»*Si, si*«, antwortet er. Und dann zieht er sein T-Shirt hoch und zeigt uns eine ungefähr fünfzehn Zentimeter lange Narbe unter seinem Brustkorb. Puh! Das sieht schlimm aus. Max und mir bleibt der Mund offen stehen.

»Meine Fresse«, keucht Max. »So etwas hab ich noch nie gesehen.«

Dann holt er sein Handy raus und macht ein Foto von der Narbe, in Großaufnahme. Er zeigt dem Mann das Bild und erntet ein Lächeln. Ich hatte gar nicht gewusst, dass es in Mexiko Stierkämpfe gibt. Anscheinend weiß ich ganz schön viele Dinge nicht.

»Kylie, ich find's absolut genial hier «, verkündet Max.

Er schenkt uns Sangria nach, wir prosten uns zu und leeren die Gläser. Dann setzen wir uns auf eine Bank, unsere Körper berühren sich. In meinem Bauch breitet sich eine sanfte Hitze aus, die langsam in all meine Glieder strömt. Zum Teil ist wohl der Alkohol daran schuld, zum Teil aber auch Max. Wie auch immer, es fühlt sich gut an.

22 Max:

Ich habe heute bereits Tacos mit Kutteln gegessen, die legendäre *sopa de mariscos* von Carmela und einen Teller geschmortes Ziegenfleisch mit Reis. Alles war unglaublich lecker. Inzwischen bin ich bei meinem dritten Glas Sangria angelangt. Und ich habe einen neuen Kumpel, den achtzigjährigen Stierkämpfer Carlos. Ich bewege mich außerhalb meines Terrains und fühle mich trotzdem total wohl.

Und obwohl ich noch vor ein paar Stunden gerne rechtzeitig zur Abschlussfeier wieder zu Hause gewesen wäre, sind mir die Partys heute Abend inzwischen relativ egal. Lieber bleibe ich hier und erlebe zur Abwechslung mal etwas anderes. Mein Leben ist meistens so festgefahren und vorherbestimmt, dass ich ganz vergessen hatte, wie es sich anfühlt, sich einfach mal treiben zu lassen. Dieser verrückte Abstecher nach Mexiko, der vor Kurzem noch der absolute Höllentrip war, ist das Beste, was ich seit Langem erlebt habe. Ein anderes Land, eine andere Kultur, neue Leute – irgendwie hatte ich mich genau danach gesehnt, ohne dass es mir überhaupt bewusst war.

Ich gehe ins Wohnzimmer, wo Kylie wie in Trance auf Fotos von ihrem Vater starrt, und hocke mich neben sie und Manuel auf die Couch. »Hier ist ein Bild von deinem Dad in der Highschool. Er war Kapitän des Fußballteams und wir hatten gerade die Landesmeisterschaft gewonnen. Javier hatte das entscheidende Tor zum Sieg geschossen«, erzählt er.

Auf dem Foto ist Kylies siebzehnjähriger Vater zu sehen, wie er auf den Schultern seiner Mitspieler durch die Straßen von Ensenada getragen wird. Auf dem Bild ist er so alt wie wir jetzt und er sieht aus, als gehörte ihm die Welt. Außerdem sind da Fotos von ihm, auf denen er vor richtigen Menschenmassen spielt. Auf einem hält er einen riesigen Pokal in den Händen. Auf einem anderen signiert er gerade für einen Haufen Schulkinder ein Poster mit ihm darauf.

Wie kann es sein, dass Kylie nichts von alldem wusste? Unglaublich. Ich an ihrer Stelle würde ausflippen. Ich könnte diese ganzen neuen Informationen jedenfalls nicht einfach so wegstecken.

Kylie brütet über den Fotos und nimmt eins nach dem anderen vorsichtig in die Hand. Ich würde gerne den Arm um sie legen. Aber ich tue es nicht. Ich lasse meine Finger da, wo sie hingehören.

»Das hier ist der Abend, an dem Javier die Meisterschaft für Colef gewonnen hat, das College oben im Norden.« Manuel hält ein Foto hoch, auf dem Javier grinsend von seinen Kameraden Bier über den Kopf geschüttet bekommt.

»Kurz danach hat Javier das College geschmissen, um bei der Weltmeisterschaft für Mexiko zu spielen. Ich glaube, das war im zweiten Studienjahr. Die Talentscouts haben sich direkt nach dem Spiel auf ihn gestürzt. Real Madrid, Manchester United ... Wenn der Unfall nicht gewesen wäre, wäre er noch richtig groß rausgekommen«, erzählt Manuel.

»Hat er sich bei einem Spiel verletzt?«, fragte Kylie.

»Du weißt nichts von dem Unfall?«

»Nein.« Kylie sieht Manuel verwirrt an.

»Es war kein Sportunfall. Aber, hm, vielleicht sollte dir das dein Vater selbst erzählen.«

»Er erzählt nie etwas«, sagt Kylie, bemüht, ihre Stimme normal klingen zu lassen. Aber ihr Blick verrät, wie unwohl sie sich fühlt. »Wir haben nicht so den ... Draht zueinander.« Kylie rutscht unruhig hin und her.

»Glaub mir, ich weiß, wie schwierig Javier manchmal sein kann. Wir sind zusammen aufgewachsen. Manchmal hat er tagelang nicht mit mir gesprochen, nur weil ich irgendeine dumme Bemerkung gemacht habe. Er war schon immer sehr launisch, aber er hat ein gutes Herz. Wahrscheinlich will Javier dich einfach nur schützen.«

Kylie sieht Manuel immer noch an. Sie hofft anscheinend,

dass er es ihr trotzdem gleich erzählt. Manuel erwidert ihren Blick und seufzt.

»Ich weiß nicht recht, *mija*. Ich glaube wirklich, dass du das aus dem Mund deines Vaters hören solltest.«

»Das wird nicht passieren. Aber ich würde ihn vielleicht besser verstehen, wenn ich davon wüsste«, entgegnet Kylie. Und dann fügt sie noch ein »Bitte?« hinzu und sieht Manuel mit ihren großen, wunderschönen goldenen Augen an.

Es dürfte verdammt schwierig sein, ihr diese Bitte abzuschlagen.

»Wenn es euch beiden hilft ... Ich hoffe, ihr redet dann endlich ein bisschen mehr miteinander. Und wenn nicht, dann wird es dir wenigstens helfen, ihn besser zu verstehen«, gibt Manuel sich geschlagen.

Er lehnt sich zurück und fängt an zu erzählen: »Javier hatte einen schrecklichen Unfall. Das ist jetzt fast dreißig Jahre her, es war ein paar Monate nach der Weltmeisterschaft. Mario, der Vater von Javier, also dein Großvater, war von Beruf Lkw-Fahrer. Und manchmal nahm er Javier und seinen Bruder auf langen Strecken mit. Dein Vater lernte schon mit fünfzehn, Laster zu fahren. Ich war deswegen immer ziemlich neidisch auf ihn, weil ich es einfach unglaublich cool fand.

An einem Abend waren sie alle drei mit dem Truck unterwegs und schon fast wieder zu Hause. Dein Vater saß am Steuer, er muss damals neunzehn gewesen sein. Plötzlich ist ein anderes Auto auf seine Spur geraten ... Der Truck kam ins Schleudern und kippte schließlich um. Sein Vater und sein Bruder ... na ja, sie sind gestorben. Aber Javier hatte nicht einen einzigen Kratzer abbekommen.«

Manuel macht eine Pause. Offenbar fällt es ihm nach all den Jahren immer noch schwer, diese Geschichte zu erzählen. Vorsichtig schaut er zu Kylie, um zu sehen, ob es ihr gut geht. Ich bin mir da nicht so sicher.

»Alle sagten, es wäre ein Wunder, dass Javier überlebt hat. Er muss wirklich einen Schutzengel gehabt haben. Aber es hat ihn zerstört. Er fühlte sich für den Tod von den beiden verantwortlich. Und vor allem fühlte er sich schuldig, weil er überlebt hatte.«

Kylie starrt Manuel fassungslos an. Dann legt Manuel einen Arm um sie. Schweigend sitzen die beiden da. Ich weiß nicht, was ich tun soll. Ich fühle mich total fehl am Platz. Ich will nicht alles noch schlimmer machen, aber ich weiß auch nicht, wie ich helfen kann, also halte ich einfach den Mund und warte auf ein Zeichen von Kylie.

Was sie wohl gerade durchmacht? Es muss sich anfühlen wie ein Schlag in die Magengrube. Wahrscheinlich ist das hier ähnlich schlimm für sie wie die Krebserkrankung meines Vaters für mich, nur dass Krebs ein langsamer Prozess ist. Vielleicht hätten wir doch besser nicht mit hierherkommen sollen.

»Und dann ist er weggezogen?«, fragt Kylie.

»Ja. Irgendwann fing Javier an, davon zu reden, in die USA auszuwandern. Und es schien ihm auch besser zu gehen, nachdem er den Entschluss gefasst hatte. Eines Abends kam er zu mir, da hatte er schon alles gepackt. Er wollte nach San Diego. Und wenn er einen Job gefunden hatte, wollte er seine Mutter nachholen. Ich versprach ihm, mich solange um Lola zu kümmern. Im Grunde hatte es Lola noch schwerer getroffen als Javier. Sie hatte ihren Mann und ihren Sohn verloren. Und jetzt ließ sie auch noch ihr einzig verbliebener Sohn hier zurück. Sie saß nur noch in ihrem Haus und strickte. Einmal die Woche habe ich sie zum Abendessen eingeladen. So habe ich von dir und deiner Mutter und deinem Bruder erfahren. Von Javier hatte ich schon lange nichts mehr gehört. Er rief mich nicht mehr zurück und schließlich akzeptierte ich, dass er die Vergangenheit einfach vergessen wollte. Trotzdem habe ich ihn nie vergessen.«

Manuel hält inne und sieht kurz weg. Vielleicht hat er Angst, Kylie mit seiner Erzählung nur noch mehr aufzuregen. Aber Kylie ist ruhig und gefasst.

»Das ist ganz schön viel zu verdauen, nicht wahr?«, fragt Manuel.

»Ja. Aber ich bin heilfroh, dass ich es jetzt weiß. Vielen Dank. Das hilft mir tatsächlich, ihn besser zu verstehen. Es erklärt ... eine Menge. Und irgendwie bin ich auch erleichtert. Wenigstens gibt es einen Grund für sein Verhalten. Vielleicht ändert sich unser Verhältnis ja noch. Ich hatte ihn ehrlich gesagt schon abgeschrieben.«

»Tja, dann bin ich froh, es dir erzählt zu haben.«

»Ich glaube, ich geh mal raus, ein bisschen frische Luft schnappen. Ich bin gleich wieder da, in einer Viertelstunde oder so«, sagt Kylie.

»Lass dir so viel Zeit, wie du brauchst, ich bin hier«, verspricht Manuel. »Und wir können auch später noch weiterreden, wenn du magst.«

Kylie steht auf und ich folge ihr.

»Hast du was dagegen, wenn ich mitkomme?«, frage ich.

»Nein.«

Wir verlassen das Haus und gehen im hellen Abendlicht die Straße entlang.

»Magst du reden?«, frage ich Kylie.

»Es ist okay, wenn du mich einfach nur begleitest. Du musst nicht so tun, als würde dich mein kaputtes Leben interessieren.«

»Es interessiert mich aber.«

Und ich meine es tatsächlich so, was seltsam ist, denn normalerweise interessiert mich wirklich nicht besonders viel. Ich halte mich gerne aus den Sachen raus. Zu viel Ballast kann ich nicht gebrauchen. Aber Kylies Geschichte fasziniert mich. Vielleicht ist es auch Kylie selbst. Ich will mehr über ihre Familie erfahren. Und über sie.

Kylie läuft bergauf, an einer Reihe von Bungalows in warmen Erdtönen vorbei. Überall sitzen die Leute im Garten und feiern. Eine Weile laufen wir schweigend nebeneinanderher, während ich die ganze Zeit überlege, was ich sagen könnte, ohne dass es absolut bescheuert klingt. Letztendlich sage ich gar nichts. Großartig.

Ich versuche, mit Kylie Schritt zu halten, während sie immer schneller wird. Als wir oben auf dem Berg ankommen, lässt sie sich auf den Rasen fallen. Bewegungslos liegt sie da. Ich lege mich neben sie, wobei ich aufpasse, sie nicht zu berühren. Normalerweise wäre mir so etwas egal, aber irgendwie hat Kylie diese Wirkung auf mich.

»Ich dachte immer, dass er sich wegen Jake so abkapselt. Und dann dachte ich, es liegt vielleicht am Tod seiner Mutter«, fängt Kylie schließlich an zu erzählen. »Aber jetzt verstehe ich, dass viel mehr dahintersteckt. Unglaublich, dass ich den weiten Weg nach Ensenada machen musste, um endlich mal was über meinen Dad zu erfahren. Ich meine, es wäre schon irgendwie nett gewesen, wenn er es mir selbst erzählt hätte.«

»Ja, mein Dad ist in so was auch nicht besonders gut.«

»Es heißt doch immer, wir würden alle werden wie unsere Eltern«, fährt Kylie fort. »Aber das will ich nicht. Ich meine, klar, ich liebe meine Eltern, aber ich glaube nicht, dass sie glücklich sind. Ich will mich auf gar keinen Fall so wie mein Dad von der ganzen Welt abschotten.«

»Für mich ist es wohl schon zu spät«, denke ich laut.

»Wie meinst du das?«

»Keine Ahnung. Ich bin echt nicht gut darin, mich anderen gegenüber zu öffnen. Da bin ich meinem Dad schon ziemlich ähnlich.«

»Wovon redest du eigentlich? Ich bin hier diejenige, die niemanden an sich heranlässt. Du kannst doch super mit Leuten umgehen und kommst sofort mit jedem ins Gespräch.«

»Ach, das ist doch alles bloß Small Talk. Ich will nicht, dass die ganze Welt über mich und meine Probleme Bescheid weiß. Charlie ist der Einzige, dem ich irgendwas Persönliches erzähle. Wir kennen uns schließlich schon seit dem Kindergarten.«

»Na ja, mir erzählst du auch gerade von deinen Problemen.« Kylie schaut mich an.

Sie hat recht.

Wir wenden beide gleichzeitig den Blick ab. Irgendwie ist es zu intensiv, wenn wir uns so in die Augen sehen. Ich schaue hoch in den wolkenlosen Himmel und mache ein Foto mit meinem iPhone. Könnte ein gutes Hintergrundbild für irgendwas sein.

»Jedenfalls halte ich Dad jetzt nicht mehr für komplett daneben. Ich meine, er müsste natürlich dringend zur Psychotherapie gehen, aber zumindest weiß ich jetzt, woher seine Macke kommt. Warum er so viel trinkt und immer so abwesend ist. Das ergibt jetzt alles irgendwie einen Sinn. Aber ich verstehe einfach nicht, warum meine Mutter oder meine Großmutter mir das nie erzählt haben. Himmel. Meine Familie ist so was von kaputt.«

»Willkommen im Klub. Ich kann dir gerne das geheime Handzeichen beibringen.«

Da lächelt Kylie. Sie dreht sich eine Locke um den Finger. »Kein Wunder, dass ich in Sachen Sozialverhalten so eine Vollidiotin bin.«

»Du bist überhaupt keine Vollidiotin.« Gestern habe ich das vielleicht noch gedacht, aber seit heute ist das anders.

»Glaubst du, wenn wir mal Kinder haben, bauen wir auch so einen Scheiß wie unsere Eltern?«

»Keine Ahnung. Hoffentlich nicht.«

Eine Weile liegen wir einfach nur schweigend da.

»Danke, dass du ... na ja, dass du über diese ganze Sache keine Witze reißt«, sagt Kylie irgendwann.

»Ich finde es auch nicht wirklich lustig. Und ich schätze mal, du auch nicht.«

Kylie setzt sich auf und sieht mich an. Sie ist gerade so verletzlich – und wunderschön.

»Max Langston«, sagt sie und sieht mich weiter an.

Mir gefällt, wie sie meinen Namen ausspricht.

»Max Langston«, sagt sie noch einmal. Und dann fängt sie an zu lachen.

»Was ist?«

»Ausgerechnet mit dir sitze ich hier in Ensenada und kriege alles über die geheime Vergangenheit von meinem Dad heraus. Ausgerechnet mit Max Langston. Ich fasse es nicht. Ich meine, ist doch verrückt, oder? Wir kennen uns noch nicht mal.«

»Wir kennen uns inzwischen aber schon sehr viel besser.«

»Das lässt sich nicht leugnen, Max Langston.«

»Komm, lass uns wieder zurückgehen. Will ist bestimmt bald da.«

»Das klingt nach einem Plan.«

Ich springe auf, reiche Kylie die Hand und helfe ihr hoch.

23 Kylie:

»Ich habe noch nie in meinem Leben so viel gegessen«, sage ich zu Max. »Ich fühle mich wie ein gestrandeter Wal.«

»Meine Rede, Schwester«, antwortet Max.

Ich muss lachen. »Ach ja? Bist du Snoop Dog oder was?«

»Wieso? Bin ich etwa zu weiß, um so zu reden?«

»Ähm, ja. Sogar ich bin zu weiß, um so zu reden, und ich bin eine halbe Latina.«

»Kylie, ich muss dir was verraten ...«

»Und das wäre?«

»Ich bin nur außen weiß. Aber unter meiner weißen Haut schlägt ein dunkles, verdammt cooles Rapperherz. Ich bin wie ein Vanillebonbon mit Schokokern.«

»Du bist mehr wie ein Lutscher mit rosa Kaugummikern.«

»Okay, das ist eindeutig eine Beleidigung.«

»Aber immerhin besser als dumme Sportskanone ...«

Max runzelt die Stirn. Ich weiß, dass er es nicht leiden kann, so genannt zu werden. Er hat Angst, die Leute könnten wirklich so über ihn denken.

»Was du natürlich überhaupt nicht bist, mal davon abgesehen«, füge ich schnell hinzu. Und das meine ich auch wirklich so. Jetzt fühle ich mich mies, das Thema überhaupt angeschnitten zu haben. Ich halte ihn nicht für eine dumme Sportskanone. Das war vor ein paar Stunden vielleicht noch so, aber jetzt ist es anders.

Max und ich liegen in einer leuchtend orangen Hängematte, die zwischen zwei Palmen in Manuels Garten aufgehängt ist. Wir haben gerade gefühlte fünfzehn Gänge in uns hineingestopft. Diese Szene im Drehbuch zu beschreiben, würde ich wohl nicht glaubwürdig hinbekommen. *Die Außenseiterin der Schule und der Traumtyp aller Mädchen liegen aneinandergeschmiegt in einer Hängematte hoch über dem Hafen von Ensenada und schaukeln zu entfernten Salsaklängen und dem Zirpen der Zikaden. Sein Fuß liegt auf dem ihren, ihre Schulter drängt sich an seine.*

Das hört sich so unglaublich kitschig an, dass ich es noch nicht mal selbst glaube. Und doch passiert es gerade genau so.

Irgendwann nach meinem zweiten Glas Sangria und einer langen Session, in der Manuel, Max, ein Typ namens Fresco und ich lauter Beatles-Songs geträllert haben, haben Max und ich uns in die Hängematte fallen lassen. Und nach und nach haben unsere Körper sich ineinander verschlungen, als hätten sie einen eigenen Willen. Ich denke immer noch über meinen Dad nach, aber nicht mehr die ganze Zeit. Ein kleines Mädchen namens Felipa ist in ihrem Spiderman-Kostüm zu uns in die Hängematte gekrabbelt und liegt jetzt schlafend neben unseren Füßen.

Ich war einem Jungen noch nie so nahe, mal abgesehen von Jake oder Will. Wobei bisher alles ganz harmlos ist, bis auf ein paar leicht anrüchige Gedanken (garantiert nur von meiner Seite). Dank des angenehmen Schwipses von der Sangria, den ich vorsorglich auf konstantem Niveau gehalten habe, bin ich gar nicht nervös. Nicht das kleinste bisschen. Aber ich frage mich trotzdem, was wohl als Nächstes passiert.

Ich höre ein Klicken.

»Das werde ich auf jeden Fall behalten«, sagt Max und deutet auf das Display seines iPhones. Er macht schon die ganze Zeit Fotos, seit wir in Mexiko sind. Sozusagen als eine Art Dokumentation unserer Reise. Er zeigt mir das Bild. Ein Babygecko, der auf dem Stamm der Palme sitzt, an der die Hängematte befestigt ist. Der Gecko sieht direkt in die Kamera, als würde er sich für die Nahaufnahme extra in Pose werfen. Ein tolles Foto.

»Was hast du sonst noch für Bilder gemacht?«, frage ich und nehme ihm sein Handy ab. Er fotografiert ständig damit, aber ich habe noch so gut wie kein Foto gesehen.

Ich scrolle mich durch die Bilder. Es sind so viele von mir dabei – meistens in Situationen, in denen ich es gar nicht mitbekommen habe –, dass es schon fast ein bisschen seltsam ist. Ich frage mich, was Lily wohl denkt, wenn sie die sieht.

Auf einem Bild sitze ich am Steuer des Trucks, das Fenster ist runtergekurbelt und die Haare peitschen mir ins Gesicht.

Auf einem anderen ist ein Wegweiser mit einem riesigen Grillhähnchen darauf zu sehen, dessen Saft in den Mund eines Mannes tropft. Jedes Foto ist mit Bedacht aufgenommen und ein kleines Kunstwerk. Perfekt eingefangene Momentaufnahmen. Max ist wirklich begabt. Ich weiß, das klingt überheblich, aber diese Erkenntnis überrascht mich.

»Das ist auch toll geworden«, stellt Max fest, als er mir über die Schulter guckt. Es ist ein Foto von mir im gelben Fußballtrikot von meinem Dad. Nummer siebenundzwanzig. Manuel hat es mir geschenkt und seitdem habe ich es nicht wieder ausgezogen.

»Ich weiß nicht. Ich sehe irgendwie dick aus.«

»Warum sagen Mädchen das eigentlich immer? Du siehst nicht dick aus.«

»Mein Arm sieht total komisch aus und ich hab irgendwie ein Doppelkinn.«

»Du siehst toll aus. Auch in einem zwanzig Jahre alten Fußballtrikot.«

So wie er es sagt, glaube ich sogar, dass er es ehrlich meint.

Ich drehe das Handy und mache einen Schnappschuss von uns. Dann schauen wir uns das Bild an. Nur unsere einander zugeneigten Gesichter sind darauf. Wir sehen gut zusammen aus. Keiner von uns beiden lächelt, aber wir machen einen entspannten und ungezwungenen Eindruck. Einen fast schon zu vertrauten Eindruck. Irgendetwas daran ist mir unangenehm. Ich will schon etwas Bissiges sagen, aber als ich bemerke, mit welcher Intensität Max mich ansieht, verkneife ich es mir.

Es haut mich total um, wie sehr ich mich zu ihm hingezogen fühle. Und nicht nur, weil er unglaublich gut aussieht, was nicht zu bestreiten ist. Mir gefällt zu meiner eigenen Überraschung das Gesamtpaket. Er ist überhaupt kein Arschloch. Erstaunlich, dass mir das nicht schon eher aufgefallen ist. Da frage ich mich doch, was ich sonst noch so alles nicht mitbekomme. Oder vielleicht liegt es ja auch an der Freiburg, die einfach immer nur das Schlechteste an den Leuten hervorbringt.

Ich denke mal, wir sind jetzt so etwas wie befreundet. So wie auch Geiseln während ihrer Gefangenschaft eine Bindung miteinander eingehen. Wie lange es halten wird, wenn wir wieder frei sind, wird sich noch herausstellen. Aber hier und jetzt fühlt es sich absolut richtig an. Es ist nur irgendwie viel zu schräg, um es zu verstehen. Max war für mich immer nur der arrogante, verwöhnte, begriffsstutzige Sportler, der dank seines guten Aussehens und seines finanziellen Backgrounds bei allen beliebt ist. Ich weiß nicht so genau, wie ich dieses Bild von ihm mit dem Max, der jetzt neben mir liegt, in Einklang bringen soll. Dem intelligenten, witzigen, netten Max. War er etwa die ganze Zeit schon da?

»Du hast immer den Eindruck gemacht, als wärst du der letzte arrogante Penner. Wie kommt es, dass du kein bisschen so bist?« Ich bin selbst schockiert über meine Worte. Toll gemacht. Wirklich subtil. Ich werde wohl immer Single bleiben.

»Das hast du bestimmt als Kompliment gemeint«, lacht Max. »Und du hast immer den Eindruck gemacht, als wärst du eine psychopathische Einzelgängerin. Wie kommt es, dass du überhaupt kein bisschen so bist?«

»Hast du das wirklich von mir gedacht?« Das tut weh. Komme ich so bei anderen an?

»Nicht wirklich. Um ehrlich zu sein, habe ich nie besonders viel über dich nachgedacht, Kylie. Ich habe mich immer nur für meine Kumpels, Lily und Squash interessiert. Und sonst nichts. Was mich wahrscheinlich zu einem arroganten Penner macht. Und die Moral von der Geschichte ist: Verlass dich auf deinen ersten Eindruck. Wenn du findest, dass ich mich nur mit Arschlöchern abgebe, dann muss ich selbst wohl auch ein Arschloch sein.«

»Kein Kommentar«, entgegne ich, denn was soll ich auch dazu sagen. Was das angeht, werden wir nie übereinstimmen.

»Du benimmst dich, als würdest du alle verabscheuen – und das, obwohl du mit niemandem außer Will Zeit verbringst. Woher willst du also wissen, dass alle anderen Idioten sind?«

»Das hab ich nie gesagt. Es stimmt nicht, dass ich alle verabscheue. Ich interessiere mich nur nicht besonders für deine Freunde.«

»Aber es ist auch nicht gerade so, dass du jemals versucht hättest, irgendwen von uns kennenzulernen.«

Wie habe ich es nur hinbekommen, diesen absolut schönen, intimen Moment, den wir gerade hatten, in fast so etwas wie einen Streit zu verwandeln? Ich habe wirklich eine Begabung, die Leute zu vergraulen. Wie der Vater, so die Tochter.

»Ist ja nun auch nicht gerade so, dass irgendjemand von euch versucht hätte, mich kennenzulernen. Du sagst, Charlie wäre ein toller Kerl, aber ich habe ihn einfach noch nie so erlebt. Er hat mich gestern auf dem Squash-Court praktisch als Abschaum der Gesellschaft bezeichnet. Ich weiß nicht, vielleicht ist es einfacher für mich, die Leute abzuschreiben, als zu versuchen, sie kennenzulernen. Und dann mit ihnen zurechtkommen zu müssen. Und ihren Problemen. Und meinen Problemen. Und all den Problemen, die daraus entstehen.« Ich fange an zu faseln. Ich sollte aufhören, aber ich tue es nicht. »Bei Will weiß ich einfach, was mich erwartet. Er kritisiert mich nicht. Und ich kritisiere ihn nicht. Um ehrlich zu sein, will ich nicht, dass die Leute mich kritisieren. Und die Freiburg ist einfach ein Ort, an dem ziemlich viel kritisiert wird.« Kaum habe ich mich ausgekotzt, bereue ich meine Worte auch schon. Das hat sich bestimmt wie zusammenhangloses Psychogelaber angehört. Ich fühle mich erbärmlich und ausgeliefert.

Max sieht mich einen Moment schweigend an. Was denkt er? Hält er mich jetzt für noch bekloppter als ohnehin schon?

»Vergiss es. Das war grad ziemlicher Quatsch ...«

»Nein. Ich weiß ganz genau, was du meinst. Uns geht's doch im Grunde allen so«, erwidert Max und trinkt den Rest von seinem Bier aus.

»Nicht allen. Nur den total Verkorksten.«

»Irgendwie sind wir doch alle verkorkst. Nur jeder auf seine Weise.«

Vielleicht muss ich gar keine Angst vor ihm haben. Nicht jetzt und auch nicht, wenn wir wieder zurück sind. Vielleicht ist er ja tatsächlich ein netter Kerl. Vielleicht sehe ich ihn auch nach diesem Trip hier noch mal wieder. Vielleicht ...

»Mit dir ist alles in Ordnung, Kylie, zumindest aus meiner Sicht«, verkündet Max.

»Ich wünschte, ich hätte deine Sichtweise.« Ich ziehe mich hoch und steige aus der Hängematte.

»Wohin gehst du, Flores?«

»Ich muss pinkeln«, antworte ich. Und außerdem will ich nicht mehr über dieses Thema reden. Mein Bedürfnis, meine Grenzen zu übersteigen, habe ich fürs Erste befriedigt. Ich habe heute schon genug über mich verraten.

»Na dann, viel Spaß. Und komm bald wieder. Wir werden dich vermissen.«

»Wen meinst du mit *wir?*«

»Mich und das schnarchende Kind an meinen Füßen? Oder mich und den Gecko? Kannst du dir aussuchen, Flores.«

»Bist du betrunken, Max?«

»Ich bin auf dem besten Weg dahin. Was ist mit dir? Warum bist du eigentlich nicht stockbesoffen? Du hast noch nie vorher getrunken und wirkst trotzdem total nüchtern.«

»Ich reiße mich eben zusammen. Und außerdem bin ich einfach übermenschlich.«

»Bringst du mir noch ein Bier mit? Du kannst mich dann ja später nach Hause tragen, Catwoman.«

»Zurück nach La Jolla, auf den Schultern.«

Max grinst mich an. Ich grinse zurück. Die Anspannung ist verflogen. Max hat es geschafft, unsere Unbeschwertheit wieder von den Toten auferstehen zu lassen. Er hat echt eine Begabung dafür.

Nachdem ich pinkeln war und ein Bier für Max geholt habe, will ich so schnell wie möglich wieder zu ihm zurück, obwohl ich nur ein paar Minuten weg war. Ich sollte mich besser nicht zu sehr an ihn gewöhnen. Will wird schon bald hier sein und dann wird dieses Märchen ein Ende haben. Als ich zur Hängematte komme, sind das kleine Mädchen und der Gecko weg. Max schlummert friedlich in der leicht im Wind schaukelnden Hängematte. Er sieht einfach viel zu schön aus, um ihn zu wecken. Ganz vorsichtig lege ich mich neben ihn und sehe in den langsam dunkler werdenden Himmel. Ich wünschte, wir hätten mehr Zeit und das hier wäre nicht das Ende, sondern der Anfang.

Dann muss ich auch eingeschlafen sein, denn als Nächstes sehe ich, wie sich jemand über Max beugt und ihn auf den Mund küsst.

Bevor ich irgendwie reagieren kann, reißt Max die Augen auf und schreit: »Was soll das?« Dabei richtet er sich so plötzlich auf, dass wir beide aus der Hängematte fallen.

»Hey Leute!«

Über uns steht Will und lacht. Er trägt einen ... Overall? Einen gestreiften Jeans-Overall?

»Was zum Teufel soll das, Mann?«, flucht Max.

»Ich wollte nur Hallo sagen. Schien mir die beste Möglichkeit, dich zu wecken, Dornröschen.«

»Will«, schimpfe ich.

»Keine Sorge. Was in Mexiko passiert, bleibt auch in Mexiko«, entgegnet Will.

»Fuck. Was für ein Scheiß«, sagt Max.

Ich stehe auf und umarme Will. »Cool, dass du da bist!«, sage ich, obwohl er sich ruhig ein bisschen mehr Zeit hätte lassen können.

»Die ganze Stadt ist eine einzige Party. Wir sollten feiern gehen«, verkündet Will.

»Will, es ist spät. Wir müssen zurück.« Doch das sage ich nur, weil ich es sagen muss, schließlich bin ich eine verantwortungsvolle Person. Will den Weg zur Gartenpforte hinunterzufolgen, kann einfach keine gute Idee sein. Obwohl es mich schon reizen würde.

»Verabschieden sollten wir uns aber schon noch«, erkläre ich und warte auf Max' Zustimmung.

»Ja, wahrscheinlich.« Sein Zögern überrascht mich.

Aber es ist wirklich spät. Wir müssen los.

»Bekomme ich nicht wenigstens etwas zu essen und zu trinken? Ich meine, klar, ich bin nur der Fahrer, aber auch der muss irgendwann essen«, klagt Will.

»Für einen Taco werden wir wohl noch Zeit haben. Komm, wir holen dir was.« Ich hake mich bei Will unter und gehe mit ihm ins Haus. Max folgt uns.

»Wir bleiben noch etwas hier und versuchen, diese Party auf ein nettes, respektvolles Niveau anzukurbeln, okay?«, sagt Will. »Keine Angst, ich werde ihn nicht zusammenschlagen. Ich werde ihn noch nicht mal berühren ...«

»... Ich bring ihn nur zum Heulen. Nur ein bisschen, aber das will ich sehen«, beende ich das Zitat.

»Was redet ihr da?«, will Max wissen.

»Kennst du nicht *Ist sie nicht wunderbar?*«, frage ich.

»Diesen alten Schinken?«

»Diesen absolut genialen, alten Schinken von dem göttlichen Sir John Hughes.«

»Ooookay, was auch immer«, erwidert Max.

Will steht auf einmal zwischen uns. Im wörtlichen wie auch im übertragenen Sinne. Unser Ritual des Filmezitierens muss Max ziemlich komisch vorkommen. Ich hoffe nur, dass Will sich damit etwas zurückhält.

Da fängt Will auf einmal an, an mir zu schnüffeln. »Du riechst wie ein Matrose auf Landgang, hast du etwa angefangen zu trinken?«

»Ja. Aber nur in Maßen.«

»Ich bin schockiert! Echt schockiert! Ich dachte, du wärst vollkommen am Ende. Seid ihr nicht gekidnappt worden?«

»Das hier sind ja auch nicht die Leute, die uns gekidnappt haben, sondern alte Freunde von meinem Vater. Außerdem wurden wir nicht wirklich gekidnappt. Wir wurden eher aus Versehen in einem Truck voller geklauter Elektrosachen mitgenommen.«

»Dein Dad hat Freunde?«

»Hörst du mir eigentlich zu?«

»Das war das Schockierendste an dem, was du gerade gesagt hast.«

Ich muss lachen, denn Will kennt meinen Vater fast genauso gut wie ich.

»Kylies Vater hatte offenbar ziemlich viele Freunde. Und Fans. Er war früher mal ein richtig berühmter Fußballer«, erklärt Max.

Will sieht mich mit hochgezogenen Augenbrauen an.

»Ich erzähle dir den Rest auf dem Nachhauseweg«, sage ich.

Dann gehen Will, Max und ich in die Küche, wo Manuels Neffe Juan gerade frische Sangria zubereitet. Juan sieht unglaublich gut aus, er ist groß, braun gebrannt und ziemlich hübsch. Will fängt natürlich sofort an, ihn mit Blicken auszuziehen. Ich befürchte, dass ihm gleich der Sabber aus dem Mund tropft. Die Temperatur im Raum steigt um zehn Grad, während Will sich ganz auf sein Opfer konzentriert. Oh nein. Ich bereite mich innerlich auf das Schlimmste vor. Juan ist eindeutig nicht schwul. Aber wenn Will erst einmal in Fahrt kommt, ist er nicht mehr zu bremsen.

»Hallo, wen haben wir denn da?«, sagt Will an Juan gerichtet.

»Hi, na?«, antwortet Juan ganz nebenbei, fast schon oberflächlich, wobei er niemanden im Besonderen anspricht.

»Juan, das hier ist mein Freund Will. Er ist gerade aus San Diego gekommen, um uns abzuholen«, ergreife ich das Wort.

Als Juan uns kurz den Rücken zudreht, um ein paar Gläser zu befüllen, beugt Will sich zu mir herüber und flüstert: »Stockschwul.«

»Auf gar keinen Fall«, flüstere ich zurück. »Dein Schwulenradar funktioniert wohl gerade nicht.«

»Mein *Gaydar* funktioniert immer«, erwidert Will.

»Sangria?« Juan hält Will ein Glas hin.

»Und ich hatte schon Angst, du fragst nie.« Will nimmt Juan das Glas ab, wobei er ihm leicht über die Finger streift.

Peinlich berührt zieht Juan schnell die Hand weg. Ich werfe Will einen vielsagenden Blick zu. Ich hoffe nur, er gibt auf, bevor es richtig unangenehm wird.

»Dann fahrt ihr jetzt also wieder zurück nach San Diego?«, fragt Juan.

»Nicht sofort«, antwortet Will.

»Aber gleich«, füge ich hinzu.

Will schüttet seine Sangria hinunter und fragt Juan: »Womit beschäftigst du dich, wenn du nicht gerade Sangria machst,

Juan?« Dann schenkt er sich ein neues Glas ein. Wir haben wohl gerade unseren Fahrer verloren. Ich schätze mal, ich muss mir unterwegs irgendwo einen großen Kaffee besorgen.

»Ich studiere Architektur auf der UCLA.«

»Ooooh, Architekten sind toll. Ich wette, du bist richtig geschickt mit deinen Händen. All das Zeichnen und Modellebauen und so.«

»Ja, also wir haben ziemlich viele Zeichenkurse, du weißt ja sicherlich, wie das ist ...«

»Nein, weiß ich ehrlich gesagt nicht. Warum gehen wir nicht raus und du erzählst mir ein bisschen mehr darüber.«

Max versucht, ein Lachen zu unterdrücken. Das scheint sich hier gerade zu einer ganz seltsamen Nummer zu entwickeln. Juan hat bestimmt keinen Spaß daran. Und ich definitiv auch nicht. Zeit, das Ganze zu beenden.

»Wir sollten jetzt wirklich langsam los«, sage ich. Ich greife nach Wills Hand und ziehe ihn aus der Küche. »Bis bald, Juan.«

»Das war echt peinlich, Will«, sage ich.

»Du hast dem armen Kerl ganz schön Angst gemacht«, lacht Max.

»Der Typ ist schwul. Das könnt ihr mir glauben«, behauptet Will. »Der steht auf mich.«

»Du bist ja wahnsinnig«, entgegne ich.

Da kommt Manuel auf uns zu.

»Wir müssen langsam zurück nach San Diego«, verkünde ich. »Mein Freund Will ist gerade angekommen.«

»Versprich mir, dass du bald wiederkommst«, sagt Manuel.

»Versprochen.«

»Und versuch, nächstes Mal deinen Dad mitzubringen.«

»Das kann ich leider nicht versprechen.«

»Müsst ihr wirklich schon los?«, fragt Juan, der auf einmal neben uns aufgetaucht ist. »Ich würde dir gerne noch mehr von meinem Studium erzählen«, sagt er an Will gerichtet. »Falls dich das wirklich interessiert?«

»Na klar interessiert mich das«, antwortet Will.

»Dann bleibt ihr also noch?«, fragt Juan.

»Nein, nicht wirklich«, entgegne ich.

»Meinetwegen für immer«, fällt Will ein.

»Wir müssen los. Morgen ist unsere Abschlussfeier«, springt Max mir zur Seite.

»Ihr könnt euch doch mailen«, versuche ich, Will zu überreden. Ich würde zwar auch gerne noch bleiben, aber die Zeit läuft uns davon. Mom wartet auf mich. Wenn wir Will jetzt verlieren, kann es Tage dauern, bis wir wieder zu Hause sind.

»Wir könnten ja noch einen kleinen Spaziergang machen, bevor ihr losfahrt«, schlägt Juan vor.

Und schon sind er und Will zur Tür hinaus.

»Schicker Overall, übrigens«, sagt Juan im Weggehen.

»Ich habe noch einen Schottenrock im Auto. Den könnte ich auch anziehen«, höre ich Will antworten.

»Moment mal. Was ist da gerade passiert?«, fragt mich Max.

»Keine Ahnung«, antworte ich. Ich bin wirklich verwirrt.

»Ist euer Freund zufälligerweise schwul?«, fragt Manuel.

»Ich glaube, ich kenne niemanden, der schwuler ist«, entgegnet Max.

»Dann solltet ihr ihn vielleicht besser aufhalten, wenn ihr heute noch zurück nach San Diego wollt. Juan ist nämlich eine, wie heißt es doch gleich, eine Kneifschwester?«

»Du meinst Klemmschwester?«, frage ich.

Max sieht verwirrt zwischen Manuel und mir hin und her.

»Er denkt, wir wüssten nicht, dass er schwul ist. Aber wir wissen es. Wir haben es schon immer gewusst. Wir warten nur darauf, dass er es uns endlich erzählt.«

Max und ich laufen auf die Straße, aber wir kommen zu spät. Wir sehen Will und Juan nur noch von hinten in Wills Mini davonflitzen.

24 Max:

»Die sind längst nicht so gut wie deine«, stellt Kylie fest, während sie sich durch die Fotos scrollt, die sie mit meinem Handy geschossen hat. »Du hast wirklich Talent, Langston, das muss ich schon sagen.«

Kylie denkt anscheinend, für ein gutes Foto muss man nur draufhalten und abdrücken. Was die meisten Leute denken. Aber hinter einem guten Bild steckt sehr viel mehr. Ich habe Jahre gebraucht, bis ich es endlich raushatte. Viele denken, mit einem Smarthphone könne man keine guten Fotos machen, aber das stimmt nicht. Ich habe einige meiner besten Bilder damit gemacht. Sie sind schlicht und einfach und das Gute ist, dass niemand es mitbekommt, wenn ich fotografiere.

»Das muss dich ja ganz schön überraschen, dass ich tatsächlich in etwas gut bin.«

»Tut es auch. Und das meine ich durchaus positiv.«

Ich war eigentlich überhaupt nicht begeistert, als Will aufgetaucht ist. Kylie und ich sind ziemlich auf einer Wellenlänge, außerdem ist Ensenada verdammt cool. Ich hatte überhaupt keine Lust, schon wieder nach La Jolla zurückfahren zu müssen. Aber das war, als wir noch eine Mitfahrgelegenheit hatten. Jetzt, da Will uns sitzen gelassen hat, mache ich mir doch etwas Sorgen, ob wir es rechtzeitig zur Abschlussfeier schaffen. Das war wirklich ziemlich bescheuert, sich auf Will Bixby zu verlassen.

»Ich wüsste echt gern, wie du es schaffst, solche tollen Fotos zu machen. Verrätst du es mir?«

»Das kann man nicht so einfach erklären. Ich weiß oft

erst, wie es richtig ist, wenn ich es vor mir sehe. Und es hat viel mit Erfahrung zu tun. Am Anfang wusste ich überhaupt nicht, was ich da eigentlich tue, aber dann habe ich viel gelesen, über Stieglitz und Ansel Adams, Diane Arbus und Helmut Newton. Ich habe mir angesehen, wie sie mit Licht gearbeitet und ihre Bilder komponiert haben.«

»Und ich dachte immer, du würdest einfach nur gut aussehen.«

»Tja, ich bin eben auch voller Überraschungen. Ich sehe mir außerdem gerne alte Filme an. Die sind irgendwie wie Fotos, die sich bewegen.«

»Kennst du deswegen *Brennpunkt Brooklyn*?«

»Ach, den hab ich nur mal zufällig im Fernsehen gesehen. Ich gucke gern solche Filme wie die von Fellini, Luchino Visconti und Godard. Die laufen im Ken Cinema auf der Adams Avenue. Manchmal gehe ich nach dem Squash ins Kino, einfach um zu entspannen und die Bilder auf mich wirken zu lassen. Ziemlich beeindruckend, teilweise.«

»Warum rückst du damit erst jetzt heraus? Du weißt doch, dass ich ein totaler Filmfreak bin.«

»Wir haben uns doch gerade erst kennengelernt.«

»Stimmt«, sagt Kylie. Sie lässt die Arme beim Gehen hin und her schwingen, wie ein kleines Kind. Sie sieht dabei so wundervoll aus, dass ich sie am liebsten in den Arm nehmen würde – was wohl ziemlich verrückt wäre. Wir kennen uns zwar inzwischen viel besser als noch vor ein paar Stunden, aber trotzdem ...

»Ich habe noch nie was von Visconti oder Fellini gesehen. Ganz schön peinlich, was? Dafür kenne ich mich mit hirnlosen Actionfilmen aus und allem, was nach 1985 gedreht wurde«, erklärt Kylie.

»David Fincher ist ein absoluter Meister.«

»Das stimmt. *Fight Club* ist einfach göttlich.«

»Den hab ich schon dreimal gesehen.«

»Ich sechs Mal!«, verkündet Kylie voller Stolz.

»Okay, das ist krass.«

»Hast du *Pans Labyrinth* gesehen?«, fragt sie.

»Von Guillermo del Toro? Genial.«

»Absolut! Das sage ich Will auch immer. Aber er will ihn einfach nicht gucken. Er behauptet, der Film wäre für den Verfall der westlichen Zivilisation verantwortlich.«

»Die Bilder sind auf jeden Fall ziemlich genial.«

»Und der Film ist total originell.«

»Kennst du *Der Leopard?* Der ist der Hammer. Dreieinhalb Stunden, aber absolut sehenswert.«

»Ich dachte, ich warte damit, bis ich auf der NYU bin. Da gucken wir die ganzen alten Filme wahrscheinlich eh im Kurs. Hast du *Blow Up* schon gesehen?«, fragt Kylie.

»Krank. Einfach nur total krank. Und tolle Sex-Szenen.«

»War ja klar«, lacht Kylie.

Es macht Spaß, mich mit ihr über alte Filme zu unterhalten. Ich kenne sonst niemanden, der sich dafür interessiert. Lily jedenfalls nicht. Als wir *Sie küßten und sie schlugen ihn* gesehen haben, hat sie den totalen Anfall bekommen und ist rausgerannt. Sie meinte, ich würde es übertreiben. Dabei dachte ich, dass ihr der Film gefallen würde. Danach habe ich sie nicht noch mal ins Ken mitgenommen.

»Vielleicht können wir im Sommer ja mal zusammen ins Ken gehen, wenn wir beide grad zu Hause sind?«

»Ähm ... Ja, klar, warum nicht«, antwortet Kylie zögerlich. Hört sich nicht gerade so an, als ob sie Lust dazu hätte. Wahrscheinlich hat sich das mit uns für sie nach heute Abend sowieso erledigt. Ist ja auch irgendwie klar. Wir leben in komplett unterschiedlichen Welten, ohne irgendwelche Überschneidungen. Aber trotzdem macht es mich fertig.

»Okay, der Ball da drüben«, Kylie zeigt auf einen Wasserball, der ein paar Meter weiter auf dem Rasen liegt. »Wie würdest du den fotografieren?«

»Ich würde es gar nicht erst versuchen.«

»Warum nicht?«

»Weil da kein Leben drinsteckt. Keine Ahnung. Es ist ein langweiliges Motiv, bedeutungslos. Wenn ich fotografiere, suche ich nach einer Verbindung. Nach einem Gefühl, einer Stimmung oder Atmosphäre. Ich führe so etwas wie eine Unterhaltung mit dem, was ich fotografiere.«

Ich halte inne, denn plötzlich fühle ich mich unwohl. Warum rede ich so? Ich höre mich an wie ein aufgeblasener Idiot. »Das hört sich wahrscheinlich total überheblich an«, räume ich ein und würde am liebsten alles wieder zurücknehmen.

»Nein, überhaupt nicht. Das ist total interessant. Wie lange fotografierst du denn schon?«

»Ach, schon eine ganze Weile. Ich hab zum zehnten Geburtstag 'ne Digitalkamera geschenkt bekommen. Und dann hab ich angefangen, mit meinem Mac herumzuspielen und die Fotos mit tausend verschiedenen Programmen zu bearbeiten. Es ist so ziemlich das Einzige, was ich mache, mal abgesehen von Squash.«

Als wir uns dem Hafen nähern, ist auf einmal Musik zu hören. Es klingt, als würde eine ganze Menschenmenge ausgelassen feiern. Überall hängen Laternen. Ein bisschen wie an Weihnachten. Die Mexikaner verstehen es zu feiern. Ich sollte öfter hierherkommen. Die Straßen sind mit Schleifen und riesigen Papiergirlanden dekoriert. Vor den Geschäften hängen bunte Lampions und Konfetti fliegt durch die Luft. Eine Gruppe von kleinen Mädchen in knappen rosa Kleidchen läuft an uns vorbei. Ihre Haare sind hochgesteckt und sie tragen Blumen hinter den Ohren.

»Oh Gott, guck dir das an«, lacht Kylie und zeigt auf einen winzigen Chihuahua mit einem Sombrero auf dem Rücken. Kurz darauf trottet ein Esel, der ein großes hölzernes Kreuz trägt, über die Straße. Er wird offensichtlich von ein paar Leuten zur Kirche geführt, doch auf einmal bleibt er stehen und weigert sich weiterzugehen. Als ein Mann ihm auf den Hintern schlägt, setzt er sich widerwillig in Bewegung.

Ich fotografiere wie verrückt. Dieser Ort sprüht nur so vor Leben.

»Du solltest Fotograf werden, Max. Ernsthaft. Du hast den richtigen Blick. Und du weißt besser über Filme Bescheid als ich.«

»Ach was. Es gibt jede Menge Leute, die tolle Fotos machen. Das ist keine große Sache ...«

»Und ob das 'ne große Sache ist. Du darfst dein Talent nicht einfach so verschwenden.«

»Okay.« Das ist alles, was ich dazu sage. Ich will nicht weiter darüber diskutieren.

»Du bist richtig gut. Das weißt du doch hoffentlich, oder?« Kylie sieht mich mit ihren großen Augen an. Sie ist so verdammt aufrichtig. Und ernst. Und offen. Und wunderschön ...

»Ja, kann schon sein.«

»Ich meine, ich kann schreiben, das kann mir niemand wegnehmen. Und du machst großartige Fotos. Noch dazu bist du viel besser als die meisten Leute. Du solltest was daraus machen. Sehen, wohin es dich führt.«

»Ach, ich weiß nicht. Ich ... ich hab einfach nicht dein Selbstvertrauen ...«

Plötzlich sieht Kylie mich ganz merkwürdig an und fragt: »Mein Selbstvertrauen?« Und dann lacht sie, als hätte ich einen Witz gemacht.

»Was ist?«

»Vor einer Stunde habe ich genau das Gleiche zu dir gesagt. Dein Selbstvertrauen liegt doch bei fünfundneunzig Prozent. Meines gerade mal bei fünfundzwanzig, an guten Tagen vielleicht bei dreißig. Ich weiß einfach nur, dass ich gut schreiben kann, und du weißt, dass du fotografieren kannst. Aber das hat nichts mit Selbstvertrauen zu tun, das ist eine Tatsache.«

»Ich sag ja, es ist ziemlich kompliziert.«

»Was ist nicht kompliziert?«

Die Menschenmenge wird immer dichter und die Musik lauter, je näher wir zum Zentrum vordringen. Es kommt mir vor wie an Silvester. Wie sollen wir Will und Juan in diesem Getümmel jemals wiederfinden? Kylie und ich gehen jetzt langsamer und versuchen, uns am Rand zu halten.

»Okay, pass auf, ich hab's probiert«, sage ich, doch ich bereue sofort, nicht den Mund gehalten zu haben.

»Was meinst du damit, du hast es probiert?«, fragt Kylie.

»Es wird einfach nichts draus, okay?«

»Red keinen Quatsch.« Kylie lässt nicht locker. »Los, erzähl schon.« Ich habe ihr den Knochen hingeworfen und jetzt lässt sie ihn nicht mehr los. Ich sehe sie an und seufze. Warum habe ich nur damit angefangen?

»Ach, vergiss es, ist keine große Sache.«

»Jetzt komm schon, raus damit. Was hast du denn zu verlieren? Wir sehen uns nach heute wahrscheinlich nie wieder.«

Ich hoffe sehr, dass das nicht stimmt.

»Wir sehen uns bei der Abschlussfeier«, antworte ich. Und danach würde ich sie eigentlich auch gerne wiedersehen. Ich weiß nur nicht so genau, wie ich ihr das mitteilen soll. Sie weiß genauso gut wie ich, dass ich eine Freundin habe. Doch auf einmal ist Lily nur noch ein weiterer Punkt auf der Liste nerviger Dinge, mit denen ich mich nicht beschäftigen will.

»Okay. Wir erleben morgen zusammen mit hundertzwanzig anderen Schulabgängern einen bewegenden Moment. Aber die Sache ist doch die: Wir haben sonst nichts miteinander zu tun. Deine Geheimnisse sind bei mir sicher. Du kannst es mir ruhig erzählen. Niemand wird etwas von mir erfahren.«

»Na gut. Ich hab mich bei der Rhode Island School of Design beworben ... Sie haben mich angenommen.«

»Wow! Das ist großartig!«

»Ja.«

»Aber du machst es nicht.«

Kylie sieht mich an, als wäre ich ein Vollidiot. Was genau der Grund dafür ist, warum ich es nicht erzählen wollte.

»Nein.«

»Du gehst stattdessen auf die UCLA und studierst Jura.«

»Genau.«

»Du kannst es dir doch noch mal überlegen. Du kannst ...«

»Das Thema ist durch. Ich hab meinen Eltern noch nicht mal erzählt, dass ich mich beworben hatte. Kurz nachdem ich die Zusage bekommen habe, ist mein Dad richtig krank geworden. Ich hab den Brief zerrissen. Mein Dad will, dass ich Anwalt werde. Also werde ich Anwalt. Ich wäre echt ein Trottel, wenn ich es nicht machen würde.«

»Ich finde, du bist ein Trottel, wenn du Anwalt wirst, nur um deinem Dad einen Gefallen zu tun.«

»Tu dir keinen Zwang an. Sag mir ruhig, was du denkst.«

»Tut mir leid. Es ist nur ... das ist doch wirklich bescheuert. Es ist schließlich dein Leben, Max. Wenn du nicht Anwalt werden willst, wie kannst du dich dann für den Rest deines Lebens damit abfinden? Das ist ja so was von trostlos.«

»Es geht nun mal nicht immer nur darum, was wir gerne machen würden. Hör auf zu träumen, Kylie. Werd endlich erwachsen. Was meinst du, wie viele Leute irgendwas machen, worauf sie keine Lust haben. Ich meine, es wacht doch keiner morgens auf und denkt sich, ›Hey Mann, es gibt nichts auf der Welt, was ich lieber tun würde, als den Müll anderer Leute aufzusammeln. Das ist meine absolute Leidenschaft.‹«

Ich steigere mich da gerade etwas zu sehr rein. Verlegen sehe ich weg.

»Okay. Schon gut, tut mir leid. Aber wünschen sich nicht alle Eltern das Beste für ihre Kinder? Würde dein Dad nicht wollen, dass du deiner Leidenschaft nachgehst?«

»Ich weiß ziemlich sicher, dass er will, dass ich Anwalt werde. Seiner Meinung nach kann man von Kunst nicht leben. Abgesehen davon klingt es ja auch nicht gerade so, als wären deine Eltern davon begeistert, dass du Film studieren willst. Und, sei mir nicht böse, aber es ist ja auch wirklich ziemlich riskant. Ich meine, ich hoffe für dich, dass du wenigstens einen Plan B hast.« Das hört sich schon wieder viel härter an, als ich es meine.

»Na, vielen Dank auch.«

Kylie ist genervt von mir. Ich würde es gerne zurücknehmen, aber gleichzeitig fühle ich mich auch von ihr angegriffen.

»Ich versuche doch nur, das Beste aus meiner Situation zu machen«, erkläre ich.

»Hör zu, ich stehe auch unter Druck. Und es wird ganz bestimmt nicht leicht werden, das ist klar. Wahrscheinlich brauche ich nicht nur einen Plan B, sondern auch einen Plan C und D. Aber weißt du, was? Ich würde mir in den Arsch beißen, wenn ich es nicht zumindest mal versucht hätte. Und wenn ich eines Tages vielleicht meine Oscar-Preisrede halte, werden sich alle daran erinnern, wie sie mich davon abhalten wollten. Inklusive dir.«

»Kylie, du bist der Widerspruch in Person. In der Schule bist du das verängstigte Mäuschen. Zumindest kommt mir das so vor. Du hältst alle von dir fern, weil du Angst vor

Zurückweisung hast. Aber wenn es um deine Zukunft geht, dann hast du dieses unglaubliche Selbstvertrauen. Du weißt ganz genau, was du willst, und obwohl es eine total verrückte Idee ist, wirst du deine Sache durchziehen und nichts kann dich aufhalten.«

»Bin ich deswegen eine Idiotin?«

»Nein. Du bist ziemlich cool.«

Wir sehen uns an. Auf einmal ist die Spannung zwischen uns verflogen und an ihre Stelle tritt eine nicht zu leugnende Anziehungskraft. Ich weiß nicht so recht, was ich damit anfangen soll. Die Tatsache, dass ich eine Freundin habe, ist mir zwar durchaus bewusst, aber irgendwie verliert es gerade an Bedeutung.

»Und du bist genauso wie ich, Langston. Nur umgekehrt.«

»Was meinst du damit?«, frage ich.

»In der Schule bist du der selbstbewussteste Typ überhaupt. Aber wenn es um das echte Leben geht, fehlt dir das Selbstvertrauen, an deine eigenen Träume zu glauben.«

»Hört sich an wie ein miserables Filmzitat.«

»Sag nichts gegen Filmzitate. Filme können wirklich inspirierend sein«, entgegnet sie.

»Fotografieren ist trotzdem nichts weiter als ein Hobby für mich.«

»Und Hobbys sind was für Weicheier, die sich nicht trauen, ihre Leidenschaft zum Beruf zu machen.«

»Siehst du? Das ist genau das, was ich meine: Du hast ein derartiges Selbstvertrauen, das ist schon fast abartig.«

»Okay. Dann wünsche ich dir viel Spaß dabei, den Rest deines Lebens in einem Büro zu hocken und irgendwas zu machen, wozu du überhaupt keine Lust hast.«

»Wie soll ich denn als Fotograf über die Runden kommen? Vor allem, wenn meine Familie mich nicht unterstützt?«

Scharen von Leuten laufen auf dem Weg zu den Feierlichkeiten an uns vorbei. Wir sollten es vielleicht einfach mal gut sein lassen und nach Will gucken. Aber jetzt sind wir gerade voll dabei.

»Oh Mann, Max. Du kannst doch nicht mit achtzehn schon so reden. Wenn alle immer nur ans Geld denken und auf Nummer sicher gehen würden, dann gäbe es keine Kunst, keine Musik, überhaupt nichts Interessantes. Lieber würde ich verhungern!«

Ich schüttle den Kopf. »Hör zu, Kylie, du hast dein Bestes gegeben. Und unter anderen Umständen hättest du mich wahrscheinlich auch überzeugt. Aber da mein Bruder meinen Vater schon so enttäuscht hat, würde es ihn umbringen, wenn ich jetzt auch noch sage, dass ich kein Jura studiere. Dann würde er noch eher sterben als ohnehin schon.«

»Tja, dann vielleicht nach deinem Jura-Studium.«

Kylies Körpersprache lässt erkennen, dass sie einen Rückzieher macht. Bei dem Gedanken an den bevorstehenden Tod meines Vaters fühlt sie sich ganz offensichtlich unwohl.

»Vielleicht wird dein Vater ja auch wieder gesund. Und dann kannst du machen, was du willst. Es gibt doch immer wieder Leute, die ihre Krankheit besiegen«, sagt sie. Sie versucht bloß, nett zu sein, aber ich habe es so satt, dass sich alle immer weigern, das Unvermeidliche zu akzeptieren. Was soll das?

»Das hört sich jetzt wahrscheinlich komisch an, aber weißt du, was? Ich fühle mich besser, wenn ich sage, dass mein Vater stirbt. Was sonst nie jemand ausspricht. Meine Mom nicht. Die Ärzte nicht. Alle reden immer nur von dem nächsten Schritt, alternativen Behandlungsmethoden, einem neuen, ganz anderen Versuch. Aber er hat nun mal einen nicht operablen Gehirntumor. Es ist nur noch eine Frage der Zeit. Ich wünschte, das würde mal jemand aussprechen.«

Auf einmal bin ich wieder auf hundertachtzig. Mein Puls rast. Da macht Kylie einen Schritt auf mich zu und nimmt mich ganz vorsichtig in den Arm. Ich entspanne mich ein wenig. Es fühlt sich gut an, von ihr umarmt zu werden. Ich vergrabe das Gesicht in ihrem Haar. Lege meine Arme um sie. Ziehe sie näher zu mir heran. Atme ihren Duft ein. Meine Wange liegt an ihrer. Kylies Haut ist ein bisschen klebrig, süß und warm. Ich drehe den Kopf und meine Lippen berühren ihr Gesicht ...

Und dann, WUSCH!

Plötzlich regnet es aus dem Nichts auf uns herab.

Kylie und ich lösen uns aus unserer Umarmung. Vor uns steht Manuels Sohn Manu und lacht. In der Hand hält er einen leeren Eimer. Dann kommt Manuel mit einer Eselsmaske auf dem Kopf um die Ecke geflitzt. In den Händen hält er zwei Wasserflaschen. Er überschüttet Manu mit Wasser und die beiden krümmen sich vor Lachen.

Wir sehen sie an, als hätten sie den Verstand verloren. Ich meine, geht's noch?

Manuel zieht sich die Eselsmaske vom Kopf und legt einen nassen Arm um uns. »Höchste Zeit, dass ihr auch nass werdet. Das ist so Tradition am Johannistag. Man bespritzt sich gegenseitig mit Wasser oder taucht die Leute ins Meer. Ihr beide seid eindeutig noch zu trocken. Los, Manu, hol sie raus!«

Manu zieht zwei Wasserpistolen aus der Tasche und schießt drauflos. Manuel reicht uns zwei weitere Wasserpistolen und Kylie und ich schießen zurück. Ich glaube, das letzte Mal habe ich eine Wasserpistole in der Hand gehalten, als ich zehn war.

Die Wasserschlacht hat die Stimmung verändert. Kylie ist jetzt viel weiter von mir entfernt. Es kommt mir vor, als wären Stunden vergangen, seit wir unsere Gesichter aneinandergepresst haben. Der Augenblick ist vorbei.

»So und jetzt kommt ihr zwei mit aufs Fest«, verkündet Manuel, packt uns beide am Arm und zieht uns die Straße hinunter in das Partyvolk hinein.

»Dann amüsiert euch mal schön!«, sagt er noch, bevor er in der Menge verschwindet. Das klang mehr wie eine Aufforderung als wie ein Vorschlag.

»Was machen wir jetzt mit Will?«, frage ich Kylie.

»Keine Ahnung.«

»Zur Abschlussfeier müssen wir auf jeden Fall zu Hause sein.«

»Er wird schon wieder auftauchen«, antwortet Kylie, während sie auf eine Gruppe Menschen zugeht, die mitten auf der Straße Merengue tanzen.

Ich folge ihr. Gebannt beobachtet Kylie die tanzenden Leute.

»Wo ist nur die Nervensäge abgeblieben, die unbedingt Ms Murphys Hausaufgabe machen wollte?«

»Oh Gott, die Hausaufgabe. Die habe ich ja ganz vergessen«, lacht Kylie. »Wenn die wüsste, was sie uns damit eingebrockt hat. Aber um eins klarzustellen: Ich werde die Aufsätze nicht schreiben.«

»Und was ist mit deiner Rede? Ist die dir inzwischen auch egal?«

»Natürlich nicht. Will wird schon wieder auftauchen, vertrau mir. Wir werden noch rechtzeitig zurückkommen. Aber jetzt lass uns feiern.«

Und damit stürzt sie sich in die tanzende Menge. Ich sehe ihr vom Straßenrand aus zu. Sie sieht glücklich aus, unbefangen und frei. So wie sie in der Schule nie war.

Sie hat recht. Wir werden schon irgendwie zurückkommen. Ich folge ihr und lasse mich von der Menge mitreißen.

25 Lily:

»Lily, rette meinen Hut, bitte!«, ruft Tessa Overby. »Luca will ihn ins Wasser werfen und dann ist er morgen zur Abschlussfeier total hinüber.«

Ich komme in Luca Sonnebans Küche, als Luca Tessas Hut für die Abschlussfeier mit ausgestrecktem Arm hochhält. Tessa klettert Luca wie ein Affe auf den Rücken und versucht, ihm den Hut zu entreißen. Dabei klammert sie sich an Lucas T-Shirt und lacht wie verrückt. Gestern hätte ich es vielleicht noch lustig gefunden, aber gerade will ich ihr einfach nur eine scheuern.

Als ich hinausgehe, steht Justin Brandt auf dem Sprungbrett und hält Ella Bing an den Fußgelenken übers Wasser. Sie sind anscheinend beide total breit. Ella war schon immer ziemlich billig, aber damit treibt sie es auf die Spitze. Ihr T-Shirt ist ihr bis zum Hals hochgerutscht, sodass alle ihre Brüste sehen können, einen BH trägt sie natürlich nicht. Es ist vielleicht der letzte Schultag, aber trotzdem muss man sich ja nicht komplett zum Affen machen.

»Soll ich?«, lallt Justin.

Von der Menge um den Pool ertönt lautes Geschrei. Alle brüllen wild durcheinander: »Los, mach schon! Lass sie fallen!«

Ella gibt ein letztes Kreischen von sich und dann lässt Justin sie los. Mit einem großen Platsch landet sie im Wasser. Die Leute johlen. Als Ella ein paar Sekunden später wieder auftaucht, spuckt sie lachend Wasser. Justin springt in voller Montur hinterher, gefolgt von ungefähr fünfzehn anderen, alle in Klamotten.

Inzwischen hat Ella sich ihr T-Shirt ganz ausgezogen und schlägt oben ohne mit den Händen aufs Wasser. Ein paar andere Mädels reißen sich ebenfalls die T-Shirts vom Leib. Die Jungs ziehen ihre Jeans aus und kurz darauf hat sich die ganze Szene in eine einzige Nacktbade-Orgie verwandelt. Noch so ein Senior-Ritual, an dem ich eigentlich teilhaben sollte. Ich hatte mich seit dem ersten Jahr an der Highschool auf diesen Abend gefreut. Normalerweise wäre ich die Erste im Wasser gewesen. Na ja ...

Ich habe die ganze Party nach Max abgesucht, aber er ist nicht hier, was mich stinksauer macht und die Frage aufwirft, wo zum Teufel er eigentlich steckt?! Und warum er mir heute noch nicht eine einzige SMS geschickt hat.

»Hey Süße, wo warst du denn so lange? Ich suche dich schon die ganze Zeit.« Stokely wirft einen Arm um meine Schultern und küsst mich auf die Wange.

»Bin gerade erst gekommen«, antworte ich.

»Wollen wir schwimmen gehen?«, fragt Stokely.

»Vielleicht später. Ich bin am Verhungern. Was gibt es denn zu essen?«

»Oh Gott, das musst du dir ansehen! Der Sushi-Koch vom Nawazaka ist hier! Echt krass! Komm schon!«

Stokely packt meine Hand und zieht mich hinter sich her zum anderen Ende des Pools. Unter einem Zeltdach ist eine komplette Sushibar aufgebaut. Überall stehen Behälter mit rohem Fisch. Es ist total verrückt. Der Sushi-Koch bereitet Sashimis und Makis zu und reicht sie, so schnell er kann, über die Theke. Die Leute werfen sich die edlen Toro- und Burihäppchen ein, als wäre es Popcorn. Stokely und ich drängen uns nach vorne, um auch ein paar Röllchen zu erwischen.

Dann gehen wir über die Holztreppe an den Strand hinunter. Auch hier sind jede Menge Leute. Die meisten sitzen vor einem riesigen Lagerfeuer, um das sich zwei Typen kümmern, die offenbar zum Servicepersonal gehören. Lucas Eltern haben noch mehr Geld, als mein Dad früher hatte – bei dem Gedanken spüre ich ein unangenehmes Ziehen im

Bauch. Warum kann ich nicht statt einer Wentworth eine Sonneban sein?

»Hey, ihr beiden«, sagt Charlie, als er sich mit Ben Goodman zu uns gesellt. »Was geht?«

Ihre Gesichter sind ganz rot, entweder weil sie zu viel getrunken oder weil sie zu dicht am Feuer gestanden haben. Oder beides. Ben hält eine Flasche Jack Daniels in der Hand. Er nimmt einen großen Schluck, bevor er Charlie die Flasche weiterreicht.

»Hast du was von Max gehört?«, frage ich Charlie.

»Scheiße, nein. Er lässt sich wirklich die geilste Party des Jahres entgehen.«

Ich bin echt wütend. Ich war noch nie so sauer auf Max.

»Gib mal her«, sage ich zu Charlie, greife nach der Flasche Jack Daniels und nehme einen kräftigen Schluck. Scheiß drauf. Dann besaufe ich mich eben. Der Whisky brennt in der Kehle, aber ich trinke weiter. Dabei habe ich noch nie viel von Alkohol gehalten. Ben und Stokes sind zum Wasser hinuntergegangen. Stokes streift sich ihr Kleid ab und steigt ins Wasser. Ich setze die Flasche erneut an.

»Hey Charlie, kannst du's mit mir aufnehmen?«, frage ich und nehme noch einen Schluck, bevor ich ihm die Flasche hinhalte.

»Lil, ich bin der Meister im Kampftrinken«, antwortet er, nimmt zwei Schlucke und gibt mir den Jack Daniels zurück.

Ich bin wieder dran.

»Alles okay, Lil?« Charlie ist vielleicht betrunken, aber er kennt mich lange genug, um zu merken, dass etwas nicht stimmt. Normalerweise trinke ich nämlich nicht um die Wette. Und schon gar nicht aus der Flasche. Ich benehme mich wie der letzte Dreck. Echt peinlich. Aber das ist jetzt wohl mein Platz in der Gesellschaft. Ich kann mich also auch gleich schon mal daran gewöhnen.

»Alles okay«, antworte ich. »Ich bin nur sauer auf Max.«

»Ja, manchmal kann er echt ein ganz schönes Arschloch sein.«

Das ist das erste Mal, dass ich Charlie etwas Schlechtes über Max sagen höre. Er ist eigentlich so loyal wie kein anderer. Ob das der Alkohol ist?

»Das kannst du wohl laut sagen«, entgegne ich.

Aber vielleicht ist Max ja doch etwas passiert. Vielleicht bin ich so sehr mit mir selbst beschäftigt, dass ich gar nicht mehr klar denken kann, was Max angeht. Nein, das glaube ich nicht. Er hat mich garantiert einfach nur versetzt. Und das gerade heute Abend. In letzter Zeit war er sowieso irgendwie distanziert. Ob er eine andere hat? Max interessiert sich ja nun mal für nichts anderes als Sex und Squash. Vielleicht treibt er es gerade mit irgendeiner auf dem Squash-Court. Wahrscheinlich mit Marsha Spittman. Oder, noch besser, Lacey Garson. Diese kleine Schlampe. Die wollte Max doch schon immer an die Wäsche. Und wo wir gerade dabei sind, gesehen habe ich sie hier auch noch nicht.

»Scheiß auf Max«, sage ich. Dann umfasse ich Charlies Gesicht, ziehe ihn zu mir heran und küsse ihn auf den Mund. Mit Zunge. Er ist viel zu betrunken, um zu protestieren. Seine Lippen schmecken bitter, wie Essig, und sein Atem riecht sauer. Er stochert mit der Zunge in meinem Mund herum, als wollte er mich einer Wurzelbehandlung unterziehen. Und ungefähr so angenehm ist es auch. Kein bisschen wie mit Max. Aber was soll's. Jetzt gibt es kein Zurück.

Ich nehme Charlies Hände, die schlaff an ihm herunterhängen, und schiebe sie unter mein T-Shirt – offenbar brauchen sie Anweisungen. Er fummelt an meinen Brüsten herum, als hätte er noch nie ein Mädchen angefasst, als wäre das vollkommen neu für ihn. Was ist eigentlich los? Wir machen noch ein paar Minuten weiter rum, aber irgendwie zündet es bei uns beiden nicht. Schließlich löse ich mich von ihm und sacke im Sand zusammen. Ich kann Charlie nie wieder ins Gesicht sehen. Was habe ich mir nur dabei gedacht?

Charlie sieht vollkommen perplex zu mir herab. »Was war das?«

Ich kann nicht anders, ich fange an zu heulen.

Da lässt Charlie sich neben mich in den Sand fallen und streichelt mir sanft den Rücken. Wenigstens jetzt weiß er, was mit seinen Händen anzufangen.

»Es war ein Fehler«, sagt er. »Wir sind betrunken. Es hatte überhaupt nichts zu bedeuten. Max wird niemals etwas davon erfahren. Versprochen«, beteuert er.

»Deswegen heule ich doch gar nicht«, schluchze ich.

Schweigend starren wir ins Feuer.

Und dann klingelt plötzlich Charlies Handy. Er nimmt es aus der Tasche und hebt ab. Nach ein paar Sekunden formt er mit seinen Lippen ein Wort: MAX.

26 Kylie:

»Buenos noches, senorita. Como esta?«, fragt mich ein Mann namens Augusto, der ganz schön nuschelt. Er ist so betrunken, dass er bestimmt gleich vom Stuhl fällt. Wir sind wieder bei Manuel in der Kneipe, weil wir hoffen, dass er uns helfen kann, Will zu finden. Obwohl es inzwischen sowieso schon zu dunkel ist, um noch loszufahren. Das Lustige ist, dass mir das so was von egal ist.

Max ist kurz verschwunden, um seine Eltern anzurufen und ihnen zu sagen, dass er später nach Hause kommt. Sehr viel später. Um die Wartezeit zu verkürzen, trinke ich ein Bier. Und ich will, dass Augusto mich endlich in Ruhe lässt.

»No habla Espanol«, sage ich. Ich habe keine Lust, mich mit Augusto zu unterhalten, der angeblich heute Geburtstag

hat und ziemlich gefährlich auf seinem Barhocker schwankt. Himmel, ich hoffe nur, dass er nicht auf mich fällt.

Als Max von der Telefonzelle zurückgeschlendert kommt, wirft er mir ein umwerfendes Lächeln zu. Wie es wohl wäre, an Lilys Stelle zu sein? Wenn Max immer so auf mich zukäme, mit diesem Lächeln auf den Lippen. Das muss schön sein. Richtig schön.

»Alles okay bei dir zu Hause?«, frage ich.

»No problemos.«

»Du Glücklicher«, sage ich. Bei mir zu Hause wird es wohl anders aussehen.

Ich stehe auf und Max setzt sich neben Augusto.

»Ich gehe mal meine Mom anrufen. Und ich würde dir raten, dich woandershin zu setzen. Augusto fällt bestimmt bald vom Stuhl.«

»Keine Sorge, ich komme schon klar.«

Ich lüge meine Mom eigentlich nie an, aber einmal ist immer das erste Mal. Ich bereite mich mental schon auf das Gespräch vor, doch als es klingelt, nimmt sie gar nicht ab. Was merkwürdig ist. Sie geht sonst immer ran, wenn ich es bin. Wahrscheinlich liegt es daran, dass ich von einer unbekannten Nummer aus anrufe.

»Äh, hi Mom. Ich bin's. Ich wollte nur sagen, dass das Treffen länger gedauert hat und ich bei Will schlafe, okay? Ich ruf dich morgen früh an.« Dann lege ich schnell auf. Das wird Ärger geben. Mom wird ganz schön angepisst sein. Und nicht nur das. Sie wird richtig, richtig angepisst sein. Ich habe so etwas noch nie vorher gemacht, aber vielleicht war es auch langsam mal an der Zeit.

»Und?«, fragt Max, als ich mich neben ihn setze.

»Ich hab ihr auf die Mailbox gesprochen. Sie ist nicht rangegangen. Schon zum zweiten Mal heute. Dabei geht sie eigentlich immer an ihr Handy.«

»Es ist bestimmt alles in Ordnung. Sie arbeitet doch, oder?«

»Ja, schon. Daran wird es wohl liegen«, antworte ich. Trotzdem mache ich mir Sorgen, dass in meiner Abwesenheit irgendetwas Schlimmes geschehen ist. Denn es ist meine Aufgabe aufzupassen, dass nichts passiert. Aber ich kann das auch nicht ewig machen. Meine Familie muss lernen, ohne mich klarzukommen. Und zwar ab heute. In weniger als drei Monaten bin ich sowieso weg. Wir sollten uns allmählich voneinander lösen, sonst kann ich das Ganze auch gleich abblasen und zur Uni in San Diego gehen.

Doch dann beschließe ich, diese Gedanken zu verbannen und nur noch das Hier und Jetzt zu genießen. Ich will ein einziges Mal nur an mich denken. Egoistisch sein. Bin ich deswegen ein schlechter Mensch? Ich finde nicht. Ich werde mich morgen um alles kümmern. Vielleicht bin ich sogar betrunken genug, es durchzuziehen.

»Manuel sagt, wir können bei ihm schlafen. Auf dem Fußboden oder so. Und dann machen wir uns gleich morgen früh auf den Weg.«

»Guter Plan«, stimme ich zu. Ob das etwas zu bedeuten hat? Max und ich werden sozusagen die Nacht miteinander verbringen.

»Keine Sorge. Wir werden rechtzeitig zur Abschlussfeier wieder da sein«, versichert er mir.

Das ist wirklich das Letzte, woran ich gerade denke.

»Does cervezas por favor«, bittet Max den alten Mann, der Manuel hinter der Theke hilft.

Ich muss über Max' Aussprache lachen.

»Was ist?«, fragt Max.

»Es heißt *dos,* nicht *does. Does* sind Hirschkühe.«

»Du kannst mir ja vielleicht Spanischunterricht geben, wenn wir wieder zu Hause sind.«

»Vielleicht«, ist alles, was ich sage. Doch meine Gedanken überschlagen sich bei der versteckten Bedeutung dieser eigentlich recht harmlosen Bemerkung. Erst redet er davon, zusammen ins Kino zu gehen. Und jetzt auch noch Spanischunterricht. Geht er tatsächlich davon aus, dass wir uns wiedersehen, wenn wir zurück sind? Regelmäßig? Ich brauche dringend noch ein Bier. Es ist schon ziemlich spät und die Wirkung des Alkohols lässt langsam nach. Ich muss unbedingt mehr trinken, sonst nehme ich jedes Wort von Max auseinander, um nach einer unterschwelligen Botschaft zu suchen. Dabei wird er mich bestimmt vergessen, sobald wir wieder in La Jolla sind.

Da kommt Manuel zu uns. »Ich habe Juan eine SMS geschickt, aber ich habe noch nichts von ihm gehört. Wahrscheinlich will er nicht, dass ich weiß, mit wem er unterwegs ist. Wenn er sich nur endlich outen würde. Es würde uns allen das Leben so viel einfacher machen. Ihr werdet ihn sicherlich finden, wenn ihr ein bisschen herumlauft. Wie auch immer, ihr schlaft bei uns. Und ich sehe zu, dass Will bis zum Morgen wieder da ist, und wenn ich persönlich zu Juans Wohnung gehen und ihn abholen muss. Juan wird natürlich behaupten, dass sie nur Freunde sind ... selbst wenn ich sie nackt zusammen im Bett erwische.« Manuel lacht. »Keine Sorge, ihr werdet schon rechtzeitig über die Grenze kommen.«

»Danke, Manuel«, sage ich. »Danke für alles.«

»Und jetzt raus mit euch. Geht feiern. Amüsiert euch.«

»Alles klar, bis später«, antwortet Max. Dann legt er den Arm um mich und führt mich zur Tür hinaus.

Wir torkeln Arm in Arm die Straßen entlang. Für Max bedeutet so ein Arm um die Hüften vielleicht nichts. Aber mir bedeutet es eine Menge. Das hier ist eine vollkommen neue Erfahrung für mich. Mein ganzer Körper steht unter

Strom, weil ich mit Max verbunden bin. Lass mich niemals los, denke ich.

»Findest du das Zitat wirklich so scheiße?«, frage ich Max.

»Welches Zitat? Was meinst du?«

»Das Golda-Meir-Zitat. Aus meiner Rede.« Ich wollte Max schon die ganze Zeit danach fragen, aber irgendwie habe ich mich bis jetzt nicht getraut.

»Nein, ich finde es nicht scheiße. Es hat mich nur überrascht.«

»Überrascht? Wieso?«

»Ich weiß nicht. Ich schätze mal, weil es ziemlich durchschnittlich ist. Irgendwie nichtssagend, vorhersehbar. Ich hätte gedacht, dass du mit ein paar unbekannten Filmzitaten oder geistreichen Einsichten in unsere Zukunft um dich wirfst. Du denkst ganz anders als alle, die ich kenne. Von daher habe ich wahrscheinlich etwas anderes erwartet. Verstehst du, was ich meine?«

Er meint das bestimmt als Kompliment. Trotzdem bedeutet das für meine Rede nichts Gutes.

»Du musst eben die ganze Rede hören. Im Zusammenhang erklärt es sich dann.«

»Da bin ich mir ziemlich sicher. Und es wird garantiert eine tolle Rede. Ich bin sowieso die letzte Person, auf deren Rat du was geben solltest. Ich bin ein miserabler Autor. Du solltest besser genau das Gegenteil von dem machen, was ich sage.«

»Okay«, antworte ich. Aber Max' Worte gehen mir nicht mehr aus dem Kopf. Ist meine Rede zu steif? Werden die Leute überhaupt etwas damit anfangen können? Ich bin nicht gerade besonders gut im Improvisieren, aus dem Ärmel werde ich mir so schnell nichts schütteln können.

An einer Straßenecke stehen ein paar Leute, die lauthals mexikanische Volkslieder singen. Wie so ungefähr alle in dieser Stadt sind sie betrunken. Aber sie klingen gar nicht mal schlecht. Als wir näher kommen, zieht uns eine Frau in den Kreis und legt die Arme um uns. Das ist genau das, was ich jetzt brauche. Ich will nicht mehr über meine wahrscheinlich grottenschlechte Rede morgen nachdenken müssen.

Alle wiegen sich im Takt des Liedes, wie Bäume im Wind. Und obwohl ich diese Leute genauso wenig kenne wie das Lied, will ich dazugehören, was irgendwie seltsam ist, denn eigentlich bin ich überhaupt kein Gruppentyp. Hier und da schnappe ich ein Wort oder eine Zeile auf und versuche mitzusingen. Dann ist das Lied zu Ende und alle zerstreuen sich.

Max und ich schlendern wieder auf die Straße – leider nicht mehr Arm in Arm. Ich habe nicht die leiseste Ahnung, wie ich diese Verbindung wiederherstellen kann. Eine gefühlte Ewigkeit überlege ich, ob ich einfach nach seiner Hand greifen soll. Oder ob es vielleicht etwas subtiler wäre, erst unter seinem Arm hindurchzufassen, um meine Hand dann langsam an seinem Arm hinabgleiten zu lassen, bis meine Finger bei seinen ankommen? Doch während ich noch über die beste Strategie nachdenke, legt mir Max ganz nebenbei die Hand auf die Schulter und schon sind wir wieder miteinander verbunden. Und ich muss mir nicht mehr den Kopf darüber zerbrechen. Max hat wahrscheinlich nicht eine Sekunde darüber nachgedacht.

Wir biegen in eine schmale Gasse ein, die von kleinen Straßenständen gesäumt ist. Überall stehen knutschende Pärchen in den Ecken, Jugendliche lungern auf Treppenstufen herum und teilen sich Zigaretten. Der Trubel von der Hauptstraße lässt nach, es wird ruhiger. In einem kleinen Schaufenster fällt mir ein Kleid ins Auge. Ich bleibe stehen und betrachte es. Es ist dunkelrosa und besteht aus mehreren Lagen Spitze, hat kleine Kappenärmel und ist mit gelben Blüten bestickt. Es reicht beinah bis zum Boden und sieht aus, als wäre es aus Papier gefertigt, wie ein kunstvolles, selbst gemachtes Valentinsgeschenk.

»Gefällt es dir?«, fragt Max.

»Ja, irgendwie finde ich es faszinierend. Es ist gleichzeitig altmodisch und elegant.«

»Komm, lass uns reingehen. Probier es an«, schlägt er vor.

»Also erstens trage ich überhaupt keine Kleider, vor allem nicht so eins. Zweitens habe ich so gut wie kein Geld und drittens ...«

»Komm wieder runter, Flores. Weißt du, was, dein Drittens ist mir total egal. Und dein Erstens und Zweitens genauso. Es gefällt dir. Probier es an.«

Max öffnet die Tür und schiebt mich in den Laden. Auf den Kleiderständern hängen unzählige leuchtende, gerüschte Kleider. Der ganze Laden ist voll damit. Bis in die letzte Ecke. Es ist kaum Platz, sich zwischen den vielen Kleidern zu bewegen. Von der niedrigen Decke und an den Wänden hängen Handtaschen und Hüte.

»Hola«, begrüßt uns eine rundliche alte Frau. Sie ist so klein, dass sie mir gerade eben bis zur Schulter reicht. »Lassen Sie mich Ihnen helfen, *senorita.«*

Ehe ich etwas sagen kann, führt sie mich zu einem der Kleiderständer, zieht ein limettengrünes Macramékleid hervor und hält es vor mich hin. Es ist übersät mit rosafarbenen Pompons. Hässlich ist gar kein Ausdruck.

»Gefällt?« Die Frau sieht mich hoffnungsvoll an.

Ich sehe zu Max, der nur mühsam ein Lachen unterdrücken kann. Ich versuche, mir etwas Diplomatisches einfallen zu lassen, aber was ich letztendlich hervorbringe, ist: »Ähm, nein. Ganz und gar nicht.«

Als Max meine unverblümte Antwort hört, lacht er los.

Ich wechsle zu Spanisch, damit er nicht mitbekommt, was ich sage, und versuche, der Frau zu erklären, dass ich eigentlich keine blumigen Kleider trage. Trotzdem freut sie sich dermaßen, dass sie mit mir Spanisch sprechen kann, dass sie mir gar nicht richtig zuhört. Sie hat eine Mission und sie wird sich nicht davon abbringen lassen. Wie ein tanzender Derwisch hüpft der kleine runde Ball auf der Suche nach dem perfekten Kleid für mich zwischen den Kleiderständern umher.

»Na los«, flüstert Max mir zu. »Probier was an. Das ist doch lustig.«

»Ich trage aber keine Kleider«, erwidere ich.

»Dann mach halt eine Ausnahme.«

»Nur wenn du auch eine machst.«

»Wie meinst du das?«

»Wenn du eins anziehst, ziehe ich auch eins an«, antworte ich.

Max guckt mich ungläubig an. Doch ich meine es absolut ernst. Dann sehe ich das Lächeln in seinen Augenwinkeln. Er nimmt die Herausforderung an. Ich hätte mir denken können, dass er einer von diesen Typen ist, die zu allem bereit sind.

»Okay«, sagt er. »Ich suche eins für dich aus und du eins für mich.«

Die alte Frau zieht Kleider aus allen Ecken hervor, eins scheußlicher als das andere. Ich schüttle immer nur den Kopf und sage: *»Lo siento.«* Sie ist trotzdem erstaunlich vergnügt und lässt sich überhaupt nicht davon beeindrucken, dass ich ihr keinerlei positive Rückmeldung gebe.

Unterdessen schreitet Max die Kleiderständer ab und guckt sich die Kleider an.

Dann verschwindet die Frau kurz hinten im Laden und kommt mit einem schlichten weißen Baumwollkleid wieder. Es ist wunderschön in seiner Einfachheit. Und wie für Max gemacht. *»Si«*, sage ich. Sie lächelt und ist offenbar sehr mit sich selbst zufrieden.

»Aber nicht für mich. Für meinen Freund«, ergänze ich auf Englisch, damit auch Max es hört. Ich habe ein bisschen Angst, dass sie außer sich gerät und uns rauswirft. Aber stattdessen lächelt sie nur noch mehr.

»Ah, der Heilige Johannes lässt die *chica* in uns allen erwachen«, sagt sie zu Max und hält ihm das Kleid hin. »Ich hole es in deiner Größe.« Dann verschwindet sie wieder im Hinterraum.

»Und, was hast du für mich gefunden, Langston?«

»Ich glaube, du wirst das Rosafarbene aus dem Schaufenster für mich anziehen, Flores.«

»Nein. Das ist viel zu ... Es passt einfach nicht zu mir.«

»Zu spät, tut mir leid. Ich habe meine Entscheidung bereits getroffen.«

Da kommt die Frau mit dem Kleid für Max wieder.

»Könnten Sie für meine Freundin das rosa Kleid aus dem Schaufenster holen?«, fragt Max.

Kurz darauf zieht die Frau das Kleid vom Bügel und hält es vor mich.

»Sie ist wunderschön, nicht wahr?«, sagt sie zu Max.

»Ja, das ist sie«, antwortet er. Schwer zu sagen, ob er es nur aus Höflichkeit sagt oder weil er es tatsächlich so meint. Ich werde auf jeden Fall sieben Rottöne dunkler.

Dann gehen Max und ich zur »Umkleide« – eine ziemlich großzügige Bezeichnung für das, was eher wie eine Besenkammer aussieht. Erleichtert stelle ich fest, dass nur eine Person auf einmal hineinpasst. Max geht zuerst. Er quetscht sich in die Kammer und nach einigem Ächzen und Stöhnen kommt er in dem eng anliegenden Kleid wieder heraus. Sein muskulöser Körper sieht ganz schön eingeschnürt aus.

Die alte Frau klatscht begeistert in die Hände. »Du siehst so lustig aus«, ruft sie.

»Womit Sie natürlich attraktiv und äußerst elegant meinen«, bemerkt Max.

Die alte Frau lacht bloß.

»Was meinst du, Flores? Diese Transvestiten-Nummer könnte mir gefallen. Vielleicht wird das mein neuer Look für die Uni in L.A.«

Max stolziert zwischen den Kleiderständern umher. Sein prächtiger, knackiger Hintern ist unter den ganzen Stoffbahnen gar nicht mehr auszumachen. Max' Hintern ist einfach für Jeans gemacht.

»Tut mir leid, Kumpel. Mit Will kannst du da leider nicht mithalten.«

»Kein Problem. Ich bin mit Männerklamotten eigentlich ganz zufrieden. Ist auch gar nicht so einfach, sich mit diesem Stofffetzen zu bewegen. Wenn ich jetzt noch Schuhe mit Absätzen tragen müsste, würde ich mir wahrscheinlich die Beine brechen. Okay, du bist dran.«

Max verschwindet in der Umkleide, und als er wieder rauskommt, sieht er noch besser aus als vorher. Wie ist das nur möglich?

Dann reicht Max mir das rosafarbene Kleid. Ich rümpfe die Nase und will schon protestieren. Ich habe Angst, dass ich bescheuert darin aussehe. Als ob ich das Kleid meiner Mutter anhätte. Als ob ich versuchen würde, etwas zu sein, was ich nicht bin.

»Abgemacht ist abgemacht. Ich habe dir mein Kleid gezeigt und jetzt will ich deins sehen«, sagt Max.

Max wird nicht nachgeben, also kapituliere ich und gehe in die Umkleide. Ich ziehe Jeans und T-Shirt aus und schlängle mich in das Kleid. Es sitzt perfekt. Ich drehe mich zu dem blinden Spiegel um. »Ensenada rules« steht einmal quer darüber geschrieben.

Das Oberteil sitzt ganz schön eng und betont meinen Busen – eigentlich Körbchengröße A – derart extrem, dass er beinah aussieht wie Größe B. Und so wie die Ärmel über meine Schultern fallen, macht es fast den Anschein, als hätte ich durchtrainierte Oberarme. Der tiefe Ausschnitt zeigt ganz schön viel Dekolleté, instinktiv will ich die Arme darüber verschränken. Was ich aber nicht tue. Ich stehe da, betrachte mich im Spiegel und bin ein bisschen überrascht, dass ich gar nicht so albern aussehe wie befürchtet.

Als ich aus der Umkleide komme und Max und die alte Frau mich ansehen, fühle ich mich gleichermaßen entblößt wie erregt. Verlegen stehe ich da. Max sagt einen Moment lang nichts, was mich noch unsicherer macht und den Zeiger mehr in Richtung entblößt ausschlagen lässt.

»Sag ich doch, es passt nicht zu mir«, murmle ich.

»Nein. Es passt sogar ziemlich gut zu dir«, erwidert Max. »Du siehst unglaublich aus. Echt.«

Und dann zieht er mir das Haargummi von meinem Pferdeschwanz, sodass mir die Locken auf die Schultern fallen.

»Wie eine Rose in voller Blüte, wie ein Feuerwerk«, sagt die alte Frau mit Tränen in den Augen. »Wunderschön. *Bella*. Keine hat bisher so schön in diesem Kleid ausgesehen.«

Okay, genug der schlechten Metaphern und aggressiven Verkaufsstrategien. Ich wünschte, sie würde einfach mal verschwinden. Langsam wird es echt peinlich.

»Na gut ... ich ziehe mich dann mal wieder um«, sage ich und will mich schon abwenden.

»Nein, nein.« Die Frau macht einen Schritt auf mich zu und zupft hier und da am Kleid herum. »Dieses Kleid ist einfach perfekt für sie, nicht wahr?«, fragt sie Max, als ob er das Sagen hätte. Willkommen in Lateinamerika.

»Ich kaufe es«, verkündet Max.

»Nein ... Max, hör auf. Das ist lächerlich. Ich will das nicht.«

Augenblicklich will ich wieder in der Umkleide verschwinden, aber Max hält mich an der Hand fest. In dem Moment verdünnisiert sich die alte Frau endlich. Ihr ist wohl bewusst, dass es jetzt auf Max' Überzeugungskraft ankommt, ob sie das Kleid verkaufen kann oder nicht.

»Kylie, lass es mich kaufen. Als Geschenk zum Schulabschluss. Meinetwegen kannst du es auch nur heute Abend tragen und es morgen wegwerfen, wenn du unbedingt willst.« Max sieht mich derart erwartungsvoll an, dass ich ihn nicht enttäuschen will.

»Okay«, gebe ich mich schließlich geschlagen, auch wenn ich überhaupt kein Mädchen für Kleider bin, vor allem nicht für blumige rosafarbene Kleider. Und eigentlich lasse ich mir auch keine Geschenke von irgendwelchen Typen machen. Aber heute Abend werde ich für Max dieses Mädchen sein. Und vielleicht auch ein bisschen für mich.

»Danke, Max.«

»Gern geschehen.«

Unsere Blicke treffen sich. Wir stehen ganz dicht beieinander. Nah genug, dass ich seinen Atem auf meiner Haut spüre. Ich bin wie gelähmt vom Anblick seiner vollen Lippen, seiner grünen Augen. Über sein linkes fallen ihm die Haare. Ich will sie zur Seite schieben. Will sein Gesicht berühren. Wie es wohl ist, Max Langston zu küssen? Jetzt werde ich es jedenfalls nicht herausfinden, denn auf einmal taucht die alte Frau wieder neben uns auf. In der Hand hält sie ein Paar weißer Espandrillos mit Bändern, die um die Knöchel gebunden werden. Ich nehme die Schuhe und schlüpfe hinein.

»Perfekt«, sagt Max.

Er reicht der Frau ein paar Dollarscheine, die sie gerne annimmt, danach verlassen wir den Laden. Ich habe mich schon vorher ein bisschen so gefühlt, als wäre ich in das Leben von jemand anders geschlüpft. Aber jetzt kommt es mir noch viel mehr so vor. Ich fühle mich verkleidet und weiß noch nicht einmal, welche Rolle ich spiele. Die offensichtliche Parallele zu Cinderella kann ich nicht leugnen. Ich trage ein Ballkleid, jemand hat mir ein Paar neuer Schuhe angezogen und da ist Max, der Prinz. Es gibt nur zwei große Probleme: Max ist der Prinz von einer anderen und ich bin so eindeutig keine Prinzessin, dass es einfach nur absurd ist, diese Parallele zu ziehen.

Während ich so in Gedanken versunken bin, steuert Max auf einen kleinen Platz mit einem Brunnen in der Mitte zu. Er nimmt meine Hand und zieht mich mit sich. Ein paar Teenager steigen pitschnass aus dem Wasser und laufen lachend davon. Im Gegensatz zum Trubel auf der Hauptstraße liegt der Platz relativ verlassen da. Ein paar alte Männer stehen Zigarre rauchend im Kreis und mehrere Pärchen gehen Händchen haltend an uns vorbei. Neben dem Brunnen steht ein Mann, der Geige spielt, und daneben eine Frau mit einem Cello. Sie spielen weder Mariachi noch andere mexikanische Musik, soweit ich es beurteilen kann. Es ist eine traurige, verführerisch romantische Melodie.

»Tanz mit mir«, sagt Max. Es ist keine Frage. Und auch kein Befehl. Es ist irgendetwas dazwischen und er meint es offenbar vollkommen ernst.

Ich erwidere nichts. Aber mein Blick scheint zu sagen: Jajaja. Unbedingt. Hier und jetzt. Mitten auf diesem Platz in Ensenada. Ohne dass ich ein Wort gesagt hätte und ohne dass er etwas darauf geantwortet hätte, nimmt Max mich in die Arme. Als wenn wir uns schon seit Jahren kennen würden, so als könnten wir auch ohne Worte kommunizieren.

Mein Herz schlägt so wild, dass ich befürchte, Max könnte es hören. Ich lehne den Kopf an seine Schulter. Unsere

Körper berühren sich. Alle meine Sinne sind hellwach, während wir uns langsam und in perfektem Einklang zur Musik bewegen. Ich bin vollkommen überwältigt. Ich kann mich nicht erinnern, jemals so glücklich gewesen zu sein wie in diesem Moment. Wenn ich doch nur die Zeit anhalten könnte. Wenigstens für ein oder zwei Stunden.

Die beiden Straßenmusiker und ein paar Jugendliche beobachten uns. Ein anderes Pärchen fängt ebenfalls an zu tanzen. Ich löse den Kopf von Max' Schulter und sehe ihn an. Aufmerksam erwidert er meinen Blick.

»Was ist?«, frage ich. Auf einmal bin ich unsicher.

»Du solltest deine Haare öfters offen lassen. Und dieses Kleid solltest du so ungefähr jeden Tag tragen.«

»Das wäre vielleicht etwas merkwürdig.«

»Ja, vielleicht ...«

»Und es würde irgendwann anfangen zu stinken.«

Max sagt nichts, sondern sieht mich einfach nur an. Und dann begreife ich, dass er vorhat, mich zu küssen. Wir waren die ganze Zeit immer wieder so kurz davor, dass ich das Gefühl habe, es wären inzwischen Wochen vergangen. Das hat die Vorfreude nur noch gesteigert. Ich zittere buchstäblich vor Anspannung, vor Verlangen. Max beugt sich zu mir herab, seine Lippen berühren beinah die meinen. Ich kann die Wärme seines Atems spüren. Ich sehne mich so sehr nach diesem Kuss, dass mein gesamter Körper vor Begierde schmerzt. Mein Puls rast. Ich versuche, ihn zu beruhigen, indem ich tief ein- und ausatme. Ich warte, ungeduldig und gleichzeitig voller Angst. Ich habe noch nie zuvor jemanden geküsst.

Max' Lippen kommen näher. Auf einmal drehe ich vor lauter Nervosität oder wegen eines plötzlichen Ausbruchs von Tourette meinen Kopf ganz leicht nach links, sodass der Kuss auf meiner Wange landet. Wie peinlich und unglaublich enttäuschend. Ich bin so eine Anfängerin. Ich habe es total verbockt. Was für ein Mist.

Max löst sich ein Stück von mir, nicht viel, nur so weit, dass er mich ansehen kann. Ist er sauer? Verletzt? Verwirrt? Ich könnte alles nachvollziehen. Ich meine, was soll das? Warum sende ich total entgegengesetzte Signale aus? Ich habe keine Ahnung, was ich tue. Das ist das Problem.

Aber er ist nichts von alldem. Er lächelt mich nur an.

»Sollen wir es noch mal probieren?«, fragt er.

»Gute Idee.«

Kurz darauf umfasst Max mit den Händen mein Gesicht – wahrscheinlich um zu verhindern, dass ich wieder irgendwelche plötzlichen Bewegungen mache – und legt seine süßen, weichen Lippen auf meine, und dann ...

»Weiter so, Kylie!!«, ruft da auf einmal jemand aus einem der Fenster über dem Platz. Jemand, der verdächtig nach Will klingt.

Max löst seine Lippen von mir. Nein. Stopp. Bitte. Hör nicht auf ... Verdammt. Das war schon wieder nichts. So ein Mist ...!

Wir blicken auf und suchen die Gebäude ringsum nach Will ab. Aus einem Fenster im fünften Stock lehnt jemand und schwenkt wie bei einer Kapitulation ein T-Shirt in der Luft.

»Kylie! Hier!«

Es ist Will. Ich freue mich ja, ihn zu sehen, aber was ist das bitte schön für ein beschissenes Timing.

»Schatz, ich weiß nicht, wie ich es dir sagen soll, aber da ist eine chinesische Familie in unserem Bad«, brüllt Will aus dem Fenster.

Okay, wir haben Will gefunden. Aber dafür ist dieser wunderbare Moment verloren gegangen. Vielleicht finden wir ihn ja wieder.

»Euer Filmding?«, fragt Max.

»500 Days of Summer, ja.«

»Bewegt eure Hintern hier rauf. Aber plötzlich«, ruft Will. »Wir feiern hier 'ne Party und warten schon seit Ewigkeiten darauf, dass ihr endlich auftaucht.«

Was absolut keinen Sinn ergibt und sich insofern perfekt in diesen Tag einfügt.

27 Max:

»Warum habt ihr denn so lange gebraucht?« Will steht in der Eingangstür des Apartments, hinter ihm tobt eine Party. Er trägt Jeans, dazu ein langärmeliges Hemd und Flipflops. Das ist nicht der Will Bixby, der die letzten sechs Jahre die Gay-Pride-Fahne immer so hoch gehalten hat, wie er nur konnte.

»Wir suchen dich seit zwei Stunden«, entgegnet Kylie.

»Nun, ihr braucht nicht weitersuchen, meine Süßen, denn hier bin ich«, erklärt Will. Ihm ist überhaupt nicht klar, dass er uns sitzen gelassen hat.

»Du hättest uns wenigstens sagen können, wo du hingehst«, antwortet Kylie.

»Shit happens«, sagt er nur.

»Warum siehst du eigentlich so ... hetero aus?«, fragt Kylie.

»Ich versuche mal was Neues. So wie du.« Will wirft ihr einen wissenden Blick zu, woraufhin sie verlegen zu Boden sieht.

Will hat uns ganz offensichtlich beobachtet. Er hat gesehen, wie wir zusammen getanzt haben. Wie wir uns geküsst haben. Wie peinlich. Ich kann wirklich darauf verzichten, dass Will Bixby auf meine Kosten Scherze macht.

»Mann, du bist einfach ohne ein Wort verschwunden«,

sage ich. »Und so betrunken, wie du bist, können wir vor morgen früh nicht los.«

»Meine Schuld. Sorry. Dann müssen wir jetzt wohl feiern, bis der Arzt kommt.«

»Jetzt mal im Ernst, Will, ich will die Abschlussfeier nicht verpassen«, wirft Kylie ein.

»Keine Sorge, Kyles. Dein Chauffeur steht am Morgen zur Abfahrt bereit. Ich werde dich rechtzeitig ans Rednerpult bringen. Aber man muss die Feste nun mal feiern, wie sie fallen. Wir leben nur einmal, Schätzchen.«

Will tut so, als kämen wir absichtlich zu spät zu einer Party, von der wir noch nicht einmal wussten, dass sie überhaupt stattfindet. Unter normalen Umständen wäre ich echt angepisst, aber ich kann schlecht sauer auf den Typen sein, der von jetzt auf gleich nach Mexiko gefahren ist, um uns zu holen.

»Toller Look«, sagt Will zu Kylie und meint offensichtlich das Kleid. »Ganz anders als das, was du sonst so trägst. Ich bin stolz auf dich.«

»Max hat mich dazu überredet.«

»Max Langston hat Geschmack. Wer hätte das gedacht? Ich bin beeindruckt. Weiß Gott, ich hätte Kylie um mein Leben nicht in ein Kleid bekommen«, erklärt er mir.

»Sie sollte öfter Kleider tragen, nicht wahr?« Ich rede mit Will, aber sehe dabei Kylie an.

»Okay, schon kapiert. Anscheinend renne ich meistens wie der letzte Penner durch die Gegend.«

»Nicht meistens«, erwidere ich.

»Immer«, sagt Will.

»Das wollte ich damit nicht sagen«, erkläre ich und das wollte ich auch wirklich nicht.

»Ich bin ernsthaft beleidigt«, sagt Kylie.

»Und ich habe ernsthaft nur Spaß gemacht«, antwortet

Will. »Du bist auch in Jeans und T-Shirt ziemlich heiß. Aber in so einem krassen mexikanischen Kleid siehst du eben noch eine Spur heißer aus.«

Will ext den Rest von seinem Bier. »Okay. Ich brauche noch eins«, verkündet er. »Und ihr auch. Ihr seid noch viel zu nüchtern.«

»Glaub mir, wir sind nicht nüchtern. Wir trinken schon den ganzen Abend«, sage ich.

»Aber ihr seid nüchterner als ich. Ihr müsst dringend aufholen. Vor allem jetzt, wo keiner mehr fahren muss. Die Bar ist in der Küche. Bedient euch. Ihr werdet mich auf einer Wolke von Romantik und Trunkenheit schwebend im Wohnzimmer finden. Bis gleich.«

Und damit verschwindet er.

»Der Typ hat echt einen Knall«, sage ich. Ich hoffe, Kylie nimmt es nicht persönlich.

Doch sie antwortet nur: »Allerdings. Aber genau das liebe ich so an ihm.«

Wir sehen uns im Wohnzimmer um. Aus gigantischen Lautsprechern wummert laute Technomusik. Es riecht nach Rauch, gemischt mit dem unverkennbaren Duft von Aftershave. Der Raum ist voll mit rotzbesoffenen Typen in engen T-Shirts, die sich gegenseitig über die provisorische Tanzfläche schieben.

Verdammt. Hätte ich mir ja gleich denken können. Wir sind auf 'ner Schwulenparty gelandet. Eine Schwulenparty auf Mexikanisch. Will fühlt sich bestimmt wie im siebten Himmel. Während ich noch über seine Himmelfahrt nachdenke, fällt mir auf, wie Kylie das Partygeschehen beobachtet und sich auf die Lippe beißt, um nicht zu lachen. Ich weiß ganz genau, was sie gerade denkt. Dass das hier nicht meine Party ist. So ganz und gar nicht. Und damit hat sie verdammt recht. Ich bin wahrscheinlich der einzige Typ im Raum, der nicht schwul ist. Und Kylie ist eins der wenigen Mädchen. Ich will hier weg.

Plötzlich taucht Will mit drei Bier in der Hand wieder auf. »Da ihr es noch nicht zur Bar geschafft habt, bringe ich die Bar eben zu euch. Ihr braucht mir nicht zu danken. Aber von nun an seid ihr auf euch allein gestellt.«

Als Will mir ein Bier reicht, beugt er sich zu mir vor, und zwar ziemlich weit. Ein bisschen zu weit für meinen Geschmack. Er hat mich schon einmal geküsst. Ich muss das echt nicht noch mal haben. Ich mache einen Schritt zurück, aber Will hält mich fest. Verdammt, er ist stärker, als er aussieht.

»Max, wenn du Kylie das Herz brichst, werde ich dich jagen und in der Luft zerreißen.« Ich habe Will Bixby bisher immer für eine Witzfigur gehalten. Aber er ist alles andere als das. Er liebt Kylie unendlich und sorgt sich um sie wie um seine eigene Schwester. Und er ist irgendwie ganz schön Angst einflößend, wie er mich so anstarrt.

»Werde ich nicht. Keine Sorge«, sage ich. Da lässt er mich wieder los.

Von der anderen Seite des Zimmers winkt Juan ihm zu.

»Okay, ihr Süßen, ich mach mal den Abflug. Mischt euch unter die Leute. Wenn ihr das nicht könnt, tanzt. Und wenn ihr nicht tanzen könnt ... tja, dann denken wir uns was aus.«

Wir sehen Will hinterher, wie er auf Juan zufliegt, ihm die Arme um den Hals schlingt und sich an ihn schmiegt. Dann küssen sich die beiden. Ganz ohne Hemmungen. Kaum zu glauben, dass Juan versucht, es vor seiner Familie zu verheimlichen. Aber manche Dinge erzählt man der Familie eben nicht. Ich kenne das.

Juan lässt seine Hände in Wills Jeanstaschen gleiten und zieht ihn zu sich heran. Die beiden wiegen sich im Takt der Musik. Ich habe noch nie vorher gesehen, wie zwei Typen herumknutschen. Okay, in *Brokeback Mountain,* danach war ich auch irgendwie ein bisschen verstört. Aber in echt ist es doch noch mal was anderes. Es ist zwar nicht so krass, wie ich dachte, aber trotzdem muss ich mir das hier nicht länger angucken.

»Kylie, ich bin der einzige Kerl hier, der nicht schwul ist«, flüstere ich ihr zu, als gerade zwei Typen in Muskelshirts an uns vorbeigehen und mich beäugen. »Ich drehe hier noch durch.«

»Du bist eben Frischfleisch«, bemerkt sie. »Oh Gott, du hast ja wohl hoffentlich nichts gegen Schwule?«

»Nein, überhaupt nicht. Es ist nur ... Ich bin nun mal nicht schwul, aber alle hier halten mich für schwul.«

»Tja, du bist aber mit mir hier und ich weiß, dass du nicht schwul bist«, antwortet Kylie und lächelt mich an. Sie trinkt ihr Bier aus, wirft die leere Flasche in den Müll und nimmt mich an der Hand.

»Komm, lass uns tanzen«, sagt sie, woraufhin sie mich in die Mitte des Zimmers, näher an die Lautsprecher heranzieht. Ich versteife mich, als wir uns an diversen Paaren vorbeischieben. Ich würde mich ja gerne entspannen und Spaß haben, einfach Kylie zuliebe, aber das hier ist einfach nicht meine Party. Die Musik gefällt mir nicht. Viel zu technolastig. Viel zu viele Bässe. Viel zu viele überflüssige Wiederholungen.

Als Kylie anfängt zu tanzen, bewege ich mich anfangs nicht viel. Kylie ist wie eine riesige rosa Blume, das Kleid schwingt um ihre Hüften, ihre Haare fliegen wild durch die Luft. Schließlich löst sich etwas in mir und ich werde lockerer. Ich vergesse alles außer Kylie und ihrem wahnsinnigen Körper, mit dem sie mich immer wieder leicht berührt. Wir bewegen uns um- und miteinander, mal stoßen unsere Schultern zusammen, dann streifen sich unsere Hüften. Der ganze Raum ist voller ausgelassen tanzender Menschen. Inzwischen hat die Musik zum Glück gewechselt. Jetzt läuft in ohrenbetäubender Lautstärke ein Disco-Hit aus den Achtzigern. Der Beat vibriert nur so in der Luft und alle singen mit. Langsam fühle ich mich sogar wohl. Ich lege die Hände auf Kylies Hüften und ziehe sie zu mir heran. Wir schmiegen uns aneinander. Sie fühlt sich so gut an. Ich will sie nie wieder loslassen. Wir grinsen uns an, reden ohne Worte. Noch nie in meinem Leben habe ich mich jemandem so nah gefühlt.

»Baby, I was born this way …« Will hat uns in der Menge gefunden. Er tanzt neben uns und schmettert lauthals den Lady-Gaga-Song mit. In der Hand hält er einen Leuchtstab, den er wie ein Lasso über seinem Kopf kreisen lässt. Juan neben ihm schmeißt sich weg vor Lachen. Dann tanzt Will durch die Menge davon, Juan im Schlepptau.

Auf einmal ist Kylie verschwunden und ich tanze mit einem Typen mit schwarzem Hut und rotem Halstuch. Hilfe! Wo ist Kylie? Der Kerl legt mir seine Hände auf die Hüften. Was ist hier los?! Das ist zu viel. Eindeutig. Gott sei Dank taucht in dem Moment Kylie wieder auf.

»Darf ich?«, fragt sie den Typen.

»Klar doch«, antwortet er und tanzt weiter zum Nächsten.

»Okay, das war echt krass«, sage ich.

»Tut mir leid, ich wollte dich nicht so lange allein lassen. Ich hab mich grad mit 'nem Typen unterhalten, der aussieht wie Justin Bieber.«

»Da nehme ich dann doch lieber den Typen mit dem Filzhut.«

»Und ich nehme lieber dich«, sagt Kylie.

Sie legt mir die Hände in den Nacken, zieht mich zu sich heran und küsst mich. Endlich. Zum Glück. Umwerfend. Mir gefällt ihre forsche Art. Jetzt hält uns nichts mehr zurück. Unsere Zungen umkreisen einander und ich vergrabe die Hände in Kylies Haaren. Kylie lässt ihre Hände über meinen Rücken wandern, meinen Bauch, meinen Hintern. Es ist mir auf einmal total egal, dass wir in einem Raum voller Leute sind. In diesem Moment sind wir die einzigen beiden Menschen auf der Welt. Ich fühle Wärme an ihrem Rücken aufsteigen. Ich weiß nicht mehr, wo ihr Mund endet und meiner beginnt. Ich will sie mit jeder Zelle meines Körpers.

Als Kylie sich schließlich von mir löst, habe ich keine Ahnung, ob gerade fünf Minuten oder fünf Stunden vergangen sind. Aber sie reißt sich so schnell von mir los, dass ich beinah umfalle.

»Hey, was ist?«, frage ich vollkommen perplex.

»Tut mir leid, ich ...« Kylie steht da und starrt mich an, während die Leute um uns herum weiter zur Musik tanzen. »Ich ... ich brauche mal frische Luft.« Sie dreht sich um und stolpert von der Tanzfläche. Ich folge ihr.

»Wo willst du hin?«

»Keine Ahnung. Ich brauche ein bisschen Bewegung«, antwortet sie auf dem Weg zur Eingangstür.

»Du gehst?«

»Ich komme gleich wieder. Ich brauche nur kurz Zeit ... um nachzudenken. Alleine. Ich ... Das kommt alles so plötzlich für mich.«

»Ja, für mich auch ...«

»Aber du kennst so was. Für mich ist das alles neu. Und ich ... Ich weiß nicht. Es ist alles in Ordnung. Wirklich. Ich brauche nur ein bisschen frische Luft.«

»Du solltest aber nicht alleine gehen. Es ist dunkel. Und du kennst die Gegend nicht. Ich komme mit. Ich sage auch kein Wort ...«

»Ich komme schon klar. Ich gehe nur runter zum Hafen. Ich bin bald wieder da.« Und damit ist sie zur Tür raus.

Mann, Mann, Mann, dieses Mädel ...

28 Kylie:

»Felicitaciones!«, ruft eine alte Frau mir zu, als ich an ihr vorbeigehe.

Gratulation? Wofür? Dafür, dass ich vor dem Besten, das mir jemals im Leben passiert ist, davonlaufe? Dafür, dass ich keine Ahnung habe, wie ich spontan und sorglos sein soll? Dafür, dass ich mich in einen Typen mit fester Freundin verknallt habe? Dafür, dass ich vollkommen emotional zurückgeblieben und in Sachen Sozialverhalten eine totale Niete bin?

Ich laufe bis ans Ende eines langen Piers, der sich weit ins Hafenbecken erstreckt. Max habe ich irgendwo auf der Strandpromenade abgehängt, indem ich in der Menschenmenge abgetaucht und im Zickzackkurs laufend schließlich auf dem Pier gelandet bin. Ich komme an einigen Pärchen vorbei, die mit den Beinen überm Wasser baumelnd auf dem Pier sitzen. Unwillkürlich denke ich, dass dies ein schöner Platz wäre, um mit Max Zeit zu verbringen. Zu dumm, dass ich ihn gerade abgeschüttelt habe. Garantiert ist er auf der Suche nach mir weiter die Strandpromenade entlanggelaufen. Es ist total lächerlich, mich so vor ihm zu verstecken, aber ich brauche Zeit zum Nachdenken. Ich weiß nämlich wirklich nicht, was ich hier gerade mache, und irgendwie muss ich mir darüber klar werden.

Als ich schließlich das Ende des Piers erreiche, bin ich endlich alleine. Ich sehe zurück auf Ensenada, die Berge, die sich über dem Wasser erheben, die blinkenden und leuchtenden Lichter der Stadt. Ich setze mich hin. Es fühlt sich an wie am Ende der Welt. Ich blicke auf die unendliche Weite des Ozeans. In der Ferne erkenne ich ein paar Schiffe. Dann meine ich, etwas aus dem Wasser springen zu sehen. Ein Delfin? Kann nicht sein. So ein Glück habe ich nie.

Was ist eigentlich mit mir los? Ich bin auf der Tanzfläche regelrecht über Max hergefallen und dann weggelaufen wie eine verängstigte, kleine Maus. Ich verhalte mich so was von merkwürdig. Vielleicht bin ich sogar richtig gestört. Ich weiß nicht, was in mich gefahren ist, aber plötzlich hatte ich keine Kontrolle mehr über mich selbst. Ich musste ihn einfach berühren, musste einfach seine Haut unter meinen Händen spüren und seine Lippen auf den meinen. Es hatte sich so gut angefühlt, so richtig. Aber dann musste ich daran denken, dass er eigentlich einer anderen gehört. Er gehört Lily. Es war nicht richtig.

Aber wenn er wirklich zu Lily gehören würde, dann wäre doch nichts von alldem hier passiert. Hätte es sich dann so richtig angefühlt? Außerdem sind die beiden ja auch nicht verheiratet. Wir sind nun mal Teenager. Es ist wirklich kein Ehebruch, den wir begangen haben. Und ganz offensichtlich ist da etwas zwischen uns. Warum kann ich den Dingen nicht einfach ihren Lauf lassen? Abwarten, was passiert, wohin es uns führt? Klar, er kann mir schon morgen das Herz brechen. Aber ist es das Risiko nicht wert? Warum muss ich mich immer zurückhalten und über alles erst einmal nachgrübeln, anstatt mich ausgelassen ins volle Leben zu stürzen?

»*Felicitaciones!*«, ruft mir ein Pärchen zu, das langsam näher kommt.

Was sollen eigentlich diese Glückwünsche die ganze Zeit? Verwechseln mich die Leute mit einer anderen Person? Eine, die mehr Glück in der Liebe hat als ich? Eine, die es verdient, Glückwünsche zu bekommen? Leute, da bin ich die Falsche. Ich bin bloß eine dumme Kuh, die vor einem ziemlich heißen Typen davongelaufen ist, der zufälligerweise gerade total scharf auf mich ist.

Ein paar Meter entfernt bleiben die beiden stehen und schauen mich an. Erwarten sie eine Antwort von mir?

»Äh, *gracias*«, sage ich.

»Bist du Amerikanerin?«, fragt mich das Mädchen.

»Ja.«

»Bist du nach Ensenada gekommen, um zu heiraten?«, fragt dann der Junge.

Wovon reden die beiden?

»Um zu heiraten? Nein«, antworte ich.

»Aber du trägst das Kleid«, sagt wieder sie.

Ich sehe an mir herab. »Ich habe es gerade erst gekauft. Hier in Ensenada.«

Da fällt mir auf, dass sie das gleiche Kleid trägt, nur ist ihres gelb. Moment mal. Habe ich tatsächlich ein Hochzeitskleid an? Oh nein. Wie bescheuert. Kein Wunder, dass mir ständig alle gratulieren, wenn ich in einem Hochzeitskleid durch die Stadt laufe. Was bin ich nur für eine Idiotin. Und Max hat es für mich gekauft. Welche Ironie.

»Es steht dir gut«, sagt das Mädchen.

»Danke, dir auch«, antworte ich.

Dann gehen die beiden weiter und lassen mich mit meinem nicht enden wollenden Strom von Ängsten allein. Die Wirkung des Alkohols scheint langsam nachzulassen, denn die Sorgen in meinem Kopf sind inzwischen viel lauter geworden. Kann ich mein Gehirn nicht einfach mal abschalten und mich von meinem Herz lenken lassen? Okay, er hat eine Freundin. Aber treffen manche Leute nicht erst die Liebe ihres Lebens, wenn sie schon mit einer anderen Person zusammen sind? So wie in *Die Nacht vor der Hochzeit* oder *Schlaflos in Seattle?* Aber das sind ja bloß Filme, und das hier ist das echte Leben, mein Leben, in dem NIE Dinge wie im Film passieren.

Ich mag nicht länger darüber nachdenken. Ich lege mich zurück und blicke in den Himmel. Dort sind unglaublich viele Sterne. In San Diego habe ich noch nie so viele Sterne gesehen. Die Stadtlichter sind einfach zu hell und der Himmel ist meistens verhangen. Aber hier ist der Himmel klar und ungetrübt. Ich glaube, ich sehe den Kleinen Bären. Dann fange ich an, Sterne zu zählen. Was sich als gute Ablenkung von meinen kreisenden Gedanken herausstellt.

»Hab dich gefunden«, sagt auf einmal Max und schaut von oben auf mich herab. »Ich bin nicht so leicht abzuschütteln.«

Ich bin so froh, dass er hier ist. Ich könnte glatt heulen. Doch ich habe keine Ahnung, was ich sagen soll, nachdem, was zwischen uns passiert ist.

»Anscheinend nicht«, antworte ich bloß.

»Aber eins muss ich dir lassen: Das war ein ziemlich geschickter Schachzug. Ich habe ein paar Minuten gebraucht, um zu kapieren, dass du dich um die Leute herumgeschlichen hast und in die andere Richtung gelaufen bist. Kann ich mich setzen?«

»Das ist ein freies Land«, sage ich, etwas abweisender, als ich wollte.

»Na ja, eigentlich ist Mexiko kein ganz so freies Land.«

»Du kannst dich trotzdem setzen. Du brichst damit keine Gesetze oder so.«

»Danke. Ich würde nämlich ungern irgendetwas Illegales tun.«

»Sehr vorbildlich.«

Max legt sich neben mich.

»Kylie, ich weiß, das ist alles ganz schön kompliziert ...«

»Ja, du hast nämlich eine Freundin ...«

»Vielleicht. Aber ich habe schon den ganzen Tag daran gedacht, dich zu küssen.«

»Wirklich?«

»Wirklich. Was auch immer zwischen uns passiert, es hat nichts mit Lily zu tun. Sondern eine Menge mit uns. Dieser Kuss hat etwas bedeutet. Der ganze Tag hat etwas bedeutet.«

»Und was ist mit Lily?« Ich will es eigentlich gar nicht wissen, aber die Frage rutscht mir einfach so raus.

»Pass auf, ich habe keine Ahnung, was aus uns beiden wird, ich weiß nur, dass ich nicht mit Lily zusammenbleiben kann, wenn ich so für dich empfinde. Auch wenn ich dich niemals wiedersehen sollte, was sehr schade wäre. Ich habe heute gemerkt, dass ich sie nicht wirklich liebe. Keine Ahnung, ob ich es jemals getan habe.«

Max und ich sehen einander an.

»Sorry, dass ich einfach abgehauen bin«, sage ich. »Ich mache so was normalerweise nicht.« Ich lege vor Max einen Seelenstrip hin, fühle mich nackt und ausgeliefert. Ich ziehe das jetzt durch, aber das heißt nicht, dass es mir leichtfällt.

»Ich auch nicht.«

»Soll das ein Scherz sein? Du bist doch praktisch Profi in solchen Dingen.«

»Na, vielen Dank auch. Das hört sich ja an, als wäre ich ein Gigolo.«

»So war das nicht gemeint. Du hast nur schon immer eine Freundin. Und, na ja, ich hatte noch nie einen Freund.«

»Trotzdem hat es sich für mich noch nie so angefühlt. Und ich rede jetzt nicht nur von dem Kuss. Obwohl der auch ziemlich unglaublich war. Aber es ist mehr als das. Kylie, ich weiß, wir kennen uns kaum, aber ich fühle mich total zu dir hingezogen. Ich kann mit dir reden. Richtig reden. Mit dir hier in Mexiko zu sein, ist eine absolut wahnsinnige Erfahrung für mich, im positiven Sinne. Und ich wo jetzt mal weg aus La Jolla und von der Schule bin, ist mir erst aufgefallen, wie langweilig mein Leben sonst ist. Wie langweilig ich geworden bin. Ich habe eine Mauer um mich gezogen und nicht besonders viel hereingelassen.«

Max macht eine Pause und seufzt. Ich sage nichts.

»Ich will das nicht mehr«, fährt er fort. »Ich will das Leben genießen, so wie du. Genau das liebe ich so an dir. Als wir uns geküsst haben, keine Ahnung, da hat es mich einfach total umgehauen. Das hört sich jetzt wahrscheinlich ziemlich abgedroschen an, aber du kannst nicht abstreiten, dass da was zwischen uns ist. Und ich glaube nicht, dass das etwas ist, was ständig passiert, Kylie. Ich meine, ich hatte schon eine Menge Freundinnen, aber ich habe mich noch nie vorher so gefühlt wie mit dir.«

»Oh ja, bitte erzähl mir noch mehr von deinen unzähligen Freundinnen. Das macht mich unglaublich an.«

»Ernsthaft, Kylie. Ich will mit dir darüber sprechen. Normalerweise will ich nie über irgendwas reden. Ich weiß nicht, ob du bloß Angst hast oder ob du einfach nicht das Gleiche für mich empfindest ...«

»Doch, tue ich«, platze ich heraus. »Und ich habe Angst.«

»Ich auch.«

So seltsam sich das auch anhört, ich glaube ihm. Der tolle Max Langston ist genauso nervös wie ich. Wir sind gar nicht so verschieden.

Für einen Moment sehen wir uns einfach nur an. Ich glaube, wir versuchen gerade beide zu verstehen, was das zwischen uns ist. Es ist mir immer noch nicht ganz klar, aber während ich Max so angucke, nimmt es langsam Gestalt an. Und ich begreife, dass ich mich bereits entschieden habe. Ich will ihn, egal, ob er mit Lily zusammen ist oder nicht, selbst wenn es vielleicht nur für diese eine Nacht ist. Das ist auf jeden Fall mehr, als ich gestern noch gedacht hätte. Was auch immer zwischen uns ist, ich will nicht, dass es vorbei ist. Ich hoffe nur, ich bin nicht wahnsinnig naiv.

Ich lasse meine Hand über die Holzbohlen gleiten und lege sie auf seine, um die Distanz zwischen uns zu überbrücken. Max umschließt meine Hand und drückt sie leicht.

»Ich kann dir keine Versprechungen machen, Kylie. Ich kann nur sagen, dass ich dich mag. Sehr. Und ich kann mit niemandem so reden wie mit dir. Du bist witzig. Und schlau.

Ziemlich schlau. Unglaublich sexy. Und krass. Und vielleicht auch ein bisschen verrückt.«

»Ich bin total verrückt.«

»Vielleicht, aber das ist sexy. Sehr sexy sogar.«

Max grinst mich an. Verdammt, sieht er gut aus.

»Können wir nicht einfach hier und jetzt die Zeit zusammen genießen und gucken, was passiert?«, fragt er.

»Absolut«, antworte ich.

Ohne groß darüber nachzudenken, klettere ich auf ihn und beuge mich langsam, ganz langsam zu ihm runter, bis unsere Gesichter sich beinah berühren. Für einen Moment verharre ich so über ihm, betrachte seine Gesichtszüge und dann küsse ich ihn. Und er küsst mich. Unsere Münder öffnen sich, während die Welt um uns herum verschwindet und es nur noch Max und mich gibt und nichts anderes im ganzen Universum. Nichts zählt mehr außer heute Nacht. Selbst wenn das am Schluss alles ist, was übrig bleibt. Ich will gerade niemand anders sein als Kylie Flores, die in Ensenada mit Max Langston herumknutscht.

29 Will:

»Amüsierst du dich?«, raunt Juan mir ins Ohr, während wir uns lasziv mit einem Haufen Jungs auf der Tanzfläche bewegen.

»Ja«, antworte ich, wobei ich versuche, möglichst cool zu klingen. Dabei würde ich es am liebsten in die ganze Welt hinausschreien: Ja! Ja! Ja! Ich habe seit Ewigkeiten auf diesen Moment gewartet und jetzt, da er endlich gekommen ist, ist es noch viel besser, als ich es mir jemals hätte erträumen lassen.

Mit den Händen hoch in der Luft tanze ich wie ein Verrückter, ich schwitze wie ein Schwein. Meine Moves sind teilweise ein bisschen eingerostet, aber ganz ehrlich? Es ist mir ziemlich egal. Es geht mir gerade viel zu gut, als dass mich das irgendwie jucken würde. Das hier ist die beste Nacht meines Lebens. Wenn sie doch nur nicht am Morgen schon wieder vorbei sein müsste.

Kylie und Max haben eben noch auf der Tanzfläche rumgemacht (was beinah genauso schockierend ist wie die Tatsache, dass *ich* auf der Tanzfläche rumgemacht habe), aber dann sind sie plötzlich wie von der Tarantel gestochen zur Tür hinausgerannt. Unter anderen Umständen wäre ich Kylie ja hinterhergelaufen, um mich um sie zu kümmern. Aber dafür habe ich jetzt keine Zeit. Ich habe nur diese eine Nacht. Eine Nacht, um Juan für mich zu gewinnen. Und wenn ich damit Erfolg habe, wer weiß, was als Nächstes passiert? Mir wird sich eine vollkommen neue Welt eröffnen. Zumindest ist es das, worauf ich es anlege.

Ich hoffe nur, meine Kleine kann auf sich aufpassen, während ich mich mal um mich kümmere.

Ich bewege meinen Hintern zu den Scissor Sisters und überlege, ob ich am Morgen überhaupt nach La Jolla zurückfahren soll. Ich habe es Kylie zwar versprochen, aber wenn es heute Nacht gut läuft, warum sollte ich sofort wieder abhauen, wenn ich hier in Ensenada das Paradies auf Erden gefunden habe? Gibt es noch etwas Besseres als das hier? Ich kann es mir kaum vorstellen.

Juan wird die Sommerferien über in Ensenada bleiben. Vielleicht sollte ich zu meinem Mann stehen. Nur weil Kylie unbedingt bei der Abschlussfeier dabei sein muss, gilt das noch lange nicht für mich. Ich muss überhaupt nirgendwo anders sein als hier. Das einzige Problem ist, dass Juan sich gegenüber seiner Familie noch nicht geoutet hat. Die Machokultur in Lateinamerika ist wirklich ein einziger Mist. Aber ich kann Juan dabei helfen. Damit kenn ich mich schließlich aus.

Klar, Mom und Dad werden am Boden zerstört sein,

wenn ich die Abschlussfeier verpasse, aber ich werde es wiedergutmachen, indem ich die Frauenklamotten aufgebe und mich in Zukunft kleide wie ein Kerl. Und das zum ersten Mal seit Jahren. Dad wird sich wahrscheinlich so darüber freuen, dass er eine Runde Zigarren schmeißt. Ich hoffe nur, dass Kylie Verständnis dafür hat, wenn ich ihr die Pässe in die Hand drücke und sie und Max in den ersten Bus zurück nach San Diego setze.

30 Kylie:

Keine Ahnung, wie lange wir hier auf dem Pier schon rummachen. Von mir aus könnte jetzt die Welt untergehen. Denn alles, was ich jemals vom Leben wollte, hat sich gerade erfüllt. Danke, mehr davon bitte, Max Langston.

Als wir uns aufsetzen, haben wir lauter Splitter in der Haut, weil wir uns so auf den Holzbohlen herumgerollt haben. Ich sitze auf Max' Schoß, er hat die Arme um mich geschlungen und lässt seine Lippen zu meinem Ohr wandern. Dann spielt er mit der Zunge an meinem Ohrläppchen, was sich dermaßen gut anfühlt, dass ich es kaum aushalte. Wer hätte gedacht, dass meine Ohrläppchen so empfindlich sind? Und wie kann jemand nur so gut küssen? Lippen, Zunge, Zähne, alle arbeiten perfekt zusammen, probieren ständig irgendetwas anderes aus und erfinden sich neu. Immer wenn ich denke, Max' Repertoire wäre damit erschöpft, beißt er mir sanft in die Lippe, findet empfindliche Stellen, von denen ich vorher überhaupt nicht wusste, dass sie existieren, oder macht mit seiner Zunge irgendetwas Abgefahrenes in meinem Mund oder an meinem Hals.

»Guck mal«, sagt Max und zeigt auf den Horizont. Als er sein Gesicht wegdreht, fühlt es sich so an, als hätte mir jemand die Sauerstoffzufuhr abgestellt.

Und dann sehe ich es. Im Hafen springen unzählige Delfine immer wieder aus dem Wasser, drehen sich in der Luft und tauchen wieder ab. Max und ich beobachten, vollkommen fasziniert, ihre Show. Da explodiert ein Feuerwerk am Himmel. Ensenada lässt es heute Nacht richtig krachen. Wahrscheinlich war es doch ein Delfin, den ich vorhin gesehen habe. Das Blatt scheint sich für mich zu wenden, zumindest heute. Ich sehe Sterne, Delfine und ein Feuerwerk. Und es gefällt mir. Auf einmal bin ich ganz gefühlsduselig, was aber vollkommen okay ist.

Ich springe auf. »Langston, ich gehe schwimmen. Kommst du mit?«

Es ist mir sogar egal, wenn Max meinen dicken Hintern sieht. Vielleicht gefällt er ihm. Vielleicht auch nicht. Ich will nichts weiter, als im Meer herumplanschen, während der nächtliche Sternenhimmel vom Vollmond erhellt wird. Diesen Moment werde ich mir nicht entgehen lassen.

»Auf jeden Fall!«, ruft Max, springt ebenfalls auf und zieht sich das T-Shirt aus. Beim Anblick seiner perfekt geformten Brust setzt mein Herz einen Schlag aus. Passiert das hier gerade wirklich oder fantasiere ich nur?

Ich ziehe das Kleid aus und stehe in Unterhose und BH da. Wenn Max findet, dass ich fett bin, soll er mich meinetwegen anglotzen.

Ich spüre regelrecht, wie sein Blick über meinen Körper wandert, von meinem Hals über die Brüste bis zu meinem Bauch. Dann berührt er mich sanft mit den Fingern, streichelt über meinen Körper. Ich will ihn wieder küssen, aber er hält mich auf Distanz und liebkost mich weiter mit den Händen. Es fühlt sich unglaublich gut an. Dann schlingt er seine Arme um mich, bis seine Handflächen auf meinen Pobacken liegen bleiben.

Warum sagt er nichts? Findet er mich zu dick? Ich bin

eindeutig besser gepolstert als die knochige Lily Wentworth. Ich meine, ich habe eben einen Hintern. Ich bin eine Latina. Und ich bin Jüdin. Ich esse nun einmal gerne. Was soll ich sagen? Ich bin eben kein Strich in der Landschaft und werde es auch niemals sein. Sag was, Max.

»Dein Körper ist wunderschön, Kylie. Ich weiß echt nicht, warum du ihn immer in diesen Baggy-Jeans versteckst.«

Wie bitte? »Halt die Klappe«, ist alles, was mir spontan einfällt. Na super.

»Das meine ich ernst, Kylie. Du hast einen superschönen Hintern. Die Mädels auf der Schule sind alle viel zu dürr. Aber du, du hast den perfekten Hintern.«

»Ach, hör auf.« Noch so eine geniale Antwort. Spätestens jetzt dürfte klar sein, dass ich nur Müll von mir gebe.

Und weil ich keinen Bock habe, noch länger über meinen Hintern zu reden, laufe ich an den Rand des Piers und springe ins Wasser. Das Wasser ist warm, seidig weich und prickelnd. Als würde ich in Champagner schwimmen. Da zieht Max seine Jeans aus und springt hinterher. Er kommt auf mich zugeschwommen, nimmt meine Hände und wir lassen uns zusammen treiben, während wir von den sanften Wellen hin und her geschaukelt werden. Knapp hundert Meter entfernt toben die Delfine. Das Feuerwerk ist inzwischen zu Ende – jedenfalls das am Himmel.

»Wenn du untertauchst, kannst du hören, wie die Delfine miteinander reden«, sagt Max.

»Echt?«

»Ja. Das habe ich als kleines Kind immer gemacht. Es hört sich ein bisschen an wie ein Klicken. Warte mal ...«

Max taucht für ein paar Sekunden unter und kommt wieder hoch.

»Man kann sie richtig gut hören. Los, versuch's mal.«

Also hole ich tief Luft und tauche unter. Nach kurzer Zeit

höre ich es. Leises Klicken und Quietschen. Unverkennbar. Es hört sich an, als würden sie sich in einer anderen Sprache unterhalten. Ich komme wieder an die Oberfläche.

»Wie cool!«

»Nicht wahr? In San Diego kann man sie kaum hören. Da sind viel zu viele Leute. Außerdem kommen die Delfine gar nicht erst so nah an die Küste ran.«

»Was meinst du, worüber sie sich unterhalten?«

»Wahrscheinlich über die Korruption in Mexiko. Ich kann mir nicht vorstellen, dass sie von der aktuellen Politik so begeistert sind.«

»Hör dir das an. Max Langston redet über Geopolitik.«

»Ich versuche nur, dich zu beeindrucken.«

»Du hast mich schon genug beeindruckt. Hör bloß auf. Ich komme mir bereits total unterbelichtet vor.«

Da kommt Max ein bisschen näher. Wir tanzen auf und ab und hin und her, während wir versuchen, uns zu küssen, gleichzeitig zu atmen und dabei nicht unterzugehen.

Auf einmal zeigt Max zum Pier. »Guck dir das an. Da geht ja total die Party ab.«

Tatsächlich hat sich eine ganz schöne Menschenmenge auf dem Pier angesammelt. Lauter Männer in Anzügen und Frauen in Kleidern wie meinem.

»Meinst du, die beobachten uns?«, frage ich.

»Ganz bestimmt. Sie haben wahrscheinlich von den verrückten Amis gehört, die in Unterwäsche im Hafen schwimmen.«

»Oh Gott.«

»Kylie, die interessieren sich nicht das kleinste bisschen für uns.«

»Ich bin noch nie vorher nachts schwimmen gegangen.«

»Echt nicht? Nachts schwimmen zu gehen, ist das Beste überhaupt.«

»Es ist großartig. Wenn ich hier leben würde, würde ich es jede Nacht machen.«

»Wenn ich hier leben würde«, entgegnet Max, »würden wir in einem kleinen Boot mit Sangria und Tacos aufs Wasser hinausrudern, uns auf den Rücken legen und die Sterne angucken, während wir im Hafen herumschippern. Das wäre toll.«

»Du bist toll, Max Langston.«

»Und du bist der absolute Wahnsinn, Kylie Flores.«

Mir ist auf einmal ganz schwindelig und ich grinse übers ganze Gesicht. Ich erkenne mich selbst kaum wieder. Aber es gefällt mir – sogar sehr.

»Worüber freust du dich so?«, fragt Max.

»Dieser Abend ist einfach unglaublich.«

»Das finde ich auch.«

Ich lege mich auf den Rücken und bewege nur die Hände, damit ich nicht untergehe. Über mir funkeln die Sterne. Ich bin das glücklichste Mädchen auf Erden. Auch wenn ich weiß, dass solche Gefühle nicht von Dauer sind.

31 Max:

»Felicidades!«, ruft zum fünften Mal innerhalb von zehn Minuten jemand, dann prosten sich alle zu und trinken. Schon wieder. Sofort füllt ein Typ unsere Plastikgläser nach. Wo kommt der auf einmal her? Und wie viel Tequila haben die hier? Einen unendlichen Vorrat? Seit wir vor ungefähr einer halben Stunde aus dem Wasser gekommen sind, schütten wir uns mit den Leuten auf dem Pier mit Kurzen zu. Das ist hier irgendwie eine Art Massenhochzeit.

Wir sind praktisch nackt aus dem Wasser gestiegen und direkt in die Zeremonie geplatzt. Wir wollten schon abhauen, aber keine Chance. Also haben wir uns wieder angezogen und feiern jetzt mit, so wie wir bisher jede Party mitgenommen haben, seit wir in Ensenada angekommen sind. Die Leute hier wissen wirklich, wie man feiert.

Kylie prostet mir zu. »Auf Johannes den Täufer. Der muss ein ziemlich cooler Kerl gewesen sein. Die Party ist echt hammer!«

Wir stoßen an und Kylie stürzt schätzungsweise ihren vierten Tequila hinunter. Ich hatte bisher drei, die mir langsam, aber sicher zu Kopf steigen, also muss Kylie inzwischen ganz schön besoffen sein.

»Maxie, was is'? Trinkst du gar nich'?«, fragt sie.

Maxie? Okay, sie ist eindeutig voll.

»Ich mach nur 'ne Pause. Solltest du vielleicht auch mal machen.«

»Nö, mir geht's guuuut. Und ich will, dass es mir noch besser geht.«

»Nicht dass dir schlecht wird.«

Auf einmal trage ich die ganze Verantwortung. Das ist eigentlich nicht so mein Ding, aber ich mache mir Sorgen um Kylie, obwohl ich mir sonst nie um irgendjemanden Sorgen mache. Normalerweise denke ich ja, die Leute können selbst auf sich aufpassen, aber Kylie hat irgendwie so etwas Verletzliches und Zerbrechliches an sich, dass ich sie beschützen will. Die Abschlussrede mit fiesen Kopfschmerzen zu halten, wird ganz bestimmt kein Spaß. Sie hat ja keine Ahnung.

»Mein Gott, du bis' so ein Spielverderber«, lallt Kylie und lacht. Sie ist richtig dicht. Morgen wird sie einen üblen Kater haben. Aber hey, im Moment ist sie einfach wahnsinnig sexy, wie sie da so vor mir steht mit den Augenlidern auf Halbmast und diesem Grübchen in der linken Wange.

Als Kylie nach meinem Arm greifen will, fällt sie beinah vornüber, doch ich fange sie auf und sie lässt sich einfach in meine Arme sinken. Es macht mir nichts aus. Ich mag das

Gefühl von ihrem Körper an meinem. Es ... passt einfach. Sie riecht nach einer Mischung aus Meer und Tequila. Eine unheimlich erotische Mischung, sodass ich mich kaum noch zurückhalten kann. Dummerweise befinden wir uns inmitten einer Massenhochzeit und Kylie ist rotzbesoffen. Mein Timing ist vielleicht nicht gerade das beste.

Der Priester ist immer noch dabei, ein Pärchen nach dem anderen zu trauen. Das ist so Tradition um Mitternacht am Johannistag. Nach jeder Mini-Hochzeit wird getrunken und Kylie ist mit großer Begeisterung dabei. Zehn Trauungen haben wir schon hinter uns. Fünf kommen noch. Die meisten Bräute tragen Kleider wie das von Kylie. Und die Bräutigame tragen alle einen Smoking. Keine Ahnung, ob das hier ernst gemeint ist oder nicht. Ich meine, sind die jetzt richtig verheiratet? Oder ist das bloß so ein Partyritual? Der Tequila ist auf jeden Fall ein großer Bestandteil des Ganzen, das ist mal klar. Ich glaube, sogar der Priester trinkt immer mal wieder einen Kurzen.

Und wieder ruft die Menge: *»Felicidades!«*

»Felicidades!«, schreit Kylie mir ins Ohr.

Alle heben die Gläser. Und wieder zwei weniger. Das Pärchen küsst sich und schlendert den Pier hinab.

»Das läuft hier ja echt wie am Fließband«, sagt Kylie zu mir. »Meins' du, der Priester macht das offiziell? Oder kriegt er für jede einzelne Trauung Schmiergeld?«

Ich lache. Kylie ist immer noch ziemlich witzig, so voll wie sie ist.

Und wieder kommt ein Mann mit einer neuen Flasche Tequila auf uns zu. Inzwischen sind wir von Patron Tequila zu Off-Label-Zeug übergegangen, das wahrscheinlich bei irgendwem zu Hause im Keller gebraut wurde. Der Abstieg ging ganz schön schnell. Kylie hält dem Mann ihr Glas hin, doch ich lege meine Hand darüber.

»Ich glaube, du hast genug«, sage ich.

Kylie runzelt die Stirn. Sie sieht so verdammt süß aus, dass ich sie am liebsten küssen möchte, doch sie dreht sich von mir weg.

»Ich will aber weitertrinken«, erwidert sie.

»Ich meine es doch nur gut mir dir. Wie willst du denn morgen deine Rede halten?«

»Darüber mach ich mir morgen Gedanken.«

»Okay«, antworte ich. »Dann mal los.«

Der Mann schenkt uns ein und wir trinken. Der Alkohol brennt in meiner Kehle, aber die Wärme, die sich danach ausbreitet, fühlt sich gut an. Mittlerweile bin auch ich ordentlich betrunken. Ich kann gar nicht mehr scharf sehen. Ich halte Kylie immer noch in den Armen, doch auf einmal sackt sie in sich zusammen. Ich umklammere sie fester und versuche, sie aufrecht zu halten.

»Kylie, geht es dir gut?«

»Hey du«, nuschelt Kylie. Sie schläft schon fast. Sie kommt nicht länger gegen den Alkohol an. Dann kippt sie richtig um. Ihr Kopf fällt zur Seite. Ich packe sie unter den Armen, damit sie nicht auf den Boden aufschlägt. Ich muss sie dringend ins Bett bringen.

Tag der Abschlussfeier
Freitag, der 25. Juni

32 Lily:

»Lil, was machst du denn hier?«, fragt Charlie, als er mich auf der Motorhaube seines Jeeps sitzen sieht.

Eine durchaus berechtigte Frage um halb sechs morgens.

»Ich komme mit«, antworte ich in so vergnügtem Tonfall, als wäre ich die beste Begleitperson, die sich ein Typ nur wünschen könnte. Von wegen.

»Wir haben doch darüber gesprochen. Und du warst damit einverstanden.«

Genau genommen hat er recht. Ich habe stillschweigend zugestimmt, statt einen Streit vom Zaun zu brechen, was ich normalerweise getan hätte. Aber ich hatte keine Kraft dazu. Ich war einfach nicht in Form. Nach der Sache mit meinem Dad war ich schon fertig genug. Und dass Max Charlie angerufen und ihm erzählt hat, er wäre in Mexiko, ohne weitere Erklärung und ohne das geringste Interesse, mit mir zu reden, hat es nur noch schlimmer gemacht. Von daher habe ich es nicht darauf angelegt, weil mir noch gar nicht bewusst war, wie sauer ich wirklich auf Max bin. Mich am letzten Schultag einfach so sitzen zu lassen, um nach Baja California zu fahren und wahrscheinlich den ganzen Tag surfen zu gehen und zu saufen.

»Tja, ich habe nun mal meine Meinung geändert.«

»Ich halte das für keine gute Idee ...«

»Du solltest nicht alleine fahren. Das ist viel zu gefährlich. Außerdem werden wir eine Menge Spaß zusammen haben. Wir machen sozusagen eine kleine Abschlussfahrt. Und ...« – ich halte ihm eine Tüte voller Junkfood hin – »... ein Fresspaket hab ich dir auch mitgebracht. Ich habe sogar deine Lieblingskekse gekauft: Oreos. Du kannst einem Mädchen mit Oreos nichts abschlagen.«

Ich dachte, die besten Erfolgsaussichten habe ich wahrscheinlich, wenn ich das Ganze in ein möglichst positives

Licht rücke. Also habe ich jede Menge überzeugender Argumente mitgebracht. War ja klar, dass es einiges an Arbeit bedeuten würde. Und ich hatte natürlich recht. Charlie ist Max echt treu ergeben. Wie ein Sklave erfüllt er ihm jede Bitte, als wäre sie das verfluchte Wort Gottes. Er ist vielleicht ein netter Kerl, aber die netten Kerle kommen nicht weit, mein Freund.

Ich kann es immer noch nicht fassen, dass Max sich den ganzen Tag nicht bei mir gemeldet hat. Das ist so was von dreist. Und verletzend. Besonders bei dem, was ich gerade durchmache (nicht dass er schon davon wüsste, aber trotzdem könnte Max meine Gefühle öfter mal an erste Stelle setzen). Es ist vielleicht kleinlich, aber ich will meinen Anteil. Und ich werde ihn mir in Mexiko holen.

»Pass auf, Lily, ich habe keine Ahnung, was mit Max los ist, aber er hat mich gebeten, allein zu kommen. Ich finde, das solltest du respektieren.«

Charlie macht es mir wirklich nicht leicht. Langsam habe ich keine Geduld mehr, noch länger auf lieb zu machen. Ich werde mitfahren. Ob er will oder nicht. Mein Freund hat mich am letzten Schultag einfach hängen gelassen. Er sitzt unerklärlicherweise, aber höchstwahrscheinlich selbst verschuldet in Mexiko fest. Und ich werde nicht hier in La Jolla rumsitzen und darauf warten, dass er zu mir zurückkommt. Wo der Rest meines Lebens schon total im Arsch ist, werde ich Max nicht einfach so aufgeben, ohne um ihn zu kämpfen. Ich werde Richtung Süden rasen. Und für den unwahrscheinlichen Fall, dass Max nichts getan hat, was mich irgendwie kränkt, werde ich für ihn da sein, wenn er mich braucht. Aber falls Max sich wie ein egoistisches Arschloch verhalten hat (was sehr viel wahrscheinlicher ist), werde ich ihn gleich an Ort und Stelle zusammenstauchen. Danach werde ich netterweise darüber nachdenken, ihm zu verzeihen, was mir ein paar Pluspunkte bescheren sollte.

»Er hat mich wirklich gebeten, alleine zu kommen.«

»Ja, das hast du schon gesagt. Mehrfach. Und es ist mir so was von egal, was Max will.«

Okay. Das war direkt. Aber ich habe echt keine Lust mehr auf diese bescheuerte Diskussion. Ich rutsche von der Motorhaube und springe auf den Beifahrersitz, bevor Charlie noch irgendetwas sagen kann. Dann steigt auch er endlich ein und schließt die Tür, aber er macht den Motor nicht an. Stattdessen schaut er mich mit ernster Miene an. Oh nein, ich weiß, was jetzt kommt. Charlie redet einfach unglaublich gern. Was eigentlich ziemlich komisch ist, wenn man bedenkt, dass Max sein bester Freund ist. Ich kann mir gut vorstellen, wie ihre Gespräche in der Umkleide ablaufen. Da ist Charlie wahrscheinlich auch immer der Einzige, der redet. So wie bei Max und mir. Normalerweise plaudere ich ja gerne mal mit Charlie. Er ist fast wie eine Freundin und hört mir zu, wenn Max keine Zeit für mich hat. Aber gerade bin ich überhaupt nicht in der Stimmung.

»Lily, vielleicht braucht Max gerade etwas Zeit für sich ... um ein bisschen nachzudenken.«

»Nachzudenken? Worüber denn?«

»Uni. Squash. Seinen Dad.«

»Seinen Dad? Was ist mit seinem Dad?«, frage ich. »Ich dachte, es geht ihm besser.«

Charlie sieht mich einfach nur an.

»Was?«, frage ich.

»Das solltest du besser Max fragen. Ich halte mich da raus.«

Noch so eine Sache, über die Max und ich nicht richtig reden können. Ich könnte einen ganzen Raum mit den Sachen füllen, über die wir nicht reden können.

»Komm schon, Lil. Wenn du mitfährst, wird es auf jeden Fall Stress geben. Warte doch einfach hier. Ich verspreche, dass ich ihn so schnell wie möglich zurückbringen werde. Dann kannst du ihn dir ja immer noch vorknöpfen.«

»Ich komme mit, Charlie ...«

»Und was ist mit der Abschlussfeier? Was ist, wenn wir zu spät kommen? Wirklich, Lil, das ist keine gute Idee.«

»Ich komme mit, Charlie.« Ich ziehe eine Packung Oreos aus der Tüte und halte sie ihm unter die Nase. Dann lasse ich mich zurücksinken und lege die Füße aufs Armaturenbrett. Auf geht's.

Charlie nimmt die Oreos, reißt die Packung auf und wirft sich einen in den Mund.

»Schmeiß den Motor an, Charlie. Du hast diesmal keine Chance gegen mich.«

»Ich möchte nur noch mal zu Protokoll geben, dass ich das für keine gute Idee halte.«

»Ist notiert.«

Charlie startet den Motor, aber er fährt immer noch nicht los. Eine ganze Weile sagt er nichts, dann dreht er sich zu mir.

»Ist zwischen uns alles okay?«, fragt er.

»Wie meinst du das?«

»Du weißt schon, wegen gestern Abend.«

Gestern Abend. Scheiße. Das hatte ich schon ganz vergessen. Müssen wir das jetzt unbedingt wieder hervorkramen?

»Oh ja. Klar«, versichere ich ihm.

»Ich hab irgendwie immer noch ein komisches Gefühl deswegen.«

»Denk einfach nicht weiter darüber nach. Ist halt passiert. Wir waren betrunken. Es war ... was weiß ich. Mach dir deswegen keinen Kopf. Keiner wird jemals davon erfahren.«

»Meinst du nicht, wir sollten es Max erzählen? Ich will

nicht, dass er es hintenrum von irgendwem erfährt. Ich fühle mich echt mies ...«

»Es ist nichts passiert, Charlie. Was gibt es denn schon zu erzählen? Und außerdem, wer weiß, was er in Mexiko getrieben hat. Wahrscheinlich hat er eine Menge mehr zu beichten als ich.«

Charlie sieht mich weiter an. Offenbar ist sein Redebedürfnis immer noch nicht gestillt. Bitte, Charlie, ich flehe dich an, können wir das Thema nicht einfach fallen lassen?

»Ich hab nur das Gefühl, dass du gestern Abend ganz schön sauer warst, als ich ... irgendwie nichts gemacht habe. Ich, ähm, ich wollte nur sagen, dass ...«

»Charlie, ist schon okay. Ich war tatsächlich ganz schön angepisst war, aber nicht wegen dir, sondern wegen Max. Wir haben Scheiße gebaut. Okay. *Shit happens.* Aber da steckt nichts weiter dahinter. Vergiss es einfach.«

»Ja, vielleicht hast du recht.«

»Wir haben alle unsere Leichen im Keller.«

Sind wir hier in einer Talkshow oder was? Genug mit der Laberei. So langsam kapiere ich, warum Max es anstrengend findet, ständig über Gefühle zu reden.

»Okay«, sagt Charlie. »Aber bevor du wegen Max noch komplett ausflippst, sollten wir vielleicht abwarten, was er zu sagen hat.«

»Klar«, antworte ich. Von wegen.

33 Kylie:

Als ich aufwache, scheint die Sonne gnadenlos ins Zimmer.

Wie spät ist es? Wo bin ich?

Verwirrt blinzle ich mit den Augen. Das Licht ist echt brutal. Ich habe hämmernde Kopfschmerzen, meine Kehle brennt und mein Magen rebelliert. Fühlt sich so ein Kater an?

Keine Ahnung. Ich hatte noch nie einen. Jedenfalls bis heute.

Ich schließe die Augen wieder, hole ein paarmal tief Luft und liege ganz still, während ich versuche, meine Gedanken zu sortieren. Gestern Abend war einer der großartigsten Abende meines Lebens. Glaube ich. Es könnte aber auch genauso gut einer der schlimmsten gewesen sein. Ab einem gewissen Punkt kann ich mich an nicht besonders viel erinnern.

Ich wage einen erneuten Versuch, die Augen zu öffnen. Ganz langsam sehe ich mich um, wobei ich aufpasse, keine ruckartigen Bewegungen zu machen. Mein Blick fällt auf ein mir unbekanntes Schlafzimmer. In einer Ecke steht eine Kommode, auf der ein einziges Durcheinander von Schneekugeln, Stofftieren und Barbiepuppen herrscht. Zwischen zwei Fenstern hängt ein Poster von einem flauschigen weißen Kätzchen mit einer riesigen lila Schleife um den Hals. Der Rollladen des einen Fensters ist halb heruntergelassen, durch das andere knallt erbarmungslos die Sonne herein. Ist es morgens immer so hell?

Ich wende den Blick ab und da sehe ich ihn. Den wunderschönen, halb nackten Jungen, der neben mir liegt. Und schläft.

Oh. Mein. Gott. Max.

Auf einmal fällt mir der gestrige Tag wieder ein und ich bin hellwach.

Ich bin in Ensenada. Mit Max Langston. In Manuels Haus.

Wie ich letzte Nacht hierher und ins Bett gekommen bin, weiß ich leider nicht mehr. Und leider bin ich nicht dort, wo ich eigentlich gerade sein sollte, nämlich in meinem Bett, zu Hause, um mich auf meine Abschlussrede an der Highschool heute Nachmittag vorzubereiten. Das hier ist definitiv alles andere als das ideale Szenarium für den Morgen meiner Abschlussfeier.

Erinnerungsfetzen an die letzte Nacht flackern auf. Einzelne Szenen tanzen vor meinen Augen und verschwinden wieder, kurze Sequenzen, deren Abfolge keinen Sinn ergibt. Als würde ich einen Filmtrailer sehen, nur dass statt Kate Hudson oder Kristen Stewart ich die Hauptdarstellerin bin. Ich, wie ich mit Max im Meer schwimme. Max und ich, wie wir auf dem Pier feiern und trinken *(viel* trinken). Max und ich, wie wir uns küssen *(viel* küssen). Und dann ... wird die Leinwand schwarz.

Beim Versuch, mich aufzusetzen, wird mir schwindlig, also lege ich mich gleich wieder hin. Warum in aller Welt trinken die Leute eigentlich Alkohol, wenn man sich am Morgen danach so elend fühlt?! Vielleicht weil man sich am Abend zuvor einfach verdammt gut gefühlt hat. So viel weiß ich immerhin noch.

34 Max:

Ich merke den Kater sofort. Aber zum Glück ist er nicht annähernd so schlimm, wie ich ihn mir nach dem ganzen Tequila vorgestellt hätte.

Es wird ein schöner Tag, so wie die Sonne ins Zimmer scheint. Wahrscheinlich gibt es eine ordentliche Brandung. Ich hätte ja nichts dagegen, mir ein Brett zu schnappen und surfen zu gehen. Kylie war garantiert noch nie surfen. Ich könnte es ihr beibringen. Das würde bestimmt Spaß machen.

Ich sehe auf die Uhr. Scheiße. Schon halb sieben. Ich wünschte, wir hätten noch mehr Zeit. Aber nein, wir müssen bald los. Die Abschlussfeier ist in weniger als sechs Stunden. Auf einmal kommt sie mir gar nicht mehr so wichtig vor. Kurz denke ich darüber nach, sie komplett sausen zu lassen und einfach mit Kylie in Ensenada zu bleiben. Aber das geht nicht. Kylie muss zur Abschlussfeier. Das wahre Leben ruft.

Was für ein Mist. Ich habe ein bisschen Angst davor, was passiert, wenn wir zurückkommen und ich Lily begegne. Aber ich schiebe den Gedanken gleich wieder beiseite. Darum kann ich mich später kümmern. Lieber denke ich an Kylie und dass ich noch sechs weitere Stunden mit ihr verbringen kann.

Ich drehe mich um und sehe, wie sie mich durch ihre unglaublich langen Wimpern beobachtet. Die Sonne hat ihre braune Haut in ein goldenes Licht getaucht. Verdammt, was für ein schöner Anblick beim Aufwachen.

Ich schmiege mich an sie und schlinge die Arme um ihren Körper. Ihr Kurven passen sich perfekt den meinen an. Sie hat einen Wahnsinnskörper. Die weichen Rundungen sind mir viel lieber als Lilys harte Kanten. Ich fühle mich richtig geborgen. Oh Mann, ich bin echt schwer verliebt. Wir kennen uns gerade einen Tag, aber es fühlt sich an wie ein ganzes Leben.

35 Kylie:

»Hey du«, sagt Max und lächelt träge. »Wir haben ganz schön viel getrunken gestern.«

»Ja«, sage ich in der Hoffnung, dass er weiterredet, damit ich eine ungefähre Ahnung davon bekomme, was noch so alles passiert ist, nachdem meine Festplatte den Geist aufgegeben hat.

»Ich hoffe, wir haben nichts Dummes gemacht«, versuche ich, mehr aus ihm herauszukitzeln.

»Oh, ich bin ziemlich sicher, das haben wir.« Max lacht leise, dann schließt er wieder die Augen.

Das ist alles? Mehr verrät er mir nicht?

Ich weiß natürlich nicht, an wie viel er sich noch erinnert. Aber es gefällt mir, dass er anscheinend in keinster Weise unangenehm überrascht ist, neben mir aufzuwachen. Während ich ihn weiter anschaue, frage ich mich, wie er so früh am Morgen schon so verdammt gut aussehen kann. Ich weiß nur eins, ich stecke ganz schön tief im Schlamassel.

Was ist letzte Nacht passiert? Eine beunruhigende Mischung aus Freude und Panik überkommt mich. Ich fange an zu schwitzen, was eindeutig nicht besonders attraktiv ist. Was verdammt noch mal habe ich getan? Ich habe heute meine Abschlussfeier, im Sommer einen Praktikumsplatz beim San Diego Arts Council, im Herbst einen Platz an der New York University – und Eltern, die total ausrasten werden. Ich bin seit vierundzwanzig Stunden einfach verschwunden. Ich bin mit Max in Mexiko.

Dabei hatte ich noch nie einen Freund.

Und ich hatte noch nie Sex.

Oder doch?

Oh, Mist. Mist, Mist, Mist.

Sosehr ich mir auch den Kopf zerbreche, all das, an das ich mich nicht erinnern kann, bleibt hinter einem dunklen Vorhang versteckt. Ich gucke wieder zu Max und für einen flüchtigen Moment löst sich meine Angst in Luft auf. Er sieht so schön und zufrieden aus, wie er gerade wieder einschläft, wie seine Brust sich mit jedem Atemzug hebt und senkt. Es ist einfach überwältigend.

Ich wende den Blick wieder ab und die Panik kehrt mit voller Wucht zurück.

Ich brauche einen Plan. Ich setze mich auf und in dem Moment sehe ich Lily Wentworth, die auf dem Flur steht und mich fassungslos anstarrt.

36 Max:

»Max, was zur Hölle treibst du da?«

Ich kann sie hören, noch bevor ich sie sehe: Es ist die unverwechselbare durchdringende Stimme von Lily.

Ich bringe Charlie um! Welchen Teil von »komm allein« hat er bitte schön nicht verstanden?

Ein ziemlich böses Erwachen an einem Tag, der ohnehin schon anstrengend zu werden verspricht.

Als ich den Kopf hebe, steht Lily in der Tür. Wenn das hier ein Comic wäre, würde jetzt Rauch aus ihrem Kopf aufsteigen. Ihr Körper würde in Flammen stehen.

Ich stecke ganz schön in der Scheiße.

Ich sehe zu Kylie, die entsetzt Lily anstarrt. Ihre Augen sind so groß wie Untertassen. Wenn *sie* eine Comicfigur wäre, würden ihr jetzt die Augäpfel aus dem Kopf fallen und über den Fußboden kullern. Dummerweise sind wir aber nicht in einem Comic. Das hier ist das wahre Leben. Und was eben noch eine Romanze war, ist auf einmal eine Horrorshow.

Was soll ich jetzt machen? Ich bin leider nicht so wie Charlie, der solche Situationen souverän meistert und die Dinge ausdiskutiert. Ich bin vielmehr der, der sich in solchen Situationen nach dem Ausgang umschaut.

In dem Augenblick sehe ich Charlie, der unbeholfen neben Lily auftaucht.

»Hey«, sage ich.

»Sorry, Mann.«

Verdammt. Ich bin so was von sauer auf ihn.

37 Lily:

Das kann einfach nicht wahr sein. Das ist ja wohl ein mieser Scherz. Ein schlechter Traum. Oder ein Trugbild. Für den Fall, dass mein Gehirn sich dieses Bild selbst ausgedacht hat, schließe ich kurz die Augen. Doch als ich sie wieder öffne, bietet sich mir dasselbe grausame Schauspiel wie noch vor ein paar Sekunden.

Max und Kylie. Kylie und Max. Zusammen im Bett. Zusammen im Bett!

Ich versuche, diese Information zu verarbeiten, aber es ergibt keinen Sinn. Es ist einfach zu bizarr. Zu furchtbar. Zu ... überhaupt alles.

Vielleicht gibt es ja irgendeine logische Erklärung dafür, warum sie zusammen im Bett liegen. In Unterwäsche. Ich meine, eine andere Erklärung, als dass sie gerade Sex hatten. Schön wär's.

Während ich zu Hause die Hölle durchgemacht habe und ganz alleine die Demütigung durch meinen Vater erleiden musste, hat Max also hier den letzten Schultag verbracht? Und mit Kylie Flores gevögelt? Ausgerechnet Kylie Flores?

Ich bin so stinksauer, ich kann gar keinen klaren Gedanken mehr fassen. Ich könnte mir die Haare ausreißen. Ich würde gerne Max die Haare ausreißen.

Ich meine, mal ernsthaft. Was soll der Scheiß?

Max ist so ein Arschloch.

»Geben wir ihm eine Minute«, sagt Charlie. Ich hatte ganz vergessen, dass er überhaupt da ist.

»Vergiss es!«, entgegne ich. Ich meine, hallo, er hatte verdammte vierundzwanzig Stunden. Was braucht er noch eine Minute mehr?

38 Will:

Als ich zusammen mit Juan Manuels Haus betrete, stehen dort Lily Wentworth und Charlie Peters auf dem Flur. Lily hat sich vor einer offenen Zimmertür positioniert und die dünnen Arme in einer Machtpose vor der Brust verschränkt. Ich nehme an, in dem Zimmer sind Kylie und Max, postkoital, oder was weiß ich.

Oh nein. Hier rollen gleich die Köpfe ...

Ich muss zu Kylie und ihr helfen, sie beschützen. Ein unsichtbares Seil zieht mich zu ihr. Ich stürme an Juan vorbei und habe unser Gespräch auf einmal vollkommen vergessen – er offensichtlich aber nicht. Er greift nach meiner Hand, um mich aufzuhalten. Juan hat sich die ganze letzte Stunde auf seinen großen Auftritt bei Manuel vorbereitet. Er will endlich damit herausrücken, dass er schwul ist. Und mich hat er um moralische Unterstützung dabei gebeten, die ich ihm auch versprochen habe, doch im Moment fühle ich mich Kylie mehr verpflichtet. Potenzieller zukünftiger Freund oder nicht, ich muss meiner Kleinen beistehen.

»Ich dachte, du wolltest mir helfen, es Manuel zu sagen«, beschwört er mich.

»Manuel was zu sagen?«, fragt Manuel, als er auf einmal neben uns auftaucht.

»Juan ist schwul«, platze ich heraus. Ich fühle mich zwar mies, die Katze einfach so aus dem Sack zu lassen, aber irgendwie habe ich den Verdacht, dass es sowieso keine große Überraschung ist.

»Ach, das wusste ich doch schon«, sagt Manuel. »Ich glaube, alle wissen es. Aber es freut mich, dass du endlich so weit bist, es uns zu sagen.«

»Du hast kein Problem damit?«, fragt Juan überrascht.

»Natürlich nicht«, antwortet Manuel.

»Problem gelöst«, verkünde ich und befreie mich aus Juans Griff. Dann stürme ich den Flur hinunter, dicht gefolgt von Juan und Manuel.

»Was hat *sie* denn hier zu suchen?«, höre ich Kylie. Ich kann sie zwar nicht sehen, aber ich weiß, dass sie verdammt wütend ist.

»Das Mädchen hat gesagt, sie ist hier, um Max abzuholen. Ich wusste nicht, was ich tun sollte. Sie hat darauf bestanden hereinzukommen«, erklärt Manuel.

»Es wird sich bestimmt gleich alles klären«, sage ich, obwohl wahrscheinlich eher das Gegenteil der Fall sein wird.

»Was ist los?«, fragt Juan.

»Ich fürchte, es gibt eine kleine Planänderung, Darling«, antworte ich. »Ich werde Kylie wohl doch zurück nach La Jolla fahren müssen.«

Damit ist mein Aufenthalt in Ensenada leider unerwartet schnell zu Ende gegangen. Ich werde Kylie und Max nicht einfach am Busbahnhof absetzen und für einen längeren Urlaub in Mexiko bleiben können. Stattdessen werde ich Kylie zur Abschlussfeier fahren, denn erstens wird sie ihren besten Freund jetzt brauchen und zweitens kann ich sie auf gar keinen Fall mit Lily und Max zusammen zurückfahren lassen. Das würde Mord und Totschlag geben. Ich kann das Kylie unmöglich antun.

»Kein Problem«, sagt Juan. »Ich komme mit. Ich liebe Abschlussfeiern.«

Habe ich tatsächlich so ein Glück mit ihm oder ist Juan vielleicht in Wirklichkeit ein Serienkiller?

39 Kylie:

Es gibt wirklich schon genug Dinge, über die ich mir Sorgen mache, wie zum Beispiel meine Abschlussrede, die trotz monatelanger Arbeit wahrscheinlich ein totaler Reinfall wird, oder Jake, der möglicherweise irgendwo im Graben liegt, weil ich nicht auf ihn aufgepasst habe, oder die Tatsache, dass ich letzte Nacht vielleicht meine Jungfräulichkeit an Max Langston verloren habe. Ich brauche wirklich nicht noch eine psychotische (Ex-?)Freundin dazu.

»Was *ich* hier zu suchen habe?«, keift Lily mich an. »Was hast *du* hier zu suchen?«

Max springt so schnell aus dem Bett, dass ich ihn nur undeutlich wahrnehme. Sofort ist er an Lilys Seite und versucht, sie zu beruhigen. Alte Gewohnheiten sind schwer abzulegen, schätze ich.

»Oh Gott. Kannst du dir bitte wenigstens eine Hose anziehen? Du machst es nur noch schlimmer«, meckert Lily.

Während Max sich seine Jeans anzieht, entschuldigt er sich bei Lily. Dass er mich gerade im Bett zurückgelassen hat, scheint er vollkommen vergessen zu haben.

»Es tut mir wirklich leid, Lil. Das ist irgendwie eine ziemlich lange und verrückte Geschichte. Ich erzähl dir alles auf dem Nachhauseweg.« Er redet ruhig, sanft. Als wäre sie ihm unglaublich wichtig. Als wäre das letzte Nacht, mit mir, alles nichts gewesen.

»Ja, ich seh schon, dass es jetzt ziemlich ungünstig ist. Du bist ja auch gerade viel zu sehr damit beschäftigt, mich mit Kylie Flores zu bescheißen! Deswegen hast du Charlie auch gesagt, er soll alleine kommen.«

Lily gestikuliert wild umher. Sie ist so wütend, dass ihr beim Keifen die Speicheltropfen aus dem Mund fliegen. Dann legt Max einen Arm um sie, wahrscheinlich nur, um sie zu beruhigen. Trotzdem fühlt es sich an, als würde mir jemand einen Dolch durchs Herz bohren.

»Es ist nicht so, wie du denkst«, redet Max beschwichtigend auf sie ein. »Ich wollte dir alles erklären, wenn ich wieder da bin.«

Max wirft Charlie einen vielsagenden Blick zu, den dieser verlegen erwidert. »Tut mir echt leid, Mann. Ich habe versucht, es ihr auszureden. Aber sie wollte einfach nicht mehr aus dem Auto steigen«, entschuldigt er sich. »Wisst ihr, was? Ich glaube, ich warte draußen auf euch.« Und damit stiehlt er sich davon.

»Gute Idee«, sagt Max. »Hör zu, Lil, ich habe Charlie angerufen, weil ich nicht wollte, dass du dich aufregst. Es ist alles ein großes Missverständnis. Keine große Sache, ehrlich ...«

Moment mal. Stopp. Noch mal zurück. Da waren gerade so viele Sachen an diesem Satz falsch, dass ich gar nicht weiß, wo ich anfangen soll. Max hat Charlie angerufen? Wann? Und es ist keine große Sache? Wow. Was ein einziger Tag doch für einen Unterschied machen kann. Ich würde Max ja gerne zu dieser Neuigkeit interviewen, aber die Bälle fliegen so schnell hin und her, dass ich kein einziges Wort dazwischenwerfen kann.

»Es sieht mir aber schon nach einer ziemlich großen Sache aus, Max.«

»Es tut mir wirklich leid, Lily. Ich wollte dich nicht verletzen ...«

»Raus aus den Federn!«, ruft Will, der auf einmal seinen Kopf ins Zimmer steckt.

»Was zum Teufel machst du denn hier, Will?«, schreit Lily wutentbrannt.

»Ich freue mich auch, dich zu sehen«, antwortet Will.

»Du hast Charlie angerufen?«, stoße ich schließlich hervor. Ich starre Max an. Langsam kocht Wut in mir hoch, besonders als mir auffällt, dass Max' Arm immer noch um Lilys Hüfte liegt. Der Arm, der vor fünf Minuten noch um mich geschlungen war. Und genau diesen Arm würde ich jetzt am liebsten mit einer Machete abhacken.

»Wann hast du denn bitte Charlie angerufen?«, will ich wissen.

»Als ich gesagt habe, ich würde mit meiner Mutter telefonieren.«

Wie nett. Was für ein mieser Lügner. Stimmt überhaupt irgendetwas von dem, was er gestern Abend gesagt hat? »Dann hast du deine Mom gar nicht angerufen?«, frage ich.

»Nein. Ich hatte ehrlich gesagt gedacht, dass Will uns versetzen würde«, erklärt Max. »Er macht nicht unbedingt den zuverlässigsten Eindruck.«

»Hallo, ich bin da«, wirft Will ein.

»Tut mir leid. Ich hätte es dir wahrscheinlich sagen sollen. Ich wollte nur sichergehen, dass wir zur Abschlussfeier wieder zurück sind.«

Allerdings hätte er mir das sagen sollen! Was für ein Vollidiot. Ich habe echt keine Lust mehr, weiter mit ihm zu reden. Ich will nur noch raus hier. Weg von ihm. Ich merke, wie ich die Schotten dicht mache und meinen Schutzschild wieder hochfahre. Ich hätte mich ihm niemals öffnen sollen.

»Es tut mir wirklich leid, Kylie. Ich hatte keine Ahnung, dass Charlie Lily mitbringen würde. Ehrlich nicht«, beteuert Max.

»Ja, klar«, sage ich, denn mal ernsthaft, er hatte keine Ahnung? Er ruft Charlie an und kann sich nicht denken, dass Lily mitkommen würde? Die drei sind wie die drei Musketiere. Ist doch klar, dass Lily mitkommt. Und wo bleibe ich dabei? Ich schätze mal, meine Gefühle haben sowieso die ganze Zeit schon keine Rolle gespielt. Ich hatte Angst, von Max verletzt zu werden, aber ich hätte nicht gedacht, dass es so schnell gehen würde. Ich bin wirklich total bescheuert, wenn ich geglaubt habe, dass es irgendwie anders enden könnte.

»Hey, *ich* bin deine Freundin, für den Fall, dass du das vergessen hast. Wenn irgendwer hier sein sollte, dann bin ich das und nicht sie«, kreischt Lily und zeigt auf mich. »Und könntest du bitte um Himmels willen aufhören, dich bei ihr zu entschuldigen? Als ob sie deine Freundin wäre? Na ja, keine Ahnung. Vielleicht ist sie es ja auch. Ist sie deine Freundin, Max? Ist sie es?«, spottet Lily. »Ist sie jetzt deine Freundin? Wolltest du deswegen nicht, dass ich mitkomme?«

»Nein«, sagt Max, für meinen Geschmack etwas zu schnell.

»Keine Angst«, falle ich ein. »Wir bedeuten uns überhaupt nichts, Lily.«

»Dann lass in Zukunft die Finger von ihm. Du musst dich nicht an meinen Freund ranmachen, nur weil du selbst keinen abkriegst.«

»Keine Sorge, ich würde ihn noch nicht mal haben wollen, wenn er der letzte Typ auf der Welt wäre.«

»Kylie ...«, fängt Max wieder an, als ob er noch irgendetwas sagen könnte, um die Situation zu retten.

»Was?«, frage ich.

»Ich weiß auch nicht. Nichts ...«

Lily und ich sehen uns an. Wenn Blicke töten könnten ... Wir atmen beide heftig. Ich hasse sie abgrundtief. Max steht einfach nur da und sieht mit dummem, traurigem Gesichtsausdruck zwischen uns hin und her, wie ein Kleinkind im Einkaufszentrum, das seine Mutter verloren hat. Armselig. Was habe ich überhaupt an ihm gefunden? Er kann kein Stück mit der Situation umgehen. Genau wie im Truck. Wenn die Kacke am Dampfen ist, ist Max zu nichts zu gebrauchen. Nicht gerade besonders attraktiv.

»Wie wär's, wenn wir alle mal tief durchatmen und uns etwas beruhigen ...«

»Halt die Klappe, Will«, fällt Lily ihm ins Wort.

»Weißt du, was? Ich wollte nett sein. Aber das kannst du vergessen, du Schlampe. Falls du es noch nicht kapiert hast: Deine Anwesenheit ist hier nicht erwünscht. Warum verziehst du dich also nicht einfach dorthin, wo du hergekommen bist, Püppchen?«

In dem Moment schießt Lily auf mich los und scheuert mir eine, bevor Max und Will dazwischengehen können. Dafür, dass sie eine von den Reichen und Schönen ist, benimmt sie sich echt wie der letzte Abschaum. Da steht sie den Mädels aus dem Ghetto in nichts nach.

»Wenn du dich noch einmal mit ihr anlegst, dann kriegst du es mit mir zu tun, du Miststück«, fährt Will sie an.

»Lass Lily da raus«, sagt Max in verhaltenem Ton. »Wenn du jemanden schlagen willst, dann mich.«

»Stopp! Hört auf! Alle!«, rufe ich und stelle mich aufs Bett. »Max hat recht. Das hier ist nichts weiter als ein beschissenes Missverständnis. Ein großer Fehler. Und ich habe keine Lust, noch weiter eure Spielchen mitzuspielen. Wenn ihr mich also entschuldigen würdet, ich muss mich auf eine Rede vorbereiten.«

Und damit springe ich vom Bett und gehe zur Tür.

»Warte. Kylie ...« Max stellt sich vor mich.

»Was ist?«

»Ich ... ich weiß nicht. Fahr mit uns zurück.«

Mit *uns?* Willst du mich verarschen? Mit *uns* ist nun wirklich kein verlockendes Angebot. Wir, das waren gestern Abend noch du und ich. Und jetzt sind es Lily, Charlie und du. Ich bin raus.

»Bestimmt nicht«, antworte ich.

Will zieht einen Pass aus der Tasche und wirft ihn Max hin.

»Bitte sehr. Wir sehen uns dann drüben.«

Als ich Max zum wahrscheinlich letzten Mal ansehe, steigen die Erinnerungen an gestern Abend wieder auf – wie wir im Meer geschwommen sind uns auf dem Pier geküsst haben und wie ich dachte, ich hätte mich verliebt. Im Gegensatz zu diesen wundervollen Stunden fühle ich mich einfach nur noch scheiße. Das ist nicht mehr der gleiche Junge, mit dem ich gestern noch zusammen war, der, der mich davon überzeugt hat, dass alles möglich ist. Jetzt ist Morgen. Ich bin nicht mehr seine Prinzessin. Und er ist kein Prinz. Er ist einfach nur Max

Langston, wie ich ihn seit eh und je kenne. Ein egoistisches Arschloch. Gott, wie konnte ich nur so dumm sein.

Ich kann mich immer noch nicht daran erinnern, wie wir zu Manuels Haus zurückgekommen sind oder was dann passiert ist. Hoffentlich nicht viel. Aber wenn ich tatsächlich meine Jungfräulichkeit verloren haben sollte, kann ich es wenigstens dem Alkohol zuschreiben. Zum Glück werde ich Max nach der Abschlussfeier nie wiedersehen. Wenn ich erst einmal in New York bin, werde ich diese peinliche Aktion für immer aus meinem Gedächtnis streichen. Lieber würde ich den ganzen Weg zurück nach La Jolla laufen, als mit Max, Charlie und Lily in ein Auto zu steigen.

Ich nehme meinen Rucksack und will schon zur Tür hinaus, als Will mich zurückhält. »Süße, vielleicht solltest du dir noch was anziehen, bevor wir nach Kalifornien zurück fahren.«

Erst jetzt merke ich, dass ich immer noch nichts weiter als BH und Höschen trage.

Ich suche den Fußboden nach meinen Sachen ab, finde aber nur das Hochzeitskleid von gestern Abend. Es ist wirklich das Letzte, was ich anziehen will, aber ich habe keinen blassen Schimmer, wo meine Klamotten sind. Also schnappe ich mir das Kleid und will es mir schon überwerfen, als mir auf einmal kotzübel wird.

Ich renne ins Bad, beuge mich übers Klo und kotze mir die Seele aus dem Leib. Ein schönes Bild, ich weiß. Ich hänge so gut wie nackt über der Kloschüssel, bin wahrscheinlich eine Mega-Schlampe und komme ziemlich sicher zu spät zur Abschlussfeier. Ich beende die Schulzeit mit einem Paukenschlag.

Dann nimmt jemand meine Haare und hält sie mir aus dem Gesicht. Als ich aufsehe, steht Will über mir. Irgendwie bin ich enttäuscht. Ich hatte gehofft, es wäre Max. Wie kann ich nur so blöd sein, mich immer und immer wieder täuschen zu lassen?

Doch dann höre ich Max fragen: »Alles okay?« Als wenn es ihn auch nur im Geringsten interessieren würde. Er steht im Türrahmen, natürlich mit genügend Sicherheitsabstand.

»Ja, alles super«, antworte ich.

»MAX!«, schreit Lily aus dem anderen Zimmer. »Wir müssen los. Wir kommen noch zu spät.«

»Bin gleich wieder da«, sagt Max noch zu mir, bevor er wie ein Roboter zu Lily rennt.

»Schon okay«, rufe ich ihm hinterher.

Dann höre ich, wie Lily Max anschreit. Ich kann die einzelnen Worte nicht verstehen, sie vermischen sich alle zu einem einzigen ohrenbetäubenden Gekreische. Aber ich schnappe drei Worte von Max auf, die mein Blut in den Adern gefrieren und mein Herz stocken lassen: »vorübergehende geistige Umnachtung«. Es ist demütigend und vernichtend, ihn so über unsere gemeinsame Nacht sprechen zu hören.

Du bist so ein Arschloch, Max. Ich hasse dich! Und ich dachte, es sei Liebe. Aber da habe ich mich wohl gewaltig geirrt.

Ich beuge mich über die Schüssel und übergebe mich gleich noch einmal.

40 Max:

»Hey, alles in Ordnung?«, fragt Manuel, als Lily und ich auf unserem Weg nach draußen an ihm vorbeigehen.

»Ähm, ja. Sorry, dass wir so laut waren. Es gab ein kleines Missverständnis.«

»Kein Problem.« In der einen Sekunde, die Manuel mich ansieht, wird deutlich, dass er ganz genau weiß, was los ist. Trotzdem sagt er nichts.

»Danke für alles, Manuel.«

»Keine Ursache, *amigo*. Komm mal wieder vorbei.«

»Das werde ich, Mann. Das werde ich.«

»Wollt ihr noch Kaffee oder was zu essen für die Fahrt?«, fragt Manuel. Er ist so ein verdammt guter Kerl, dass ich plötzlich einen Kloß im Hals habe. Ich verdiene seine Freundlichkeit nicht.

»Nein, nein. Nicht nötig. Wir werden uns in der Stadt noch was besorgen.«

Dann verschwindet Manuel im Haus, wahrscheinlich um nach Kylie zu sehen. Ich habe ein schlechtes Gewissen, weil wir ihm für seine Großzügigkeit mit Streit und Tränen danken. Er könnte sicherlich darauf verzichten – wer nicht.

Charlie wartet im Auto auf uns. Lily geht langsam vor mir her und schüttelt den Kopf, als würde sie immer noch denken, dass ich sie anlüge. Sie hat es nicht gerade eilig, zum Auto zu kommen. Offenbar hat sie vorher noch ein Hühnchen mit mir zu rupfen.

Sie kocht vor Wut. Zum Glück reißt sie sich jetzt etwas mehr zusammen. Immerhin reden wir miteinander, es ist zwar nicht gerade angenehm, aber doch ein großer Fortschritt verglichen mit dem Gekeife von vor einer Viertelstunde. Da dachte ich noch, dass sie mich mit bloßen Händen erdrosseln würde. Ernsthaft, Lily könnte mich mit ihren fünfzig Kilo überwältigen. Vor ihr muss man sich wirklich in Acht nehmen, weswegen Charlie auch eigentlich alleine kommen sollte. Mann, was war denn daran so schwer zu verstehen?

»Das hört sich für mich alles nach totalem Bullshit an«, sagt Lily wieder.

»Ich weiß. Für mich ja auch. Eine Sache führte einfach zur nächsten und dann saßen wir auf einmal in Mexiko fest. Ohne unsere Pässe hatten wir keine Chance, wieder nach Hause zu kommen.«

»Das ist echt das Dümmste, was du jemals getan hast. Ich meine, was hast du dir denn dabei gedacht?«

»Nicht viel. Ich bin einfach bloß Kylie hinterher. Ich dachte, die bringt sich noch um, und da ...«

»Da bist du ihr nach wie Superman oder was? Und das alles für einen Freak, den du kaum kennst. Was ist nur los mit dir?«

Lilys Worte treffen mich. Ich will Kylie verteidigen. Aber ich tue es nicht. Weil ich weiß, dass es uns gerade nicht weiterhelfen würde. Es würde die Sache nur noch schlimmer machen.

»Hör zu, ich weiß es nicht. Eine vorübergehende geistige Umnachtung, wie ich schon gesagt habe.« Ich habe keine Lust, mit Lily zu streiten. Oder ihr die Wahrheit zu erzählen. Warum auch? Kylie will sowieso nichts mehr mit mir zu tun haben, wozu würde es sich also lohnen zu kämpfen?

Was ich allerdings nicht zu Lily sage, ist, dass ich wünschte, das Ganze wäre nicht passiert. Denn das wäre gelogen. Wenn ich nicht in den Truck gestiegen wäre, hätte ich nicht so viel Zeit mit Kylie verbracht. Es war vielleicht nur ein einziger Tag, aber es war der schönste Tag meines Lebens.

»Wahrscheinlich hast du mal wieder nur mit deinem Schwanz gedacht.«

»Wie schon gesagt, Kylie hat mir einfach leidgetan. Und wir haben nicht zusammen geschlafen.«

»Seit wann interessiert es dich eigentlich, was mit der verrückten Kylie Flores ist?«

»Seit ich sie kennengelernt habe. Sie ist überhaupt nicht der Freak, für den wir sie immer gehalten haben. Im Gegenteil, sie ist sogar ziemlich cool.« Ich kann nicht anders. Ich will nicht, dass Lily Kylie noch weiter in den Dreck zieht. »Wirklich, Lil, es ist nichts passiert. Genau deswegen habe ich Charlie gesagt, er soll alleine kommen. Ich wollte dir alles erklären, wenn ich wieder zu Hause bin. Es ist ganz anders, als wonach es aussieht.«

Lily sagt nichts. Mein Kopf hämmert wie verrückt. Ich habe das Gefühl, wir reden schon ewig. Ich weiß nicht, wie viele Runden ich noch durchhalte.

An was Kylie jetzt wohl denkt? An mich? An letzte Nacht? Ob sie es bereut? Ob sie mich jemals wiedersehen will? Ich wäre gerne noch bei ihr geblieben, um sicherzugehen, dass alles okay ist, aber Will hat uns praktisch vor die Tür gesetzt. Ich weiß, dass es nicht gerade optimal war, uns am Morgen danach von meiner Freundin überraschen zu lassen. Ich hab's versaut. Ich habe alle enttäuscht, am allermeisten mich selbst.

Lilys zierliche Schultern zittern, als sie anfängt zu schluchzen. Sie weint leise vor sich hin, die Arme hat sie fest um sich geschlungen, um sich zu beruhigen. Ich muss die Gedanken an Kylie jetzt verdrängen. Sie führen zu nichts. Ich muss jetzt meinen Mann stehen und mich um Lily kümmern.

»Lily, ich will dich nicht anlügen. Es ist nicht so, dass nichts zwischen Kylie und mir passiert wäre, aber es ging dabei nicht um Sex. Wir haben einfach nur miteinander geredet.«

»Geredet? Du willst doch nie reden«, sagt Lily in vorwurfsvollem Ton.

»Doch, ich rede schon gerne. Nur eben nicht immer.« Okay, das war jetzt eine Lüge. Aber ich weiß nicht, wie ich mich sonst verteidigen soll.

»Machst du gerade Schluss mit mir, Max? Wenn ja, weiß ich nicht, ob ich das aushalte. Bitte. Du kannst jetzt nicht Schluss machen. Ich bin sowieso schon ...« Sie bringt den Satz nicht zu Ende, sondern wird wieder von heftigem Schluchzen erschüttert.

Es tut mir weh, sie so zu sehen. Lily ist vielleicht nicht meine Seelenverwandte, so wie ich es von Kylie gestern noch dachte, aber sie ist seit einem Jahr meine Freundin. Ich kann ihr das nicht antun. Das wäre nicht fair.

»Ich mache nicht Schluss mit dir, Lil. Das gestern war ... ein Fehler.« Im Moment will ich nur, dass es Lily wieder besser geht. Und ins Auto steigen und zurück nach Hause fahren. Über den Rest kann ich mir später noch Gedanken machen.

»Okay. Gut.« Lily fällt mir um den Hals und ich nehme sie in den Arm. Sie riecht nach Zitrone und Ingwer, nach dem Shampoo, das sie immer benutzt. Ich kenne den Geruch so gut. Es ist schwer, nicht einfach zu entspannen und wieder in alte Verhaltensmuster zurückzufallen. Dann drückt Lily mir einen Kuss auf die Lippen. Ich spüre absolut kein Prickeln. Es ist mehr wie der Kuss von einer guten Freundin. Aber vielleicht bin ich auch gerade etwas erschlagen von allem.

»Weißt du, was, Max? Wir müssen uns gar nicht all unsere dreckigen, kleinen Geheimnisse erzählen. Es ist okay. Wenn du sagst, dass nichts passiert ist, ist nichts passiert.«

»Es ist nichts passiert«, wiederhole ich. Wobei ich selbst immer weniger davon überzeugt bin. Für mich ist letzte Nacht alles passiert.

»Ich will nur wissen, ob zwischen uns alles okay ist.«

»Es ist alles okay«, antworte ich.

»Gut, dann auf nach La Jolla«, sagt Lily.

Von einer Sekunde auf die andere ist sie wieder gut drauf. Was mich nicht überraschen sollte. Es ist einfach typisch für Lily – sie ist ein Wirbelsturm aus sich ständig ändernden Gefühlen. Na ja, immerhin besser, als wenn sie die ganze Zeit weiter angepisst wäre. Ich frage mich nur, ob zwischen uns wirklich alles okay ist. Ich weiß es nicht. Ich sehe sie an – sehe ihren atemberaubenden Körper durch das dünne T-Shirt und in den engen Shorts, ihre langen blonden Haare, die sie zum Pferdeschwanz trägt, sodass ihr makelloses Gesicht voll zur Geltung kommt. Sie ist so schön, wie ein Bikinimodel. Ist zwischen uns alles okay? Vielleicht. Ich kenne ihren ganzen Ballast und irgendwie wäre es schon einfacher, nicht wieder jemanden ganz von vorne kennenlernen zu müssen. Aber reicht das aus? Vielleicht nicht.

Scheiße. Das ist mir echt eine Nummer zu groß. Ich dachte, ich könnte mit solchen Situationen umgehen, aber jetzt merke ich doch, wie mir das alles über den Kopf wächst. Ich weiß nicht mehr, was ich denken soll. Vielleicht wird es ja besser, wenn der Kater nachlässt. Wenn ich etwas Zeit hatte, darüber nachzudenken. Oder möglicherweise war es auch bloß ein großartiger Abend in Mexiko mit einem Mädchen, das ich so gut wie nicht kenne. Vielleicht ist das Leben voll solcher Momente, flüchtiger, genialer Momente, die nichts mit dem wahren Leben zu tun haben. Und nicht mehr viel bedeuten, wenn sie vorbei sind.

41 Kylie:

»Ich glaube es einfach nicht. Die haben nichts von meiner Musik mitgenommen. Wie unverschämt ist das denn!«, platzt Will heraus. Er, Juan und ich stehen vor Wills Mini Cooper, dessen Fahrertürfenster in tausend Stücke geschlagen ist.

»Ist das das Einzige, worum du dir Gedanken machst?« Eigentlich hat Will einen tollen Humor, aber gerade würde ich ihm am liebsten den Kopf abreißen. Denn bei seinem Mini wurde nicht nur die Anzahl der Fenster beträchtlich dezimiert, sondern es fehlen auch alle vier Reifen. Das Auto sieht wie ein von einem Kleinkind zerstörtes Spielzeug aus. Damit kommen wir nirgendwo mehr hin.

»Du musst schon zugeben, dass das eine ziemliche Beleidigung ist. Wie kann es sein, dass die keine einzige meiner

CDs mitgenommen haben? Mein Musikgeschmack ist doch großartig!« Will sieht mich todernst an.

Ich könnte ihn erwürgen. Ich bin jetzt überhaupt nicht zu Späßen aufgelegt.

»Wen interessiert bitte deine Scheißmusik, Will? Wir haben echt andere Probleme. Wie sollen wir denn jetzt rechtzeitig zur Abschlussfeier kommen?« Obwohl er nicht wirklich etwas dafür kann, ist er nun mal der Einzige, an dem ich gerade meine Wut auslassen kann.

Juan ist schlau genug, sich herauszuhalten. Er blickt einfach hinaus aufs Meer und wartet vermutlich darauf, dass wir irgendwie eine Lösung für diesen Albtraum finden oder ihn um Rat fragen.

»Kylie-Schätzchen, es ist nicht meine Schuld. Ich habe ja nicht ahnen können, dass mein Auto geknackt wird. Verdammt. Mein Dad wird mich umbringen. Er hat den Mini erst vor ein paar Monaten gekauft.«

»Will, hör zu, es tut mir leid wegen des Autos, aber darum kannst du dich später noch kümmern. Dein Dad wird bestimmt eine Lösung finden. Aber jetzt müssen wir uns echt überlegen, wie wir zur Schule kommen. Mist. Mist. Mist.« So langsam verliere ich die Nerven. »Was sollen wir bloß machen?«

»Ganz ruhig, *chica*, mach dir keine Sorgen. Wir werden schon rechtzeitig zurückkommen. Uns wird schon was einfallen.« Will legt den Arm um mich. »Heute schon jemanden in Tränen gestürzt?«

»Leider noch nicht, aber es ist ja auch noch etwas Zeit«, antworte ich. *10 Dinge, die ich an Dir hasse* bringt mich immer zum Lachen. Der Film ist einfach toll. Und Heath Ledger erst. Und Will, weil er das Zitat gebracht hat.

Ich sehe Juan an. »Du hast wahrscheinlich kein Auto, oder?«

Juan lächelt matt. »Nein. Nur ein Fahrrad.«

Max und Co. haben die Stadt garantiert schon Hals über Kopf verlassen. Er schien es ziemlich eilig zu haben, von mir wegzukommen.

»Wir müssen rausfinden, wann der nächste Bus fährt. Das ist die einzige Möglichkeit«, erkläre ich. »Manuel kann uns bestimmt weiterhelfen.«

Also drehen wir wieder um und trotten zurück zu Manuels Haus. Meine Laune ist im Keller. Das Selbstmitleid kriecht wieder hervor wie Kakerlaken in einem schäbigen Motel.

Mittlerweile ist es mir zwar egal, aber ich muss katastrophal aussehen. Meine Haare kräuseln sich, in den Spitzen klebt Erbrochenes. Ich trage immer noch dieses verfluchte Hochzeitskleid, dessen Spitzensaum mittlerweile zerfetzt über den Boden schleift. Die ursprünglich weißen Espandrillos sind grau, meine Haut hat einen seltsamen Grünton angenommen. Damit ist mir auf jeden Fall ein origineller Auftritt als Abschlussrednerin sicher.

Ich nehme den Lippenpflegestift aus meinem Rucksack. Wenigstens sind meine Lippen nicht trocken, auch wenn ich sonst furchtbar aussehe. Es ist zwar nicht viel, aber immerhin etwas. Als ich den Fettstift zurück in den Rucksack packe, bleibt mein Blick an dem Schlüsselanhänger von Jake hängen. Eine Plastikpalme, auf deren Stamm »San Diego« steht, baumelt am Reißverschluss. Keine Ahnung, wie Jake auf die Idee gekommen ist, dass mir der Anhänger gefallen könnte, aber es ist so. Ich liebe diesen Anhänger.

Beim Gedanken an Jake zieht sich mir der Magen zusammen. Ich war die ganze Zeit so damit beschäftigt, mein Leben ins Chaos zu stürzen, dass ich überhaupt nicht mehr an ihn gedacht habe. Wie er wohl ohne mich klarkommt? Was hat Mom ihm gesagt, wo ich stecke? Himmel. Ich darf gar nicht daran denken, nicht jetzt.

Zielstrebig steuere ich auf Manuels Haus zu, dicht gefolgt von Will und Juan, die wie ein altes Ehepaar Händchen halten. Es ist total absurd. »Wie spät ist es, Will?«, frage ich, obwohl ich vor der Antwort ein bisschen Angst habe.

»Äh ... kurz nach halb acht.«

Etwas mehr als vier Stunden bis zur Abschlussfeier. Die Wahrscheinlichkeit, dass wir noch rechtzeitig ankommen, wird von Minute zu Minute geringer.

Ich finde Manuel im Wohnzimmer, wo er zusammen mit Manu fernsieht. »Ihr seid wieder da?«

Manuel hat den Arm um seinen Sohn gelegt. Als ich die beiden da so sitzen sehe, jagt es mir einen jähen Schmerz durch die Brust. Plötzlich breche ich in Tränen aus. Oh Gott. Ich verwandle mich langsam in eine Figur aus einer mexikanischen Telenovela. Ich kann gar nicht mehr aufhören zu heulen. Was ist nur los mit mir? Ich glaube, das ist jetzt schon das sechste Mal innerhalb von vierundzwanzig Stunden. Ich weiß nicht, warum, aber der Anblick von Manuel löst etwas in mir aus, vielleicht wegen meines Dads, vielleicht auch, weil Manuel eine so große Rolle an einem so wichtigen Abend meines Lebens gespielt hat, vielleicht auch, weil ich einfach nur absolut erschöpft bin. Wie auch immer, ich laufe zu ihm und falle ihm um den Hals.

»Hey *mamacita*, was ist denn los?«

»Tut mir leid. Mir geht's gut. Ich bin nur müde. Ich hab mich noch gar nicht richtig entschuldigt für das Theater heute Morgen. Tut mir wirklich leid, Manuel.«

»Bist du deswegen zurückgekommen, um dich zu entschuldigen? Das hast du doch bereits getan. Mehrfach.« Manuel lacht in sich hinein. Er muss mich für total übergeschnappt halten. Was ich ja auch bin. »Ihr solltet jetzt wirklich keine Zeit mehr verlieren. An der Grenze wird es ziemlich voll sein. Ihr müsst los.«

»Wills Auto ist kaputt. Wir müssen den Bus nehmen.«

»Ihr könnt eure Freunde sicherlich noch einholen.«

»Ich würde sie nicht unbedingt als Freunde bezeichnen.«

»Tja, was auch immer sie sind, sie sind bestimmt noch in der Stadt. Sie wollten sich noch etwas zu essen kaufen. Das hat Max zumindest gesagt.«

»Oh, das wäre natürlich super. Danke. Danke vielmals, Manuel. Für alles.«

»Du kommst hoffentlich bald wieder und bringst Javier mit. Noch diesen Sommer, bevor du nach New York abhaust.«

»Ich komme wieder. Aber was meinen Dad angeht, kann ich nichts versprechen. Du weißt ja, wie er ist.«

Ich bin schon auf dem Weg zur Tür, als Manuel mir noch hinterherruft: »Kylie, dieses Mädchen kann dir absolut nicht das Wasser reichen.«

Ich lächle ihn an. Wenn ich jetzt noch eine Sekunde länger bleibe, fange ich gleich wieder an zu heulen.

Will und Juan warten vor der Tür auf mich.

»Kommt, Manuel sagt, Max, Charlie und Lily wollten sich in der Stadt noch was zu essen kaufen. Wir müssen sie finden.« Mir wird zwar schlecht bei dem Gedanken, mit ihnen mitzufahren, aber das scheint gerade unsere einzige Möglichkeit zu sein.

»Dann fahren wir also mit ihnen zusammen zurück?«, fragt Will, ebenso angetan von der Idee.

»Ja, außer dir fällt was Besseres ein.«

»Leider nein.«

Ich renne los, den Hügel hinab in Richtung Innenstadt, vorbei an den bunten Häusern, an den auf der Straße spielenden Kindern und den kitschigen Souvenirshops. Ich laufe zurück in die Stadt, die ich gestern so sehr lieben gelernt habe. Und da steht auf einmal auf der Hauptstraße gegenüber dem Hafen Charlies Jeep. Mit laufendem Motor.

Ich sehe gerade noch, wie Max und Lily einsteigen und die Türen schließen. Und dann setzt sich der Jeep auch schon in Bewegung.

Schreiend und wild mit den Armen fuchtelnd renne ich hinterher. Scheiße. Scheiße. Scheiße.

»Halt! Wartet! Max!«

Inzwischen habe ich den Jeep tatsächlich eingeholt.

»Max! Max!«, rufe ich. »Stopp! Haltet an!«

Da fährt Charlie endlich an den Straßenrand. Ich sehe Max an, unsere Blicke begegnen sich und für einen kurzen Moment ist es wieder gestern. Da sind nur er und ich, glücklich und verliebt. Doch dann driftet mein Blick ein ganz kleines bisschen ab und ich sehe Lily, die auf der Rückbank sitzt und ihr spitzes, kleines Gesicht zwischen den Sitzen hindurch nach vorne steckt. Sofort bin ich wieder in der Realität.

Alle drei springen aus dem Jeep. Na toll. Die drei Musketiere. Beim Gedanken daran, mit ihnen nach Hause zu fahren, dreht sich mir der Magen um.

»Äh, wir bräuchten eine Mitfahrgelegenheit. Wills Auto ist kaputt.«

»Was soll das heißen?«, fragt Max.

»Das soll heißen, dass Wills Auto keine Reifen mehr hat. Und keine Fenster«, erklärt Will, als er und Juan uns japsend einholen. »Aber alle meine CDs sind noch da. Seltsam, oder?«

»Also, können wir mit euch mitkommen?«, frage ich noch einmal, da bisher niemand darauf geantwortet hat. Sie werden mich ja wohl hoffentlich nicht betteln lassen.

»Klar«, sagt Max. Charlie und Lily schweigen.

Ein einziges Ja ist immerhin besser als gar keins.

Lily wirft mir einen finsteren Blick zu. Sie sieht todunglücklich aus. Ich kann es sogar nachvollziehen. Ich meine, es wäre wirklich leicht, sie in diesem Moment zu hassen, aber ich kann nicht. Uns wurde gerade beiden von ein und demselben Jungen das Herz gebrochen, damit sind wir unweigerlich miteinander verbunden, ob es mir gefällt oder nicht.

»Wir haben doch gar nicht genug Platz. Sie sind immerhin zu dritt«, gibt Lily jetzt zu bedenken.

»Ach was. Das kriegen wir schon irgendwie hin. Müssen wir. Schließlich ist nachher unsere Abschlussfeier.«

Charlie setzt sich für uns ein? Wer hätte das gedacht.

»Max, ich fahre auf gar keinen Fall mit *ihr* zusammen in einem Auto.« Lilys Stimmung wechselt auf einmal von niedergeschlagen zu richtig angepisst. Der Hass-Schalter ist wieder umgelegt. Und meine Gefühle ihr gegenüber sind auch nicht mehr allzu milde.

»Tja, dann musst du wohl in Ensenada bleiben.« Will legt den Kopf schief und grinst Lily an.

»Halt die Klappe, Will«, keift sie.

Oh Gott. Hoffentlich artet das nicht wieder in einen Wettkampf aus, wer am lautesten schreien kann. Charlie sieht Max an, als wäre es nun allein seine Entscheidung. Ich werfe Max einen warnenden Blick zu, bloß nicht Nein zu sagen, während Lily ihn anstarrt und wahrscheinlich genau das Gegenteil denkt – ein *Mexican standoff,* im wahrsten Sinne des Wortes. Max kann nur verlieren.

»Natürlich haben wir genug Platz«, antwortet Max schließlich, wobei er sich weigert, mich oder Lily anzusehen. Aber wenn das hier ein Spiel wäre, und letztendlich ist alles ein Spiel, dann würde ich sagen: Punkt für mich.

»Einer muss eben hinten auf dem Klappsitz sitzen«, sagt Charlie.

»Ich nicht«, verkündet Lily.

»Natürlich nicht. Wie würden nicht im Traum daran denken, dich darum zu bitten, Prinzessin«, stichelt Will.

»Kein Problem«, meldet Juan sich zu Wort. »Ich nehme den Klappsitz.«

Und damit ist die Entscheidung gefällt. Wir werden uns alle in das verdammte Auto quetschen und zusammen zur Abschlussfeier fahren. Was für ein beschissener Albtraum. Könnte mich bitte mal jemand erschießen?

Als Max die Hecktür öffnet, um Juan hineinzulassen, steht ihm plötzlich die Angst ins Gesicht geschrieben. Ich kenne diesen Ausdruck. Was ist denn jetzt auf einmal los?

Da beugt er sich zu mir vor und sagt: »Kylie, guck mal. Da drüben. Auf der anderen Straßenseite.«

Ich folge seinem Blick. Und da sind sie, die zwei Kerle von gestern. Sie stehen auf der gegenüberliegenden Straßenseite neben ihrem Truck. Sie sind es ganz eindeutig. Kahlköpfig, muskelbepackt und volltätowiert. Wie Zwillinge, nur dass der eine ungefähr doppelt so groß ist wie der andere.

Das muss ja wohl ein Scherz sein. Ich meine, wie wahrscheinlich ist das, bitte, dass wir sie hier wiedertreffen?

Dann fällt mir auf, dass das hier genau die Stelle ist, an der wir den Laster gestern stehen gelassen haben. Was für ein unglaublicher Zufall. Aber trotzdem, wie haben die beiden den Truck gefunden? Und wie kann es sein, dass wir jetzt genau da enden, wo alles angefangen hat? Ich komme mir vor wie in *Und täglich grüßt das Murmeltier*. Wir werden diesen beiden Typen immer wieder begegnen, jeden Tag für den Rest unseres Lebens. Sie werden in La Jolla auftauchen, in San Diego, New York ... und uns wegen dieses einen Fehltritts ewig verfolgen. Okay, das wird natürlich nicht passieren. Das war jetzt etwas theatralisch. Trotzdem ist es unglaublich, was für ein Pech wir haben.

»Steigt ein, steigt ein«, treibt Max uns alle an.

»Wie haben die bloß den Truck gefunden?«, frage ich ihn.

»Keine Ahnung. Da muss ein Peilsender oder so drin sein. Fuck.«

»Die sitzt nicht neben mir«, meckert Lily und zeigt auf mich.

»Lily, steig einfach ein«, erwidert Max.

Keiner der anderen versteht, was gerade los ist, aber wir haben auch keine Zeit, es ihnen zu erklären. Ohne mich noch einmal nach den Typen umzudrehen, klettere ich in den Jeep. Ich bin fest davon überzeugt, dass sie mich nicht sehen, wenn ich nicht hingucke. Aber als ich dann doch einen Blick über die Schulter werfe, scheinen sie gerade zu überlegen, woher sie Max, der immer noch auf der Straße steht, kennen. Und dann verändert sich ihr Gesichtsausdruck schlagartig, als es ihnen wieder einfällt.

42 Max:

»Charlie, gib mir die Schlüssel. Ich fahre«, sagt Kylie gelassen.

Sie ist plötzlich wieder in dem gleichen Zustand angstgetriebener Hochkonzentration wie gestern im Truck. Ich weiß, dass sie total unter Schock steht, doch statt davon gelähmt zu sein, handelt sie irgendwie ruhig und entschlossen. Dieses Mal will ich nicht wieder so versagen.

Ich reiße Charlie die Schlüssel aus der Hand und werfe sie Kylie zu. Sie beeilt sich, auf den Fahrersitz zu kommen. Ich schubse Charlie auf die Rückbank, knalle die Tür hinter ihm zu und steige auf den Beifahrersitz.

»Was soll der Scheiß?«, fragt Charlie.

Kylie fährt los. Vielleicht kommen sie uns ja gar nicht hinterher. Sie haben ihre Sachen doch wieder, sie haben den Truck. Was sollten sie noch wollen? Rache?

»Das da drüben sind die Typen, die gestern Kylies Rechner geklaut haben«, erkläre ich Charlie.

Meine Stimme verrät, wie verzwickt unsere Lage ist. Die Stimmung kippt.

»Scheiße, Mann«, flucht Charlie.

»Ich weiß. Ich meine, wie unwahrscheinlich ist es bitte schön, ausgerechnet denen noch mal zu begegnen?«, frage ich.

»Sehr unwahrscheinlich«, antwortet Kylie neben mir.

»Warum fährt Kylie?«, quengelt Lily vom Rücksitz.

»Weil sie besser fährt als wir alle, darum. Und sie kennt sich hier aus!« Boah, das ist mal wieder typisch Lily, sich über solche Kleinigkeiten aufzuregen, wenn es gerade echt andere Probleme gibt.

Kylie biegt rechts in eine kleine Seitenstraße ab und dringt immer weiter ins Herz der Stadt ein. Als ich einen Blick in den Rückspiegel werfe, ist von dem Truck nichts zu sehen. Ich glaube, wir sind die Kerle los.

»Ich fasse es nicht, dass ihr uns da mit reinzieht. Wie sollen wir es denn jetzt noch rechtzeitig zur Abschlussfeier schaffen?«, schimpft Lily vor sich hin.

»Lily, wenn du aussteigen willst, dann tu dir keinen Zwang an.« Kylie ist zwar immer noch ruhig und konzentriert, aber sie hat offenbar keine Lust, sich weiter Lilys Genörgel anzuhören.

»Nicht zu fassen. Da hab ich morgen 'ne wichtige Arbeit in Mathe und hier jagt mich Guido, der Zuhälter von 'ner Puppe«, sagt Will auf einmal.

»Was redet der für einen Mist?«, fragt Charlie.

»Das ist ein Zitat aus *Lockere Geschäfte*«, erklärt Kylie.

Will ist echt ein komischer Vogel. Er scheint das hier wirklich lustig zu finden. Ich glaube, er kapiert gar nicht, wie ernst die Situation ist.

»Verdammt«, rufe ich. »Kylie, da!«

Der Laster kommt aus einer anderen Seitenstraße direkt auf uns zu. Kylie reißt den Wagen nach links herum und rast durch eine enge Gasse, bevor sie wieder nach rechts auf die Hauptstraße abbiegt. Vor uns fährt ein riesiger Lkw. Kylie überlegt einen Sekundenbruchteil, dann überholt sie, in der Hoffnung, so unsere Verfolger abzuschütteln. Wir schaffen es heil um den Lkw herum, doch die beiden Kerle sind immer noch direkt hinter uns.

Kylie rast weiter die Straße hinunter, aber sie hat keine Chance, den Truck abzuhängen.

Da ruft Juan etwas von hinten.

»Was ist?« Ich kann ihn nicht verstehen, er ist zu weit weg.

Juan klettert über die Sitzbank und quetscht sich zwischen Lily und Will.

»Oh Gott. Was soll denn das jetzt?«, protestiert Lily.

»Ich kann dahinten genauso gut mit mir selbst reden, da hört mich eh niemand. Ich kenne den Polizeichef und hab ihn gerade am Handy. Ich hole euch hier raus. Kylie, du musst auf dieser Straße bleiben, bis wir auf die Mautstraße nach Tijuana stoßen. Die Polizei wartet dort auf uns.«

Juan ist auf einmal unser Held. Ich hatte ganz vergessen, dass er überhaupt mit im Auto sitzt. Dabei hatte ich mich vorhin noch gefragt, warum er eigentlich unbedingt mitkommen muss. Doch jetzt bin ich froh, dass er da ist.

»Im Ernst?«, brüllt Kylie zurück.

»Hundertprozentig, mein Dad und der Polizeichef sind beste Freunde.«

Juan spricht in knappen Sätzen auf Spanisch in sein Handy und berichtet dem Polizeichef vermutlich, was gerade passiert.

Auf einmal beschleunigt der Truck und fährt direkt neben uns, obwohl uns auf der Gegenfahrbahn Autos entgegenkommen. Die Fahrzeuge hupen und weichen nach links und rechts aus. Es ist das reinste Chaos. Ich will die Typen nicht ansehen, also drehe ich mich weg. Ich wollte mich ja dieses Mal zusammenreißen, aber trotzdem schreie ich entsetzt auf, als ich sehe, wie nah die Autos an uns vorbeifahren. Kylie manövriert uns geschickt durch alles hindurch. Zum zweiten Mal innerhalb von vierundzwanzig Stunden bin ich in einem Autorennen, auf der Flucht vor Kriminellen. Und ich helfe mal wieder kein Stück, die Situation zu verbessern. Aber es gibt auch nicht viel, was ich tun könnte.

Plötzlich rammt uns der Truck heftig von der Seite, sodass wir ordentlich durchgeschüttelt werden. Kylie gibt Gas und schießt nach vorne. Der Truck ist gezwungen einzuscheren, um nicht mit einem entgegenkommenden Auto zusammenzuprallen. Wir gewinnen etwas Vorsprung. Kylie hat anscheinend schon so viele Actionfilme in ihrem Leben gesehen, dass sie sich regelrecht in ihr Gehirn eingebrannt haben, denn sie übertrifft sich mal wieder selbst. Es ist der absolute Wahnsinn.

»Kylie, du bist hammer«, sage ich. Wenn ich ihr schon nicht helfen kann, kann ich sie wenigstens moralisch unterstützen.

Sie löst den Blick nicht von der Straße, aber ihre Mundwinkel verziehen sich zu einem Lächeln. Gott, ich bin total in sie verknallt. Sie ist so was von cool. Was auch immer heute Morgen geschehen ist, für mich hat sich nichts zwischen uns geändert. Ich habe noch nie so für jemanden empfunden. Und auch wenn sie nichts mehr mit mir zu tun haben will, meine Gefühle kann ich nicht leugnen.

»Kylie, bleib rechts. Die Mautstraße kommt gleich. Wenn wir da sind, halt einfach an«, sagt Juan. »Die Polizei ist direkt hinter uns. Sie werden sich um die Typen kümmern. Vertrau mir.«

Anhalten? Hört sich nicht gerade nach einer tollen Idee an. Aber es gibt auch keine Alternative.

Als wir bei der Kreuzung ankommen, schreit Juan: »HALT AN!«

»Hier?«, fragt Kylie.

»HIER!«, antwortet er.

Kylie fährt den Jeep an die Seite und hält. Zwei Sekunden später rast der Truck von hinten heran und bleibt mit quietschenden Reifen neben uns stehen. Wie auf Kommando fangen wir alle an zu schreien. Die beiden Typen springen aus dem Truck und kommen auf uns zugerannt. Kylie will schon wieder losfahren, als sich eine Sirene nähert. Im Rückspiegel sehe ich einen Polizeiwagen heranschießen. Ich komme mir vor wie im Film. Die beiden Typen machen sofort einen Rückzieher. Sie sprinten wieder in den Truck, doch keine Sekunde später bremst der Polizeiwagen neben uns ab und zwei Officers springen heraus.

Einer läuft zu Kylie und ruft: »Fahrt, los. Wir übernehmen von hier an. Ihr wollt doch nicht eure Abschlussfeier verpassen.«

Das lässt Kylie sich nicht zweimal sagen. Sie setzt zurück und fährt geradewegs auf die Mautstraße zu. Und schon sind wir auf dem Weg zur Grenze. Für ein paar Sekunden sagt keiner von uns ein Wort. Wir sind gerade an der Hölle vorbeigeschrammt. Da höre ich Will vor sich hin murmeln.

»Oh Gott. Oh Gott. Oh Gott«, wiederholt er immer wieder.

Ich habe keine Ahnung, wie lange er das schon vor sich hin sagt, aber jetzt wird er immer lauter.

»Alles okay, Will?« Kylie dreht sich zu ihm um.

»Mir geht's gut. Jetzt zumindest.«

»Juan! Das war großartig. Mann, wie hast du das gemacht?«, rufe ich. Denn ich für meinen Teil bin ziemlich aus dem Häuschen.

»Er ist eben einfach ein Rockstar!!«, sagt Will. »Er ist

mein Rockstar!« Und damit bedeckt er Juans Gesicht mit Küssen. Juan kichert. Lily schüttelt sich.

»In einer Kleinstadt in Mexiko aufzuwachsen, hat eben auch seine Vorteile«, erklärt Juan.

»Was hast du der Polizei denn erzählt?«, fragt Kylie.

»Ich hab nur gesagt, dass wir von zwei Typen mit einem Truck voller geklauter Sachen gejagt werden. Und der Polizeichef ist nun mal der beste Freund von meinem Dad und so etwas wie mein Onkel. Er hat keine Sekunde daran gezweifelt, denn er weiß, dass ich nie so etwas erzählen würde, wenn es nicht wahr wäre.«

»Du bist mein Chow Yun Fat«, verkündet Will.

»Was?«, fragt Charlie.

»Chinesischer Actionfilm-Star«, antworten Kylie und ich gleichzeitig.

Wir sehen uns kurz an. Ich versuche, ihr eine Million Dinge mitzuteilen, aber anscheinend bin ich nicht sonderlich erfolgreich. Kylie sieht wieder weg. Entweder sie merkt nicht, was ich ihr sagen will, oder sie will es nicht merken.

43 Lily:

Ich sollte wahrscheinlich erleichtert oder dankbar oder was weiß ich dafür sein, dass wir da heil rausgekommen sind, aber alles, woran ich denken kann, ist dieser Blick, den Max Kylie zugeworfen hat. Ein ziemlich eindeutiger Blick, wie ich finde. Max glaubt bestimmt, ich hätte es nicht mitbekommen, weil ich hinten sitze. Aber vielleicht bin ich auch bloß paranoid, was ich ja auch wirklich manchmal bin. Immerhin schien es Max vorhin aufrichtig leidzutun, als wir miteinander geredet haben. Trotzdem muss ich etwas unternehmen. Ich habe den Eindruck, dass Max sich mehr und mehr von mir entfernt.

»Das war einfach großartig«, sagt Charlie zu Kylie.

»Ich habe ja nichts weiter gemacht, als zu fahren«, antwortet sie bescheiden. Wen will sie eigentlich verarschen?

»Du rockst einfach, Süße. Aber das wusste ich ja schon immer«, sagt Will.

»Mann, ich dachte echt, das war's jetzt mit uns«, labert Charlie. »Aber du fährst wie ein Weltmeister.« Ja, wir haben's kapiert, Charlie. Jetzt reicht es.

»Wir sollten uns wohl eher bei der Polizei bedanken«, werfe ich ein. Schweigen. Immerhin habe ich den Tenor des Gesprächs gewechselt. »Und bei Juan.«

»Ja, wirklich, danke, Mann«, sagt Charlie zu Juan. »Wir sind dir echt was schuldig.«

»Keine Ursache. Ihr seid mir gar nichts schuldig«, entgegnet Juan.

Gott sei Dank reden wir jetzt über wen anderes. Ich habe keine Ahnung, wer dieser Typ überhaupt ist, aber es ist mir tausendmal lieber, er steht im Mittelpunkt, als Kylie.

Ich gebe mir größte Mühe, nicht die Fassung zu verlieren, aber es fällt mir von Sekunde zu Sekunde schwerer. Ich fürchte, jeden Moment einen hysterischen Anfall zu bekommen. Es war ein langer Tag, dabei ist es gerade mal neun Uhr morgens.

»Vielleicht sollte Charlie jetzt weiterfahren«, sage ich. »Ich meine, es ist immerhin sein Auto und wir sind in Mexiko. Ich würde lieber kein Risiko eingehen. Die Polizei hier ist ganz schön pingelig.« Muss ja wirklich nicht sein, dass Max und Kylie da vorne zusammensitzen.

»Meinetwegen«, antwortet Kylie. »Ich muss eh noch mal meine Rede überfliegen.«

»Ich gehe auch gerne wieder nach hinten«, sagt Juan. »Ist ja doch ein bisschen eng hier.«

Bei der nächsten Ausfahrt fährt Kylie rechts ran und Charlie springt auf den Fahrersitz. Max bleibt vorne. Kylie will sich anscheinend einfach mit zu mir nach hinten setzen. Das kann sie mal schön vergessen.

»Maxie, kannst du dich zu mir setzen? Mir geht's gerade nicht so gut«, sage ich.

»Äh, klar, gerne«, antwortet er. Ob er es wirklich so meint? Aber wenn Max und ich erst mal zwei Stunden nebeneinandersitzen, werden wir die Kluft, die vielleicht noch zwischen uns ist, schon wieder schließen.

»Kein Problem. Ich kann gerne vorne sitzen«, sagt Kylie, als wäre sie das netteste Mädchen auf der ganzen Welt.

Oh bitte. Wem willst du hier was vormachen, Schätzchen. Ich habe dich auf dem Squash-Court gesehen. Ich weiß, wie durchgeknallt du bist. Und du weißt ganz genau, wie fies ich sein kann. Na dann, mögen die Spiele beginnen!

Juan geht also wieder nach hinten, Max setzt sich neben mich und Kylie steigt vorne ein. Leider sitzt immer noch Will mit uns hinten, aber es gibt nun mal keinen anderen Platz, außer vielleicht im Kofferraum, wo er meinetwegen auch hinkönnte. Nur die anderen hätten wahrscheinlich was dagegen. Ich werde ihn wohl einfach ignorieren müssen. Einfacher gesagt als getan.

»Du bist bestimmt total verspannt, Süßer«, säusle ich Max ins Ohr. »Soll ich dir den Nacken massieren?«

»Nein danke«, antwortet er. Er scheint sich in meiner Nähe fast unwohl zu fühlen. Das ist kein gutes Zeichen.

»Komm schon«, dränge ich. »Du hast ein paar anstrengende Stunden hinter dir. Ich verspreche dir, du wirst dich hinterher besser fühlen.«

Max zögert. Er traut sich nicht, Nein zu sagen. »Ähm ... okay.«

Also fange ich an, ihm den Nacken zu massieren und über die Schultern zu streichen.

»Gut so?«

»Ja, danke, Lil«, antwortet er. Und keine dreißig Sekunden später: »Es geht schon wieder.«

Das soll ja wohl ein Scherz sein. Ich höre auf gar keinen Fall auf. Ich muss dieses Spiel für mich gewinnen. Zeigen, wer hier das Alphatier ist. Ich streiche ihm über die Schultern und die Arme, über die Brust und hinunter zu seinen Beinen. Will beobachtet uns abfällig.

Auch Kylie sieht kurz über ihre Schulter nach hinten.

In dem Moment zieht Max sein Bein weg. Ich lasse von ihm ab, denn ich habe erreicht, was ich erreichen wollte. Auch wenn zwischen uns noch nicht alles wieder in Ordnung ist, habe ich mein Revier markiert. Kylie hat gesehen, wie ich Max am ganzen Körper berührt habe. Ich hoffe, die Botschaft ist angekommen.

44 Kylie:

Ich sitze über meinen Laptop gekauert auf dem Beifahrersitz, stopfe alte Kartoffelchips in mich hinein und starre auf den Bildschirm. Doch es ist alles andere als leicht, mich auf meine Rede zu konzentrieren, wenn Max und Lily direkt hinter mir die ganze Zeit am Rummachen sind. Die könnten sich wirklich mal zusammenreißen und wenigstens warten, bis wir wieder zu Hause sind. Wie konnte ich mich nur so von Max täuschen lassen?

Ich konzentriere mich wieder auf die Worte vor mir, blende alles um mich herum aus und fange an zu lesen: »Golda Meir sagte einmal: ›Erschaffe die Art von Selbst, mit dem du dein ganzes Leben glücklich leben wirst. Mach das Beste aus dir, indem du die winzigen, inneren Funken der Möglichkeiten entfachst und in Flammen des Erfolgs verwandelst.‹ Liebe Absolventinnen und Absolventen, heute ist der Tag, an dem wir unser Selbst erschaffen. Die Entscheidungen, die wir von nun an treffen, werden Einfluss auf den Rest unseres Lebens haben. Die Fackel wird von Generation zu Generation weitergereicht. Jetzt sind wir an der Reihe, sie zu übernehmen und der Welt zu zeigen, was wir können.«

Irgendwie bin ich überhaupt nicht mehr damit zufrieden. Was mir gestern noch geistreich und aufrichtig vorkam, hört sich jetzt abgedroschen und heuchlerisch an.

Ich lese weiter. »Wir haben keine Zeit zu verlieren. Wir können es uns nicht leisten, Fehler zu machen. Denkt gut nach, trefft kluge Entscheidungen, gebt die Richtung an. Und setzt etwas in Bewegung!«

Vielleicht hatte Max recht damit, dass das Zitat daneben ist. Auf einmal bin ich mir unsicher, ob die Leute etwas damit anfangen können. Ich bin mir noch nicht einmal mehr sicher, ob *ich* es kann.

»Wir können es uns nicht leisten, Fehler zu machen.« Denke ich das wirklich? Es klingt so hart. Ich meine, die letzten vierundzwanzig Stunden waren ein Riesenfehler, aber bereue ich es? Ich glaube nicht. Zugegeben überrascht mich das selbst. Auch wenn die Dinge heute Morgen nicht unbedingt gut für mich ausgegangen sind, weiß ich jetzt zumindest, dass ich außerhalb meiner kleinen Welt überleben kann. Und dass ich, auch wenn es manchmal wehtut, lieber da draußen in der großen, weiten Welt bin als in Sicherheit in meinem kleinen Käfig versteckt. Mein Herz ist zwar gebrochen, ich habe meine Kleider verloren und meine Rede ist vielleicht nicht unbedingt weltbewegend, aber dafür bin ich nun stärker als zuvor. Besonders hilfreich ist das im Moment jedoch nicht. Was soll ich denn jetzt mit dieser gottverdammten Rede machen?

Wir sind inzwischen schon eine ganze Weile unterwegs und fast in Tijuana. Wir liegen gut in der Zeit. Wenn wir weiter so durchkommen, sind wir gegen halb elf, elf zurück.

Vielleicht habe ich sogar noch Zeit, mich umzuziehen. Da fällt mir ein, dass ich meine Mom anrufen und mir eine Erklärung einfallen lassen muss, wo ich war, warum ich immer noch nicht zu Hause bin und warum ich ein hellrosa Kleid trage, das offensichtlich von südlich der Grenze kommt.

»Arbeitest du immer noch an deiner Rede, Kylie?« Als Max sich zu mir nach vorne beugt, ist sein Gesicht fast auf gleicher Höhe wie meins, unsere Haare berühren sich. Ein Schauder läuft mir über den Rücken. Es wäre sehr viel einfacher, ihn zu ignorieren, wenn mein Körper nur mitspielen würde. Ich wünschte, Max würde mich in Ruhe lassen. Ich habe absolut keine Lust, mich mit ihm zu unterhalten. Der Zug ist abgefahren. Was gestern war, ist vorbei. Wir sind nicht einmal mehr Freunde. Und auch wenn ich die gestrigen Erfahrungen nicht bereue, kann ich auf sein Mitleid gut verzichten.

»Äh, ja«, antworte ich nur.

»Willst du sie uns vorlesen?«

»Nein, will ich nicht.« Ich drehe mich weg und widme meine Aufmerksamkeit wieder meinem Rechner, in der Hoffnung, dass mir noch irgendetwas Geistreiches einfällt. Vielleicht kann ich ja hier und da noch einen Satz ergänzen und die Rede so noch verbessern.

»So eine Abschlussrede kann ganz schön peinlich sein, wenn sie nicht gut ankommt«, sagt Lily zu niemandem im Besonderen. »Vor drei Jahren soll Janelle Davis eine dermaßen schlechte Rede gehalten haben, dass sie sich immer noch nicht traut, zum Ehemaligentreffen zu kommen.«

»Lily!«, ruft Max.

»Was denn? Ich sage ja nur ...«

»Kylie, ich wollte dich das schon längst fragen, aber als Guido der Zuhälter hinter uns her war, hab ich es total vergessen. Was ist letzte Nacht eigentlich noch passiert? Muss ja ganz schön zur Sache gegangen sein«, wirft Will ein.

Oh nein. Ich weiß ganz genau, was Will vorhat. Er will Lily so richtig eine reinwürgen. Aber das ist nicht der richtige Weg.

»Was?«, fragt Lily. »Was zum Teufel war letzte Nacht, das du mir nicht erzählt hast, Max?«

»Ihr wart auf jeden Fall ganz schön betrunken«, setzt Will noch einen drauf.

Auf einmal habe ich ein ganz flaues Gefühl im Magen. Ich will das nicht. Nicht hier. Und nicht jetzt. Wir sitzen alle viel zu eng aufeinander. Ich werfe Will einen vielsagenden Blick zu, den er aber ignoriert.

»Und ihr habt ganz schön verliebt ausgesehen ...«

»Nein! Es ist nichts passiert«, unterbreche ich ihn, obwohl ich keine Ahnung habe, ob das stimmt. Meine Erinnerung ist ein bisschen verschwommen. Ich würde Max gerne unter vier Augen danach fragen und dann sehen, wie ich damit umgehe. Nicht hier im Auto, wo alle anderen zuhören. »Glaub mir, es war nichts. Stimmt's, Max?«

»Stimmt«, antwortet Max wenig überzeugend. Oh Mann, jetzt hilf mir doch mal.

»Es war nichts«, wiederhole ich.

»Das hat gestern Abend aber noch ganz anders ausgesehen«, erwidert Will.

»Ist aber so«, antworte ich und sehe Will noch einmal eindringlich an, damit er es endlich kapiert und die Klappe hält.

»Diskutiert das doch bitte später aus, wenn ihr unter euch seid und euch ein bisschen beruhigt habt«, ergreift jetzt Charlie das Wort.

»Charlie hat recht«, pflichtet Juan ihm bei. Zu spät, Juan. Wir sind schon mittendrin. Tut mir leid, dass du dir das jetzt anhören musst.

»Okay«, sagt Max, während er zwischen mir und Lily

hin- und hersieht. »Lily, du willst unbedingt wissen, was letzte Nacht passiert ist?«

»Ja.«

»Nichts«, spuckt Max aus. »Okay? Absolut nichts. Kylie und ich hatten keinen Sex. Wir haben nur zusammen in einem Bett geschlafen. Das ist alles. Wir waren viel zu betrunken, um noch irgendetwas anderes zu tun.« Als er das sagt, sieht er mir direkt in die Augen. »Nichts gestern Abend hatte irgendetwas mit der Wirklichkeit zu tun. Es war alles nur betrunkener Blödsinn. Wir kennen uns fast gar nicht.«

Max klingt ziemlich gereizt, so als wäre er sauer auf mich. Was vollkommen absurd ist. Wenn hier irgendwer Grund hat, sauer zu sein, dann ich.

»Wunderbar«, sage ich. »Dann hätten wir das ja geklärt.« Ich drehe mich wieder nach vorne und starre auf die Straße.

»Weißt du, was ich nicht kapiere?« Lily gibt einfach nicht auf. »Wenn du schon hinter meinem Rücken rumvögeln musst, warum dann ausgerechnet mit Kylie Flores? Sie ist noch nicht mal irgendwie scharf. Sie ist einfach nur abgedreht. Und billig.«

Will explodiert, bevor ich irgendetwas sagen kann.

»Pass auf, du miese kleine Ratte. Kylie hat so viel Intelligenz, Klasse und natürliche Schönheit allein in ihrem kleinen Finger, dass du nur davon träumen kannst.«

»Als wenn mich deine Meinung interessieren würde«, kontert Lily.

»Lass Kylie da raus, Lily. Es hat nichts mit ihr zu tun«, sagt Max.

»Womit hat es denn dann zu tun?«, fragt Lily.

»Mit uns. Dir. Und mir.«

»Ich verstehe das nicht.« Lily fängt an zu weinen. »Warum verteidigst du sie? Wenn nichts passiert ist, warum bist du dann nicht auf meiner Seite?«

Ich kann mich nicht mehr länger zurückhalten. Erneut drehe ich mich nach hinten. »Lily, du brauchst dir überhaupt keine Sorgen machen. Du kannst Max ganz für dich alleine haben. Falls du es noch nicht kapiert hast: Ich will ihn nicht.«

»Es gibt keine Seiten, Lily. Hör auf, das hier zu einem Krieg zu machen.« Max redet mit Lily, sieht aber mich dabei an.

45 Max:

Ich kann Kylie nicht ausstehen.

Das stimmt zwar nicht, aber ich wünschte, es wäre so. Das würde es sehr viel einfacher machen. Wie kann sie mich nur so ansehen, als wäre gestern Abend überhaupt nichts passiert? Ich meine, klar, Lilys Aufkreuzen hat uns die Tour ganz schön vermasselt, aber sie scheint überhaupt nicht zu kapieren, in was für einer unangenehmen Situation ich mich gerade befinde.

Was auch immer zwischen uns gewesen ist, es ist vorbei. *Finito*. Ganz offensichtlich hat es ihr nicht das Geringste bedeutet.

Lily heult jetzt noch mehr. Ich lege den Arm um sie. »Komm schon, Lil, so schlimm ist es doch gar nicht. Wenn wir diese beschissene Fahrt und die Abschlussfeier hinter uns haben, nehmen wir alle Partys mit und dann liegt noch der ganze Sommer vor uns.«

Da heult sie nur noch mehr.

Schon lustig, wie Will und Kylie auf einmal nichts mehr sagen. Darum darf ich mich jetzt kümmern. Hätte ich doch niemals zugestimmt, Ms Murphys blöde Hausaufgaben zu machen. Dann wären wir jetzt alle nicht hier.

»Lil, es tut mir wirklich schrecklich leid. Jetzt beruhig dich doch. Es wird alles wieder gut«, sage ich, obwohl das gerade ein ziemlich kläglicher Versuch ist, sie zu trösten. Wenn ich könnte, würde ich die Zeit dahin zurückdrehen, wo ich Lily noch geliebt habe und mir Kylies Existenz so gut wie gar nicht bewusst war.

»Es wird überhaupt nicht wieder gut! Gar nichts wird wieder gut!«, schreit Lily plötzlich. »Mein Leben ist ruiniert, total im Arsch!«

Puh, jetzt übertreibt sie aber ganz schön. Was ist denn bloß los mit ihr? Sie sieht unglaublich verzweifelt aus, am Boden zerstört. Das kann doch nicht nur mit mir zu tun haben, oder?

»Glaub mir, in ein paar Wochen werden wir alle darüber lachen«, versuche ich, sie zu beruhigen. So sicher bin ich mir dabei allerdings nicht. »Ich finde, du siehst das gerade etwas zu dramatisch ...«

»Ich sehe es überhaupt nicht *zu* dramatisch, sondern ausnahmsweise mal ganz realistisch. Ist alles einfach nur noch beschissen. Es ist nämlich noch viel schlimmer, als du denkst. Mein ganzes Leben ist im Eimer.«

»Lily, wovon redest du? Alles wird gut. Du wirst schon sehen ...«

»Mein Dad kommt ins Gefängnis«, schluchzt Lily.

»Dein Dad kommt ins Gefängnis?«, wiederhole ich.

»Ins Gefängnis?«, fragt Kylie.

»Ernsthaft?«, fragt Will.

Wehe, Will behält seine blöden Sprüche nicht für sich. Ich schwöre, ich bringe ihn um, wenn er das hier jetzt noch schlimmer macht.

»Was meinst du damit? Warum kommt er ins Gefängnis?« Ich lege wieder den Arm um Lily. Ich muss sie beruhigen. Muss sie dazu bringen, mit mir zu reden. Sie macht mir Angst.

»Ich hab's gerade erst erfahren. Gestern Abend. Aber du warst ja die ganze Zeit nicht da, also konnte ich es dir nicht erzählen. Er ist wegen Betrugs verhaftet worden, Geldwäsche oder was weiß ich. Und alle werden es mitkriegen, wenn er erst mal vor Gericht kommt.«

»Krass«, sagt Juan von hinten. Er bereut es inzwischen bestimmt, auf diese verrückte Fahrt mitgekommen zu sein.

»Lily, es tut mir leid, dass ich nicht für dich da war ...« Ich weiß nicht, was ich noch sagen soll. Wie ich es wiedergutmachen kann. Ich stecke ganz schön in der Klemme. »Wie hast du es erfahren?«

»Meine Mom hat es mir gestern erzählt. Aber es war schon länger alles ziemlich seltsam. Ich habe dir nichts gesagt, weil du ja nie reden willst. Deswegen hast du wahrscheinlich auch mit keinem Wort erwähnt, wie krank dein Dad in Wirklichkeit ist. Ich glaube, du hast sogar gesagt, es geht ihm besser. Das ist anscheinend das, was du immer sagst, wenn es unangenehm wird. Mach dir keine Sorgen. Alles wird gut.« Inzwischen ist Lily halb am Weinen, halb schreit sie mich an. Das hier ist auf einmal ein Streit über eine ziemlich private Angelegenheit, in einem ziemlich öffentlichen Rahmen.

»Es tut mir wirklich leid, Lily. Ich hätte es dir sagen sollen.«

Das geht mir hier alles zu schnell. Ich weiß nicht, wie ich reagieren soll.

46 Will:

Scheiße. Was habe ich bloß angerichtet? Ich wollte Lily doch nur eine Lektion erteilen. Stattdessen ist die Kacke jetzt so richtig am Dampfen und Kylie ziemlich angepisst. Max ist anscheinend einfach nur deprimiert und Lily nervt, wie immer, aber zumindest heult sie jetzt mal wegen eines echten Problems herum. Sie tut mir tatsächlich ein bisschen leid. Was Juan wohl denkt? Wahrscheinlich will er nur noch so schnell wie möglich weg von hier – und mir. Er bereut es bestimmt, überhaupt in dieses Auto eingestiegen zu sein, und verflucht den Tag, an dem er mich kennengelernt hat. Mich und meine große Klappe.

»Oh Gott, Max, wenn wir miteinander reden könnten, ich meine richtig reden, dann wären wir jetzt gar nicht in dieser beschissenen Situation«, jammert Lily. Rotz und Wasser laufen ihr übers Gesicht. Sie ist vollkommen aufgelöst. Ich glaube, die Psychokillerbraut war mir lieber als dieses bemitleidenswerte Häufchen Elend.

»Kann sein«, antwortet Max. Er sieht ganz schön niedergeschlagen aus. Der arme Kerl.

Ich werde mal versuchen, die Atmosphäre ein bisschen aufzulockern. Immerhin bin ich für diesen Schlamassel verantwortlich. Jetzt muss ich ihn auch wieder beseitigen. Oder zumindest unter den Teppich kehren.

»Ich hab letzte Nacht meine Jungfräulichkeit verloren. An Juan«, platze ich heraus.

»Als wenn das irgendwen interessieren würde«, fällt mir Lily ins Wort.

»Will ...« Kylie sieht mich warnend an.

»Was?«, frage ich sie. »Ich wollte nur das Thema wechseln. Himmel, ihr müsst mich ja nicht gleich mit Dank überschütten.«

Keiner sagt etwas. Ich finde ja, man könnte mir wenigstens gratulieren. Lily ist echt ein Miststück. Ich nehme mein Mitleid wieder zurück.

»Du bist so was von egoistisch«, sagt Lily wieder an Max gerichtet. Offenbar hat sie vor, ihn so lange fertigzumachen, bis er zu Staub zerfällt.

»Lily, das mit deinem Dad tut mir wirklich leid. Und das mit gestern auch. Es tut mir alles schrecklich leid. Ich weiß nicht, was ich noch sagen soll ...«, seufzt Max.

»Lily, jetzt lass Max doch mal in Ruhe. Ihr zwei müsst darüber sprechen, aber alleine«, fällt Charlie ein.

»Genau, Charlie. Verteidige ruhig deinen besten Freund. Das ist irgendwie ganz schön ironisch, findest du nicht?«, keift Lily. »Wenn wir schon mal dabei sind: Wollt ihr noch mehr Geheimnisse hören?« Sie will es wirklich auf die Spitze treiben.

Oh Gott, ich weiß nicht, ob wir noch mehr davon ertragen.

»Charlie und ich haben gestern auf Lucas Party rumgemacht.«

»Was?«, Max ist offensichtlich schockiert.

Ich drehe mich zu Juan um, der mit großen Augen die Geschehnisse verfolgt, und sage: »Tut mir leid. Es tut mir wirklich aufrichtig leid.« Das hier ist sogar für mich zu viel Drama.

Doch Juan legt sich nur einen Finger auf den Mund und macht: »Schhh!« Anscheinend fühlt er sich gut unterhalten.

»Hey Kumpel«, sagt Charlie. »Es ist nicht, was du denkst.«

»Habt ihr rumgemacht oder nicht?«, fragt Max.

»Nein. Ich meine, wir waren betrunken. Und Lily war vollkommen aus dem Häuschen, weil sie nicht wusste, wo du steckst. Wir haben nur geknutscht. Das ist alles.«

»Willst du mich verarschen?« Max ist angepisst. Die Ironie an der Sache ist eigentlich nicht zu übersehen. Nur fällt sie Max anscheinend nicht so krass auf wie mir.

»Max, es hat überhaupt nichts bedeutet«, sagt Charlie noch einmal mit mehr Nachdruck, aber Max sieht ihn immer noch ungläubig an.

Er benutzt genau die gleichen Worte wie Max kurz zuvor. Bin ich eigentlich der Einzige, dem auffällt, wie lächerlich das hier ist? Was für eine Heuchelei ... Jeder macht mit jedem rum und nichts davon war ernst gemeint. Ich wünschte nur, Kylie würde da nicht mit drinstecken.

»Hey Mann, du bist mein bester Kumpel.«

»Max. Es hat NICHTS bedeutet. Gar nichts. Es war nicht mehr als ein Kuss.«

Max schweigt. Wie wir alle. Lily beobachtet das Ganze nur. Schwer zu sagen, ob sie sich über das Chaos, das sie angerichtet hat, freut oder ob sie so abgebrüht ist, dass es sie vollkommen kaltlässt.

»Du hast dich an meine Freundin rangemacht. Das ist unglaublich. Du bist doch mein Kumpel. Mein *bester* Kumpel.« Max redet mehr mit sich selbst als mit Charlie.

»Und du? Du hast gleich die ganze Nacht mit einer anderen verbracht. Warum verurteilst du mich?«

Oh-oh. Jetzt geht es los ... Schnallt euch besser an, es könnte ziemlich rasant werden.

»Woah ... okay. So willst du das also regeln?«, fragt Max.

Es folgt ein langes, unangenehmes Schweigen. Wir alle halten die Luft an, bis Charlie laut seufzt.

»Nein. Will ich nicht. Pass auf, ich will mich nicht mit dir streiten, Max. Es hätte nicht passieren dürfen.« Charlie redet mit Bedacht. »Aber ich schwöre dir, es hatte nichts zu bedeuten. Ich ... ich bin schwul. Ich bin schwul.«

Er sagt es zweimal. Als hätten wir es beim ersten Mal nicht verstanden. Dabei hat es da schon einen ziemlichen Eindruck gemacht, aber wie.

Sogar Lily ist ganz geplättet von dieser Sensation.

Schwul? Charlie? Ich würde am liebsten rufen: Hab ich doch gleich gesagt, aber das ist wohl gerade nicht der richtige Moment dafür.

»Du bist was?«, fragt Max.

Max muss es anscheinend noch ein paar Mal hören, bis es bei ihm angekommen ist. Hetero-Typen können echt so was von begriffsstutzig sein.

»Ich bin schwul. Okay?«

Ich habe es verstanden, mein Freund.

47 Max:

»Das erklärt natürlich einiges«, bemerkt Lily.

»Das sind ja großartige Neuigkeiten«, jubelt Will.

»Ja, wahrscheinlich«, antwortet Charlie.

Will wirft die Faust in die Luft. »Erster Punkt für unser Team!«

Mein Schweigen ist wahrscheinlich nicht gerade hilfreich. Aber ich weiß absolut nicht, was ich sagen soll. Toll? Gut gemacht? Freut mich für dich? Das Erste, was mir durch den Kopf schießt, ist natürlich: Ist er etwa in mich verknallt? Ich muss an die vielen Male in der Umkleide denken. Ich weiß, das ist ein furchtbares Klischee. Ich wünschte, mein Verstand wäre etwas weiterentwickelt, aber das ist er leider nicht. Ich kämpfe ganz schön damit, diese Neuigkeit zu verdauen. Mein bester Freund ist schwul. Charlie ist schwul. Ich sage es ein paar Mal in Gedanken vor mich hin. Ich kann es immer noch nicht fassen. Dabei hab ich gar nichts gegen Schwule. Es ist nur ziemlich seltsam, wenn du glaubst, eine Person richtig gut zu kennen, und dann stellt sich heraus, dass man sie im Grunde überhaupt nicht kennt.

Keiner sagt etwas. Das Schweigen hängt schwer in der Luft. Alle warten gespannt, wie ich reagiere.

»Hey Mann, warum hast du denn nichts gesagt? Wir verbringen doch jeden Tag mindestens zwanzig Stunden miteinander.« Ich hätte mir wirklich was Besseres einfallen lassen können, aber das ist nun mal das, was ungefiltert aus mir herauskommt.

»Ich wollte es ja selbst eine ganze Zeit lang nicht glauben. Ich versuche immer noch, es zu begreifen. Und es ist auch nicht gerade leicht, darüber zu reden. Zuerst dachte ich noch, wenn ich nur genug Willenskraft aufbringe, dann geht es wieder vorbei ...«

»War bei mir auch so«, ruft Juan von hinten.

»Bei mir nicht«, sagt Will.

»Aber es ist nun mal so, wie es ist. Ich bin schwul. Ich wollte schon das ganze Jahr mit dir darüber reden. Aber es war irgendwie nie der richtige Zeitpunkt. Und ich hatte ziemlichen Schiss, dass die anderen Jungs total durchdrehen und denken, sie könnten nicht mehr mit mir rumhängen ... nicht mehr mit mir in die Umkleide gehen ... ihr wisst schon, dass ich mich in sie verlieben würde.«

Scheiße. Schuldig im Sinne der Anklage. Ich bin so ein Arsch.

»Du kannst dir nicht vorstellen, wie viele Schwulenwitze ich in den letzten Jahren gehört habe. Von allen, inklusive dir. Unsere Schule ist nicht unbedingt die toleranteste.«

»Das kannst du wohl laut sagen«, bemerkt Will.

Ich fühle mich echt mies. Garantiert habe ich eine Million unangebrachte Bemerkungen gemacht. Eigentlich will ich gerade so wenig wie möglich sagen, einfach die Schotten dicht machen. Aber ich will kein Feigling mehr sein. Charlie war gerade mutiger, als ich wahrscheinlich jemals im Leben sein werde. Ich bin ihm das einfach schuldig.

»Ich stehe auf jeden Fall zu dir«, sage ich, so lahm es auch klingen mag. Aber ich versuche es wenigstens. Ich habe noch nie vorher ein solches Gespräch geführt, woher soll ich wissen, wie das geht?

»Und was war mit Shelia Nollins? Und Tracy Lestahl?«, frage ich. Ich kapiere es immer noch nicht. Hat Charlie uns das etwa nur vorgespielt? Oder wusste er es zu dem Zeitpunkt noch gar nicht ...

»Es hat einfach ’ne Weile gedauert, okay?«

»Klar, verstehe. Sag Bescheid, wenn du Unterstützung brauchst. Es hat sich nichts zwischen uns geändert, wirklich nicht«, sage ich.

»Danke, Mann. Das bedeutet mir echt ’ne Menge.«

Alle beobachten uns und warten, was als Nächstes passiert. Auf einmal fange ich an zu lachen. Ich weiß nicht, ob es wegen der peinlichen Situation ist oder weil das Ganze einfach so absurd ist. Wahrscheinlich beides.

»Was ist?«, fragt Charlie.

»Nichts. Ich kann nur nicht glauben, dass du es mir ausgerechnet jetzt erzählst. Ich meine, ich bin froh, dass du es gesagt hast. Es ist nur irgendwie komisch. Hier im Auto. Mit den ganzen Leuten.«

»Ich weiß. Total verrückt.« Charlie fällt in mein Lachen ein. Es fühlt sich gut an. Vielleicht kommt ja alles wieder in Ordnung.

»Das gibt dem Spruch ›Es liegt nicht an dir‹ eine ganz neue Bedeutung«, sagt Lily und kichert vor sich hin. Auf einmal ist die Stimmung nicht mehr ganz so gedrückt.

»Das wird auf jeden Fall als der abgefahrenste Roadtrip aller Zeiten in die Annalen eingehen«, bemerkt Kylie. Auch sie scheint inzwischen etwas entspannter zu sein. Vielleicht kommen wir doch noch alle lebend hier raus.

»Hast du es deinen Eltern schon erzählt?«, fragt Will.

»Nein. Noch nicht.«

»Großartig, ich kann dir noch so viel beibringen«, sagt Will.

»Charlie ist vielleicht schwul, aber das heißt nicht, dass ihr auf einmal beste Freunde seid. Er findet dich immer noch total nervig«, fällt Lily ihm ins Wort.

»Und ich finde dich immer noch total nervig, du Xanthippe«, kontert Will.

»Was bitte schön ist eine Xanthippe? Klingt nach einem Mitglied von irgendeiner Sekte oder so«, sagt Charlie.

»Ein anderes Wort für alte Hexe«, erklärt Will.

»Gefällt mir. Das werde ich sofort in meinen Wortschatz aufnehmen«, sagt Lily zu Will.

»Mach das ja nicht. Sonst werde ich dich verklagen«, droht er ihr dann.

»Na, dann viel Glück. Wir sind bankrott.« Und dann fängt Lily auf einmal laut zu lachen an. Sie hört gar nicht mehr auf damit. »Wir sind total bankrott. Bankrott. Bankrott. Fühlt sich das gut an, es einfach mal auszusprechen.«

Will lacht mit ihr. Ich bin echt erleichtert. Länger hätte ich es auch nicht mehr ausgehalten. Ich löse meine verkrampften Schultern und atme ein paarmal tief durch. Ich spüre, wie die Luft in meine Lunge strömt. Als hätte ich vorher zu atmen aufgehört.

»Oh, Scheiße«, sagt Kylie plötzlich und zeigt vor uns auf die Straße.

Was ist denn jetzt?

Ich beuge mich nach vorne und da sehe ich, was sie meint: Stau. Es sind noch mindestens anderthalb Kilometer bis zur Grenze. Ich blicke auf die Uhr. Noch eine Stunde bis zur Abschlussfeier. Inzwischen sind wir komplett zum Stehen gekommen.

48 Kylie:

Ich sehe auf die Uhr. Viertel nach elf. Noch fünfundvierzig Minuten bis zur Abschlussfeier. Seit ungefähr einer halben Stunde kommen wir nur noch im Schneckentempo voran. Ich seufze laut auf.

»Wir schaffen es nicht«, sage ich an niemand Spezielles gerichtet.

»Klar schaffen wir's. Es sind nur noch fünf Autos vor uns«, beruhigt mich Max. Das ist das Erste, was er seit einer ganzen Weile zu mir sagt. Nicht dass mich das auch nur im Geringsten kümmern würde.

Auf den heutigen Tag habe ich mich monatelang vorbereitet. Und jetzt habe ich alles dermaßen in den Sand gesetzt, dass man fast denken könnte, ich hätte es absichtlich getan. Wir hätten es doch wenigstens zur Abschlussfeier schaffen können. Ich hätte meine geniale Rede gehalten, an der ich Ewigkeiten gearbeitet habe, und donnernden Applaus dafür geerntet. Stattdessen werden wir die Feier komplett verpassen. Warum habe ich bloß darauf bestanden, Ms Murphys blöde Hausaufgabe zu machen? Ich habe alles aufs Spiel gesetzt und den Aufsatz letztendlich noch nicht mal geschrieben. Ich habe auf ganzer Linie versagt.

Seit dem gestrigen Tag weiß ich, dass nur zu arbeiten und sich gar nicht zu amüsieren, letztendlich doch keine so gute Idee ist. Wahrscheinlich ist es besser, eine gesunde Mischung hinzubekommen. Bisher habe ich die ganze Zeit immer nur an die Zukunft gedacht, statt auch mal in der Gegenwart zu leben. Aber das wird sich ab jetzt ändern. Vielleicht wird auf der New York University wirklich alles anders.

Ich sehe wieder auf die Uhr. Drei Minuten sind vergangen. Die Zeit läuft uns davon. Wir haben noch siebenunddreißig Minuten und vor uns sind noch vier Autos. Es dauert drei Minuten, bis ein Auto durch die Kontrolle ist. Bei diesem Tempo werden wir nicht vor halb zwölf über die Grenze kommen, von wo aus es noch vierzig Minuten bis zur Schule sind. Auch wenn es keinen Stau geben sollte, würden wir schon zehn Minuten zu spät kommen. Und das ist noch das Best-Case-Szenario. Wir sind ja so was von am Arsch.

Angesichts meiner katastrophalen Rede sollte mich das eigentlich freuen. Tut es aber nicht. Mom wird total verzweifelt sein, wenn ich nicht auftauche. Und ich bin schuld daran, dass vier Leute die Abschlussfeier verpassen, nur weil ich unbedingt eine letzte bedeutungslose Hausaufgabe machen wollte.

Das nächste Auto schleicht über die Grenze. Vor uns sind jetzt noch drei Autos. Wir werden es definitiv nicht schaffen. Seit einigen Minuten herrscht betretenes Schweigen im Auto. Die Anspannung wächst. Ich glaube, so langsam dämmert es den anderen, dass ich recht haben könnte. Ich wünschte, es wäre anders. Es ist nicht unbedingt toll, immer recht zu haben. Ich würde auch gerne einmal falschliegen. Ich beginne, an den Nägeln zu kauen – eine schlechte Angewohnheit, die ich eigentlich vor ein paar Monaten abgelegt habe. Aber auf einmal ist sie voll wieder da.

»Will, kann ich mal dein Handy benutzen?«, frage ich. »Mein Akku ist alle und ich muss Mom Bescheid sagen, dass wir es nicht schaffen.«

»Natürlich schaffen wir es, red doch keinen Blödsinn«, entgegnet Will, klingt dabei aber nicht wirklich überzeugt.

»Wir werden es nicht schaffen. Jetzt gibt schon her, ich muss meine Familie anrufen.«

Ich drehe mich um, aber Will rückt sein Handy nicht raus. Max sieht mich an, als wolle er etwas sagen. Schnell drehe ich mich wieder nach vorne. Er soll mich bloß in Ruhe lassen.

»Ist doch egal«, sagt Lily. »Die Feier ist ja nur noch Formsache. Unseren Abschluss haben wir trotzdem.« Lily hatte die Augen eine ganze Weile geschlossen, auch jetzt sind sie noch zu, wie bei einer Echse.

»Ich muss aber da sein«, erwidert Max. »Meinem Dad ist das nicht egal.«

»Tut mir ja leid, das sagen zu müssen, aber das wird wohl leider nichts.« Die Worte hören sich aus meinem Mund viel fieser an, als ich es eigentlich meinte. Max antwortet nicht.

»Will, bitte gib mir dein Handy.« Ich strecke ihm die Hand entgegen.

»Nein, du kriegst es nicht. Wir schaffen es.«

»Verdammt, Will. Gib mir einfach dein Handy.«

»Nein.«

»Hier, Kylie. Du kannst meins nehmen.« Lily hält mir ihr Telefon hin. Ich traue mich fast nicht, es zu berühren. Als ob es explodieren könnte oder so, wenn ich es anfasse.

Ein Friedensangebot. Von Lily? Merkwürdig. Für eine Minute halte ich das Telefon einfach nur in der Hand. Mir wird bewusst, dass ich gar nicht die Kraft habe, Mom anzurufen. Also schreibe ich eine SMS.

Hi Mom, ich bin's. Und Will. Wir sind spät dran. Wir treffen uns bei der Feier.

Während ich auf Moms Antwort warte, fahren wir an das Kontrollhäuschen heran. Oh. Gott. Wir sind endlich da. Eine Minute vor Plan. Wenn wir jetzt einfach durchgelassen werden, unser Auto nicht durchsucht wird und Charlie richtig Gas gibt, dann könnten wir es tatsächlich noch schaffen. Zwar knapp, aber wir könnten es schaffen.

»Guten Tag, alle zusammen. Die Pässe, bitte«, sagt eine Frau mit nervig guter Laune.

Wir geben unsere Pässe Charlie, der sie der Frau durchs Fenster reicht. Ich halte die Luft an und kreuze die Finger. Ich werde nicht weiteratmen, bevor ich weiß, dass wir weiterkönnen.

Die Frau blättert eine gefühlte Ewigkeit durch unsere Pässe. Lässt sie uns etwa aussteigen? Spürt sie, dass wir illegal über die Grenze gekommen sind? Warum braucht sie verdammt noch mal so lange?

»Hattet ihr eine schöne Zeit in Mexiko?«, fragt sie.

»Oh ja«, antwortet Charlie.

Himmel. Müssen wir jetzt wirklich Small Talk betreiben?

»Wo wart ihr denn?«

»In Ensenada«, antwortet Charlie gelassen. Er hört sich kein bisschen gestresst an. Gott sei Dank. Ich glaube, wir anderen würden das nicht hinbekommen. Ich für meinen Teil bin kurz davor, mich aus dem Fenster zu lehnen, die Frau zu würgen und anzuschreien, dass sie uns endlich weiterfahren lassen soll.

»Oh, Ensenada ist toll. Da bin ich auch oft«, erzählt sie. »Wart ihr am Strand?«

Das ist ja wohl nicht ihr Ernst.

»Aber klar. Der Strand ist wunderschön«, antwortet Charlie im gleichen aufgekratzten Tonfall.

»Dann kommt bald mal wieder.«

»Das werden wir«, sagt Charlie.

»Okay, Leute, ihr könnt weiter.« Endlich winkt sie uns durch.

Hastig atme ich ein. Mir ist ganz schwindlig, weil ich so lange die Luft angehalten habe.

Wir fahren durch den breiten Grenzstreifen und sind in Kalifornien, vor uns die Interstate 405. Jetzt, da die elende Zuckelei endlich vorbei ist, schießen wir los wie eine Rakete. Alle atmen hörbar auf. Will und Lily klatschen sich ab – so ziemlich eines der seltsamsten Dinge, die heute bisher passiert sind.

»Ihr könnt es noch schaffen«, ruft Juan von hinten. Juan? Ich hatte ihn ganz vergessen.

Auf einmal ist die dunkle Wolke, die über dem Auto gehangen hatte, wie weggeblasen. Lily ist aus ihrem Winterschlaf erwacht und Will steckt seinen Kopf zwischen die Vordersitze wie ein aufgeregter Welpe.

Da vibriert Lilys Telefon, das ich immer noch krampfhaft festhalte. Mom hat geantwortet.

Wo bist du? Ich weiss, dass du nicht bei Will bist. Ich habe mit seiner Mutter gesprochen. Ich habe die Polizei angerufen und eine Vermisstenanzeige aufgegeben. Warum meldest du dich erst jetzt? Du hast mir eine Menge zu erklären. Und du hast Hausarrest.

Oh-oh. Ich stecke richtig in der Scheiße.

»Meine Mom weiß, dass ich nicht bei dir geschlafen habe«, sage ich zu Will. »Sie hat mit deiner Mom gesprochen.«

»Fuck!«

»Das kannst du laut sagen.« Verdammt. Eine Vermisstenanzeige?

Aber ausnahmsweise gebe ich mal nicht klein bei. Was ich sonst immer tue.

KYLIE: Tut mir leid. Aber du musst mir glauben, dass ich weiss, was ich tue. Wie solltest du mir sonst vertrauen, wenn ich in 2 Monaten ans andere Ende des Kontinents verschwinde? Es werden unvorhersehbare Sachen passieren und ich werde mit ihnen klarkommen, so gut ich eben kann. In NY wirst du mir keinen Hausarrest geben können.

MOM: Wir reden nach der Feier.

KYLIE: Hab dich lieb. Sag Jake, ich bin fast da.

MOM: Ich hab dich auch lieb. Viel Glück.

Das war gerade nicht der richtige Moment, meiner Mom zu sagen, dass wir es vielleicht nicht rechtzeitig schaffen. Sie war so schon angepisst genug. Charlie fährt jetzt wie versprochen hundertfünfzig. Er sieht ganz schön nervös aus. Seine Hände umklammern das Lenkrad, als hätte er Angst um sein Leben. Wenn ich doch nur am Steuer sitzen würde. Ich kann eindeutig besser fahren. Aber für einen Fahrerwechsel haben wir jetzt keine Zeit.

Alle schreiben ihren Eltern oder rufen sie an, um zu sagen, dass wir direkt zur Schule kommen. Es ist zwar immer noch ziemlich unwahrscheinlich, dass wir pünktlich da sein werden, aber wir werden die Feier zumindest nicht komplett verpassen. Und dann höre ich, wie sich eine laute, jaulende Polizeisirene nähert. Direkt hinter uns ist ein Polizeiwagen.

»Scheiße, die halten uns an«, sagt Charlie.

War ja klar, mein Glück ist aufgebraucht. Ganze fünf Minuten hat es angehalten.

49 Max:

Charlie fährt rechts ran und das Polizeiauto hält hinter uns. Der Polizist steigt aus und gefühlte zehn Jahre später taucht er neben uns auf. Gespannt halten wir alle die Luft an. Charlie wühlt angespannt im Handschuhfach.

Wir sind alle kurz davor, die Nerven zu verlieren, weil die Abschlussfeier mit jeder Minute, die vergeht, weiter in die Ferne rückt.

»Wir sind total am Arsch«, flucht Lily. »Es ist Viertel vor zwölf. Wir werden niemals rechtzeitig ankommen.«

»Sind Sie sich dessen bewusst, dass Sie 148 gefahren sind?«, fragt der Polizist.

»Äh, ich weiß nicht, wie viel es genau war, aber es war schon ziemlich schnell«, gesteht Charlie.

»Den Führerschein und den Fahrzeugschein, bitte.« Noch ehe er den Satz beendet hat, hält Charlie ihm die Papiere hin.

Die Stille im Auto ist erdrückend. Noch nicht einmal Will hat einen Spruch auf Lager. Als ich die anderen ansehe, wird mir klar, dass alle aufgegeben haben. Das war's also mit der Abschlussfeier? Stattdessen warten wir darauf, von einem Bullen einen Strafzettel zu kassieren? Was für ein Mist. Ich kann das nicht zulassen. Auf einmal fühle ich mich verantwortlich, etwas dagegen zu unternehmen. Ich habe zwar keinen Plan, was, aber ich öffne die Tür und springe aus dem Auto.

»Entschuldigung, Sir«, sage ich. Ich muss improvisieren, was vielleicht nicht unbedingt die beste Idee ist, wenn man die Polizei belabern will.

»Bitte bleiben Sie im Fahrzeug«, weist mich der Officer zurecht. Ich kenne das Spiel. Ich sollte einfach wieder in das »Fahrzeug« steigen. Aber ich tue es nicht.

»Kann ich Ihnen bitte nur kurz etwas erklären, Sir?« Ich bin wild entschlossen – was ich so gut wie nie bin –, einen letzten Versuch zu unternehmen, noch rechtzeitig zur Schule zu kommen. Eigentlich gar nicht meinetwegen, denn mir ist es inzwischen vollkommen egal. Aber ich weiß, dass es Kylie nicht egal ist. Und Lily auch nicht. Und meinem Dad auch nicht. Der Polizist sieht aus, als wäre er um die vierzig oder fünfzig. Und er trägt einen Ehering. »Haben Sie Kinder, Sir?«, frage ich.

»Wie bitte?«

»Ich dachte nur, wenn Sie Kinder haben, dann wissen Sie wahrscheinlich, wie wichtig die Abschlussfeier an der Highschool ist. Für Ihre Kinder und für Sie.«

»Ja, ich habe drei Kinder.« Das ist alles, was er sagt.

»Unsere Abschlussfeier ist heute. Um genau zu sein, fängt sie jetzt gleich an. Und wir sind ganz schön spät dran. Gestern Abend sind wir nämlich nach Mexiko gefahren und auf dem Weg zurück an der Grenze stecken geblieben. Unsere Eltern warten auf uns. Unsere ganze Verwandtschaft. Der ganze Jahrgang. Sehen Sie das Mädchen auf dem Beifahrersitz?« Ich zeige auf Kylie und rede einfach immer weiter, ohne zu wissen, ob das überhaupt irgendwas bringt. »Sie ist diejenige, die die Abschlussrede halten soll. Und zwar in diesem Moment. Darum sind wir zu schnell gefahren ...«

»Das heißt aber nicht, dass ihr einfach das Gesetz missachten könnt«, entgegnet der Polizist.

»Ich weiß, Sir.«

»Die Leute haben immer eine Entschuldigung parat, warum sie zu schnell fahren. Aber es gibt einen guten Grund für Geschwindigkeitsbegrenzungen. Rasen ist gefährlich. Für euch und alle anderen. Abschlussfeier hin oder her, ich kann euch nicht einfach so davonkommen lassen.«

»Ich weiß«, sage ich kleinlaut. Ich gebe auf. Wie bin ich nur darauf gekommen, dass es funktionieren könnte? Noch dazu habe ich es nicht einmal gut gemacht.

Der Polizist sieht mich eindringlich an. »Könntest du jetzt endlich wieder einsteigen, Junge?«

»Ja, Sir«, antworte ich und klettere wieder in den Jeep. Ich hätte gar nicht erst aussteigen sollen.

Der Polizist fängt gerade an, den Strafzettel zu schreiben, als Lily die Tür aufreißt und hinausspringt. Oh nein. Schlechte Idee.

»Wir sind zu spät dran, weil wir unsere bürgerliche Pflicht getan haben«, verkündet Lily.

»Zurück ins Fahrzeug, Miss«, sagt der Polizist.

Doch Lily bewegt sich keinen Millimeter. »Wir haben der Polizei in Ensenada geholfen, zwei Kriminelle zu überführen.«

»Ja, klar. Könntest du jetzt wieder ins Fahrzeug steigen?« Der Officer verdreht die Augen. Er hört das alles nicht zum ersten Mal.

»Wirklich wahr. Wir haben der Polizei geholfen, zwei gefährliche Verbrecher zu verhaften. Juan, kannst du mal rauskommen?«, ruft Lily.

»Wie ich bereits deinem Freund erklärt habe, kann ich leider keine Ausnahmen machen.«

Juan klettert vom Klappsitz über die Rückbank und springt aus dem Auto, als wäre Lily seine Vorgesetzte oder so. Sie hat diese Wirkung auf Menschen.

»Kannst du deinen Freund, den Polizeichef von Ensenada, anrufen?«, sagt Lily zu Juan. »Und ihn bitten ...«, Lily beugt sich vor, um das Namensschild des Polizisten lesen zu können, »Officer Kwan zu erzählen, wie wir ihm geholfen haben, diese Kriminellen zu fassen, die Waren im Wert von Tausenden von Dollar gestohlen haben? Und zwar aus Ihrem Verwaltungsbereich, nämlich der San Diego Area?« Lily nickt Officer Kwan vielsagend zu, als wäre sie hocherfreut, ihn mit so wertvollen Informationen zu versorgen.

»Ich fordere euch jetzt zum letzten Mal auf, wieder ins Fahrzeug zu steigen. Sonst werde ich euch alle mit zur nächsten Wache nehmen.«

Lily verschränkt die Arme und weicht nicht von der Stelle. Scheiße. Wir landen noch alle im Gefängnis. Juan holt sein Handy hervor und wählt. Er sagt ein paar Worte auf Spanisch, danach hält er Officer Kwan das Telefon hin.

Der sieht das Handy an, als würde man ihm eine tote Taube reichen. Er denkt gar nicht daran, es zu nehmen.

»Bitte, Sir. Es ist der Polizeichef von Ensenada. Könnten Sie nur eine Minute mit ihm reden«, bettelt Juan und hält ihm das Telefon direkt vor die Nase. »Er wird Ihnen alles erklären.«

Officer Kwan sieht Juan von oben herab an. Eine unendlich lange Sekunde passiert nichts. Dann greift er langsam, aber widerwillig nach dem Handy und hält es sich unschlüssig ans Ohr. Er dreht sich von uns weg, geht ein paar Schritte weiter und hört eine scheinbare Ewigkeit nur zu. Wie in Zeitlupe beobachten wir ihn, gespannt, was als Nächstes passiert. Schließlich dreht Officer Kwan wieder um. Er spricht mit jemandem über Funk.

»Ich brauche einen Kombi. Sofort. Ist einer in der Gegend?«, fragt er. »Okay, schicken Sie ihn.«

Officer Kwan gibt Juan sein Handy zurück und geht zu Charlie, der immer noch auf dem Fahrersitz hockt.

»Also, wann geht die Feier los?«, fragt er Charlie.

»Um zwölf, Sir«, antwortet er. Ich glaube, ich habe Charlie noch nie das Wort »Sir« benutzen gehört.

»Und wo?«

»An der Freiburg Academy. In La Jolla«, sagt Lily.

»Okay, das wird knapp, aber wir werden tun, was wir können.«

In dem Moment hält mit quietschenden Reifen ein riesiger schwarz-weißer Polizeivan hinter uns, mit vergitterten

Fenstern und schweren Eisenstangen vor der Hecktür, wie bei einem Panzerwagen. Nein, es *ist* ein Panzerwagen. Es ist die Art von Polizeiauto, mit der normalerweise ein großer Haufen Gefangener auf einmal in den Knast verfrachtet wird. Da fällt mir ein, wie Mr Dewhurst uns im Geschichtsunterricht erzählt hat, dass solche Polizeitransporter früher *paddy wagons* genannt wurden. Und zwar weil es damals bei der Polizei so viele Iren – oder *paddies,* wegen des irischen Nationalheiligen St. Patrick – gegeben hat. Oder auch weil die Kriminalität unter den irischen Einwandern so hoch war, dass diese besonders oft eingebuchtet wurden. Scheiße. In diesem Gefährt sollen wir jetzt bei der Abschlussfeier auftauchen?

»Na los, ab ins Fahrzeug, Kinder«, sagt Officer Kwan. »Es ist das einzige, das groß genug ist und gerade zur Verfügung steht. Officer Spittani wird euch zur Schule fahren. Wenn ihr überhaupt noch eine Chance habt, dann müsst ihr uns das Fahren überlassen. Ich werde dafür sorgen, dass jemand euer Auto hinterherfährt.«

Vollkommen perplex steigen wir in den Transporter. An den Wänden sind rostige Sitzbänke angebracht. Als Officer Kwan die schweren Metalltüren hinter uns schließt, lassen Charlie, Lily und ich uns auf der einen Bank nieder, während Kylie, Will und Juan sich auf die gegenüberliegende setzen. Fehlen nur noch die Handschellen.

Ein Polizist in Zivil, offenbar Officer Spittani, blickt uns durch das Drahtgitter, das uns von der Fahrerkabine trennt, an.

»Okay, seid ihr bereit, Kinder? Schnallt euch an, die Fahrt wird ziemlich rasant.«

Officer Kwan winkt uns hinterher, als wir mit heulenden Sirenen auf den Highway zusteuern.

Von dem unwichtigen Detail abgesehen, dass wir wie Kriminelle aussehen werden, wenn wir bei der Schule ankommen, bin ich total aus dem Häuschen. Denn wir könnten es tatsächlich noch rechtzeitig schaffen. Unsere Stimmung hat sich schlagartig verbessert.

»Ich glaub's einfach nicht«, ruft Charlie. »Juan, du bist der Beste.«

»Ich gebe mir Mühe«, sagt Juan lächelnd.

Will drückt Lily die Schulter. »Du rockst, Lily Wentworth. Auch wenn du manchmal ein ganz schönes Miststück bist, könnte ich dich gerade knutschen.«

»Jetzt übertreib mal nicht, Bixby«, antwortet Lily.

Kylie sieht mich an und lächelt, zum ersten Mal, seit wir heute Morgen zusammen aufgewacht sind. »Danke«, sagt sie.

»Ich habe überhaupt nichts gemacht«, entgegne ich. »Das ist alles Lilys und Juans Verdienst.«

»Aber du hast es versucht. Danke dafür. Und danke auch dir, Lily«, sagt Kylie. Die beiden sehen sich kurz an. In den paar Sekunden tauschen sie garantiert gerade eine Million Gedanken aus. Dinge, die ich niemals verstehen werde.

»Keine Ursache. Jetzt bist du dran. Hau uns um mit deiner Rede. Mach, dass wir an deinen Lippen hängen«, antwortet Lily.

»Okay«, ist alles, was Kylie sagt.

Wir lehnen uns alle zurück. Die Sirene heult. Rote und weiße Strahlen wirbeln vom Dach des Transporters, während wir mit Lichtgeschwindigkeit durch San Diego rasen.

50 Kylie:

Der Polizei-Transporter hält mit quietschenden Reifen vor der Schule, schwankt dann über den Bürgersteig und fährt langsam auf den Rasen. Officer Spattini steigt aus und öffnet uns die Tür. Ich will schon hinausspringen, als Lily nach meiner Hand greift und mich zurückhält.

»Was ist?«, frage ich.

»Warte kurz.« Lily nimmt ihren Lippenstift aus der Tasche und trägt mir mit der Konzentration einer Visagistin etwas Farbe auf Lippen und Wangen auf. Dann fährt sie mir mit den Händen durch die Haare und lockert sie auf. Sie nimmt sogar noch Handcreme, um meine Locken etwas zu glätten.

»Okay. Los«, sagt Lily. »Du kannst es.«

»Okay, danke …«, antworte ich. Vor lauter Verwunderung fällt mir nichts weiter ein.

Ich klettere aus dem Polizeiwagen. Vor mir steht mein gesamter Abschlussjahrgang mit Freunden und Familien und starrt mich an. Scheiße. Was für ein Auftritt. Nicht gerade, wie ich es mir vorgestellt habe. Ich hatte eigentlich gehofft, ich könnte mich klammheimlich auf die Bühne stehlen und mir so schnell wie möglich einen Weg durch meine armselige Rede bahnen. Aber das kann ich mir wohl abschminken.

Max, Charlie, Lily, Will und Juan kommen nach mir aus dem Transporter gestolpert. Vollkommen regungslos stehen wir da. Eine Mischung aus Ehrfurcht und Schrecken ist wahrscheinlich das, womit unsere Reaktion am ehesten beschrieben werden kann. Wir glotzen das Publikum an, das Publikum glotzt uns an. Ich versuche, Jake, Mom und Dad in der Menge auszumachen, kann sie aber nicht entdecken.

Ich kann mir nur zu gut vorstellen, was die jetzt alle denken. Ich trage ein mexikanisches Hochzeitskleid, Will hat seinen Carhartt-Overall an und Max, Lily und Charlie geben dem Begriff »zwanglose Festkleidung« in ihren Shorts, Jeans und T-Shirts eine ganz neue Bedeutung. Lily muss am Boden zerstört sein, dass sie sich nicht mehr umziehen konnte. Sie hat sonst für jeden Anlass das perfekte Outfit.

Das, was sie jetzt trägt, ist weit davon entfernt, angemessen für eine Abschlussfeier zu sein. Außerdem sind wir gerade aus einem Polizeiwagen gestiegen, mit dem üblicherweise Häftlinge durch die Gegend kutschiert werden.

Direktor Alvarez marschiert auf uns zu. Unglücklich ist gar kein Ausdruck dafür, wie er guckt.

»Ist etwas passiert, Officer? Gibt es ein Problem?«, fragt er Officer Spattini, der offenbar keine Lust hat, große Reden zu schwingen. Während der ganzen Fahrt hat er schon nichts gesagt, aber dafür hat er wirklich richtig Gas gegeben und uns in Rekordzeit hierher gebracht. Er ist ganz klar ein Mann der Tat, nicht der Worte.

Alvarez ist nicht nur irritiert, er sieht auch ganz schön sauer aus. Verwirrt. Beunruhigt. Und noch ein paar andere Dinge, die ich nicht in Worte fassen kann. Das ist irgendwie gar nicht gut.

»Nein, es gibt kein Problem. Die Kids brauchten nur ein bisschen Hilfe, rechtzeitig hierherzukommen«, antwortet Officer Spattini. Dann wendet er sich an uns. »Alles Gute. Und herzlichen Glückwunsch.«

Wir bedanken uns aufrichtig. Dann springt Officer Spattini wieder zurück in den Transporter und fährt davon. Und wir bleiben mit Alvarez zurück.

»Wäre jemand so freundlich, mir das zu erklären?«, fragt er.

Ich suche nach einer Erklärung, einer Entschuldigung, denn das ist es, was ich immer tue. Ich bin das brave Mädchen, das sich an die Regeln hält, die Musterschülerin. Ich bin drauf und dran, mich demütig vor Alvarez und unserem gesamten Jahrgang zu entschuldigen, um den Schaden irgendwie zu begrenzen, als jemand nach mir ruft.

Als ich mich umdrehe, entdecke ich Jake inmitten all der Gesichter. Er steht mit beiden Armen winkend auf einem

Stuhl und ruft immer wieder meinen Namen. Allein ihn zu sehen und seine Stimme zu hören, macht mich unglaublich glücklich. Mom und Dad stehen neben ihm. Auch sie winken mir zu. Sie müssen ganz schön sauer sein, obwohl sie es nicht zeigen, wofür ich ihnen sehr dankbar bin. Vergiss Alvarez, denke ich mir. Scheiß drauf, ich habe es satt, immer das brave Mädchen zu sein. Ich laufe auf Jake zu.

Gleichzeitig springt er vom Stuhl, rennt mir entgegen und prallt mit solcher Wucht gegen mich, dass er uns fast zu Boden reißt.

»Kylie, du bist hier«, sagt er.

»Natürlich bin ich hier, Jakie. Dachtest du, ich lasse meine Abschlussfeier sausen?«

»Du bist sechzehn Minuten zu spät.«

»Ich weiß. Ich wäre auch lieber pünktlich gekommen.«

»Ich habe dich vermisst, Kylie.«

»Und ich habe dich vermisst, Jakie. War gestern Abend okay für dich?«

»Ja. Ich war mit Dad Pizza essen.«

»Mit Dad?«, frage ich erstaunt, obwohl ich weniger überrascht bin, als ich es noch vor zwei Tagen gewesen wäre. Inzwischen weiß ich ja, dass mehr in ihm steckt, als es den Anschein hat.

Da taucht Direktor Alvarez neben mir auf. »Kylie, vielleicht könntest du dieses kleine Familientreffen ein andermal fortführen. Hier sind fünfhundert Leute, die darauf warten, dass es endlich losgeht.«

»Oh ja«, sage ich.

Alvarez reicht mir Hut und Talar. »Das wirst du wohl brauchen.«

»Danke.« Ich werfe mir die Sachen über und gebe Jake meinen Rucksack, nachdem ich meinen Laptop herausgenommen habe. Dann folge ich Alvarez zur Bühne.

Das ist es jetzt also. Meine Rede. Einer der wichtigsten Momente meines Lebens. Mist.

Ich werde den Text einfach so schnell ich kann, herunterlesen und dann von der Bühne verschwinden. *Eine Rede, ein Tag, wen interessiert's? Eine Rede, ein Tag, wen interessiert's?* Das ist mein Mantra auf dem Weg zur Bühne, mit dem ich all die negative Energie, die sich auf mich legt, vertreibe.

Da kommt Will auf mich zugelaufen und geht ein Stück neben mir her.

»Und, alles klar?«, fragt er.

»Kein Kommentar.«

»Ach, komm schon. Du wirst alle umhauen.«

»Kein Kommentar«, wiederhole ich, denn ich weiß wirklich nicht, was ich sonst sagen soll. Ich bin ihm ja sehr dankbar dafür, dass er mich aufbauen will, aber ich will ihm lieber nicht sagen, wie aussichtslos die ganze Angelegenheit ist.

Als Alvarez, Will und ich bei der Bühne ankommen, greift Will nach meinen Händen.

»Ich will niemanden umbringen, aber wenn sich mir jemand in den Weg stellt ...«

»... dann räume ich ihn eben beiseite«, beende ich das Zitat aus *Reservoir Dogs*.

»Na los, rauf mit dir«, sagt Will und umarmt mich. »Du siehst wahnsinnig sexy aus. Und du hast die letzte Nacht mit Max Langston verbracht. Vergiss das nicht.«

»Okay, ich versuch's.« Ich würde liebend gern Wills Einstellung mit meinem eigenen schwindenden Selbstvertrauen tauschen.

Während Alvarez und ich die Bühne betreten, laufen Lily und Charlie in Hut und Talar daran vorbei zu ihren Sitzen. Max folgt hinter ihnen. Er hält kurz inne und sieht mich an. In diesem einen Augenblick, diesem einen kurzen Moment begreife ich, dass ihm letzte Nacht doch etwas bedeutet hat. Was, weiß ich allerdings nicht so genau, und ich habe auch gar keine Zeit, weiter darüber nachzudenken, denn Alvarez führt mich schon zum Rednerpult.

Jetzt ist es also so weit. Hier bin ich. Auf der Bühne. Ganz alleine. Hunderte von Menschen sehen mich gespannt an. Warten, vergeblich ...

Ich lege meinen Rechner aufs Pult, klappe ihn auf und blicke auf meine Rede. Ich hole tief Luft, streiche mir die Locken hinter die Ohren, befeuchte meine Lippen, schließe und öffne die Augen, einmal, zweimal. Ich schinde Zeit.

Die Leute werden langsam unruhig. Unaufmerksam. Na los, versuche ich, mich selbst anzufeuern. Lies es. Lies vor, was du geschrieben hast. Es ist doch egal. Eine Rede, ein Tag. Vollkommen unwichtig. Ich sehe in die Menge. Lacey Garson beugt sich gerade zu Sonia Smithson und flüstert ihr etwas zu, woraufhin Sonia die Augen verdreht und lacht. Okay, ich kann hier nicht einfach weiter so herumstehen. Ich muss etwas tun.

»Golda Meir sagte einmal: ›Erschaffe die Art von Selbst, mit dem du dein ganzes Leben glücklich leben wirst. Mach das Beste aus dir, indem du die winzigen inneren Funken der Möglichkeiten entfachst und in Flammen des Erfolgs verwandelst.‹ Liebe Absolventinnen und Absolventen, heute ist der Tag, an dem wir unser Selbst erschaffen. Die Entscheidungen, die wir von nun an treffen, werden Einfluss auf den Rest unseres Lebens haben. Die Fackel wird von Generation zu Generation weitergereicht ...«

Meine Stimme lässt langsam nach. Ich merke, wie wenig überzeugt ich von dem bin, was ich da von mir gebe. Ich will das alles gar nicht sagen. Es ist vielleicht nur ein einziger Tag in meinem ganzen Leben – und allen anderen ist es wahrscheinlich total egal, worüber ich rede –, aber ich muss etwas sagen, das mir wirklich etwas bedeutet. Oder es wenigstens versuchen. Was soll das Ganze hier sonst?

Ich sehe vom Bildschirm auf und wie durch ein Wunder begegnet mein Blick in der riesigen Menschenmenge ausgerechnet Max. Er sieht mich direkt an, was nicht weiter verwunderlich ist. Alle sehen mich an. Ich bin schließlich die Abschlussrednerin. Und ich habe einfach aufgehört zu reden, was etwas ungewöhnlich ist. Aber andererseits ist es auch genau das, was die Leute von mir erwarten. Die durchgeknallte Kylie Flores macht ihrem Namen mal wieder alle Ehre. Aber ich will mehr sein als nur das, wenn nicht für sie, dann für mich, für Jake, Mom und Dad. Ich will beweisen, dass mehr in mir steckt, als bloß verrückt und intelligent zu sein.

Max' Blick ist immer noch auf mich gerichtet. Während alle um ihn herum anfangen zu flüstern und sich wundern, was ich hier tue, sieht er mich weiter an. Er nickt ganz leicht mit dem Kinn, um mir zu signalisieren, dass ich weitermachen soll. Dann formt er mit den Lippen die Worte: »Du kannst es.« Und auch wenn er ziemlich weit von mir entfernt ist, kann ich ihn spüren, als stünde er direkt neben mir. Ich bekomme eine Gänsehaut und merke, wie ich rot werde. Ich würde jetzt gerne von ihm in die Arme genommen werden. Ich liebe ihn. Ich hasse ihn. Er ist mein Prinz. Ein Arschloch. Mein Seelenverwandter. Der Nagel zu meinem Sarg. Verdammt. Das ist jetzt eindeutig nicht die richtige Zeit, mich mit solchen Gedanken zu beschäftigen.

Ich sehe Max an. Er hat recht. Ich kann es, vorausgesetzt, ich habe mein Publikum inzwischen nicht ganz vergrault. Denn ich habe eine Menge zu sagen, auch wenn nichts davon in meiner so gründlich vorbereiteten Rede steht. Das Tuscheln verstärkt sich allmählich zu einem Murmeln. Alvarez erhebt sich von seinem Stuhl und kommt auf mich zu. Er will mich von der Bühne holen. Nicht nötig, mein Freund, ich habe alles unter Kontrolle.

Ich räuspere mich ins Mikrofon. Der Lärm ebbt ab.

Okay, los geht's.

»Das war der Anfang der Rede, die ich für heute vorbereitet habe. An der ich drei Monate lang gesessen habe. Vielleicht hätte sie euch gefallen. Das Problem ist nur, mir hat sie nicht gefallen. Die Rede ist voller tiefsinniger Zitate und weiser Ratschläge von genialen Leuten, die ich aus jeder Menge Bücher zusammengetragen habe. Aber irgendwie ist das alles nicht besonders glaubwürdig. Es sind Dinge, von denen erwartet wird, dass ich sie sage, die ich aber nicht wirklich selbst meine. Denn die Wahrheit ist, ich habe keine Antworten für euch. Ich habe bloß Fragen, genau wie ihr, und ich habe genau wie ihr keinen blassen Schimmer, was uns erwartet. Ich könnte euch erzählen, dass das Beste noch vor uns liegt; dass niemand das Rad der Zeit aufhält; ihr großartige Dinge erreichen werdet; jeder seines Glückes Schmied ist; wir die Macht haben, die Welt zu verändern; sich alles schon fügen wird, wenn ihr nur das tut, wofür ihr brennt; Individualität der Schlüssel zum Erfolg ist, bla, bla, bla. Aber das habt ihr alles schon x-mal gehört, und falls nicht, würdet ihr es genauso unbeeindruckt an euch vorbeiziehen lassen. Denn mal ernsthaft, was davon interessiert denn bitte schön Highschool-Abgänger? Alles, woran ihr denkt, ist doch, endlich hier rauszukommen und ordentlich zu feiern. Habe ich recht?«

Zustimmendes Gebrüll erklingt von den Seniors. Direktor Alvarez sitzt zwar wieder, dafür aber ganz vorne auf der Stuhlkante, unschlüssig, ob er mich nicht doch von der Bühne holen soll. Das ist nicht im Entferntesten das, was er von mir erwartet hat.

51 Max:

Kylie hält kurz inne, als die Leute ihre Zustimmung brüllen. Vor allem der letzte Satz hat ihnen gefallen. Kylie sieht überrascht aus. Es ist schon irgendwie lustig, dass sie sich sechs Jahre lang vor allen versteckt hat und im letzten Moment alles raushaut. Spätestens jetzt werden die anderen merken, dass sie Kylie bisher überhaupt nicht kannten, genau wie ich.

»Alter, die dreht total durch«, sagt Carl Krauss neben mir. »Die ist auf Selbstzerstörungskurs, das wird lustig.«

Was für ein Wichser. Jessica Littleton auf meiner anderen Seite lacht ein bisschen zu laut und ein bisschen zu lange über Carls Bemerkung.

Die Menge beruhigt sich wieder, die Leute wollen noch mehr hören. Aber Kylie sieht uns bloß stumm an. Sie steht da wie versteinert. Ich hoffe nur, sie hat noch einen zweiten Akt in petto. Das war zwar ein guter Anfang, aber sie muss auf jeden Fall noch einen drauflegen. Die Sekunden vergehen und Kylie kommt immer noch nicht wieder in Gang. Verdammt, was ist los? Macht sie etwa doch einen Rückzieher? Ich muss mich zurückhalten, nicht zur Bühne zu rennen und sie da runterzuholen. Das wäre keine gute Idee, sie würde es nicht wollen und es würde auch nichts besser machen. Ich kann jetzt nur hoffen, dass sie sich zusammenreißt und weiterredet. Ich atme schwer, so als ob ich dort oben auf der Bühne neben ihr stehen würde. Ich weiß, dass sie es kann. Denk nach, denk nach, flehe ich sie an, obwohl sie gar nicht in meine Richtung schaut. Du weißt doch, was du sagen willst, Kylie. Gib jetzt nicht auf.

Die Leute werden ungeduldig. Jemand hat aus dem Programmzettel einen Papierflieger gebastelt und ihn auf die Bühne geworfen. Er landet vor Kylies Füßen.

»Warum redet sie nicht weiter?«, fragt Carl.

»Vielleicht ist ihr wieder eingefallen, was für ein Loser sie ist und dass es eh niemanden interessiert, was sie zu sagen hat«, antwortet Jessica.

Carl und Jessica stoßen die Fäuste gegeneinander. Ich merke, wie ich rot anlaufe.

»Haltet die Klappe«, sage ich. »Kylie ist alles andere als ein Loser. Sie ist verdammt cool. Also redet nicht so einen Müll.«

Die beiden sehen mich an, als wären mir gerade Hörner gewachsen. Na ja, vielleicht ist es ja auch so. Ich habe keine Ahnung, warum mir dieses Mädel so verdammt wichtig ist. Leider sieht es nur nicht so aus, als würde es auf Gegenseitigkeit beruhen.

»Was interessiert es dich, was wir über die kauzige Kylie sagen?«, fragt mich Carl.

»Ist halt so. Also halt einfach die Klappe. Im Übrigen ist sie auch nicht kauzig.«

»Okay«, sagt Carl leicht verwundert. Aber er hält wenigstens endlich den Mund und sieht wieder nach vorne.

Alvarez scheint langsam panisch zu werden. Er fragt sich bestimmt, wie ihm das bloß passieren konnte. Kylie Flores war doch seine perfekte Abschlussrednerin. Wer hätte denn ahnen können, dass sie ausgerechnet jetzt durchdreht? Alvarez steht auf und geht über die Bühne. Wird er Kylie etwa da runterzerren? Doch kurz bevor er sie erreicht, beugt sie sich wieder vor zum Mikrofon.

»Ich habe die letzten sechs Jahre auf der Freiburg unglaublich hart gearbeitet. Und ich war gut in der Schule. Sehr gut sogar. Besser als ihr alle. Ich meine, ich stehe jetzt hier oben, also muss ich wohl irgendetwas richtig gemacht haben. Ich habe auf jeden Fall alles getan, was von mir erwartet wurde. Und noch mehr. Ich habe immer nur Einsen geschrieben und ein Vollstipendium für eine Elite-Uni bekommen. Aber dafür habe ich die ganze Schulzeit in der Bibliothek verbracht und mit niemandem geredet. Ich weiß nicht, ob das tatsächlich der beste Weg war. Wenn man alles immer bis ins kleinste Detail plant, bleibt kein Platz mehr für Spontaneität. Keine Zeit mehr für Lebendigkeit. Und das Leben ist doch etwas, was wir erfahren und wirklich erleben müssen. Wir können es nicht studieren, indem wir in der Bibliothek Bücher darüber wälzen. Lernen bedeutet so vieles mehr als das, was uns die Schule vermittelt. Und wenn wir zu sehr damit beschäftigt sind, für die Schule zu pauken, verpassen wir die wirklich wichtigen Erfahrungen im echten Leben. Ich habe gerade erst realisiert, dass ich in den sechs Jahren eine Menge verpasst habe. Und dass es so nicht weitergehen kann!«

Kylie sammelt sich. Und ich fühle mich wirklich erleichtert. Sie wird sich auch den Rest ihrer Rede spontan einfallen lassen. Alvarez steht nervös neben ihr. Er will es anscheinend nicht noch einmal darauf ankommen lassen.

»In den letzten vierundzwanzig Stunden habe ich mehr über mich und meine Fähigkeiten gelernt als in all den Jahren auf der Freiburg. Entschuldigung, Direktor Alvarez.«

Sie wirft ihm einen Blick zu. Alvarez sieht aus, als würde er jeden Moment explodieren. Das ist nicht die Art von Rede, die sich ein Schuldirektor wünscht. Das ist vielmehr die Art von Rede, für die Schuldirektoren gefeuert werden.

»Wie gesagt, ich habe keine Ratschläge für euch. Aber ich habe ein paar Anregungen. Keine Ahnung zu haben, was als Nächstes passiert, ist manchmal der richtige Weg. Denn das Leben passiert einfach, und wenn das Leben passiert, kann euch die Art, wie ihr damit umgeht, mehr über euch selbst verraten als jede Klassenarbeit oder Prüfung. Die beste Vorbereitung auf das Leben ist vielleicht überhaupt keine Vorbereitung. Springt direkt hinein. Macht Fehler. Ignoriert ein paar Regeln. Seid spontan! Herausfinden, was ihr wollt, könnt ihr nur, indem ihr scheitert und es wieder versucht. Ihr müsst alles infrage stellen, euch verlieben, gegen die Autoritäten rebellieren und ihr dürft euch nicht einschränken lassen. Den Sinn im Leben findet ihr nämlich nicht durch einen glatten Einser-Schnitt und ständiges Vernüftigsein.«

Kylie wirft Direktor Alvarez einen weiteren Blick zu. Er würde sie bestimmt am liebsten umbringen. »Direktor Alvarez ist wahrscheinlich nicht gerade begeistert von dem, was ich sage. Aber das war auch gar nicht meine Absicht. Ich möchte nur noch eins ergänzen: Ich meine nicht, dass ihr eure Zukunft nicht planen oder dass ihr nicht hart arbeiten sollt. Ich denke nur, das darf nicht alles sein. Denn das wäre nicht genug. Glaubt mir, ich weiß, wovon ich rede. Das Leben passiert hier und jetzt, und wer nicht mitspielt, verpasst das halbe Leben. Was meint ihr?«

Die Leute brüllen wieder ihre Zustimmung. Kylie hat sie alle in ihren Bann gezogen, wie ich es ihr nie zugetraut hätte. Wie sie es während der gesamten Schulzeit nicht getan hat. Ihre Mundwinkel wandern nach oben und sie steht da mit einem breiten Grinsen auf dem Gesicht. Sie blüht vollkommen auf in diesem – ihrem – Moment. Dann nimmt sie das Mikrofon vom Ständer. Inzwischen scheint sie sich auf der Bühne richtig wohlzufühlen. Sie sieht regelrecht entspannt aus. Ganz im Gegensatz zu Alvarez. Offensichtlich gefällt ihm die Nummer mit dem Mikro nicht, er will es ihr aus der Hand reißen, aber Kylie macht ein paar Schritte von ihm weg.

»Also, sprecht endlich euren heimlichen Schwarm an. Kauft das Kleid, das ihr schon so lange haben wollt. Fahrt in Urlaub. Geht zum Zirkus. Sprecht für das Theaterstück vor. Lernt snowboarden. Macht etwas, wovor ihr richtig Angst habt. Oder etwas, das euch glücklich macht. Oder etwas, das euch zum Weinen bringt. Was auch immer es ist, aber tut etwas, wobei ihr etwas fühlt. Denn nichts zu fühlen, ist keine gute Art, durchs Leben zu gehen.«

Während ich Kylie so zuhöre, denke ich plötzlich, dass ich sie nicht enttäuschen will. Dass ich mich selbst nicht enttäuschen will. Ich bin überwältigt von der Liebe, die ich für dieses Mädchen empfinde. Dieses Mädchen, das ich so gut wie kaum kenne. Ich wünschte nur, sie würde das Gleiche für mich empfinden.

52 Will:

Nicht zu fassen, dass Kylie immer noch redet. Und redet. Und redet. Ohne nachzudenken, sagt sie einfach, was ihr durch den Kopf schießt. Wer hätte das gedacht. Unsere Kylie, die normalerweise jedes Wort auf die Goldwaage legt. Ich hänge ihr an den Lippen. Sauge jedes einzelne Wort von ihr auf.

»Ich habe ziemlich viel Zeit damit verbracht, Filme zu schauen. Vielleicht zu viel Zeit. Trotzdem habe ich mir fest vorgenommen, Drehbuchautorin zu werden. Aber auch wenn es wahrscheinlicher ist, dass ich als Popcorn-Verkäuferin in irgendeinem Kino ende, ist mir das egal. Ich werde es auf alle Fälle versuchen. Auch wenn niemand an mich glaubt. Ich werde mir die perfekte Hauptrolle für mein Leben schreiben. Der Film meines Lebens wird zwar vermutlich niemals gedreht, doch darüber will ich jetzt nicht nachdenken. Und ich würde euch das Gleiche raten. Schreibt den Wahnsinnsfilm eures Lebens mit euch in der Hauptrolle und hört einfach nicht darauf, was alle anderen sagen. Zumindest nicht jetzt. Denn jetzt ist es erst einmal so weit, Dinge auszuprobieren. Es fühlt sich im Moment vielleicht noch so an, als hätten wir ewig Zeit, aber das stimmt leider nicht. Und wir werden auch nicht immer so optimistisch sein, was unsere Zukunft angeht. Also, legt los. Bevor es zu viele Dinge gibt, die euch zurückhalten.«

Ich rufe, so laut ich kann: »ICH LIEBE DICH, KYLIE!«

»›Ich hab den Regen nicht erfunden, Leute. Ich hab nur den besten Regenschirm.‹ Das ist eines meiner absoluten Lieblingszitate aus dem Film *Almost Famous*. Ich glaube, damit ist gemeint, dass das Leben uns alle möglichen Dinge beschert, gute wie schlechte. Und alles, was wir tun können, ist, hinauszugehen und zu versuchen, nicht ohne Schirm unter eine Regenwolke zu geraten.«

Ich lasse einen Freudenschrei los, als Kylie das sagt. Was für ein geniales Zitat für eine Abschlussrede. Und niemand außer Kylie käme auf die Idee, es zu verwenden.

»Also, besorgt euch einen guten Regenschirm, ihr werdet ihn brauchen! Herzlichen Glückwunsch euch allen!« Und damit geht Kylie von der Bühne und zu ihrem Platz.

Einen Moment lang sitzen alle ganz still da. Niemand rührt sich. Doch dann bricht das Publikum in einen langen, tosenden Applaus aus. Nach und nach stehen die Leute sogar auf. Standing Ovations für Kylie. Heilige Scheiße! Meine Kleine hat sich ihre ersten Standing Ovations verdient! Ich bin so stolz auf sie, dass mir die Tränen in die Augen schießen.

Kylie hat sich selbst übertroffen. Ich pfeife und johle. Ein paar Reihen weiter sehe ich Max, der mit hoch erhobenen Armen wild applaudiert. Juan, der die ganze Zeit in der Nähe der Bühne gestanden hat, steht mit geballten Fäusten in Siegerpose da. Als Kylie sich setzt, breitet sich auf ihrem Gesicht ein überglückliches Lächeln aus. Sie weiß, dass ihre Rede der absolute Knaller war. Wir alle wissen es. So, Leute, ihr könnt einpacken. Und wehe, einer sagt noch mal was gegen Kylie Flores.

53 Lily:

Ich habe Max jetzt lange genug dabei beobachtet, wie er Kylie anhimmelt, und ich könnte kotzen. Er ist so was von verknallt in sie, dass es kaum zu übersehen ist. Na klar ist in Mexiko zwischen den beiden was gelaufen. Irgendwas, worüber Max natürlich nicht redet. Was aber alles verändert hat. Das ist mal wieder so typisch für ihn, nicht darüber zu reden. Was auch immer es war, es war auf jeden Fall mehr als nur ein Flirt. Max konnte schon auf der gesamten Fahrt die Augen nicht von ihr lassen, genauso wie während ihrer Rede, und sogar jetzt noch, wo sie zwei Reihen vor ihm sitzt. Ich dachte, wir hätten noch eine Chance, aber jetzt sehe ich ein, dass ich ihn verloren habe. Und es nichts gibt, was ich noch tun könnte.

Da fällt mir auf, wie Luca Sonneban zu mir herübersieht. Er sitzt ganz am Rand meiner Reihe. Ob er weiß, dass zwischen Max und Kylie was läuft? Will er etwa live miterleben, wie ich auf diese Katastrophe reagiere? Oder checkt er mich wie immer nur ab? Ich lächle und winke ihm zu, woraufhin er dunkelrot anläuft. Er sieht gut aus mit seinem dunklen Teint. Genau genommen ist er sogar ziemlich heiß. Seltsam, dass mir das vorher noch nie aufgefallen ist. Na ja, zumindest fällt es mir jetzt auf.

Luca ist schon seit der Neunten immer mal wieder in mich verschossen. Er hat mich bestimmt schon sechs Mal gefragt, ob ich mich mit ihm treffen will. Und ich habe immer Nein gesagt. Er ist einfach nicht mein Typ mit seinen strähnigen, langen blonden Haaren und den Boardshorts, die er immer trägt. Okay, wir haben es kapiert, du bist ein Surfer.

In der zehnten Klasse haben wir auf einer Party mal rumgeknutscht. Mit viieeel zu viel Zunge. Und eindeutig zu nass. Als wenn ich mit meinem Labradoodle rummachen würde.

Aber ich könnte es ihm ja beibringen. Und er hat eine Menge Geld. Das hätten wir also schon mal geklärt. Das Problem ist nur, dass Stokely scharf auf ihn ist. Normalerweise würde ich deswegen ja einen weiten Bogen um ihn machen – beste Freundinnen halten zusammen und so. Aber inzwischen bin ich an einem kritischen Punkt angelangt, und auch wenn ich Stokely nicht verletzen will, muss ich im Moment zuerst an mich denken.

»Herzlichen Glückwunsch!«, beendet Alvarez gerade seine Rede.

Der gesamte Abschlussjahrgang brüllt, alle springen von ihren Plätzen auf und werfen die Hüte in die Luft. Großes Gejohle!

Ich habe ja so die Schnauze voll von dem Ganzen hier. Schnurstracks gehe ich auf Max zu, denn es gibt da noch etwas zu klären. Ich will wenigstens mein letztes bisschen Würde bewahren. Er ist natürlich wie immer von seiner Anhängerschaft umgeben, weshalb es nicht leicht ist, an ihn heranzukommen. Aber ich quetsche mich dazwischen und komme schließlich zu ihm durch. Max sieht mich nervös an. Er freut sich nicht im Geringsten, mich zu sehen. Die Erkenntnis tut weh. Das hier ist nicht mehr mein Platz.

»Hey ... Lil«, sagt Max offensichtlich unangenehm berührt.

Dabei werde ich es ihm wirklich leicht machen. Er braucht sich meinetwegen keine Sorgen mehr zu machen.

Mein Blick ruht auf seinem Gesicht. Gott, er sieht einfach wahnsinnig gut aus. Ich liebe ihn – liebe ihn wirklich –, so wie ich noch nie irgendjemanden geliebt habe. Sicher hatte ich Hintergedanken bei der ganzen Beziehung, aber meine Liebe zu ihm ist trotzdem so rein, wie sie nur sein kann. Ich könnte heulen. Ich will ihn nicht verlassen, aber mir bleibt nichts anderes übrig.

Als ich Max umarme, versteift er sich am ganzen Körper. Wie kann es sein, dass sich die Dinge zwischen uns in so kurzer Zeit so radikal geändert haben?

»Lil, hör zu, wir müssen reden. Was hältst du davon, wenn wir zusammen mittagessen gehen ...«

»Nicht nötig, Max«, antworte ich. »Wir brauchen über gar nichts mehr zu reden. Es ist vorbei. Ich kann dir deine Aktion von gestern nicht verzeihen. Es ist aus. Es gibt nichts weiter zu sagen.«

Max sieht mich an, als hätte ich ihm gerade den Kunstrasen unter den Füßen weggezogen. Sorry, Max, ich habe zuerst Schluss gemacht. Du kannst mich nicht feuern, denn ich kündige.

»Wir sollten reden, Lily. Wir können es doch nicht einfach so beenden.«

»Darüber hättest du vielleicht gestern nachdenken sollen«, antworte ich mit zitternder Stimme.

Doch ich will ihm nicht die Genugtuung geben, mich heulen zu sehen. Ich beuge mich zu ihm vor und küsse ihn auf die Wange.

»Es tut mir leid, Lil. Wirklich ...«, sagt Max noch, als ich mich schon von ihm wegdrehe, den bitteren Nachgeschmack der Zurückweisung herunterschlucke und auf Luca zusteuere, der sich ganz in der Nähe mit Sam Butterworth unterhält.

»Hey Sonneban«, sage ich und umarme ihn. »Herzlichen Glückwunsch.«

»Dir auch, Lil«, antwortet Luca, während er mich immer noch fest in den Armen hält. Fester, als er eigentlich sollte. Schließlich bin ich seines Wissen nach immer noch die Freundin von einem seiner besten Kumpels. Luca rumzukriegen, wird wohl ziemlich einfach werden. Da brauche ich mir gar keine Gedanken machen.

Luca und ich liegen uns immer noch in den Armen, als Stokes auf uns zukommt. Sie starrt uns an und wartet offenbar darauf, dass wir uns loslassen. Als wir uns voneinander lösen, gebe ich ihm sicherheitshalber noch einen flüchtigen Kuss auf die Wange, um den Deal abzuschließen.

»Hast du schon eine Begleitung für die Party von Charlie heute Abend?«, frage ich ihn.

»Ähm, nicht wirklich«, antwortet Luca.

»Okay, wie wär's, wenn du mich um sieben abholst?«, schlage ich vor.

»Gehst du nicht mit Max?«, fragt Luca irritiert.

»Nein. Ich gehe mit dir hin. Wenn du willst?«

»Auf jeden Fall«, antwortet er und kann seine Aufregung kaum verbergen. Wie ein doofes Stofftier grinst er von einem Ohr zum anderen. Ich vermisse Max jetzt schon.

Stokes setzt ein Lächeln auf, aber ich kann den Schmerz und die Verwirrung in ihrem Blick erkennen. *Warum gehe ich nicht mit Max zu der Party? Und was ist das mit mir und Luca?* Ich fühle mich ziemlich mies, doch was soll ich denn anderes tun? Das Leben ist nun mal ungerecht. Das weiß ich selbst nur zu gut.

54 Kylie:

Sobald die Zeremonie vorbei ist, laufe ich auf der Suche nach Max den Mittelgang entlang. Ich hoffe, wir können noch miteinander reden, bevor ich losmuss. Er war der Erste, den ich sehen wollte, nachdem ich meine Rede beendet hatte. Der einzige Mensch, der verstehen würde, was für eine Überwindung es mich gekostet hatte, ohne Netz und doppelten Boden zu springen. Meine Bedenken gegenüber Max sind durch die Euphorie wie ausgelöscht. Ich will ihn in den Arm nehmen, ihm gratulieren, seine Stimme hören, von ihm berührt werden. Ich sehne mich nach seiner Gesellschaft, viel mehr als nach Will oder Jake oder nach meinen Eltern.

Doch ich komme zu spät. Ich sehe nur noch die Menge, die sich um ihn herum versammelt hat. Wie einen heimgekehrten Helden empfangen sie ihn. Ich stehe am Rand und suche einen Weg hinein. Doch keine Chance, er ist vollkommen umzingelt. Dann fange ich einen flüchtigen Blick von Max ein und winke ihm zu. Aber entweder sieht er mich nicht oder er ignoriert mich. Was mache ich hier eigentlich? Wie eine Idiotin herumstehen und um Aufmerksamkeit betteln?

Gerade noch war ich fest davon überzeugt, dass ich ihn heute Morgen bloß falsch verstanden und ihn zu schnell verurteilt habe. Ich wollte ihm eine zweite Chance geben, es noch einmal probieren. Ich dachte, während meiner Rede eine Art Verbindung gespürt zu haben. Ich meinte, mich von ihm angetrieben und ermutigt zu fühlen. Aber das war anscheinend alles bloß Einbildung. Er interessiert sich überhaupt nicht für mich. Er denkt wahrscheinlich noch nicht einmal an mich. Er ist von Lily und all seinen Freunden umgeben und ich bin nur noch eine entfernte Erinnerung. Ich bin so bescheuert. Wie oft muss ich denn noch auf ihn hereinfallen?

Ich drehe mich um und mache mich auf den Weg zu meiner Familie, als jemand in mich hineinrast, sodass ich beinahe hinfalle.

»Ich liebe dich, Mann«, sagt Will und küsst mich wiederholt auf beide Wangen.

»Ich dich auch, Kumpel«, antworte ich.

»Ich liebe dich, Alter.«

»Ich liebe dich, meine Bassgeige.«

»Ich liebe dich, Keule.«

»Ich liebe dich, Spielgefährte.«

»Ich liebe dich, *muchacha.*«

»Ich liebe dich, du Zupfnudel.«

Lachend lassen wir uns auf den Boden fallen. Juan sieht uns ziemlich verwirrt an. Anscheinend kennt er den Dialog von *Trauzeuge gesucht* nicht besonders gut – im Gegensatz zu uns. Wir müssen wirklich mehr Zeit außerhalb unserer vier Wände verbringen. In Gedanken schwöre ich mir, das diesen Sommer zu tun. Will und ich werden endlich unsere Hintern vom Sofa bewegen und ernsthaft versuchen, ein richtiges Sozialleben zu führen, so schrecklich sich das auch anhört. Aber ich kann nicht für den Rest meines Lebens in der Bude hocken und Filme gucken.

»Du warst absolut unglaublich, Kyles! Ich weiß ja nicht, was in deiner ursprünglichen Rede stand, aber es kann auf keinen Fall besser gewesen sein als das, was du gesagt hast«, erklärt Will. »Es war einfach umwerfend! Hattest du irgendwas davon geplant?«

»Nein. Ich habe einfach nur drauflosgeredet.«

»Es hat sich überhaupt nicht improvisiert angehört«, bemerkt Juan. »Das war die beste Rede, die ich jemals gehört habe.«

»Oh, vielen Dank, Juan«, entgegne ich.

»Wirklich, einfach genial, meine Kleine. Du bist mein Vorbild. Aber das warst du ja schon immer.«

»Danke, Will.« Mir kommen die Tränen. Es war ein langer Tag. Ich werde Will Bixby so vermissen.

»Okay, genug mit der Gefühlsduselei. Hast du schon mit Max geredet? Er ist gleich da drüben.«

»Nein. Werde ich auch nicht.«

»Du willst doch jetzt nicht aufgeben. Ihr zwei gehört zusammen. Mal vollkommen abgesehen von Lily Wentworths erbärmlicher Existenz. Wenn du nichts unternimmst, dann werde ich es eben tun«, verkündet Will, der offenbar überall mitmischen muss.

»Will, nein. Du unternimmst rein gar nichts. Max und ich

sind ... nichts. Und ich will nicht, dass du dich da einmischst. Verstanden?«

»Aber ich weiß, wie man solche Dinge regelt.«

»Es muss überhaupt nichts geregelt werden. Halt dich da raus, Will. Versprich es mir.«

»Okay, du hast mein Wort.«

»Im Ernst, ich will ihn nicht wiedersehen. Ich will jetzt nach vorne blicken.«

»Verstanden. Wir werden dir diesen Sommer einen Besseren besorgen. Max Langston ist schon in unserem Rückspiegel.«

»Kylie, Kylie, Kylie, Kylie!«, ruft Jake und kommt auf mich zugerannt.

Ich öffne die Arme und er springt hinein. »Jakie, Jakie, Jakie.«

Wir halten einander für ein paar Sekunden fest.

»Willst du gar nicht Onkel Will Hallo sagen?«, fragt Will.

Jake befreit sich aus meiner Umarmung und sieht ihn an. »Du bist nicht mein Onkel.«

»Stimmt«, sagt Will und nimmt Jake in den Arm. »Ich bin dein Stiefbruder.«

»Nein, bist du nicht«, antwortet Jake vollkommen ernst.

»Stimmt schon wieder, Jakie. Ich bin nur der langweilige, alte Will, Kylies bester Freund.«

Da nähern sich Mom und Dad.

»Herzlichen Glückwunsch, Schätzchen«, ruft Mom. »Wir sind so stolz auf dich.«

Die beiden drücken mich, streichen mir über die Haare und klopfen mir die Schultern, als wäre ich aus dem Krieg heimgekehrt. Schließlich lassen sie mich los und ich weiß, dass es nicht mehr lange dauert, bis ich mit Fragen überschüttet werde. Wo habe ich gesteckt? Warum trage ich dieses verrückte Kleid? Ich beschließe, die Initiative zu ergreifen.

»Mom, Dad, ich weiß, dass ich Mist gebaut habe. Es tut mir leid, wenn ihr euch Sorgen gemacht habt. Das war nicht meine Absicht ...«

Mom versucht, mich ärgerlich anzusehen, was ihr aber nicht so recht gelingt, wahrscheinlich weil sie so stolz auf mich ist.

»Kylie, wir hatten richtig Angst um dich«, sagt Dad.

Dad? Hatte Angst? Wirklich?

»Als Wills Eltern sagten, du wärst nicht bei ihnen ... das war wirklich nicht schön.« Mom blickt zur Seite, als müsste sie gleich weinen. Ich fühle mich schrecklich.

»Es tut mir so leid. Ich wollte euch nicht beunruhigen. Die ganze Sache hat eigentlich ganz harmlos angefangen, ist dann aber völlig außer Kontrolle geraten.«

»Du hast uns auf jeden Fall noch einiges zu erklären«, sagt Mom.

»Ich weiß«, antworte ich. »Kann das noch warten, bis wir zu Hause sind? Ich verspreche, dann werde ich euch alles erzählen.«

»Deine Rede war toll, Kyles«, sagt Dad.

»Findest du? Wirklich?«, frage ich, denn aus seinem Mund hört es sich komisch an.

»Es kam von Herzen. Und war wunderbar formuliert, wie immer. So wie alles, was du schreibst«, erklärt Dad.

Das überrascht mich jetzt tatsächlich. Ich wusste gar nicht, dass Dad irgendetwas von dem, was ich geschrieben habe, gelesen hat. Ein Mann voller Geheimnisse.

»Die Rede war wunderbar, Süße«, sagt Mom. »An einigen Stellen ein bisschen zu freizügig für meinen Geschmack, aber abgesehen davon perfekt, wirklich. Aber das war nicht das, woran du die ganzen letzten Monate gearbeitet hast, oder?«

»Nein. Ich habe einfach ein bisschen improvisiert. Wie gesagt, die Rede, die ich geschrieben habe, hat irgendwie nicht mehr richtig gepasst. Alles Teil der langen Geschichte.«

55 Max:

»Yo Mann, wo geht's hin?«, fragt mich Jesse Stern, als ich mich an ihm und Charlie vorbeidränge.

»Ich suche wen«, antworte ich nur.

Charlie sagt nichts. Er weiß, wo ich hinwill, nach wem ich suche. Zum Glück behält er seine Meinung für sich. Es hat schon lange genug gedauert, mich endlich aus der Menge zu befreien. Und ich bin immer noch vollkommen neben der Spur wegen Lily, aber ich muss Kylie noch erwischen, bevor sie die Feier verlässt.

»Kommst du mit zum Strand, Bruder?«, fragt Jesse. »Bisschen Wellenreiten, Dicker?«

Jesse Stern ist ein anständiger jüdischer Junge aus La Jolla, der sich für einen Gangster hält. Ich frage mich, ob er die Nummer in Amherst immer noch durchziehen wird.

»Ich komme später nach. Ich will erst noch etwas Zeit mit meinem Dad verbringen.«

»Okay, bis dann, Alter«, sagt Jesse.

Ich steuere den Parkplatz an. Charlie läuft hinter mir her.

»Hältst du das für eine gute Idee?«, fragt Charlie. Anscheinend muss ich mir seine Meinung doch anhören, ob ich will oder nicht.

»Ehrlich gesagt, ich weiß es nicht.«

»Hör zu ... Kylie ist ein tolles Mädchen. Aber sie meint es ernst, richtig ernst. Die macht keine halbherzigen Sachen. Bist du dir sicher, dass du diesen Sommer so was gebrauchen kannst?«

»Ja, ich weiß. Das könnte ganz schön anstrengend werden.«

»Lass doch einfach etwas Zeit ins Land ziehen. Dann erledigt sich die Sache wahrscheinlich von selbst.«

»Ja, das wäre wohl das Vernünftigste. Aber das will ich nicht.« Und damit laufe ich weiter und lasse Charlie stehen.

Er hat ja recht. Ich sollte mich da nicht weiter reinhängen.

Ich bin Lily gerade los und brauche eigentlich nicht gleich wieder eine Freundin. Jetzt, da ich wieder Single bin, sollte ich meine Freiheit genießen. Und ich habe jede Menge Kram, um den ich mich diesen Sommer kümmern muss. Das Letzte, was ich jetzt brauche, ist eine neue Beziehung. Was tue ich hier eigentlich? Ich bleibe stehen und sehe starr vor mich hin. Mache ich gerade einen Fehler?

Nein. Ich kann dieses Mädchen einfach nicht vergessen.

Als ich schließlich auf dem Parkplatz ankomme, sehe ich Kylie in einen alten Honda Civic steigen.

»Kylie!«, rufe ich.

Doch sie scheint mich nicht zu hören und schließt die Tür hinter sich. Als das Auto aus der Parklücke fährt, renne ich wie ein Bekloppter hinterher.

»KYLIE, WARTE ...« Die anderen Leute auf dem Parkplatz sehen mich an, als hätte ich den Verstand verloren. Aber das ist mir egal. »KYLIE, KYLIE ...«

Das Auto fährt immer schneller und verschwindet schließlich um die Ecke. Kylie dreht sich noch nicht einmal nach mir um. Es ist aussichtslos. Schließlich bleibe ich stehen.

Hat sie mich denn nicht gehört, als ich wie so ein bemitleidenswerter Kerl aus einer schlechten Liebeskomödie hinter ihr hergerannt bin und mir die Seele aus dem Leib geschrien habe? Sie muss mich doch gehört haben. Was kann ich denn noch tun? Wahrscheinlich nichts. Ich habe es heute Morgen wohl ordentlich vergeigt.

Auf dem Weg zurück zum Campus nehme ich mein iPhone, um Kylie eine SMS zu schicken. Ein letzter Versuch. Doch dann fällt mir ein, dass ihr Handy keinen Akku mehr hat. Verdammt. Vielleicht soll es einfach nicht sein. Was in Mexiko passiert ist, soll offenbar in Mexiko bleiben.

Da sehe ich, wie Will mit Juan, zwei jüngeren Mädchen, offenbar Wills Schwestern, und seinen Eltern in einen riesigen Range Rover steigt. Das ist mal eine Menge Benzin, das die Bixbys verschleudern.

»Hey Will«, rufe ich. »Habe ich mich eigentlich schon dafür bedankt, dass du nach Mexiko gekommen bist?«

»Nicht dass ich wüsste«, antwortet Will.

»Danke, Mann. Ich weiß das echt zu schätzen.«

»Tja, viel geholfen hat es ja nicht, wo ich euch letztendlich gar nicht nach Hause fahren konnte.«

»Macht nichts. Es war auf jeden Fall ziemlich cool von dir, dass du gekommen bist.«

»Ich hab's für Kylie getan.«

»Ich weiß.«

»Tut mir leid mit dem Spiegel.«

»Was für ein Spiegel?«

»Wirst du sehen, wenn du nach Hause kommst«, verspricht Will.

Na großartig. Ich kann es gar nicht erwarten. Mann, Will Bixby ist echt ein Spinner.

»Ich mag sie, Will«, platze ich heraus. Denn mal ernsthaft, warum sonst würde ich hier stehen und mich mit ihm unterhalten? Es ist ja nicht gerade so, dass wir in Mexiko beste Freunde geworden sind. Ich brauche Hilfe und er ist derjenige, der mir helfen kann. So einfach ist das.

»Ich weiß«, sagt er. Und das ist alles.

Ich warte noch einen Moment, aber er sagt nichts weiter. Verdammt, er macht es mir wirklich nicht leicht. Ich bin echt nicht gut in solchen Sachen. Überhaupt nicht.

»Was soll ich bloß tun, Mann? Hast du irgendeine Idee, wie ich ...« Ich fange langsam an zu verzweifeln. Meine Stimme beginnt zu zittern. Ich muss zurückrudern. Mich am Riemen reißen. Das Mädchen macht mich echt fertig. Ich brauche das eigentlich nicht. Und sie brauche ich auch nicht. Oder ihren verrückten Freund.

»Max, ich kann dazu nichts sagen. Ich habe versprochen, mich da rauszuhalten. Und meine Loyalität gehört ihr, nicht dir.«

»Dich wo rauszuhalten?«, frage ich.

»Aus allem, was mit euch beiden zu tun hat. Sie sagt, sie will nach vorne blicken, nicht zurück.«

»Glaubst du, sie meint das ernst?«

»Ich darf dazu nichts sagen.«

Da steckt Wills Mom ihren Kopf zum Fenster heraus. »Will, können wir los? Wir kommen noch zu spät zum Essen.«

»Ja, kann sofort losgehen«, antwortet Will. »Hör zu, Max, es tut mir leid. Aufrichtig. Ich würde wahnsinnig gern den Vermittler spielen, aber ich kann mein Versprechen leider nicht brechen.« Und damit steigt Will ins Auto.

»War nett, dich kennenzulernen«, sagt Juan und springt hinter Will in den Range Rover.

Ich bin mit meinem Latein am Ende. Ich weiß nicht, was ich noch tun soll, außer nach Hause zu gehen und etwas Zeit mit meinem Dad zu verbringen.

56 Kylie:

Jake und Dad spielen tatsächlich zusammen Fußball. Was ziemlich unglaublich ist. Okay, es war meine Idee und ich musste Dad regelrecht in den Garten zerren, aber seit die beiden erst einmal angefangen haben, ist er nicht mehr zu bremsen. Dad trägt das gelbe Fußballtrikot von Manuel. Als ich es aus meinem Rucksack gezogen und ihm gegeben habe, hat er es ungefähr zehn Minuten lang nur angestarrt. Danach ist er eine Weile im Badezimmer verschwunden. Als er wieder herauskam, hatte er das Trikot an.

Ich habe Mom und Dad alles über den geklauten Laptop, Ensenada und Manuel erzählt. Ein paar Details habe ich zwar weggelassen, trotzdem habe ich Max hier und da erwähnt. Ich habe es heruntergespielt, weil ich keine Lust hatte, ständig an ihn zu denken. Dad wiederum wollte nicht groß über den Unfall reden. Also lasse ich ihn damit erst einmal in Ruhe.

Ich gehe in mein Zimmer, um noch ein bisschen für mich zu sein. Will und Juan kommen später noch zu unserem John-Woo-Filmabend vorbei. Ausnahmsweise treffen wir uns mal bei mir und nicht bei Will, wo alles schon fast lächerlich überdimensional groß ist. Und ich freue mich. Es ist schön, wieder zu Hause zu sein.

Ich hebe das mexikanische Hochzeitskleid auf, das ich vorhin gar nicht schnell genug ausziehen konnte, und streiche über den zerfransten Saum, glätte die Falten. Es ist ein wunderschönes Kleid. Ich hatte eigentlich vor, es wegzuwerfen, weil ich keine Erinnerungsstücke an den Abend mit Max haben wollte. Aber jetzt, wenn ich es so ansehe – die feine Stickerei, den handgefärbten Stoff, den schönen Schnitt –, will ich es doch behalten. Oder vielleicht lasse ich es auch in ein Minikleid ändern, um es in New York mit High Heels zu tragen.

Ich betrachte mich im Spiegel. Ich trage wieder meinen üblichen Schlabberlook aus Jeans und T-Shirt. Meine Haare sind in einem straffen Pferdeschwanz gebändigt, mein Gesicht ist von Lilys Make-up sauber geschrubbt. Dieses Spiegelbild hat mich schon immer angeschaut, solange ich zurückdenken kann. Aber ist das wirklich das Ich, das ich der Welt zeigen will? Das kann ich besser. Es schadet ja nicht, sich ein bisschen Mühe zu geben. Heute Abend kommen vielleicht nur Will und Juan vorbei, aber hey, ich habe meinen Schulabschluss in der Tasche, ich habe gerade eine Wahnsinnsrede gehalten und in zwei Monaten bin ich in New York. Das Leben fängt gerade erst an und ich laufe rum, als würde ich bald in Rente gehen.

Ich ziehe mir das Haargummi vom Pferdeschwanz und wühle meine Locken auf. Dann nehme ich das kurze schwarze Stretchkleid, das Will mir einmal geschenkt hat und seitdem ungetragen in meinem Schrank hängt. Ich ziehe Jeans und T-Shirt aus und schlängle mich in das Kleid. Es liegt genau an den richtigen Stellen eng an. Ich hätte schon längst auf Will hören sollen. Dann lege ich noch einen Gürtel um, ziehe meine Flipflops an und trage ein wenig Lipgloss auf. Schon besser. Viel besser. Ich drehe mich vor dem Spiegel. Wenn ich will, kann ich richtig sexy aussehen. Warum bin ich nicht schon früher darauf gekommen?

In dem Moment vibriert mein Handy. Es ist eine SMS von Charlie, der mich zu seiner Party einlädt. Ich mache mir noch nicht einmal die Mühe, darauf zu antworten, denn ich kann mir nicht vorstellen, dass ich mich dort besonders wohlfühlen würde, mit Max und Lily als Traumpaar des Abends. Nein danke.

Von Max keine Nachricht. Was habe ich auch erwartet? Eine SMS, in der er mir seine unsterbliche Liebe gesteht? Wahrscheinlich hat er genau in diesem Moment Sex mit Lily.

Es klopft an der Tür und Mom steckt den Kopf herein. Bewundernd sieht sie mich an. »Du siehst so schön aus, Kylie, geh raus und amüsier dich. Du musst heute Abend nicht zu Hause bleiben.«

»Ich dachte, ich hätte Hausarrest?«

»Tja, ich denke, das ist nicht mehr wirklich nötig.«

Mom setzt sich auf mein Bett und legt mir die Hände auf die Wangen, wie sie es immer getan hat, als ich noch klein war. »Kylie, es tut mir leid, dass ich dir so viel Druck gemacht habe.« Das scheint die Einleitung zu einem ernsten Gespräch zu sein, einem Gespräch, wie wir es sonst nie führen. Normalerweise würde ich mich ja darüber freuen, aber heute bin ich absolut nicht mehr dazu in der Lage. Ich will jetzt nur noch relaxen und abschalten.

»Es war nicht fair von mir, dir jeden Tag die Verantwortung für deinen Bruder aufzutragen. Ich hätte mir etwas anderes überlegen müssen, damit du mehr Freizeit hast«, erklärt Mom. Sie ist offenbar entschlossen, die Sache durchzuziehen.

»Sei nicht so hart mit dir, Mom. Wirklich. Ich bin gern mit Jake zusammen.«

»Ich denke, du hättest mehr Zeit mit anderen verbringen sollen, was ich leider nicht genug gefördert habe.«

»Aber das ist doch genauso mein Fehler gewesen. Ich habe die ganze Hausarbeit als Ausrede genommen, um mich verstecken zu können.«

»Ich hoffe, das wirst du in New York nicht mehr tun.«

»Das hoffe ich auch.«

Mom zieht mich zu sich heran und umarmt mich. »Du machst uns so stolz, Kyles. Das hast du schon immer getan. Und ich weiß, dass du es immer tun wirst.«

Da klingelt es zum Glück an der Haustür. Wenn ich noch eine Sekunde länger so mit Mom dagesessen hätte, hätte ich noch richtig angefangen zu heulen.

»Ich gehe schon«, sage ich und löse mich von Mom. »Das ist Will.«

Ich laufe aus dem Zimmer und wische mir mit dem Handrücken die Tränen vom Gesicht.

Als ich die Haustür aufreiße, steht da – Max. Oh Gott. Mein Herz springt in meiner Brust, wie ein Fisch auf dem Trockenen. Ich bekomme keine Luft mehr.

Max lächelt, sodass sich Grübchen auf seinen Wangen bilden. Augenblicklich verliebe ich mich wieder in ihn. Was ist nur los mit mir? Ich bin echt so eine Niete.

»Was machst du denn hier?«, frage ich.

»Wir müssen reden.«

»Okay, aber draußen«, sage ich. Ich gehe hinaus und ziehe die Tür hinter mir zu, damit wir ungestört sind.

Für ein paar Augenblicke sagt Max nichts. Nervös wandern seine Hände hin und her, bis er einen Platz findet, an dem er sie ruhig halten kann – in den Hosentaschen. Es ist merkwürdig, Max so zu sehen.

»Hör zu, Kylie, wenn du mich nicht mehr sehen willst, kann ich das verstehen, ich will nur ...«

»Wer sagt, dass ich dich nicht mehr sehen will?«

Max holt tief Luft und nimmt offenbar all seinen Mut zusammen.

»Ich kann nicht aufhören, an dich zu denken. Ich weiß, dass du wahrscheinlich nicht so für mich empfindest. Aber ich musste es dir einfach sagen. Eigentlich wollte ich das gleich nach deiner Rede tun. Ich habe dich gesucht ...«

»Echt?«

»Ja ... Hast du mich auch gesucht?«

Ich kann ihm ansehen, wie sehr er fürchtet, dass ich Nein sage. Ich bin wirklich überrascht. Die Erkenntnis, dass ich diese Wirkung auf Max habe, dass ich überhaupt irgendeine Wirkung auf ihn habe, haut mich um.

»Ich wollte gleich zu dir, aber du warst von Lily und deinen ganzen Freunden umzingelt. Ich hatte überhaupt keine Chance, zu dir durchzukommen.«

»Lily und ich haben uns getrennt. Beziehungsweise sie hat sich von mir getrennt. Sie war irgendwie schneller als ich. Ich glaube, sie wusste, dass es sowieso vorbei ist.«

Was? Vielleicht habe ich ja doch alles missinterpretiert. »Du wolltest mit ihr Schluss machen?«

»Das war mir schon gestern Abend klar. Es wäre total sinnlos gewesen, weiter mit ihr zusammen zu sein, nach dem, was ich mit dir erlebt habe. Es hat sich einfach nicht mehr richtig angefühlt.«

»Aber heute Morgen hast du ...«

»Heute Morgen stand ich einfach total neben mir. Ich wollte den Schaden möglichst gering halten. Ich dachte, Lily würde vollkommen durchdrehen, also habe ich versucht, sie zu beruhigen. Ich hab's total verbockt.«

Ich hatte mir eigentlich eingeredet, dass Max mir inzwischen gleichgültig ist, aber als ich höre, dass er und Lily nicht mehr zusammen sind, fällt die Mauer in sich zusammen. Vielleicht sollte ich nächstes Mal nicht so schnell damit sein, sie aufzubauen.

»Ich bin vorhin wie ein Verrückter auf dem Parkplatz hinter eurem Auto hergelaufen.«

»Wirklich?«

»Hast du mich nicht gehört?«

»Nein.« Ich weiß nicht, was ich sagen soll. Das fühlt sich alles so unecht an. Mädchen wie ich kriegen doch nie den Traumtypen.

»Will hat gesagt, ich soll dich in Ruhe lassen«, erzählt Max. »Er meinte, du wärst ziemlich eisern.«

»Tja, das stimmt wohl. Ich kann in vielen Dingen ziemlich eisern sein.«

»Ja, das habe ich auch schon mitbekommen.«

»Ehrlich gesagt habe ich gedacht, ich wäre dir egal«, sage ich. »Oder ich hab mir eingeredet, dass ich dir egal wäre.«

»Das bist du nicht. Ganz und gar nicht. Ich dachte, ich wäre dir egal.«

Ein klassisches Missverständnis – wie im Film. Wir fangen beide an zu grinsen. Es ist irgendwie so klischeehaft, dass es fast schon peinlich ist. Ich wünschte, unsere Geschichte könnte ein paar originellere Wendungen haben. Vielleicht entpuppt sich ja einer von uns beiden noch als Vampir oder so.

»Und wir haben damit beide komplett danebengelegen«, sagt Max. Erleichtert atmet er auf und ist jetzt sichtlich entspannter. Jetzt ist er wieder ganz der coole, selbstbewusste Max, den ich kenne.

»Und, was jetzt?«, frage ich. Ich stelle mich nicht absichtlich dumm. Ich weiß es wirklich nicht. Ich habe Angst davor, den nächsten Schritt zu machen. Das überlasse ich lieber Max.

»Ich will mit dir zusammen sein, Kylie. Ich wollte es dir schon die ganze Zeit sagen, aber du hast mich ja nicht gelassen.« Er nimmt meine Hand und zieht mich zu sich heran. Mir wird auf einmal ganz heiß. Ich habe das Gefühl, als könnte ich jeden Moment in Flammen aufgehen.

»Aber nach dem Sommer bin ich in New York und du in L. A. ...«

»Vielleicht geht auch die Welt unter. Oder ich werde vom Blitz erschlagen. Es könnte eine Menge schiefgehen, Kylie, aber denk doch nicht an Probleme, die es noch gar nicht gibt. Wie wär's, wenn wir erst einmal zusammen essen gehen? Oder ins Kino? Und über den Rest können wir uns später noch Gedanken machen. Ich meine, wir haben schon halb nackt zusammen in einem Bett geschlafen. Da können wir doch wenigstens mal zusammen ausgehen.« Max grinst über das ganze Gesicht. »Also, was sagst du? Essen gehen? Kino?«

Er hat recht. Ich denke schon wieder viel zu weit in die Zukunft und mache mir unnötige Sorgen. Ich werfe die Arme um Max und drücke ihn, so fest ich nur kann. Unsere Gesichter bewegen sich langsam aufeinander zu ...

Und Max küsst mich.

JA, JA, JA, würde ich am liebsten schreien. Natürlich können wir zusammen ausgehen. Und wieder. Und wieder. Und wieder. Solange du mir versprichst, mich jedes Mal so zu küssen.

Plötzlich geht die Haustür auf und Mom und Dad stehen

da. Schnell befreie ich mich aus Max' Umarmung und mache einen großen Schritt von ihm weg. Wie peinlich.

Mom und Dad haben mich noch nie mit einem Jungen zusammen gesehen. Genau genommen habe ich mich selbst noch nie mit einem Jungen gesehen. Daher kann ich mir nur zu gut vorstellen, wie sie sich gerade fühlen.

»Magst du deinen Freund nicht hereinbitten?«, fragt Mom.

»Hallo, Mr und Mrs Flores. Ich bin Max. Kylie und ich kennen uns von der Schule.« Max schüttelt Mom und Dad die Hände. »Ich freue mich, Sie kennenzulernen.«

Der Junge hat Manieren. Noch ein Pluspunkt.

Meine Eltern glotzen ihn an, als wäre er Prinz Harry. Voller Ehrfurcht betrachten sie den schönen Jüngling vor unserer Haustür.

»Magst du nicht hereinkommen, Max?«, wiederholt meine Mom.

»Klar, gerne.« Max will schon hineingehen, als ich ihn zurückhalte.

»Ähm ... Ich glaube, Max und ich gehen noch auf eine Party, wenn ich darf.«

Alle drei sehen mich beide gleichermaßen überrascht an.

»Echt?«, fragt Max.

»Du verpasst gerade die größte Party des Jahres, genau wie ich.«

»Aber du hasst Partys.«

»Tja, ich könnte meine Meinung diesbezüglich vielleicht noch ändern.«

»Wegen mir brauchst du das nicht zu machen, ich kann gut ohne diese Party leben.«

»Ich mache es nicht bloß wegen dir.«

»Sicher?«

»Ja.«

Max wendet sich wieder meinen Eltern zu. »Haben Sie etwas dagegen, wenn ich Kylie auf die Party mitnehme?«

»Nein, überhaupt nicht«, sagt Mom. »Das ist Kylies Entscheidung.«

»Ich muss nur noch kurz etwas erledigen, bevor es losgeht, okay?« Ich gehe hinein und zu Jake, der vor dem Fernseher sitzt und *Star Wars* guckt.

»Jakie, ich will heute Abend auf eine Party gehen. Ich weiß, ich habe gesagt, dass ich hier bei dir bleiben würde. Aber wir können dafür morgen den ganzen Tag zusammen verbringen. Was sagst du?«

»Du kannst gehen, Kylie. Hauptsache, du kommst wieder.«

»Das werde ich. Versprochen.«

Ich gebe meinen Eltern einen flüchtigen Kuss auf die Wange und verlasse mit Max das Haus, bevor ich es mir anders überlegen kann.

57 Will:

»Touch me. I'm going to scream if you don't ...«

Der Song von My Morning Jacket geht mir die ganze Zeit durch den Kopf, als ich mit Juan zu Kylie fahre. Es ist gerade mal eine Stunde her, seit wir uns in meinem Zimmer geküsst haben, und ich bin am Rande des Wahnsinns. Juan ist meine Droge und ich brauche dringend eine neue Dosis.

Mein Handy vibriert. Obwohl ich mit dem Auto über die 405 rase, ziehe ich das Telefon aus der Hosentasche, aber Juan reißt es mir aus der Hand, noch bevor ich die SMS lesen kann.

»Kylie geht mit Max auf Charlies Party. Wir sollen auch kommen«, erklärt Juan.

»Wie bitte? Ist sie verrückt?«

»Warum?«

»Wir gehen auf keine Schulpartys. Ich sage es dir nur ungern, aber ich war bisher nicht gerade ein Partyheld.«

Doch als ich Juans enttäuschtes Gesicht sehe, überlege ich es mir anders.

»Okay, schreib ihr, wir kommen. Und zwar als Partyhelden in Strumpfhosen«, gebe ich mich geschlagen.

»In Strumpfhosen?«

»War nur Spaß.«

»Bei dir weiß man ja nie.«

»Keine Sorge. Wir behalten die Sachen an, die wir jetzt tragen«, sage ich. »Aber bist du dir sicher, dass du auf eine Highschool-Party willst? Das ist doch bestimmt total die Kindergartenveranstaltung.«

»Tja, dann machen wir eben unsere eigene Party.«

Seit ich Juan begegnet bin, ist einfach alles toll. Um ehrlich zu sein, macht es mir sogar ein bisschen Angst. Ich bin es nicht gewohnt, dass das Leben so reibungslos verläuft. Im Grunde warte ich die ganze Zeit darauf, dass ich mit meinen hohen Absätzen auf die Schnauze falle.

Beim Mittagessen mit meinen Eltern heute hätte ich beinah einen Herzinfarkt bekommen, als ich meinem Dad und Juan zugehört habe, wie sie über Architektur geredet haben. Ich weiß, meine Eltern waren positiv überrascht, mich ausnahmsweise mal in Hosen zu sehen. Das erklärt allerdings noch lange nicht, warum mein Dad mit meinem neuen Freund quatscht, als würden sie sich bereits jahrelang kennen. Ich glaube, er hat ihn sogar zum Golfen eingeladen. Und jetzt bin ich mit meinem Freund auf dem Weg zu *der* Party des Jahres, inklusive Kylie und Max. Die Welt steht kopf. Zumindest bin ich für kurze Zeit mal nicht der Loser, den ich mein ganzes Leben lang gespielt habe. Ich bin der Hauptdarsteller. Ich hoffe nur, es wird nicht tragisch enden. Zum Beispiel mit einer Schießerei auf Charlies Party.

58 Kylie:

Als Max und ich vor Charlies Haus halten – einer großen, imposanten Villa im spanischen Stil –, merke ich, wie mein ganzer Körper verkrampft. Die Angst schießt mir durch die Adern. Orte wie diese meide ich normalerweise, und wenn ich das nicht kann, würde ich mich für gewöhnlich in eine Ecke verkriechen und alle mürrisch angucken. Überall parken Autos – auf der Straße, in der riesigen Auffahrt (die mehr wie ein Hubschrauberlandeplatz aussieht) und auf dem Rasen – Range Rovers, BMWs und Audi-Sportwagen. Ich bin in einem fremden Land, ohne Reiseführer, nur mit Max. Das hier ist sein Land. Wenn Will doch nur schon hier wäre ... Aber er ist noch nicht da. Wer weiß, wann und ob er und Juan überhaupt hier auftauchen.

Da kommt Charlie aus dem Haus. »Hey, hey, hey«, ruft er, während Max und er sich abklatschen. »Schön, dass ihr da seid.«

»Danke für die Einladung«, sage ich. Himmel, ich sollte mal damit aufhören, mich ständig für alles zu bedanken.

»Äh, was ich heute früh im Auto erzählt habe ... ich will da heute Abend nicht unbedingt drüber sprechen«, sagt Charlie zu mir, nachdem er Max einen vielsagenden Blick zugeworfen hat. Ich schätze, die beiden haben schon darüber geredet.

»Ich schweige wie ein Grab«, verspreche ich.

»Ich muss das einfach auf meine Art machen, in meinem eigenen Tempo«, erklärt Charlie.

»Kann ich verstehen. Absolut«, antworte ich. Was auch wirklich wahr ist. Ich habe großen Respekt davor, was Charlie getan hat, und es ist mir durchaus bewusst, dass es nicht leicht für ihn gewesen ist. Und das war erst der erste Schritt.

Charlie führt uns über den luxuriösen Hof ins Haus.

»Nach der ganzen Aufregung brauch ich erst mal ein Bier«, sagt Max.

»Bier gibt's draußen am Pool, Kumpel. Aber das Haus ist ganz schön voll. Könnte ein Weilchen dauern, bis ihr durch seid. Ich sehe euch später, Leute.«

Charlie verschwindet im Getümmel. Max nimmt mich am Arm und führt mich über einen prächtigen Flur in ein Wohnzimmer, das so groß ist wie unser ganzes Haus. Überall lümmeln Leute auf riesigen Ledersofas herum, die Beine auf schweren Couchtischen aus Holz. Der Raum geht in eine Kombination aus riesiger Hightech-Küche und Esszimmer über. Darin steht ein Tisch, an dem mindestens zwanzig Leute Platz haben. Diese Villa macht der von Wills Eltern wirklich Konkurrenz.

Ich habe das Gefühl, alle starren mich an, als Max und ich das Zimmer durchqueren. Vielleicht bilde ich es mir aber auch bloß ein. Die Leute machen Platz für Max und begrüßen ihn, für mich interessiert sich absolut niemand. Da kommt Sonia Smithson angerannt und fällt Max um den Hals. Kurz darauf lässt sie ihn los und glotzt mich an.

»Was macht die denn hier?«, fragt sie. Ich bilde es mir also doch nicht ein. Was habe ich auch erwartet? Dumme Ziege …

»Ich gehöre zum Personal. Ich jobbe den Sommer über bei einem Catering-Unternehmen«, erkläre ich.

»Wie unangenehm«, bemerkt Sonia ganz ohne Ironie.

Max lacht. »Wir sind zusammen hier, Sonia.« Dann legt er beschützend den Arm um mich.

Sonia macht Augen, als hätte sie ein Gespenst gesehen. Dann dreht sie sich weg.

»Ignorier sie einfach, die ist total hohl«, sagt Max zu mir.

Dann führt er mich auf die Veranda, von der aus man aufs Meer gucken kann. Für einen Moment verschlägt es mir den Atem. Wow. Wie es wohl sein muss, jeden Tag mit diesem Blick aufzuwachen? Max und ich setzen uns auf einen Liegestuhl am Pool. Ein paar Stühle weiter spielen Lacey Garson und Richie Simson Zungenhockey. Andere Pärchen machen auf dem Rasen rum. Hinten beim Gartenpavillon werfen ein paar Typen einen Football hin und her. Und noch weiter hinten beim DJ-Pult tanzen ein paar Leute. Es ist meine erste Highschool-Party. Und möglicherweise auch die letzte. Vielleicht war es doch keine so gute Idee hierherzukommen.

»Alles okay?«, fragt Max.

»Ja«, antworte ich.

»Sicher?«

»Ja, alles okay. Ich bin nur ... Ich weiß auch nicht. Wahrscheinlich muss ich mich erst mal an alles gewöhnen. Hier zu sein. Mit dir. Und all denen. Das ist alles so neu für mich.« Ich lächle Max beruhigend an. Auch wenn ich weiß, dass ich ihm damit ein falsches Gefühl von Sicherheit vermittle. Aber was soll ich denn sonst tun? Ich versuche es wenigstens.

Da zieht Max mich zu sich heran und hält mich ganz fest. Lacey glotzt zu uns herüber und flüstert dann Richie etwas zu. Er dreht sich um und starrt uns an. Na super.

»Lacey und Richie gucken, als hätten wir gerade eine Bank ausgeraubt«, sage ich zu Max. Doch Max sieht nicht einmal zu ihnen hinüber.

»Na und?«, sagt er. Dann küsst er mich, sodass alle es sehen können. In dem Moment wird mir klar, dass er an mich glaubt, an uns, und das gibt mir wieder etwas Selbstvertrauen. Er hat recht, sollen sie doch glotzen.

»Tut mir leid wegen Lily«, sage ich. »Geht es ihr gut? Ist sie auch hier?«

»Hast du sie nicht gesehen, als wir angekommen sind? Wie sie auf Luca Sonnebans Schoß gesessen hat?« Max lacht. Es scheint ihn überhaupt nicht zu stören, dass Lily bereits einen Neuen hat.

»Nein, das hab ich wohl verpasst. War wahrscheinlich die Aufregung. Ich glaube, ich habe nur auf den Boden gestarrt ... Das ging aber schnell mit den beiden«, sage ich.

»Nicht für Lily. Sie hält den Rekord in der Kategorie.«

»Und dich stört das überhaupt nicht? Ich meine, Luca und du, ihr seid doch Freunde.«

»Mir ist das egal. Luca ist schon ziemlich lang in Lily verschossen. Und ich bin in dich verschossen, also ist alles gut.«

»Und ich bin in dich verschossen«, erwidere ich.

»Na, wenn das mal kein Zufall ist ...«, höre ich jemanden sagen.

Wir sehen auf und da steht Will vor uns.

»Ihr zwei Turteltäubchen seid wirklich ein Bild für die Götter«, verkündet Will. Er und Juan tragen beide wie maßgeschneidert sitzende Anzüge. Will einen mit dunkelgrauen Nadelstreifen und Juan einen in Marineblau.

»Du trägst ja einen Anzug!«, rufe ich.

»Du weißt doch, wie sehr ich Tom Fords Arbeit schätze«, antwortet Will.

»War das deine Idee?«, frage ich Juan.

»Das ist alles auf Wills Mist gewachsen. Er hat darauf bestanden, dass wir uns beide den gleichen Anzug kaufen. Mir hätten auch saubere Shorts und ein T-Shirt gereicht«, erklärt Juan. »Ich glaube, wir sind absolut overdressed.«

»Wir haben In-N-Out-Burger mitgebracht«, sagt Will und hält eine große Papiertüte hoch.

»Super«, antwortet Max.

Will greift in die Tüte und gibt Max einen Burger. Dann hält er mir und Juan einen hin.

»Du glaubst doch nicht im Ernst, dass ich so was esse. Hast du gesehen, wie viel Soße da drauf ist?«, sagt Juan.

»Du weißt ja gar nicht, was dir entgeht«, kommentiert Max.

»Er ist aus Mexiko. Vergib ihm«, sagt Will.

»Diese Burger werden euch umbringen«, bemerkt Juan.

»Vielleicht, aber sie sind es wert«, antwortet Max und verputzt seinen Burger restlos. »Übrigens eine beeindruckende Arbeit auf dem Spiegel. Hat mir gut gefallen«, sagt er dann an Will gerichtet.

»Ich dachte, du würdest es sicher zu schätzen wissen«, entgegnet Will.

»Ich lasse es so«, sagt Max. »Für die Nachwelt.«

Will lacht. Ich habe keinen blassen Schimmer, wovon die beiden reden.

Da sehe ich, wie Jemma Pembolt, eine von Lilys treu Ergebenen, auf uns zukommt. Sie sieht ganz schön angefressen aus. Mist. Sie baut sich direkt vor Max auf.

»Du bist so ein Wichser, Max. Ich kann es nicht fassen, dass du Kylie mitgebracht hast. Hast du denn gar kein Taktgefühl?«

»Jemma, ganz ruhig.« Auf einmal taucht Lily mit Luca an ihrer Seite auf. Und obwohl Luca pflichtbewusst neben ihr steht, sieht er aus, als wäre er gerade lieber woanders.

Lily sieht mich ausdruckslos an. Ich kann mir denken, was in ihr vorgeht. Sie tut ihr Bestes, ihre Würde nicht zu verlieren, und ich werde es ihr ganz bestimmt nicht noch schwerer machen.

»Jemma will mich nur in Schutz nehmen. Aber das ist gar nicht nötig«, erklärt Lily. »Komm, J, wir holen dir was zu trinken.«

»Er ist trotzdem ein Arsch«, sagt Jemma und wirft Max einen letzten eisigen Blick zu, bevor die drei verschwinden.

Lily tut mir leid. Dass Max mit mir hier ist, ist bestimmt nicht gerade leicht für sie.

»Meinst du, wir sollten besser gehen?«, frage ich Max.

»Nein. Sie kommt schon klar. Sie ist froh, dass sie Luca überall herumzeigen kann. Und Charlie ist mein bester Kumpel, ich habe somit das Recht, hier zu sein. Außerdem haben wir diesen Sommer noch eine Menge Partys vor uns. Also können wir uns auch gleich daran gewöhnen, den Leuten hier öfters über den Weg zu laufen.«

»Wir suchen Juan mal was Richtiges zu essen«, erklärt Will. »Bis gleich.« Max und Juan verschwinden im Getümmel.

»Soll ich uns ein Bier holen?«, fragt Max.

»Ich glaube, nach gestern Abend sollte ich heute mal eine Pause machen.« Ich will außerdem herausfinden, ob wir auch ohne Alkohol zusammen Spaß haben können.

»Ich hab dir ja gesagt, dass du von Tequila einen fiesen Kater bekommst. Vielleicht hörst du ja nächstes Mal auf mich.«

»Das bezweifle ich. Ich bin nun mal dickköpfig«, erwidere ich. »Ich nehme ein Wasser.«

Was ich nicht sage, ist: Geh nicht, obwohl es das ist, was mir durch den Kopf schießt, als er aufsteht, um sich auf den Weg zur Bar zu machen. Mit Max als meinem Rettungsboot kann ich auf dem Wasser treiben. Doch ohne ihn habe ich das Gefühl unterzugehen. Sonias und Jemmas Reaktionen auf meine Anwesenheit haben das bisschen Selbstvertrauen, das ich gerade aufgebaut hatte, wieder zunichtegemacht.

Da sehe ich, wie Sharon Lee in Richtung Pool geht. Ich nehme mir vor, sie anzusprechen, wenn sie auf meiner Höhe ist. Es ist ein kleines Experiment. Schaffe ich es, mich mit ihr zu unterhalten? Wenn nicht, sollte ich zukünftig vielleicht besser zu Hause bleiben. Sharon war schon immer superbeliebt bei allen, aber ich halte sie für keinen schlechten Menschen. So schwer kann es also eigentlich nicht sein, oder?

»Hi Sharon«, sage ich.

»Hi Kylie. Wie geht's?«

»Ganz gut.« Ich zermartere mir das Hirn, was ich noch sagen könnte. Himmel, heute will mir aber auch gar nichts einfallen.

»Du gehst auf die New York University, oder?«, fragt Sharon nach einer kurzen Pause.

»Ja«, antworte ich.

»Ich gehe auf's Barnard College in New York. Wir müssen unbedingt mal was zusammen machen, wenn wir da sind.«

»Oh ja. Klar«, sage ich und versuche, mir nicht anmerken zu lassen, wie überrascht ich von ihrem Vorschlag bin.

»Ich kann es gar nicht erwarten, endlich aus La Jolla rauszukommen und in einer richtigen Großstadt zu leben. Manchmal ist es mir hier einfach viel zu klein.«

»Oh ja, ich weiß genau, wovon du redest.« Und das meine ich auch wirklich so. »Ich bin richtig begeistert von New York, seit ich letzten Sommer dort war. Die Stadt ist voller Energie. So etwas habe ich noch nie vorher erlebt. Ich hatte auf einmal so viele Ideen, nachdem ich nur einen einzigen Tag durch die Stadt gelaufen bin. In San Diego ist es normalerweise umgekehrt.«

Sharon lacht. »Genau so ist es. Mail mir, wenn du da bist, okay?«

»Das werde ich«, sage ich.

Und dann geht Sharon weiter. Das war gar nicht mal so schlecht. Eigentlich könnte man sagen, dass das ein ziemlicher Erfolg war, wenn man bedenkt, wie der Abend angefangen hat.

»Alles okay? Bist du noch am Leben?«, fragt Max, als er sich mit einem Bier in der Hand neben mich setzt und mir ein Wassesr reicht.

»Alles okay. Mir geht es sogar besser, als vor fünf Minuten, bevor du uns was zu trinken geholt hast.«

»Dann hat es also an mir gelegen?«

»Nein. Ich brauche nur ein bisschen länger, um aufzutauen.«

In dem Moment kommen Will und Juan zurück. In der einen Hand hält Juan einen Garnelenspieß und in der anderen einen gegrillten Maiskolben, beides verputzt er in null Komma nichts.

»Wir können hier nicht einfach nur langweilig herumstehen«, sagt Will. »Unsere Füße müssen sich bewegen.«

»Ihr zwei könnt ja schon mal vorgehen«, sage ich zu den beiden.

»Oh nein. So einfach kommst du aus der Nummer nicht raus, meine Liebe. Wir werden auf der Tanzfläche ordentlich unseren Schulabschluss feiern. Inklusive dir«, verkündet Will.

»Ich glaube nicht …«, versuche ich zu protestieren, aber keine Chance. Will zieht mich hoch und Juan fasst Max am Arm. Fest im Griff begleiten uns die beiden zum anderen Ende der Rasenfläche.

»So und jetzt wird getanzt«, sagt Will.

Will und Juan nehmen Max und mich zwischen sich, sodass es kein Entkommen gibt. Die beiden tanzen total übertrieben, sie schmeißen die Hände in die Luft, lassen die Hüften kreisen und singen laut mit. Es ist total peinlich und lächerlich, aber auch ziemlich komisch, wie ein schlechtes YouTube-Video. Max und ich sehen uns an und fangen an zu lachen. Da nimmt Max mich an der Hand und zieht mich weg von den beiden, die nur noch Augen für sich haben und auf ihrer eigenen kleinen Privatparty tanzen.

»Wie fühlst du dich?«, fragt Max, als wir wieder zum Pool zurückschlendern.

»Ich bin froh, dass ich hier bin.«

»Das bin ich auch«, erwidert er.

Dann legt Max mir einen Finger unters Kinn und neigt meinen Kopf nach hinten. Ich sehe ihn an und werde von meinen Gefühlen überwältigt. Ich bin total verknallt in diesen Jungen. Vielleicht liebe ich ihn sogar. Was auch immer es ist, es ist stark und macht süchtig. Ich könnte mich daran gewöhnen, ihn ständig um mich zu haben.

Da hören wir auf einmal einen Kampfschrei und im nächsten Moment landet Charlie mit einer Arschbombe im Wasser. Die Leute um den Pool johlen, dann springen sie nach und nach alle hinterher. Die meisten haben ihre Klamotten an, aber ein paar sind nur noch in Unterwäsche. Der DJ dreht die Musik auf, denn inzwischen sind mehr Leute im Pool als auf der Tanzfläche. Die Sonne steht kurz überm Horizont und durch die Lichter im Becken schimmert das Wasser dunkelblau.

Max und ich stehen am Beckenrand.

»Sollen wir rein?«, fragt er.

»Okay«, sage ich. »Dann mal los.«

Ich nehme seine Hand und gemeinsam springen wir mit einem großen Satz in den Pool.

Susane Colasanti

978-3-401-50237-8

Take me there

Rhiannons Leben könnte kaum ätzender sein, nachdem Steve sie verlassen hat. Aber das Schlimmste ist: Sie will ihn zurück! Nicole kann sich auf keine neue Beziehung einlassen, weil ihr Exfreund noch immer in ihrem Kopf herumspukt. Und James heimlicher Schwarm scheint offensichtlich kein Interesse an ihm zu haben. Doch am Ende finden die drei die Liebe, auf die sie so lange gewartet haben.

Auch als E-Book erhältlich

978-3-401-50656-2

Waiting for you

Marisa ist in Derek verliebt. Leider hat er bereits eine Freundin. Nash ist für Marisa eindeutig der Falsche – auch wenn er das anders sieht. Und als wäre das Leben nicht schon kompliziert genug, verknallt sich ihre beste Freundin ständig in ältere Typen, ihre Eltern spielen völlig verrückt und Marisa fühlt sich auf einmal zu einem Jungen hingezogen, von dem sie noch nicht mal weiß, wer er eigentlich ist.

Auch als E-Book erhältlich

978-3-401-50476-6

Something like love

Erin ist unsterblich in Jason verliebt. Zwischen ihnen läuft es perfekt. Jason findet Erin cool, aber in dem Moment, als er Erins beste Freundin Lani kennenlernt, weiß er: Richtig tiefe Gefühle hat er nur für Lani. Lani glaubt an das Schicksal, die große Liebe und an ihre Freundschaft zu Erin. Um keinen Preis will sie Erin verlieren. Doch wie lange wird sie ihre Gefühle für Jason noch unterdrücken können?

Arena

Jeder Band:
Arena-Taschenbuch
www.arena-verlag.de

Eva Völler

978-3-401-50529-9

Ein Kuss allein macht noch keinen Sommer

Ihrem eifersüchtigen Exfreund entkommen, hat Jenny die Nase voll von Jungs. Da kommt ihr die Reise mit ihrer besten Freundin Val nach Italien ganz recht: nichts als Meer, Strand und alte Leute. Als sie jedoch dem gut aussehenden Fabio begegnet, sind alle Bloß-nicht-verlieben-Pläne dahin.

978-3-401-50660-9

Sommerküsse schmecken besser

Lena kann ihr Glück nicht fassen: Eine Großtante hat ihr ein Anwesen in Florida und ihr gesamtes Vermögen vererbt! Kaum in Miami angekommen, entpuppt sich das Traumhaus als Bruchbude im Sumpf und das Millionenerbe muss erst noch ausgebuddelt werden. Noch verwirrender allerdings ist der gut aussehende Typ, der Lena verfolgt.

978-3-401-50626-5

Wenn Mädchen die Sonne sind, sind Jungs das Eis

Jule hat eine Reise für zwei Personen in die Karibik gewonnen. Bei dem ganzen Schulstress kommt der Traumurlaub wie gerufen. Jule beschließt, ihren Aufenthalt auf Jamaika zu genießen – und zwar ohne Jungs! Allerdings hat sie dabei nicht mit dem unverschämt gut aussehenden David gerechnet …

Laura Buzo

Wunder wie diese

Amelia hat immer das Gefühl, nirgendwo richtig dazuzugehören. In größeren Gruppen scheint sie mit der Wand zu verschmelzen. Chris dagegen gehört überall dazu. Charmant, gut aussehend, chaotisch und selbstbewusst steht er – egal wo – im Mittelpunkt. Als Amelia und Chris einander begegnen, scheint die Welt einen Moment lang stillzustehen ... Und als sie sich wieder dreht, ist nichts mehr, wie es war.

Arena

Als Hörbuch bei Arena audio
Auch als E-Book erhältlich

304 Seiten • Arena Taschenbuch
ISBN 978-3-401-50613-5
www.arena-verlag.de